소
오
강
호

1

소오강호 1 - 벽사검보

1판 1쇄 발행 2018. 10. 15.
1판 5쇄 발행 2024. 10. 25.

지은이 김용
옮긴이 전정은

발행인 박강휘
편집 조은혜   디자인 윤석진
발행처 김영사
등록 1979년 5월 17일 (제406-2003-036호)
주소 경기도 파주시 문발로 197(문발동) 우편번호 10881
전화 마케팅부 031)955-3100, 편집부 031)955-3200   팩스 031)955-3111

값은 뒤표지에 있습니다. ISBN 978-89-349-8329-3 04820
                                 978-89-349-8337-8 (세트)

홈페이지 www.gimmyoung.com   블로그 blog.naver.com/gybook
인스타그램 instagram.com/gimmyoung   이메일 bestbook@gimmyoung.com

좋은 독자가 좋은 책을 만듭니다.
김영사는 독자 여러분의 의견에 항상 귀 기울이고 있습니다.

소오강호

笑傲江湖

김용 대하역사무협

전정은 옮김

벽사검보

1

소설은 보여주기 위해 쓰는 것이다.

소설의 내용물은 사람이다. 소설은 한 사람이나 몇 사람, 한 무리, 혹은 수천수만에 이르는 사람들의 성격과 감정을 써낸다. 그들의 성격과 감정은 그들이 마주치는 환경과 경험에 투영되고, 사람과 사람의 교류 및 관계에 투영된다. 장편 소설 가운데 한 사람의 이야기를 쓴 것은《로빈슨 크루소》가 유일한 것 같다.《로빈슨 크루소》는 주인공과 자연의 관계를 그렸는데, 나중에는 하인 프라이데이가 등장한다. 한 사람을 다룬 단편 소설은 좀 더 많다. 특히 근현대의 신소설은 한 사람이 환경과 접촉하면서 드러나는 바깥 세계와 내면 세계를 그리는데, 그중에서도 내면 세계에 집중한다. 일부 소설은 동물이나 신선, 귀신, 요괴 등을 다루지만 그들을 사람처럼 묘사한다.

무협 소설 또한 사람을 그린다는 점에서 다른 소설과 다를 바가 없다. 다만 그 배경이 고대이고 주요 인물들이 무공을 할 줄 알며, 이야기가 격렬한 싸움에 치중할 뿐이다. 어떤 소설이든 특별히 중점을 두는 부분이 있다. 로맨스 소설은 사람 간에 성적인 감정과 행동을 다루고, 시대 소설은 특정 시대 환경과 사람을 다룬다.《삼국연의》와《수호전》같은 소설은 수많은 인물들의 투쟁을 그리고 현대 소설은 인물의 심리 흐름에 중점을 둔다.

소설은 일종의 예술이다. 예술의 기본 내용은 인간의 감정과 생명이며, 주된 형식은 아름다움 — 넓은 의미에서 미학적인 아름다움이다. 소설에서 아름다움이란, 말과 글의 아름다움이며 줄거리 구조의 아름다움이다. 그 핵심은 특정한 형식을 통해 인물의 내면 세계를 표현하는 방법이다. 어떤 형식이든 상관없다. 작가가 주관적으로 분석할 수도 있고, 객관적으로 이야기를 서술한 뒤 그 인물의 행동과 말을 통해 표현할 수도 있다.

소설을 읽는 독자들은 소설의 내용과 자신의 심리를 결합한다. 똑같은 소설이라도 어떤 사람은 강렬한 충격을 받는 반면 어떤 사람은 지루하게 느낄 수 있다. 독자의 개성과 감정이 소설에서 표현하는 개성과 감정에 맞아떨어져야만 '화학 반응'이 일어나는 것이다.

무협 소설은 인간의 감정을 표현하는 특정한 형식이다. 감정을 표현할 때, 작곡가나 연주자는 피아노나 바이올린, 교향곡, 가곡이라는 형식을 사용하고, 화가는 유화나 수채화, 수묵화 혹은 판화라는 형식을 사용한다. 중요한 것은 형식이 아니라 표현하는 방법이 훌륭한가, 독자나 청자, 관람객의 마음과 통하는가, 그들 마음에 공명을 일으킬 수 있는가에 있다. 소설은 예술의 형식 중 하나로, 그중에는 좋은 예술도 있고 나쁜 예술도 있다.

예술에서 좋고 나쁨은 아름다움의 범주이지, 진실함이나 선함의 범주는 아니다. 아름다움을 판단하는 기준은 미美와 감정이며, 과학적인 진실 여부(무공이 생리학적 혹은 과학적으로 가능한가)나 도덕적인 선함, 경제적인 가치 혹은 정치 통치자의 유불리가 아니다. 물론 어떤 예술 작품이든 사회에 영향을 줄 수 있으니 자연스레 그 영향으로 작품의 가치를 가늠할 수는 있으나, 이는 별개의 평가이다.

중세 유럽에서 기독교 세력은 사회 전반에 두루 펴져있었으므로, 유럽이나 미국 박물관에 가면 모든 중세 그림들의 소재는 성경이고, 여성의 신체적 아름다움 또한 반드시 성모의 모습을 통해 표현한다. 르네상스 이후에야 그림이나 문학에 보통 사람들이 등장한다. 르네상스, 이른바 문예 부흥이란, 문학과 예술이 더 이상 천사나 성자에게 집중하지 않고 그리스 로마 시대처럼 '사람'을 묘사하는 방식을 되살린 것이다.

중국인들은 오랫동안 '글은 곧 도리'라는 문학예술관을 지녀왔다. 이는 '선함과 선하지 않음'으로 문학예술의 가치를 논하던 중세 유럽 암흑시대의 사상과 동일하다. 그래서 《시경詩經》에 실린 사랑 노래들은 군주를 풍자하거나 후비后妃(황제의 황후와 후궁 — 옮긴이)를 찬양하는 노래로 해석되었다. 사람들은 도연명陶淵明의 〈한정부閑情賦〉나 사마광司馬光, 구양수歐陽修, 안수晏殊가 쓴 그리움과 사랑의 글을 옥에 티라도 되는 양 애석하게 평가하거나, 호의라도 베풀 듯 다른 의미로 해석하곤 했다. 그들은 문학예술이 감정을 표현한다는 것을 믿지 않았고, 문자의 유일한 기능은 정치나 사회에 가치를 제공하는 것이라고 여겼다.

　나는 무협 소설을 쓰면서, 오로지 인물을 만들어내고 그들이 특정한 무협 환경(고대 중국, 법치가 통하지 않고 무력으로 분쟁을 해결하는 불합리한 사회)에서 겪는 일을 묘사했다. 당시 사회는 현대 사회와 크게 다르지만, 인간의 성격과 감정은 크게 다르지 않다. 고대인들의 애환과 이합집산, 희로애락은 현대 독자들에게도 유사한 정서를 불러일으킨다. 물론, 독자들은 내 소설을 소설의 표현 방식이 서투르거나 글 쓰는 기술이 부족하거나 묘사에 깊이가 없다고 느껴, 미학적으로 저열한 예술 작품이라 평할 수도 있다. 어쨌든 나는 도리 같은 것을 설파하고 싶지는 않다. 나는 무협 소설을 쓰는 동시에 정치 평론이나 역사와 철학, 종교에 관한 글을 썼다. 무협 소설과는 완전히 다른 것들이다. 사상을 담은 글은 독자의 이성에 호소한다. 이런 글이어야 옳고 그름과 진짜와 가짜를 판단할 수 있으며, 독자들은 이를 보고 동의하거나 일부만 동의하거나 완전히 반대할 수 있다.

　반면 소설에 관해서는, 단순하게 좋은지 싫은지, 감동적인지 지루한지만 이야기했으면 한다. 나는 독자들이 내 소설 속 어떤 인물을 좋아하거나 미워할 때 가장 기쁘다. 그런 감정이 든다는 것은 소설 속 인물들이 독자들 마음에 가닿았다는 뜻이다. 소설 작가의 가장 큰 바람은, 작가가 빚어낸 인물이 독자들 마음속에서 생생하게 살아나, 피와 살이 있는 진짜 사람이 되는 것이다. 예술은 창조다. 음악은 소리를 창조하고, 그림은 시각적 이미지를 창조하고, 소설은 인물과 이야기, 그리고 그 내면 세계를 창조한다. 세상을 사실대로 반영하기만을 원한다면, 녹음기나 카메라가 있는 요즘, 음악과 그림이 왜 필요한가? 신문이 있고, 역사서가 있고, TV 다큐멘터리와 사회 통계, 병력 기록, 정부와 경찰의 인사 정보가 있는데 소설이 왜 필요한가?

무협 소설은 통속 소설이라 대중적이고 오락성이 강하지만, 수많은 독자들에게 영향을 미친다. 내가 하는 말의 요지는, 자신의 나라와 민족을 아끼고 존중하듯 다른 이의 나라와 민족 또한 존중하고, 평화적이고 우호적으로 서로 도우며, 정의와 옳고 그름을 중요시하고 남을 해쳐 자신의 이익을 꾀하는 일에 반대하며, 신의를 지키는 순수한 사랑과 우정을 찬미하며, 정의를 위해 몸을 아끼지 않고 투쟁하는 것을 찬양하며, 권력과 이득의 다툼과 이기적이고 비열한 생각이나 행위를 경멸하라는 것이다. 무협 소설의 역할은 독자들이 소설을 읽으면서 단순히 백일몽을 꾸며 위대한 성공이라는 환상에 깊이 빠지게 하는 것이 아니라, 그 환상 속에서 좋은 사람이 되어 좋은 일을 하려 노력하고, 나라와 사회를 사랑하는 사람이 되어 다른 사람이 행복해지도록 돕고, 좋은 일로 공적을 쌓아 사랑하는 사람들로부터 존경과 사랑을 받는 모습을 상상하게 하는 것이다.

무협 소설은 현실주의 작품이 아니다. 문학에서 현실주의만을 인정하고 나머지는 모조리 부정하는 평론가들이 적지 않다. 이는 곧, 소림파의 무공이 훌륭하므로 무당파니 공동파니 태극권이니 팔괘장이니 선퇴니 백학파니 공수도니 태권도니 유도니 복싱이니 무에타이니 하는 그 밖의 것들은 사라져야 마땅하다고 하는 것이나 다름없다. 우리가 주장하는 것은 다원주의다. 소림파의 무공을 무학의 태산북두로 여겨 존중하면서도, 다른 문파 역시 공존할 수 있어야 한다는 생각이다. 소림파보다 좋지 않을 수도 있지만, 그들 역시 자신만의 견해와 창조력이 있다. 광둥요리를 좋아하는 사람이라고 베이징 요리나 쓰촨 요리, 산둥 요리, 안후이 요리, 후난 요리, 웨이양 요리, 항저우 요리, 혹은 프랑스 요리나 이탈리아 요리 같은 것을 금지하자고 주장할 필요는 없다. 사람의 취향은 저마다 다르다고 하지 않던가. 무협 소설을 과하게 치켜세울 필요도 없지만, 말살할 필요도 없다. 어떤 물건이든 그 쓰임이 있는 것이다.

총 서른여섯 권의 이 작품집은 1955년에서 1972년까지 대략 16년 간 쓴 것들이다. 작품집에는 장편 소설 열두 편과 중편 소설 두 편, 단편 소설 한 편, 역사 인물 평전 한 편, 그리고 소량의 역사 고증 글이 담겨 있다. 출판 과정은 기괴했다. 홍콩이든 대만이든 중국 본토든 해외든, 각종 해적판이 먼저 나갔고 그 후에야 내 교정을 거쳐 판권을 사들인 정식 판본이 출간됐다. 중국 본토에서는 '삼련판三聯版(1970~80년대에 김용이 개정한 판본으로, 가장 흔하게 알려져 있음. 국내에 알려진 이름에 따라 외래어 표기법에 따르지 않고 삼련판으로 썼음 — 옮긴이)'이 출판되기 전, 톈진의 바이화문예출판사에서만 판권을 사서 《서검은구록書劍恩仇錄》을 출판했다. 그 출판사는 인쇄 전에 꼼꼼하게 교정을 보았고, 계약서에 따라 인세를 지불했다. 나는 법에 따라 소득세를 내고 나머지는 몇몇 문화 기구에 기부하거나 바둑 서포터 활동을 했다. 기분 좋은 경험이었다. 그 외에는 베이징 싼리엔(삼련 — 옮긴이) 서점에서 출판할 때까지 판권 계약을 한 적이 없다. '삼련판'의 판권 계약은 2001년에 만료됐고, 그 후 중국 본토 판본은 광저우 출판사가 갖게 됐다. 홍콩과 마카오와 가까워 업무적으로 소통하고 협력하기가 편리했기 때문이다.

불법 복제판을 낸 출판사가 인세를 지불하지 않는 것은 부차적인 문제다. 조잡하게 만들어진 판본들에는 오류가 넘친다. 심지어 내 이름을 빌려 무협 소설을 쓰고 출판하는 사람도 있다. 잘 쓴 작품이라면 그 명예를 가로챌 마음이 없지만, 지루한 싸움과 선정적인 묘사로 가득한 작품을 대하면 불쾌함을 감출 수 없다. 어떤 출판사는 홍콩과 대만 등지의 다른 작가들 작품을 내 필명으로 출판하기도 했다. 수많은 독자들이 고발하는 편지를 보내 커다란 분노를 표했다. 어떤 사람은 내 허락도 받지 않고 평론서를 냈다. 평지용馮其庸, 옌지아옌嚴家炎, 천모陳墨 세 분은 공력도 깊고 태도도 진지하여 깊이 감읍할 따름이나, 그 외에는 대부분 작가의 의도와 한참 떨어진 논평이었다. 다행히도 이제 출판을 중지하고 출판사에서도 사과하고 배상했으니 분쟁은 끝났다.

어떤 복제판에는 나와 고룡古龍, 예광倪匡이 '빙비빙수빙冰比冰水冰(얼음은 얼음물보다 차다 — 옮긴이)'이라는 구절로 상련정대上聯征對(대련의 앞 구절을 내어 다른 사람에게 뒤 구절을 붙이게 하는 것 — 옮긴이)를 냈다는 이야기도 있는데, 실로 우스운 일이다. 한자 대련에는 일정한 규칙이 있어서, 앞 구절의 마지막 글자는 측성仄聲(중국어 사성 중 입성, 상성, 거성을 아울러 이르는 말 — 옮긴이)이고 뒤 구절은 평성(중국어 사성 중 측성이 아닌 것 — 옮긴이)으로 끝난다. 하지만 '빙'자는 평성이다. 우리는 이런 상련정대를 낸 적이 없다. 이 때문에 중국 본토에서 여러 독자들이 뒤 구절을 보내오는 등 많은 사람들이 시간과 기력을 낭비했다.

나는 독자들이 쉽게 진위를 판별할 수 있도록 장편 및 중편 소설 열네 편의 제목 첫 글자를 모아 대련을 만들었다.

'비설연천사백록飛雪連天射白鹿, 소서신협의벽원笑書神俠倚碧鴛 - 휘몰아치는 눈 하늘 가득 흰 사슴을 쏘고, 글 비웃는 신비한 협객 푸른 원앙에 기대네'(단편《월녀검》은 포함되지 않았는데, 하필이면 내 바둑 스승인 천주더陳祖德 선생이 가장 좋아하는 작품이《월녀검》이다.) 첫 번째 소설을 쓸 때만 해도 두 번째 작품을 쓰게 될지 몰랐고, 두 번째 소설을 쓸 때는 세 번째 작품에 어떤 소재를 쓸 것인지, 어떤 제목을 쓸지 전혀 알지 못했다. 하여 이 대련은 잘 짜였다고 할 수 없다. '비설'과 '소서', '연천'과 '신협'은 대구가 맞지 않고, '백'과 '벽'은 모두 측성이다. 하지만 상련정대를 내게 된다면 글자 선택이 자유로우니, 좀 더 재미있고 규칙에 맞는 글자를 고를 것이다.

많은 독자들이 편지에서 같은 질문을 했다.

"쓰신 소설 중에서 어떤 작품이 가장 잘 썼다고 생각하세요? 어떤 작품을 가장 좋아하세요?"

대답하고 싶어도 대답할 수 없는 질문이다. 소설을 쓸 때 내게는 한 가지 소원이 있었다. '한 번 썼던 인물이나 줄거리, 감정, 나아가 세부적인 내용조차 중복해서 쓰지 말자'는 것이었다. 재능의 한계로 이 소원을 완전히 이뤘다고 할 수는 없으나 항상 이 방향으로 노력했고, 대체적으로는 열다섯 편이 모두 다르고 그 소설을 쓸 당시 내 감정과 생각, 특히 감정이 스며 있다.

나는 각각의 소설에 나오는 정의로운 인물들을 좋아한다. 그들의 경험에 따라 기뻐하거나 낙담하거나 슬퍼하고, 때로는 몹시 상심할 때도 있다. 글 쓰는 기술은 후기로 갈수록 다소 좋아졌지만, 가장 중요한 것은 기술이 아니라 개성과 감정이다. 이 소설들은 홍콩과 대만, 중국 본토, 싱가포르에서 영화와 드라마로 제작됐고, 몇 부는 서너 개의 판본까지 나왔다. 그 외에도 연극과 경극, 월극粵劇(광동, 광서 지방에서 유행한 중국 전통 희곡. 현지 민속 음악을 사용하며 복장이 독특함 — 옮긴이), 뮤지컬 등이 만들어졌다. 이에 따라 두 번째 질문이 생겼다.

"영화나 드라마로 각색된 작품 중 어떤 작품이 가장 연출을 잘했다고 생각하세요? 남녀 주인공 중에서 원작과 가장 잘 맞는 사람은 누구인가요?"

영화와 드라마의 표현 방식은 소설과는 완전히 달라 비교하기가 몹시 어렵다. 드라마는 편수가 많아 표현하기가 쉽지만, 영화는 훨씬 제약이 많다. 또한, 소설은 읽는 동안 작가와 독자가 함께 인물을 형상화하기 때문에 같은 소설을 읽어도 사람마다 머릿속에 그리는 남녀 주인공의 모습은 다를 수 있다. 독자 개개인의 경험과 개성, 감정과 희로애락은 모두 다르기 때문이다. 여러분 또한 마음속에 그리던 책 속의 남녀 주인공이 자신이나 연인의 모습과 뒤섞이는 경험을 했을 것이다. 독자마다 성격이 다르니 다른 사람이 생각하는 연인은 분명코 여러분이 생각하는 연인과 다르다. 하지만 영화와 드라마는 인물의 모습을 고정시키므로 관객들에게 상상할 여지를 주지 않는다. 어떤 것이 가장 훌륭하다고 말할 수는 없지만, 이렇게 말할 수는 있다. 원작의 본모습을 완전히 바꿔놓은 것이 가장 나쁘고, 가장 독선적이며, 원작자와 수많은 독자들을 가장 무시한 것이다.

무협 소설은 중국 고전 소설의 오랜 전통을 계승한다. 중국 최초 무협 소설은 당인전기唐人傳奇의 《규염객전虯髥客傳》과 《홍선紅線》, 《섭은낭聶隱娘》, 《곤륜노崑崙奴》 등일 것이며, 이 작품들은 훌륭한 문학 작품이다. 그 후로는 《수호전》과 《삼협오의三俠五義》, 《아녀영웅전兒女英雄傳》 등이 나왔다. 현대 무협 소설은 비교적 진지한 편이어서 정의와 의리, 살신성인, 서강부약鋤强扶弱, 민족정신, 그리고 중국 전통 윤리를 중시한다. 그 속에 나오는 과장된 무공을 꼬치꼬치 따질 필요는 없다. 사실상 불가능한 것도 있으나 이는 중국 무협 소설의 전통일 뿐이다. 섭은 낭은 몸을 축소해 다른 사람 배 속으로 들어갔다가 입으로 튀어나오는데, 아무도 사실이라고 믿지 않는다. 하지만 섭은낭의 이야기는 천년 동안 줄곧 사랑을 받았다.

내가 초기에 쓴 소설에는 한족 왕조의 정통 관념이 강했다. 후기로 갈수록 중국에 있는 모든 민족이 동일하다는 관념이 보이는 건 내 역사관이 약간 진보했기 때문이다. 이런 면은 《천룡팔부》와 《백마소서풍》, 《녹정기》에서 특히 잘 드러난다. 위소보(《녹정기》 주인공)의 아버지는 한족일 수도, 만주족이나 몽고족, 회족, 장족일 수도 있다. 첫 번째 소설인 《서검은구록》도 주인공 진가락은 나중에 이슬람교에 대한 지식과 호감이 커진다. 어느 민족이건 어느 종교이건 어느 직업이건 좋은 사람과 나쁜 사람이 있기 마련이다. 나쁜 황제가 있듯 좋은 황제가 있고, 나쁜 대신이 있듯 진심으로 백성을 아끼는 좋은 관리도 있다. 책 속에 나오는 한족과 만주족, 거란족, 몽고족, 서장족에도 좋은 사람과 나쁜 사람이 있다. 승려와 도사, 라마, 서생, 무사들도 각양각색의 개성과 품성을 지닌 사람들이다. 사람을 양분하는 것을 좋아하는 몇몇 독자는 호불호를 분명히 나눠 개인으로 단체를 판단하지만, 이는 결코 작가의 뜻이 아니다.

역사의 사건이나 인물은 당시 역사적 환경에 놓고 생각해야 한다.

송나라와 요나라, 원나라와 명나라, 명나라와 청나라 교체기에 한족과 거란족, 몽고족, 만주족 등 각 민족은 격렬하게 싸웠고, 몽고족과 만주족은 정치적 도구로 종교를 이용했다. 소설에서 묘사하고자 한 것은 당시 사람들이 가진 관념과 심리 상태이므로, 후세 사람이나 현대인의 관념으로 재단할 수 없다. 나는 소설을 쓸 때 각 인물의 개성과 그들의 희로애락을 묘사하려 했다. 소설은 무언가를 빗대어 표현하는 것이 아니다. 탓해야 한다면 그것은 인간 본성에 자리한 추잡하고 어두운 품성일 것이다. 정치적인 관점과 사회 이념은 시시각각 변한다. 일시적인 관념으로 소설의 가치를 판단할 필요는 없다. 하지만 인간의 본성은 변화가 몹시 적다.

리우자이푸劉再復 선생과 그 영애 리우젠메이劉劍梅가 함께 쓴《부녀양지서父女兩地書》(공오인간共悟人間)에서 젠메이 양은 리퉈李陀 선생과 나눈 대화를 언급했다. 리 선생은 소설을 쓰는 것은 피아노를 치는 것과 마찬가지라, 지름길이 없고 한 계단 한 계단 차근차근 올라야 하며, 매일 고된 훈련을 거듭하고 책을 충분히 읽어야 한다고 말했다. 나도 그 의견에 동의한다. 나는 매일 적어도 너덧 시간 책을 읽었고 여태 중단한 적이 없다. 신문사에서 퇴직한 후에도 계속해서 중외대학(외국 교육기관이 중국에서 운영하는 대학 — 옮긴이)에서 연수했다. 그동안 학문과 지식, 식견은 늘었지만 재능은 늘지 않아서 소설들을 세 번째로 개정했음에도 많은 사람들이 한숨을 쉬었으리라 생각한다. 어느 피아노 연주자가 매일 20시간 동안 피아노 연습을 하더라도, 천부적인 재능이 부족하면 쇼팽이나 리스트, 라흐마니노프, 파데레프스키는 물론이

고, 루빈스타인이나 호로비츠, 아슈케나지, 리우스쿤, 푸총조차 될 수
없는 것과 마찬가지다.

이번 세 번째 개정판에서는 틀린 글자와 빠진 부분을 바로잡았는
데, 대부분 독자들이 지적해 준 부분이다. 비교적 긴 부분을 보충하거
나 수정한 것은 평론가와 연구회의 토론에서 나온 결과를 반영했다.
눈에 빤히 보이는 결점인데도 바로잡을 수 없는 것이 여전히 많지만,
재능의 한계로 어쩔 도리가 없다. 아직 남아 있는 실수나 부족한 부분
은 편지로 알려주기 바란다. 나는 모든 독자를 친구로 여기며, 친구들
의 지적과 관심은 언제나 환영이다.

2002년 4월 홍콩에서

김용

벽사검보
1권

영호충 令狐冲

화산파 대사형. 어렸을 때 부모를 잃어 화산파 장문인 부부 손에서 자랐다. 강호의 의리와 예의를 중요하게 여겨 의협심이 강하지만, 술을 좋아하고 거침없는 성정을 가졌다. 타고난 호방함으로 많은 이들의 총애를 받아, 여러 사람들의 도움으로 절체절명의 위기도 잘 헤쳐 나간다. 규율이나 관습에 얽매이지 않고 자유롭게 사는 삶을 추구하는 인물이다.

임평지 林平之

복주 복위표국 소공자. 집안에 전해져 내려오는 〈벽사검보〉를 노리고 가문을 몰살한 청성파에게 복수하기 위해 화산파에 입문했다. 무공 실력이 뛰어나지 않고, 소심한 인물이었으나 집안 멸문에 얽힌 비밀을 알게 된 뒤 변하게 된다.

악불군 岳不羣

화산파 장문인. 영호충의 아버지 같은 인물로 군자검이라는 별호를 갖고 있을 정도로 점잖고 고상하다. 무공 또한 뛰어나 당대 무림에서 손꼽히는 고수였지만, 위선적인 태도와 탐욕이 드러난다.

악영산 岳靈珊

악불군과 영중칙의 딸. 어렸을 때부터 영호충과 함께 놀고, 무공을 익히며 자랐다. 털털하고 솔직한 성격으로 다소 천방지축같은 모습도 보인다. 영호충이 짝사랑하는 인물로, 악영산 또한 영호충에게 마음이 있었지만 임평지를 만난 뒤 그에게 마음을 뺏긴다.

막대 莫大

형산파 장문인. 꾀죄죄한 차림새로 다니는 신출귀몰한 인물로, 언제나 호금을 지닌 채 자유롭게 강호를 누비며 다닌다. 매사에 흔들림 없고 당당한 대장부의 면모를 가진 영호충에게 호의적인 태도를 보이며, 영호충이 위험에 처할 때 도움을 주기도 한다.

의림 儀琳

불계 화상의 딸이자 항산파 정일 사태 제자. 처음에는 본인이 고아인 줄 알았으나 우연한 계기로 아버지를 만나게 됐다. 좌중을 사로잡는 빼어난 외모를 가진. 출가한 승려로 순수한 심성을 가진 인물이다. 영호충의 도움을 받아 목숨을 구한 이후로, 줄곧 그에게 연정을 품는다.

유정풍 劉正風과 곡양 曲洋

형산파 고수와 일월신교 장로. 유정풍과 곡양은 각각 정파와 사파에 속해 있기 때문에 교우해서는 안 되지만 음악에 대한 뜻이 같아 우정을 키워나갔다. 두 인물은 어렵게 완성한 통소와 금 합주곡 〈소오강호곡〉을 영호충에게 건넨 뒤 죽는다.

풍청양風淸揚

화산파가 검종과 기종으로 나뉘어 분쟁이 있기 전, 화산파에 있던 태사숙. 화산에 은거하며 모습을 드러내지 않지만, 뛰어난 무림 고수로 영호충에게 '초식이 없는 것으로 초식이 있는 것을 깨뜨리는' 비결과 독고구검을 전수했다.

도곡육선桃谷六仙

정파 없이 강호를 떠도는 여섯 형제로 이름은 도근선桃根仙, 도간선桃幹仙, 도지선桃枝仙, 도엽선桃葉仙, 도화선桃花仙, 도실선桃實仙이다. 서로 쉴 새 없이 떠들며 웃음을 주는 인물들이지만, 화가 나면 간담이 서늘해질 정도로 사람을 처참하게 죽인다.

임영영任盈盈

일월신교 교주였던 임아행의 딸. 많은 강호 호걸의 존경과 사랑을 받지만 수줍음이 많은 인물로, 우연한 계기로 영호충에게 깊은 정을 느껴 그를 물심양면으로 돕는 조력자다. 악한 성정을 갖고 태어났지만 아버지처럼 독선적이거나 권력에 눈 먼 인물은 아니다.

상문천向問天

일월신교 광명좌사. 목표를 위해서는 물불 가리지 않는 오만하고 고집스러운 사람이지만, 현명하고 의리를 중요하게 여기며 강호를 제패할 야심은 없는 인물이다. 동방불패에게 일월신교 반역자로 찍혀 도망을 다니다 영호충의 도움으로 위기에서 벗어난 뒤, 영호충과 생사를 함께 하기로 약속한다.

임아행任我行

동방불패 이전에 일월신교 교주. 타인의 진기를 빨아들이는 흡성대법을 연마한 독선적인 인물로 지모와 지략이 뛰어나다. 동방불패에게 교주 자리를 뺏긴 후, 10여 년간 깊은 지하 감옥에 갇혀 살았다. 상문천과 영호충의 도움을 받아 감옥을 탈출한 뒤 교주 자리를 탈환하려 한다.

좌냉선左冷禪

숭산파 장문인. 오악검파인 화산파, 숭산파, 태산파, 형산파, 항산파를 오악파로 통합해 오악파 장문인이 되려 한다. 목표를 위해서는 협박과 살인 등 간악한 짓도 일삼는 인물이지만, 악불군과 겨루다 두 눈을 잃고 만다.

동방불패東方不敗

일월신교 교주. 일월신교에 전해져 내려오는 《규화보전》의 무공을 연성한 유일한 사람으로, 임아행에게서 교주 자리를 찬탈하고 10년 동안 천하제일 고수라 불려왔다. 함께 지내는 양연정을 끔찍하게 여겨, 양연정의 일이라면 오랜 벗이라도 죽일 수 있는 헌신적이면서도 잔인한 인물이다.

笑傲江湖

서위徐渭의 〈매화梅花〉

제서題書

매화보梅花譜 여태 본 적 없으나	從來不見梅花譜
손 가는 대로 휘두르니 신운이 절로 난다	信手拈來自有神
믿기지 않거든 저 매화 수만 그루를 보라	不信試看千萬樹
동풍이 불면 곧 봄이 되리니	東風吹著便成春

매화보는 예부터 매화를 그릴 때의 교과서였지만, 서위는 전형적인 규범을 무시하고 손이 가는대로 붓을 놀렸다.

서위(1521-1593)의 자는 문장文長이며, 절강성 소흥 사람으로 시문과 희곡, 서예, 회화 등에 조예가 깊었다. 왜구 정벌과 간신 엄숭에 반대하는 투쟁에 참여했던 그는 청렴하고 오만하며 불합리한 사회를 몹시 증오하여, 예술가 중에서 가장 '소오강호'한 성격의 인물이었다. 이 책의 표지에는 서위와 박산傅山, 팔대산인八大山人, 정섭鄭燮의 그림을 실었다. 기상과 절개를 중요시하는 네 사람의 성품이 그림과 글에 잘 드러나 있다.

복건성 무이산武夷山 **옥녀 봉**玉女峰

임평지의 고향 부근 풍경이다.

청성산青城山 정상 상청궁上淸宮 앞 터

나무로 둘러싸여 있어 노덕낙이 청성파 제자들의 연검을 엿볼 수 있었던 곳이다.

청성산의 주 도관인 상도관常道觀

웅장하고 화려한 이 건물은 수나라 대업大業 연간에 지어졌다. 청성파 장문 여창해가 머물던 곳이다.

형산衡山 운해

형산의 주 사원인 남악묘南嶽廟

형산 풍경

싼무散木 촬영

若惡獸圍繞
念彼觀音力
疾走無邊方
蚖蛇及蝮蠍
氣毒煙火然
念彼觀音力
尋聲自回去
雲雷鼓掣電
降雹澍大雨
念彼觀音力
應時得消散
眾生被困厄
無量苦逼身
觀音妙智力
能救世間苦
具足神通力
廣修智方便
十方諸國土
無刹不現身

種種諸惡趣
地獄鬼畜生
生老病死苦
以漸悉令滅
真觀清淨觀
廣大智慧觀
悲觀及慈觀
常願常瞻仰
無垢清淨光
慧日破諸闇
能伏災風火
普明照世間
悲體戒雷震
慈意妙大雲
澍甘露法雨
滅除煩惱焰
諍訟經官處
怖畏軍陣中
念彼觀音力
眾怨悉退散

명나라 성조成祖 영락제가 쓴 〈묘법연화경妙法蓮華經 · 보문품普門品〉 두 쪽

개기改琦의 〈관음상〉

개기는 청나라 때 화가로 미인도에 뛰어났다.

笑傲江湖

멸문

1

━ 청년은 호쾌하게 웃으며 허공에 대고 채찍을 휘둘렀다.
짝 하는 경쾌한 채찍 소리에 그가 탄 백마는 고개를 쳐들고 높이 히힝거리고는
청석길을 내달리기 시작했다. 뒤에서 한 사내가 다시 한번 외쳤다.
"사 표두, 실컷 좀 먹게 멧돼지 한 마리 잡아오십시오!"

산들바람에 버들가지 한들대고 꽃향기 물씬 풍기는 남국南國의 봄날.

복건성福建省 복주부福州府를 가로질러 서문西門까지 곧게 이어지는 서문대로의 청석길이 봄볕에 부드럽게 반짝였다. 그 청석길 한쪽에 웅장한 저택 한 채가 우뚝 서 있었다. 대문 앞에 두 장丈쯤 되는 깃대를 좌우로 벌려 세우고 펄럭이는 푸른 깃발을 매단 곳이었다. 오른쪽 깃발에는 금실로 수놓은 용맹무쌍한 수사자가 어금니와 발톱을 날카롭게 세우고 있어, 깃발이 바람에 한껏 펼쳐질 때면 마치 살아 있는 듯이 생생하고 용맹해 보였다. 수사자 머리 위에는 검정실로 날개를 활짝 펼친 박쥐 한 쌍이 수놓여 있었다. 왼쪽 깃발에는 '복위표국福威標局'이라는 검은 글자를 수놓았는데, 미끈하면서도 힘찬 필체가 더할 나위 없이 강인한 분위기를 자아냈다.

붉은 칠을 한 대문 위에는 장식으로 박아넣은 찻잔만 한 구리 못이 햇빛을 받아 번쩍번쩍 빛나고 있었다. 문 위 편액에는 '복위표국' 네 글자를 금빛으로 큼지막하게 써넣고, 그 아래에는 조그맣게 '본부'라고 덧붙여놓았다. 대문 안쪽 양 갈래로 늘어놓은 기다란 나무 의자에는 경장 차림의 사내 여덟 명이 앉아 있었는데, 허리를 꼿꼿하게 편 모습이 자못 질서 있고 용맹해 보였다.

갑자기 후원에서 말발굽 소리가 요란하게 들려왔다. 여덟 명의 사내는 그 소리를 듣기 무섭게 벌떡 일어나 앞다퉈 대문 밖으로 달려갔다. 표국 서쪽 옆문에서 말 다섯 필이 튀어나와 비탈을 따라 대문까지 내달려오는 것이 보였다. 선두를 달리는 말은 온몸이 눈처럼 하얀 데다 굴레와 등자마저 반짝이는 은으로 만들어 똑바로 쳐다보기 힘들 만큼 눈이 부셨다. 안장 위에는 비단옷을 입은 청년이 앉아 있었다. 열여덟에서 열아홉 살 정도 됨직한 그 청년은 왼쪽 어깨에 위세 좋게 사냥매 한 마리를 얹고, 허리에는 보검寶劍을 차고 등에는 장궁長弓을 멘채 쏜살같이 말을 몰았다. 뒤따르는 말에 탄 사람들은 하나같이 짧은 청색 옷차림이었다.

그들이 대문으로 달려오자, 기다리던 사내들 중 몇 사람이 입을 모아 외쳤다.

"소표두少鏢頭, 오늘도 사냥을 나가시는군요!"

청년은 호쾌하게 웃으며 허공에 대고 채찍을 휘둘렀다. 짝 하는 경쾌한 채찍 소리에 이어 백마가 고개를 높이 쳐들고 히힝거리고는 청석길을 내달리기 시작했다. 뒤에서 한 사내가 다시 한번 외쳤다.

"사史 표두, 실컷 좀 먹게 멧돼지 한 마리 잡아오십시오!"

청년의 뒤를 따르던 마흔 살가량의 남자가 웃으며 대꾸했다.

"돼지꼬리 하나 정도면 모를까, 줄 사람은 생각도 않는데 벌써부터 입맛 다시지 말게나."

사람들이 큰 소리로 웃음을 터뜨리는 사이 말 다섯 필은 어느새 저 멀리 사라져갔다.

성문을 나서자 소표두 임평지林平之는 두 다리로 말 허리를 슬쩍 조였다. 주인의 지시를 받은 백마는 나는 듯이 달려 순식간에 뒤따르는 말들과 거리를 벌렸다. 말을 몰아 언덕에 오른 뒤 사냥매를 풀자, 숲속에서 누런 토끼 한 쌍이 튀어나왔다. 임평지는 등에 멘 장궁을 풀어 안장에 매단 화살통에서 화살 하나를 뽑아 메긴 다음 힘껏 시위를 당겼다. '핑' 하고 화살이 날아가자 토끼 한 마리가 깩깩거리며 뒤집어졌다. 두 번째 화살을 메기고 보니 그 틈에 다른 한 마리는 수풀 속으로 사라지고 없었다. 정鄭 표두가 쫓아와 웃으며 칭찬했다.

"역시 활 솜씨가 대단하십니다!"

숲 왼편에서 쟁자수趟子手(표사의 종자로 표물을 운송할 때 구호를 외치는 역할을 함)인 백이白二의 외침 소리가 들려왔다.

"소표두, 이쪽입니다! 꿩이 있습니다!"

임평지가 달려가 보니 숲속에서 꿩 한 마리가 푸드덕 날아올랐다. 화살이 쐬액 날아올랐지만 꿩이 임평지의 머리 위로 날아가는 바람에 맞히지 못했다. 임평지가 재빨리 머리 위로 채찍을 휘두르자, '픽' 하는 소리와 함께 꿩이 땅으로 곤두박질치며 오색 깃털이 사방에 흩날렸다. 다섯 사람은 일제히 웃음을 터뜨렸다.

사 표두가 말했다.

"이만한 채찍 솜씨라면 꿩은 말할 것도 없고, 나는 독수리도 떨어뜨리겠습니다!"

일행은 숲으로 들어가 짐승을 쫓았다. 사 표두와 정 표두, 그리고 쟁자수인 백이와 진칠陳七은 소표두의 흥을 돋우려고 일부러 그에게 사냥감을 몰아주고 눈앞에 짐승이 서 있어도 활을 쏘지 않았다. 덕분에 두어 시진 동안 임평지는 토끼 두 마리와 꿩 두 마리를 잡았건만, 멧돼지나 사슴 같은 큰 짐승이 보이지 않자 쉽게 돌아가려 하지 않았다.

"저기 저 산으로 가서 찾아봐야겠어요."

'저 산으로 갔다가는 날이 깜깜해질 텐데. 그 시간에 돌아가면 부인께서 또 뭐라고 하실지….'

곤란해진 사 표두가 권했다.

"소표두, 날이 저물고 있습니다. 돌부리도 많은데 백마의 발굽이 상하기라도 하면 어쩌시렵니까? 내일 아침 일찍 다시 나오시지요."

이 새하얀 대완마大宛馬는 임평지의 외할머니가 낙양洛陽에서 비싼 값을 치르고 구해 2년 전 그의 열일곱 번째 생일 선물로 준 것이었다. 말을 애지중지하던 임평지는 말발굽이 상할지도 모른다는 이야기에 말 머리를 쓰다듬으며 대답했다.

"소설룡小雪龍은 워낙 영리해서 돌부리 같은 데 차일 리 없어요. 하지만 다른 말들은 그렇지 않을 테니 어쩔 수 없죠. 진칠이 엉덩방아를 찧기 전에 그만 돌아가요."

다섯 사람은 왁자그르르 웃으면서 말 머리를 돌렸다. 임평지는 왔던 길과 달리 북쪽으로 길을 잡고 속이 시원해질 때까지 한참을 달린 다음에야 고삐를 당겨 속도를 줄였다. 마침 길옆에 깃발을 내건 술집을 발견한 정 표두가 권했다.

"소표두, 이왕 나왔으니 한잔하시는 게 어떻습니까? 갓 잡은 토끼와 꿩이 있으니 들들 볶아 술에 곁들이면 아주 기가 막힐 겁니다."

임평지가 웃으며 대답했다.

"제사보다는 젯밥이라더니 정 표두가 딱 그 마음이었군요. 여기서 배불리 대접하지 않으면 내일 아침 따라나서지 않으려고 늑장을 부리겠지요?"

그는 고삐를 당기고 말에서 훌쩍 뛰어내려 술집으로 들어갔다.

평소 같으면 주인 채씨가 후다닥 달려나와 고삐를 잡아주며, '아이고, 소표두. 많이도 잡으셨군요. 역시 당세에 둘도 없는 신궁이십니다!' 하고 아양을 떨었을 텐데, 이날은 문 앞에 이르도록 반겨 맞는 사람이 없었다. 술 데우는 화로 옆에는 푸른 옷을 입고 쪽 찐 머리에 흔해빠진 나무 비녀를 꽂은 소녀가 서 있었지만, 술을 만드느라 손님을 알은척도 하지 않았다.

정 표두가 소리쳐 불렀다.

"이보오, 주인장. 손님 맞지 않고 뭐 하시오?"

백이와 진칠이 재빨리 의자를 빼고 소매로 먼지를 탁탁 털어 임평지의 자리를 마련했다. 사 표두와 정 표두는 말석에 나란히 앉았고, 쟁자수들은 다른 탁자에 자리를 잡았다. 그러고 나서야 방에서 콜록콜록 기침 소리가 들리면서 머리가 허연 노인이 나타났다.

"어서들 앉으시우. 술 드시겠습메까?"

북방 사투리가 진하게 묻은 말투였다.

"그럼 술 마시러 왔지, 차 마시러 왔겠소? 우선 죽엽청부터 세 근 주시오. 한데 주인장은 어디 갔소? 설마 그사이 주인이 바뀌었소?"

"완아宛兒, 죽엽청 세 근 내오너라."

노인은 소녀에게 지시한 다음 정 표두의 말에 대답했다.

"손님, 솔직히 말씀드리겠습메다. 소인의 성은 살薩이라 합메다. 본디 이 고장 태생이나 아 때부터 객지에 나가 장사를 했는데, 얼마 전 애비와 메늘아가가 차례로 세상을 떠났지 멥니까. 맴도 헛헛하고 수구초심首丘初心이 자연의 이치입네 싶어 손녀를 데리고 고향으로 돌아왔습메다. 한데 뉘 알았겠습메까? 고향을 떠난 지 마흔 해가 넘었으니 일가 친척도 동무도 좀체 남아 있지 않았지 멥니까. 다행스레 이 술집 주인 채씨가 장사를 접는다기에 은자 서른 냥을 주고 산 것입메다. 허 이고, 고향에 돌아와 고향 말씨를 들으니 맴이 이리 편할 수 없지만서 두, 남세스럽게도 소인은 이제 고향 말씨를 잊어버렸습메다."

그때 푸른 옷을 입은 소녀가 나무 쟁반을 들고 고개를 푹 숙인 채 다가와, 임평지 일행 앞에 잔과 젓가락, 술 세 단지를 내려놓고는 물러 갔다. 그러는 동안에도 소녀는 내내 고개를 숙이고 손님들에게 눈길조 차 주지 않았다. 몸매는 날씬했으나 피부가 거칠고 칙칙한 데다 얼굴 도 곰보였기 때문에, 임평지는 저런 얼굴이면 술장사는 처음이겠구나 싶어 행동이 서툴러도 신경 쓰지 않았다.

사 표두가 꿩과 토끼 한 마리씩을 살 노인에게 건넸다.

"깨끗이 씻어서 껍질을 벗기고 두 대접 볶아주시오."

"예이, 예이! 우선 소고기랑 누에콩이랑 땅콩을 안주 삼아 드시고 계십세다."

시키기도 전에 완아가 소고기와 땅콩 같은 것을 담아왔다.

정 표두가 말했다.

"여기 계신 임 공자는 복위표국의 소표두로, 청년 영웅이자 협의지 사俠義之士시오. 씀씀이가 시원시원하시니, 요리가 입맛에 맞으면 투자 한 은자 서른 냥쯤은 한 달 안에 거뜬히 벌 거요."

"하이고, 예이, 예이! 감사합메다!"

살 노인이 연신 인사를 하고는 꿩과 토끼를 들고 주방으로 들어갔다.

정 표두는 잔 세 개에 술을 가득 채운 후 자기 잔을 들고 단숨에 꿀

껵 마시고 혀로 입술을 핥았다.

"주인은 바뀌어도 술맛은 그대로군요."

그가 다시 술잔을 채우는데, 요란한 말발굽 소리와 함께 북쪽으로 난 관도官道에서 말 두 필이 먼지를 뽀얗게 일으키며 달려왔다. 속도가 어찌나 빠른지 말은 눈 깜짝할 사이 술집 앞에 도착했다.

"술집이 있구먼. 목이나 축이고 갑세!"

사천四川 말씨였다. 사 표두가 말씨를 알아듣고 돌아보니, 푸른색 장포를 입은 사내 두 명이 타고 온 말을 술집 앞 커다란 용수나무에 묶고 안으로 들어오는 것이 보였다. 그들은 임평지 일행을 힐끔 쳐다보고는 아무렇지 않게 자리에 앉았다.

두 사람 다 머리에 흰 천을 두르고 푸른 장포를 걸쳐 서생같이 차렸지만, 유독 신발만은 버선도 없이 낡은 짚신을 신고 있었다. 사 표두는 사천 사람들이 대부분 저런 차림을 한다는 것을 알고 있었다. 머리에 쓴 흰 천은 충무후忠武侯 제갈량諸葛亮(삼국시대 촉한의 정치가)의 죽음을 애도하는 의미로, 제갈량은 사천 지방에서 널리 존경을 받아 천 년이 지난 지금까지도 그 지방 사람들은 머리에서 흰 천을 벗지 않는다고 했다.

의미를 아는 사 표두와 달리 임평지는 그 차림새가 무척 기묘해 보였다.

'서생도 아니고 무인도 아닌 이상한 차림새라니, 괴상하기 짝이 없구나.'

그때 들어온 사내가 외쳤다.

"술 내와라! 복건성은 산이 우라지게 많아서 말도 견뎌내지 못하는

구면."

완아가 고개를 숙이고 다가가 조용조용 물었다.

"무슨 술을 드릴까요?"

작지만 귀가 시원해지는 맑고 고운 목소리였다. 젊은 사내가 흠칫하더니, 별안간 오른손으로 완아의 턱을 잡아 들어올렸다.

"어이쿠! 아깝구면, 아까워!"

그가 피식 웃으며 중얼거리자 완아는 화들짝 놀라 황급히 달아났다. 다른 사내가 낄낄거리며 농을 건넸다.

"어이, 여 형제. 저 낭자 몸매는 으뜸이지마는 얼굴이… 석류 속껍질처럼 아주 우라지게 울퉁불퉁하구면."

여 형제라고 불린 사내가 큰 소리로 웃음을 터뜨렸다. 그들의 농지거리에 임평지는 노기충천해 탁자를 힘껏 내리쳤다.

"네 이놈들! 눈깔을 어디다 두고 왔기에 이 복주에서 함부로 떠드느냐?"

여씨 사내가 피식 웃으며 말했다.

"가 형제, 저 소리 들었는가? 저 기생오라비가 지금 누구더러 저러는가?"

임평지는 어머니를 닮아 미목이 수려하고 곱상한데, 평소 그에게 꺼림칙한 눈길을 던진 사람은 누구든지 따귀가 통통 부어서 달아날 정도로 외모에 대한 농담을 싫어했다. 그런 그가 '기생오라비'라는 말에 어찌 가만히 있을 수 있겠는가.

임평지는 대뜸 놋쇠로 만든 술주전자를 낚아채 여씨 사내의 면상을 향해 집어던졌다. 여씨 사내가 슬쩍 피하자 주전자는 술집 바깥 풀더

미 위에 떨어져 땅을 술로 흠뻑 적셨다. 사 표두와 정 표두가 벌떡 일어나 상대방 탁자로 달려갔다.

여씨 사내가 킬킬 웃으며 말했다.

"아이고, 이놈 봐라. 무대에 올라 계집처럼 노래를 부르면 아주 혼을 쏙 빼놓겠구먼. 그런 얼굴로 싸움을 해서야 쓰나!"

"네 이놈! 저분은 복위표국의 소표두시다. 아무리 간이 크기로서니 어디서 감히 함부로 구느냐?"

정 표두가 일갈하며 냅다 왼 주먹을 휘둘렀다. 그러나 여씨 사내가 왼손을 뒤집어 그의 맥문을 잡아챈 뒤 힘껏 밀자 똑바로 서 있지 못하고 탁자 위로 나동그라졌다. 여씨 사내는 기회를 놓치지 않고 팔꿈치로 정 표두의 뒷덜미를 힘껏 후려쳤다. 우지끈하는 소리와 함께 탁자가 힘없이 무너졌고, 정 표두도 따라서 바닥에 쓰러졌다. 비록 복위표국의 고수는 아니지만 그렇다고 종이호랑이라고 볼 수도 없는 정 표두가 1초 만에 맥없이 쓰러지는 것을 보자, 사 표두는 상대가 제법 이름 있는 사람이라고 판단했다.

"댁은 뉘시오? 같은 무림인으로서 어찌 복위표국을 이리도 무시하는 것이오?"

여씨 사내는 냉소를 터뜨렸다.

"복위표국? 처음 듣는 이름이구먼! 무얼 하는 곳이던가?"

"이 죽일 놈들!"

임평지가 참다못해 벌떡 일어나, 왼손으로 장법을 펼치는 동시에 오른손을 왼손 아래쪽으로 뻗어냈다. 집안 대대로 전해지는 번천장翻天掌의 '운리건곤雲裏乾坤'이라는 초식이었다.

"기생오라비 같은 놈이 제법 하는구먼."

여씨 사내는 팔을 휘둘러 막으며 오른손으로 임평지의 어깨를 잡아채려 했다. 임평지는 어깨를 살짝 비틀면서 왼 주먹을 힘껏 뻗었다. 여씨 사내는 고개를 돌려 피했으나, 뜻밖에도 임평지가 주먹을 쫙 펼치며 삽시간에 권법을 장법으로 바꿔 무리간화霧裏看花 초식을 사용해 짝하고 시원하게 상대의 따귀를 올려붙였다. 여씨 사내는 버럭 화를 내며 임평지에게 비각飛脚(두 다리를 차례로 차올리는 동작)을 날렸고, 임평지는 오른쪽으로 피하면서 똑같이 발을 걸어찼다.

그동안 사 표두는 가씨 성을 쓰는 사내와 싸움을 시작했고, 백이는 정 표두를 부축해 일으켰다. 정 표두는 욕지거리를 퍼부으며 여씨 사내에게 달려들었으나 임평지가 명령했다.

"이 개자식은 내가 손봐줄 테니 사 표두를 도우세요!"

호승심이 강해서 남이 끼어드는 것을 싫어하는 임평지의 성격을 잘 아는 정 표두는, 어쩔 수 없이 부러진 탁자 다리를 주워들어 가씨 사내의 머리를 내리쳤다.

두 쟁자수는 밖으로 달려가 각각 말안장에 걸어둔 임평지의 검과 사냥용 창을 꺼내 들고 여씨 사내를 가리키며 욕설을 쏟아냈다. 표국의 쟁자수는 구호를 외치는 것이 일이다 보니, 무예 실력은 하잘것없어도 목청 하나만큼은 따를 자가 없었다. 두 사람이 복주 사투리로 걸쭉하게 욕지거리를 해대니, 사천 출신인 가씨와 여씨 사내는 욕이라는 것은 알면서도 정확한 뜻은 이해하지 못했다.

임평지는 아버지에게 배운 벽천장의 초식을 하나하나 펼쳤지만, 10여 초가 지나도록 상대가 흔들림 없이 막아내자 슬슬 자신감이 사그라들었다. 상대는 그의 초식을 차례차례 해소하면서 계속해서 너절한 말을 늘어놓았다.

"어이, 아무리 봐도 남자라기보다 남장한 여자 같구먼. 이런 우라질 싸움은 관두고 고 복숭아 같은 얼굴에 입맞춤이나 하게 해주게나, 어떤가?"

임평지는 더욱 화가 치밀었다. 곁눈질로 살펴보니 사 표두와 정 표두는 가씨 사내를 협공하면서도 여전히 수세에 빠져 있었다. 특히 정 표두는 코가 깨지는 바람에 앞섶이 코피로 벌겋게 물들어 무척 볼썽사나웠다. 임평지는 한층 더 빨리 장법을 펼쳐, '철썩' 하는 소리와 함께 또다시 여씨 사내의 뺨을 후려쳤다. 잔뜩 힘이 들어간 한 수였기 때문에 여씨 사내는 통증과 수치심을 참지 못해 길길이 날뛰었다.

"이런 거지발싸개 같은 놈을 보았는가! 계집처럼 곱상하게 생겨먹어서 조금 봐줬더니 요놈이 감히 이 어르신을 때려!"

순간 그의 권법이 싹 바뀌어 광풍폭우처럼 날아들었다. 두 사람은 어느새 술집 밖으로 나와 싸우고 있었다.

상대의 권법이 똑바로 짓쳐오자, 임평지는 아버지가 전수해준 '사자결卸字訣'을 떠올리고 즉시 왼손으로 펼쳐 권풍을 막으려 했다. 하지만 어쩌랴. 여씨 사내의 힘이 예상보다 강하여, 막기는커녕 픽 하고 가슴에 정면으로 주먹을 맞고 말았다. 그가 몸을 가누지 못하고 휘청거리는 사이 여씨 사내가 임평지의 멱살을 움켜쥐었다. 그는 팔힘으로 임평지의 상반신을 꺾고 오른팔로 철문함鐵門檻을 펼쳐 뒷덜미를 꾹 눌러서 꼼짝 못하게 한 다음 미친 듯이 웃어댔다.

"거지발싸개 같은 놈! 내게 세 번 절하고 어르신 살려줍쇼 하고 빌면 놓아주지!"

사 표두와 정 표두는 대경실색하여 상대를 팽개치고 도와주려 했으나, 가씨 사내가 권법과 비각을 어지럽게 펼쳐 앞을 가로막았다. 보다 못한 쟁자수 백이가 여씨 사내의 등에 사냥용 창을 내지르며 소리쳤다.

"놓지 못하겠느냐? 네놈 목이 몇 개…."

말이 끝나기도 전에 여씨 사내가 왼발을 돌려 창을 저 멀리 날려버리고, 연이어 오른발로 백이를 걷어찼다. 백이는 데굴데굴 굴러가 한참이 지나도 일어나지 못했다.

"에라 이 잡놈아, 애비도 모르는 잡종놈, 눈깔을 어디다 팔아먹었느냐!"

진칠이 입심 좋게 욕을 퍼부었지만, 말만 그렇지 몸은 슬금슬금 뒤로 물러나고 있었다. 여씨 사내가 껄껄 웃으며 조롱했다.

"어이, 아가씨. 절을 할 것인가, 안 할 것인가?"

그가 팔에 힘을 주어 임평지의 머리를 짓누르자, 임평지의 얼굴은 점점 아래로 내려가 마침내 이마가 땅에 닿을 정도가 되었다. 임평지는 여씨 사내의 아랫배를 향해 주먹을 휘둘러보았지만 간발의 차로 때릴 수가 없었다. 목은 부러질 것처럼 아프고, 눈앞에는 별이 번쩍번쩍하고, 귓속은 시끄럽게 윙윙거렸다. 벗어나려고 두 손을 마구 휘두르던 임평지는 종아리 부근에서 딱딱한 것이 잡히자, 이것저것 따질 겨를 없이 재빨리 낚아채 상대의 배를 힘껏 찔렀다.

순간, 여씨 사내가 날카롭게 비명을 질렀다. 임평지를 놓고 비틀비틀 물러나는 그의 얼굴 위로 참혹한 공포의 빛이 떠올랐다. 그의 아랫배에는 비수 한 자루가 손잡이만 남고 깊숙이 박혀 있었는데, 때마침 서쪽을 향해 서 있었기 때문에 석양에 비친 황금빛 손잡이가 눈부시게 번쩍였다. 여씨 사내는 무슨 말을 하려는 듯 입을 열었지만 소리는 목구멍에서 얼어붙어 나오지 않았고, 비수를 뽑으려고 손을 뻗었지만 용기마저 얼어붙은 듯 힘을 내지 못했다.

임평지는 심장이 목구멍으로 튀어나올 정도로 놀라 주춤주춤 뒷걸음질쳤다. 가씨 사내와 사 표두, 정 표두도 싸움을 멈추고 경악한 얼굴로 여씨 사내를 바라보았다. 여씨 사내는 비틀비틀하더니 마침내 오른손으로 비수 자루를 움켜쥐고 힘껏 뽑았다. 비수가 튀어나오는 순간, 새빨간 피가 분수처럼 뿜어져나오는 바람에 가까이 있던 사람들은 비명을 질렀다.

"가… 가 형제, 아버지께… 보, 복수를… 해달라고…저, 전해주….”

여씨 사내가 온 힘을 쥐어짜 부탁하면서 비수를 내던졌다.

"여 형제! 정신 차리게!"

가씨 사내가 부르짖으며 달려갔지만, 여씨 사내는 땅에 푹 고꾸라져 부들부들 떨더니 마침내 모든 움직임을 멈췄다.

"저놈을 잡아라!"

사 표두가 나지막하게 중얼거리며 묶어둔 말에게 달려가 무기를 꺼냈다. 강호 경험이 풍부한 그는 사람이 죽은 이상 가씨 사내가 큰 후환이 되리라는 것을 잘 알고 있었다.

임평지를 죽일 듯이 노려보던 가씨 사내는 비수를 주워들고 말에 훌쩍 뛰어오르더니, 묶은 고삐를 풀 여유조차 없는지 비수를 휘둘러 끊어버리고는 말 옆구리를 걷어차 질풍같이 북쪽으로 내달았다.

어느새 다가온 진칠이 여씨 사내의 시체를 걷어차 뒤집었다. 상처에서는 아직도 피가 철철 쏟아지고 있었다.

"감히 우리 소표두를 건드리다니, 간덩이가 부었구나! 죽어도 싸지!"

그러나 여태 사람을 죽여본 적이 없던 임평지는 핏기가 싹 가신 얼굴로 불안하게 물었다.

"사… 사 표두, 어… 어쩌죠? 주, 죽일 마음은 없었어요."

사 표두는 생각에 잠겼다.

'복위표국은 삼대째 표국을 경영해왔고, 강호 일을 하다 보면 싸우거나 사람을 죽이는 일도 종종 있었다. 다만 지금까지 죽인 사람은 어디까지나 흑도黑道(도적과 같이 법을 어기는 무리 혹은 강호의 사파) 인물들이었고, 싸우는 곳도 산이나 숲속이었기 때문에 죽인 다음 그 자리에 묻어 유야무야 넘어갈 수 있었지. 표물을 훔치려던 도적들이 관아에 신고할 리도 없고. 하지만 지금 죽은 자는 도적도 아니고 장소도 성 근교다. 귀중한 사람의 목숨이 저리 갔으니, 한갓 표국의 소표두는 말할 것도 없고, 지방 고관이나 감찰사의 아들이라도 쉽사리 빠져나가지는 못할 터….'

이렇게 생각한 그는 눈썹을 찡그리며 제안했다.

"한시바삐 시체를 술집 안으로 옮겨야 합니다. 이곳은 큰길가라 금방 눈에 띕니다."

마침 해가 뉘엿뉘엿 지고 있어 길 가는 사람은 없었다. 백이와 진칠이 시체를 술집으로 옮기는 동안 사 표두가 임평지에게 속삭였다.

"소표두, 은자를 좀 가져오셨습니까?"

"그럼요, 여기 있어요!"

임평지는 다급히 품에서 스무 냥쯤 되는 은자를 꺼냈다. 사 표두는 술집으로 들어가 탁자 위에 그것을 내려놓으며 살 노인을 달랬다.

"주인장, 저 친구들이 주인장 손녀를 희롱하기에 우리 소표두께서 의분을 참지 못해 도우려다 실수로 사람을 죽였네. 주인장도 똑똑히 보지 않았나? 주인장 손녀 때문에 벌어진 일이니 괜히 말 새어나갔다가는 주인장도 무사하지 못할 것일세. 은자를 줄 테니 우선 저 시체부터 묻고 나서 방법을 생각해보세."

"예이, 예이, 그리하습세다!"

살 노인이 대답했지만 정 표두가 다시 한번 으름장을 놓았다.

"우리 복위표국이 도적 몇 놈 죽이는 것쯤은 일도 아니야. 저 쥐새끼 같은 놈들은 하는 짓이 수상하고 엉큼한 것이, 분명 우리 복주에 나쁜 짓을 하러 온 강도 아니면 색마가 틀림없네. 우리 소표두께서 척 알아보시고 미리 놈들을 처리해 복주의 평화를 지키셨으니 관부로부터 상을 받아 마땅하지만, 본디 시끄러운 것을 싫어하시고 쓸데없이 이름을 알리는 것을 원치 않으시기에 조용히 처리하는 것일세. 그러니 노인장도 입 꾹 다물게. 입만 벙긋했다가는… 우리도 노인장이 가짜 술집을 차리고 저놈들을 끌어들여 끄나풀 노릇을 했다고 할 테니 그리 알게. 노인장 말투는 누가 들어도 이 고장 사람이 아니고, 저놈들도 하필이면 노인장이 술집을 사자마자 나타나지 않았나? 세상에 이렇게 공교로운 일을 누가 우연이라고 믿어주겠나?"

살 노인은 겁을 먹고 연신 고개를 주억거렸다. 사 표두는 백이와 진칠을 데리고 술집 뒤 채소밭에 시체를 묻은 후, 괭이질을 해서 흙으로 문밖의 핏자국을 말끔히 덮었다.

정 표두가 살 노인에게 다짐했다.

"열흘 동안 비밀을 지키면 관 값으로 은자 쉰 냥을 더 보내주겠네. 혀를 함부로 놀리면 어떻게 되는지 알지? 복위표국 손에 죽은 도적이 못해도 몇백은 되는데 노인장 가족 두 명쯤 더한들 대수로운 일도 아닐세. 채소밭에 시체 두 구 늘어나기밖에 더하겠나?"

"허이고, 감사합메다, 감사합메다! 입도 벙긋하지 않겠습메다!"

일처리가 끝나자 어느새 날이 깜깜해져 있었다. 임평지는 다소 마음이 놓여 일행과 함께 표국으로 돌아갔다.

대청에는 아버지가 태사의太師椅(등받이와 팔걸이가 있는 폭 넓은 의자)에 앉아 눈을 감고 생각에 잠겨 있었다.

"아버지!"

임평지가 다소 불안한 목소리로 아버지를 불렀다. 그와 달리 임진남林震南은 즐거운 표정이었다.

"사냥은 잘했느냐? 멧돼지는 잡았고?"

"못 잡았습니다."

별안간 임진남이 손에 든 담뱃대로 임평지의 어깨를 내리치며 웃음 섞인 목소리로 외쳤다.

"받아라!"

임진남은 종종 이렇게 갑작스레 아들의 무공을 시험해보곤 했다. 평소의 임평지라면 아버지의 '벽사검법辟邪劍法' 제26초 유성비타流星飛墮에 대응하여 제46초 화개견불花開見佛을 펼쳤겠으나, 켕기는 구석이 있는 오늘은 아버지가 술집에서 있었던 살인 사건을 알아내고 야단을 치는 줄로 오해해 차마 맞서지 못하고 그저 울상을 지었다.

"아버지!"

임진남의 담뱃대는 아들의 어깨를 내리치기 직전에 겨우 멈췄다.

"어찌 그러느냐? 강호에서 강한 적을 만났을 때도 이렇게 반응이 느리면 어디 어깨가 남아나겠느냐?"

꾸짖는 투였으나 얼굴은 여전히 웃고 있었다.

"알겠습니다!"

임평지는 왼쪽 어깨를 슬쩍 내리고 빙그르르 몸을 돌려 아버지 뒤로 돌아간 뒤 탁자에 놓인 먼지떨이를 낚아채 냅다 등을 찔렀다. 화개견불 초식이었다. 임진남이 고개를 끄덕이며 웃었다.

"암, 그래야지."

그 말과 동시에 그의 담뱃대가 강상롱적江上弄笛 초식을 펼쳐냈다. 임평지는 정신을 바짝 차리고 자기동래紫氣東來로 막았다. 50여 초를 주고받은 후 임진남이 담뱃대를 쭉 뻗어 아들의 왼쪽 가슴을 쿡 찌르자, 제때 막지 못한 임평지는 오른쪽 어깨가 저릿저릿해져 먼지떨이를 떨어뜨리고 말았다.

임진남이 웃으며 말했다.

"잘했다, 아주 잘했어! 나날이 실력이 느는구나. 오늘은 4초를 더 받아냈다."

그는 다시 태사의에 앉아 담뱃대에 살담배를 눌러담았다.

"평아, 알려줄 것이 있다. 오늘 표국에 좋은 소식이 왔구나."

임평지는 부싯돌로 불쏘시개에 불을 붙여 아버지에게 내밀며 물었다.

"이번에도 큰 표물을 맡으셨습니까?"

임진남은 웃으며 고개를 저었다.

"표국의 기반을 튼튼히 하면 표물은 절로 찾아오는 법이다. 큰 표물이 들어와도 맡을 능력이 없으면 무슨 소용이겠느냐?"

그는 담배 연기를 길게 내뿜으며 말을 이었다.

"방금 장張 표두가 보낸 서신을 받았다. 사천에 있는 청성파青城派 송풍관松風館의 여余 관주가 우리가 보낸 선물을 받았다는구나."

'사천'과 '여 관주'라는 단어에 임평지는 가슴이 철렁 내려앉아 조심스레 물었다.

"선… 선물이라니요?"

"평소 네게 표국의 일을 자세히 알려주지 않았으니 모르겠지. 하지만 너도 이제 다 컸고, 언젠가 아비의 짐을 이어받아야 하니 앞으로는 표국 일에 좀 더 관심을 갖도록 해라. 너도 알다시피 우리는 삼대째 표물을 운송해왔고, 네 증조부의 명성과 집안 대대로 전해지는 기술 덕분에 지금은 강남에서 손꼽히는 표국이 되었다. 강호에서 '복위표국'이라고 하면 누구나 엄지를 치켜세우지. 강호에서 살아남으려면 명성이 2할, 실력이 2할이고, 나머지는 오로지 흑도와 백도白道(강호의 정파)의 친구들에게 의지해야 한다. 너도 생각해보려무나. 우리 복위표국이 전국을 돌며 표물을 운송하는데, 가는 곳마다 싸우다 죽으면 그 많은 사람을 어디서 충당하겠느냐? 설령 운이 좋아서 매번 이기더라도 적지 않은 피해를 입을 것이 뻔하지. 표사가 죽으면 가족에게 위로금을 주어야 하니 수입이 줄고, 그러다 보면 우리에게 남는 것은 얼마되지 않는다. 그러니 명심해라. 우리 같은 사람이 가장 먼저 할 일은, 가능한 많은 사람들을 만나고 크게 베푸는 것이다. 천운이라는 한마디가 창칼보다 훨씬 중요하다는 말이다."

"예, 알겠습니다!"

보통 때라면 아버지의 짐을 이어받아야 한다는 말에 잔뜩 흥분하여 밤새도록 논쟁을 벌였을 임평지였으나, 지금은 마음이 조마조마해서 아무 말도 귀에 들어오지 않았다. 오로지 '사천'과 '여 관주'라는 말만 머릿속을 맴돌 뿐이었다.

임진남이 다시 담배 연기를 뿜으며 말을 이었다.

"아비의 무공은 네 증조부를 따를 수 없고 네 할아버지께도 미치지 못한다. 하지만 표국을 운영하는 재주는 두 분보다 낫다고 볼 수 있지. 복건과 광동, 절강, 강소, 이 네 곳의 기반은 네 증조부께서 닦으셨지만, 산동, 하북, 호남, 호북, 강서, 광서 등 여섯은 이 아비가 기반을 쌓은 곳이다. 비결이 무엇이겠느냐? 바로 '친구를 많이 만들고 적을 적게 만드는 것'이다. 복위표국이라는 이름을 잘 보아라. '복'이 먼저고 '위'가 다음에 있지 않으냐? 그 말인즉, 복이 위세보다 중요하다는 뜻이다. 복은 '친구를 많이 만들고 적을 적게 만드는 것'에서 나온다. 글자 순서를 바꿔 '위복'이라고 불렀더라면 아마 힘을 믿고 으스대기만 했겠지. 하하하하!"

임평지도 아버지를 따라 웃었지만 바짝 마른 억지웃음이었다.

임진남은 아들의 불안감은 전혀 눈치채지 못한 채 계속 말했다.

"옛말에 농서隴西(감숙)를 얻으면 촉蜀(사천)을 탐낸다고 했다. 이 아비는 그 말을 약간 바꿔, 악주鄂州(호북)를 얻었으니 촉을 바라는 것이다. 우리 복위표국은 복건성에서 시작하여 서쪽으로 나아가 강서와 호남을 거쳐 호북까지 아울렀다. 강을 거슬러 사천으로 들어가지 못할 이유가 없지 않으냐? 사천은 하늘이 내린 땅이라 물자가 풍부하고 비옥하기 그지없는 곳이다. 사천을 뚫어놓으면 북쪽으로는 섬서陝西, 남쪽으로는 운남雲南과 귀주貴州까지 진출할 수 있으니, 장사도 어림잡아 3할은 늘어날 것이다. 그 때문에 이 아비는 3년 전부터 춘절과 중추절마다 후한 선물을 준비해 청성파의 송풍관과 아미파의 금정사金頂寺로 보냈지만, 두 장문인掌門人들은 한 번도 받지 않았다. 그나마 아미파 금광상인金光上人은 내가 보낸 표두를 직접 만나 감사 인사도 하고 간소하게 식사 대접도 했지. 물론 선물은 뜯어보지도 않고 돌려보냈지만 말이다. 하지만 송풍관의 여 관주는 실로 너무하더구나. 우리 표두들이 청성산에 발도 대지 못하게 하지 무어냐? 여 관주는 폐관 중이라 손님을 맞지 않는다며 표두들을 가로막고, 송풍관에는 모자란 것이 없으니 선물은 필요 없다고 거절했다. 표두들은 여 관주를 만나보기는커녕 송풍관 문짝 구경도 못했지. 선물을 들고 갔던 표두들은 매번 씩씩거리며 돌아와서, 상대방이 아무리 무례하게 굴어도 공경을 잃지 말아야 한다는 내 당부만 아니었다면 그런 대접을 받고 가만히 있지는 않았을 것이라 하더구나. 아마도 온갖 상스러운 욕은 다 퍼부었겠지. 어디 그뿐이겠느냐? 한바탕 싸움을 하고도 남았을 것이다."

임진남은 여기까지 말한 다음 만족스러운 얼굴로 일어났다.

"한데 이번에는 여 관주가 우리 선물을 받았다는구나. 더구나 답례로 제자 네 명을 복건성으로 보냈다고….."

"네 명이요? 두 명이 아니고요?"

임평지가 물었다.

"그래, 네 명이다! 여 관주가 그렇게까지 하다니 이 얼마나 영광스러운 일이냐? 내 방금 강서, 호남, 호북의 각 지부에 쾌마를 보내 청성파의 귀빈들이 도착하면 부족한 것 없이 살피라고 전갈했다."

"그런데 아버지, 사천 사람들은 입버릇처럼 '거지발싸개'니 '우라질'이니 하는 말을 씁니까?"

임평지가 앞뒤 없이 불쑥 묻자 임진남은 허허 웃었다.

"그건 사천의 하류배下流輩들이나 쓰는 말이다. 하류배들은 세상 어디에나 있기 마련이고 당연히 말투가 거칠지. 우리 표국 쟁자수들도 도박을 할 때 거친 말을 쓰지 않더냐? 한데 그건 왜 묻느냐?"

"아닙니다. 그냥 여쭈어본 겁니다."

"청성파의 제자들이 오거든 가까이 지내면서 명문 제자들의 풍모를 배우도록 해라. 그들과 친구가 되면 앞으로 얻는 것이 많을 것이다."

부자는 한동안 이야기를 나눴지만, 임평지는 끝내 오늘 있었던 살인 사건을 아버지에게 알릴지 말지 결심이 서지 않았다. 결국 어머니와 의논해본 다음 아버지에게 말씀드리기로 마음먹었다.

저녁을 먹은 후 임진남의 세 식구는 후원에서 도란도란 이야기를 나눴다. 임진남은 부인에게 큰처남의 생일이 6월 초인데 무슨 선물을 보내는 것이 좋을지 물었는데, 아무래도 낙양 금도金刀 왕가王家의 눈높이에 맞는 선물을 고르는 것이 쉽지 않아 이야기가 길어졌다. 그런데 갑자기 바깥이 소란스러워지더니 다급한 발소리와 함께 문이 벌컥 열렸다.

"어찌 이렇게 예의가 없느냐?"

임진남이 얼굴을 찌푸리며 묻자 달려온 쟁자수 세 명 중 한 명이 헐떡이며 대답했다.

"초, 총표두, 큰일 났습니다…!"

"무슨 일인데 이리 소란이냐?"

"배, 백이가 죽었습니다."

진칠의 대답에 임진남은 깜짝 놀랐다.

"죽다니? 누가 죽였느냐? 또 도박 때문에 싸웠느냐?"

임진남은 그렇게 물으며 속으로 생각했다.

'강호에서 막 굴러먹던 녀석들이라 다루기가 쉽지 않구나. 걸핏하면 주먹질을 하거나 칼부림을 해대니 이를 어쩐다? 관부 관할지에서 사람이 죽었으니 몹시 귀찮게 되었군.'

그런 그의 생각과는 달리 진칠이 황급히 대답했다.

"아니, 그런 게 아닙니다. 조금 전에 소리小李가 측간에 갔다가 백이가 측간 옆 채소밭에 쓰러진 것을 발견했는데, 상처 없이 온몸이 뻣뻣하게 굳어 있었습니다. 어쩌다 죽었는지 도무지 모르겠습니다. 무슨 급병이라도 걸린 게 아닐까요?"

임진남은 그제야 안도의 숨을 쉬며 마음을 놓았다.

"어디 가보자."

그가 채소밭으로 달려가자 임평지도 뒤따랐다. 채소밭에는 일고여덟 명의 표사와 쟁자수들이 모여 있었는데, 총표두가 나타나자 재빨리 길을 터주었다. 임진남은 백이의 시체를 살폈다. 벌써 누군가 옷을 벗겨놓았는데, 몸에 드러난 핏자국은 전혀 없었다. 그는 옆에 선 축祝 표두에게 물었다.

"상처는 없었나?"

"제가 자세히 살펴보았지만 상처는 발견하지 못했습니다. 독살도 아닌 것 같습니다."

축 표두의 대답에 임진남은 고개를 끄덕였다.

"장방帳房(회계를 처리하는 곳)의 동董 선생에게 백이의 장례를 치르고 유가족에게 은자 100냥을 지급하라고 전하게."

쟁자수 한 명이 병으로 죽은 일은 별로 큰 사건이 아니었기 때문에 임진남은 일을 맡기고 다시 대청으로 돌아갔다.

그가 아들에게 물었다.

"백이는 오늘 너와 함께 사냥을 나가지 않았더냐?"

"예, 아버지. 돌아올 때만 해도 멀쩡했는데 왜 갑자기 병이 났는지 모르겠습니다."

"음, 살다 보면 좋은 일, 나쁜 일이 이렇게 예고도 없이 찾아오곤 하지. 사천을 뚫으려면 10년은 걸리겠다 싶었는데, 여 관주가 갑자기 마음을 바꿔 선물을 받고 천 리 먼 이곳까지 제자를 보낼 줄 누가 알았겠느냐."

"아버지, 청성파가 무림의 명문대파이기는 하지만, 복위표국과 아버지의 명성도 결코 약하지 않습니다. 우리가 매년 선물을 보냈으니 여 관주가 제자를 보내는 것은 당연한 예의가 아닙니까?"

임평지가 묻자 임진남은 껄껄 웃었다.

"네가 뭘 알겠느냐. 사천의 청성파와 아미파는 역사가 수백 년이나 되고, 문하에 뛰어난 영웅들도 즐비해서 결코 얕볼 곳이 아니다. 소림이나 무당에는 미치지 못하지만 숭산, 태산, 형산, 화산, 항산 등 오악검파五岳劍派와는 나란히 꼽을 수 있지. 네 증조부이신 원도공遠圖公께서 72로의 벽사검법을 창안하여 강호를 종횡하실 때만 해도 명실상부 천하무적이었지만, 네 조부 대에 와서는 그 명성이 원도공을 따르지 못했고 이 아비는 말할 것도 없다. 우리 임씨 가문은 삼대째 독자獨子에게만 무공을 전수했기 때문에 사형제도 없는데, 우리 두 사람이 무슨 수로 머릿수 많은 문파를 상대하겠느냐?"

"지방에 퍼져 있는 우리 지부에 영웅호걸이 그득한데, 설마 소림이니 무당이니 아미파니 청성파니 오악검파니 하는 문파들을 상대 못할까요?"

임진남은 또다시 웃음을 터뜨렸다.

"애야, 이 아비에게는 그런 말을 해도 상관없다만, 밖에서는 입조심해라. 남의 귀에 들어가면 무슨 사달이 벌어질지 모른다. 네 말마따나 우리 지부에 있는 표사 84명은 각자 나름의 장기가 있으니, 한데 모으면 지지는 않겠지. 허나 이긴들 무슨 소용이냐? 흔히들 웃어야 돈을 번다고 하지 않더냐? 특히 표물을 운송해서 먹고사는 우리는 한발 더 양보할 줄 알아야 한다. 몸을 숙이고 남들이 으스대도록 추어주는 것은 손해랄 것도….'"

말이 끝나기도 전에 밖에서 자지러지는 비명 소리가 들려왔다.

"으아악, 정 표두가 죽었다!"

임진남 부자는 입이 떡 벌어졌다. 임평지는 의자에서 펄쩍 뛰어내리며 저도 모르게 떨리는 목소리로 입을 열었다.

"설마 그자들이 복…."

하지만 도저히 '수' 자까지 입 밖에 낼 수가 없었다. 그때 임진남은 이미 입구로 달려갔기 때문에 아들의 말을 들을 틈도 없었다. 쟁자수 진칠이 헐레벌떡 달려와 보고했다.

"초, 총표두… 큰일입니다! 이번에는 정 표두가… 정 표두가 사천의 악귀들에게… 목숨을 빼앗겼습니다."

임진남의 안색이 착 가라앉았다.

"사천의 악귀라니? 무슨 허무맹랑한 소리냐?"

"그… 그게… 그 사천 악귀들… 그놈들은 살았을 때도 패악질이 보통이 아니었는데, 귀신이 되었으니 더 지독한…."

분노에 찬 총표두의 엄한 눈빛을 보자 그는 차마 말을 잇지 못하고 임평지를 흘끔흘끔 바라보았다. 그 얼굴에는 두려움과 간절함이 가득했다.

"어쨌든 정 표두가 죽었단 말이지? 시체는 어디 있느냐? 어떻게 죽었느냐?"

그때 또 다른 표사와 쟁자수들이 대청으로 달려왔다. 그들 중 한 명이 눈을 찡그린 채 말했다.

"총표두, 정 형제는 마구간에 죽어 있었습니다. 백이와 마찬가지로 상처는 전혀 없고 피를 흘리지도 않았습니다. 얼굴에 부종도 없고요. 혹시… 혹시 소표두를 따라 사냥을 나갔다가 아, 악귀를 건드려서 귀, 귀신에 씐 것이 아닐까요?"

임진남은 코웃음을 쳤다.

"내 평생 강호를 떠돌면서 귀신 같은 것은 본 적이 없다. 가보자!"

그는 성큼성큼 마구간으로 걸음을 옮겼다. 정 표두는 양손으로 말안장을 움켜쥔 채 바닥에 쓰러져 있었다. 한눈에도 말안장을 내리다가 별안간 쓰러져 죽었다는 것을 알 수 있었고, 싸운 흔적은 없었다.

날이 캄캄했기 때문에 임진남은 사람을 불러 등롱을 비추게 한 다음, 손수 정 표두의 옷을 벗기고 앞뒤로 꼼꼼히 살폈다. 전신의 뼈마디까지 하나하나 짚어보며 확인했지만 상처는 물론이고 손가락뼈 하나 부러진 곳이 없었다. 임진남은 귀신을 믿지 않았으나, 급사한 사람이 백에 한 명이라면 모를까, 정 표두까지 똑같은 모습으로 죽은 것은 확실히 수상쩍은 일이었다. 흑사병 같은 전염병이라면 몸에 반점이라도 있어야 하는데 그런 것도 없었다. 그는 이번 일이 아들의 사냥과 무슨 관계가 있다고 짐작하고 임평지를 돌아보았다.

"오늘 너를 따라갔던 사람 중에 정 표두와 백이를 제외하면 사 표두와 저 녀석뿐이냐?"

그는 진칠을 가리키며 물었다. 임평지가 고개를 끄덕이자 그가 두 사람과 또 다른 쟁자수를 번갈아 보며 말했다.

"너희 둘은 나를 따라오고, 너는 사 표두를 찾아 동쪽 곁채로 오라고 전해라."

세 사람이 동쪽 곁채에 모이자 임진남이 아들에게 물었다.

"도대체 무슨 일이 있었느냐?"

임평지는 돌아오는 길에 술집에 들렀다가 사천 사람들이 술집 손녀를 모욕해서 말다툼을 했고 결국 싸움까지 벌어졌다는 이야기와 상대방이 목을 붙잡고 억지로 절을 하라고 다그치기에 당황하고 분한 나머지 신발에 넣어둔 비수로 찔러 죽였다는 이야기, 채소밭에 시체를 묻고 술집 주인에게 은자를 주어 입 다물게 했다는 이야기를 사실대로 털어놓았다.

임진남은 들으면 들을수록 일이 잘못되었다는 것을 느꼈지만, 우연히 다툼이 일어나 타지 사람을 죽인 일이 하늘이 무너질 만큼 큰 사건은 아니었기 때문에 아들의 말이 끝날 때까지 기다렸다가 낮은 소리로 말했다.

"그 사내들이 문파나 방파의 이름을 대지는 않았느냐?"

"예, 그런 말은 없었습니다!"

"말투나 행동거지에 특이한 점은 없었고?"

"특별히 이상한 것은 없었습니다. 그 여씨 사내는….”

그의 대답이 끝나기도 전에 임진남이 대뜸 되물었다.

"네가 죽인 자가 여씨냐?"

"예! 다른 사내가 그자를 여 형제라고 불렀습니다. 하지만 사천 억양 때문에 여분 '여余' 자 인지, 법칙 '여呂' 자인지는 확실치 않습니다."

임진남은 고개를 저으며 혼잣말을 중얼거렸다.

"아니야, 그럴 리는 없다. 여 관주가 보낸 사람이 이렇게 빨리 복주에 도착할 리 없지. 겨드랑이에 날개가 돋지 않은 이상….”

임평지는 흠칫해서 조심조심 물었다.

"아버지, 그들이 청성파 사람일까요?"

임진남은 대답하지 않고 초식을 흉내 내며 물었다.

"네가 이렇게 번천장을 썼을 때 그자는 어떻게 막더냐?"

"막지 못하고 제 손에 따귀를 세게 얻어맞았습니다."

그 대답에 임진남은 허허 웃으며 연신 외쳤다.

"좋다, 아주 좋아!"

곁채의 분위기는 불안하게 가라앉은 상태였지만, 임진남이 웃자 임평지도 저도 모르게 헤벌쭉 웃었다.

임진남이 다시 초식을 펼쳐 보였다.

"이 초식을 썼을 때는 어떻게 반격하더냐?"

"그때는 화가 머리끝까지 나서 확실히 기억나지는 않지만, 아마 이렇게 가슴에 주먹을 먹였던 것 같습니다."

임진남은 더욱 즐거운 표정이 되었다.

"오냐, 좋구나. 그 초식은 바로 그렇게 쓰는 것이다! 그 초식조차 막지 못했다면 천하에 유명한 청성파 여 관주의 자제일 리가 없지."

그의 입에서 나온 '좋다'는 말은 아들의 권법이 좋다는 뜻이 아니라 안심이 되어 좋다는 뜻이었다. 사천에는 여씨 성을 가진 사람이 셀 수 없이 많았다. 여씨 사내가 아들의 손에 죽었다면 무예가 높지 않다는 말이고, 이는 곧 청성파와 아무 관계가 없다는 뜻이었다. 그는 오른손 중지로 탁자를 톡톡 두드리며 또 물었다.

"그자가 네 목을 잡았다고 했지? 어떻게 잡더냐?"

임평지는 손짓으로 어쩌다 꼼짝 못하게 붙잡혔는지 보여주었다. 겨우 두려움이 가신 진칠이 질세라 끼어들었다.

"백이가 사냥용 창으로 놈을 찔렀는데, 도리어 발길질에 창을 떨어뜨리고 자기도 벌러덩 나가떨어졌지 뭡니까?"

임진남은 가슴이 철렁했다.

"발길질로 백이를 쓰러뜨리고 들었던 창까지 차서 떨어뜨렸다고? 어떻게… 어떤 식으로 말이냐?"

"이렇게 했던 것 같습니다."

진칠이 두 손으로 의자 등받이를 잡고 오른발을 뒤로 한 번 찬 다음 몸을 훌쩍 날려 왼발을 다시 돌려 찼다. 어찌나 엉성한지 마치 뒷발질을 하는 나귀처럼 볼품없는 자세였다. 그 볼썽사나운 모습에 임평지가 참지 못하고 웃음을 터뜨렸다.

"아버지, 저 꼴 좀…."

그러나 아버지의 놀란 표정을 보자 그만 말을 꿀꺽 삼켰다. 임진남이 무겁게 입을 열었다.

"뒤로 두 발을 차는 방식이 청성파의 절기인 무영환퇴無影幻腿와 비슷하구나. 평아, 정확히 어떻게 찼는지 보여다오."

"그때 저는 목을 잡혀 볼 수가 없었습니다."

"그랬지. 사 표두에게 물어봐야겠구나."

그는 방문을 열고 밖에다 외쳤다.

"누구 없느냐? 사 표두는 왜 아직 소식이 없느냐?"

그 소리를 들은 쟁자수 두 명이 사 표두를 찾는 중이라고 대답했다.

임진남은 곁채를 서성이며 속으로 중얼거렸다.

'저 발차기가 정말 무영환퇴라면, 설사 여 관주의 자제가 아니라 해도 청성파와 모종의 관계가 있겠구나. 대체 누굴까? 역시 내 눈으로 확인해야겠다.'

임진남은 다시 밖에 대고 외쳤다.

"최崔 표두와 계季 표두를 불러라!"

두 표사는 일솜씨가 좋을 뿐 아니라 성격도 노련하고 신중하여 임진남이 무척 신임하는 사람들이었다. 그들은 정 표두가 급사하고 사 표두가 행방불명되자 일찍부터 대청 밖에서 대기하고 있었기 때문에 임진남이 찾자 즉시 안으로 들어왔다.

"할 일이 있네. 자네 두 사람과 평이, 그리고 진칠 모두 따라오게."

다섯 사람은 말을 타고 성을 나가 북쪽으로 내달렸다. 임평지가 앞장서서 안내했다.

얼마 후, 그들이 작은 술집에 도착했을 때 술집 문은 꽉 닫혀 있었다. 임평지가 문을 두드리며 외쳤다.

"살 노인, 살 노인! 문을 여시오!"

한참을 두드려도 안에서는 아무 반응이 없었다. 최 표두가 임진남을 바라보며 문을 부수자는 시늉을 했다. 임진남이 고개를 끄덕였다. 최 표두가 힘차게 쌍장을 내지르자 빗장이 우지끈 부러져나가고, 문은 안쪽으로 활짝 열렸다가 반동으로 닫히고 열리기를 반복하며 삐걱삐걱 소리를 냈다.

최 표두는 문을 벌컥 열면서 만일을 대비해 임평지를 옆으로 밀었지만, 술집 안에는 불씨만 하릴없이 일렁거릴 뿐 다른 움직임은 전혀 없었다. 최 표두가 안으로 들어가 탁자에 놓인 등불을 켜고 벽에 걸린 등롱 두 개에도 불을 붙였다. 일행은 안팎을 샅샅이 뒤졌지만 사람은 코빼기도 보이지 않았고, 채 가져가지 못한 이불과 상자 같은 자질구레한 물건만 덩그러니 남아 있었다.

임진남은 알겠다는 듯이 고개를 끄덕였다.

"노인장이 겁을 집어먹었구나. 여기서 사람이 죽고 채소밭에는 시체가 묻혀 있으니 오금이 저려 냉큼 달아났겠지."

그는 채소밭으로 나가 벽에 세워진 괭이를 가리키며 진칠에게 명령했다.

"진칠, 시체를 파내라."

이 사건을 귀신의 장난이라고 단단히 믿고 있는 진칠은 후들후들 떨며 괭이를 집어들었지만, 몇 번 휘두르지도 못하고 다리에 힘이 풀려 털썩 주저앉았다.

"이 우그렁쪽박 같은 놈! 여태 먹은 표국 밥이 아깝다!"

계 표두가 버럭 소리치며 달려들어 진칠의 손에서 괭이를 뺏고 등롱을 쥐여주었다. 계 표두의 괭이질 몇 번에 시체의 옷이 삐죽 드러났고, 조금 더 파내자 시체가 곡괭이 끝에 닿았다. 계 표두가 시체를 붙잡아 힘껏 끌어냈다. 겁에 질려 고개를 돌리고 있던 진칠은 다른 사람들의 비명 소리에 화들짝 놀라 등롱을 떨어뜨리고 말았다. 그 바람에 등불이 땅에 부딪혀 픽 꺼지고 채소밭은 삽시간에 칠흑처럼 깜깜해졌다.

임평지의 떨리는 목소리가 들려왔다.

"분명히 그 사천 놈을 묻었는데 어떻게… 어떻게…?"

"빨리 등롱을 켜라!"

임진남이 외쳤다. 내내 침착하던 그도 이때만큼은 당황함을 감추지 못했다. 최 표두가 화접자火摺子(고대 중국에서 불을 붙이던 도구)를 꺼내 등불을 밝히자, 임진남은 허리를 숙이고 시체를 살피더니 한참 후 조용히 중얼거렸다.

"아무 상처도 없다. 앞서간 사람들과 똑같구나."

그제야 용기를 쥐어짜 시체를 흘끗 돌아본 진칠이 실성한 사람처럼 비명을 내질렀다.

"사… 사 표두, 사 표두다!"

놀랍게도 사천 사내의 시체는 어디론가 사라지고, 사 표두의 시체가 대신 묻혀 있었던 것이다.

"분명 그 살 노인이라는 자에게 무언가 있다."

임진남은 등롱을 빼앗아 들고 집 안으로 달려갔다. 부뚜막 밑에 놓인 술단지와 가마솥에서부터 가게 안의 탁자와 의자까지 샅샅이 뒤져 보았지만 이상한 점은 찾을 수가 없었다. 최 표두와 계 표두, 임평지도 흩어져서 남은 짐을 뒤지기 시작했다.

얼마 후 임평지가 외쳤다.

"앗! 아버지, 이것 좀 보십시오!"

임진남이 소리 나는 곳으로 달려가 보니, 아들은 손녀의 방에서 녹색 손수건을 들고 서 있었다.

"아버지, 가난한 집 소녀가 어떻게 이런 것을 가지고 있을까요?"

임진남은 손수건을 받아 살폈다. 그윽한 향기가 코를 찌르고, 무척 보드라우면서도 묵직한 것이 필시 고급 비단이었다. 꼼꼼히 살펴보니 가장자리를 녹색 실로 세 번 두르고 한쪽 귀퉁이에는 정교하고 꼼꼼한 솜씨로 조그맣게 빨간 산호 가지가 수놓여 있었다.

"어디서 찾았느냐?"

임진남이 물었다.

"침상 밑에 떨어져 있었습니다. 급히 떠나느라 떨어뜨린 모양입니다."

임진남은 등롱으로 침대 밑을 비춰보았지만 다른 것은 없었다. 그가 무거운 목소리로 물었다.

"그 소녀가 못생기고 옷도 썩 좋지 않았다고 했다만, 혹시 차림새는 깔끔하지 않더냐?"

"별로 관심이 없어 자세히 보지 않았지만, 더럽지는 않았습니다. 더러웠으면 곧바로 알아차렸을 겁니다."

임진남은 최 표두를 돌아보았다.

"최 표두, 자네 생각은 어떤가?"

"사 표두와 정 표두, 백이의 죽음은 이 술집 조손祖孫과 관련 있는 것이 분명합니다. 그들이 독수毒手를 썼을지도 모릅니다."

최 표두가 대답하자 계 표두도 맞장구를 쳤다.

"아마 사천 놈들과 한패였을 겁니다. 그렇지 않고서야 시체까지 가져갈 이유가 없지요."

"하지만 그 사천 놈은 분명히 소녀를 희롱했습니다. 그래서 제가 나선 것인데 한패라니요?"

임평지의 말에 최 표두는 고개를 설레설레 저었다.

"모르시는 말씀. 이 강호에서 사람 마음이란 게 얼마나 악독한지 아십니까? 함정을 파놓고 남이 빠지기를 기다리는 사람들이 어디 한둘이겠습니까? 한패끼리 싸우는 척하다가 제삼자가 말리면 옳다구나 하고 힘을 합쳐 그 사람을 공격하는 놈들이 부지기수입니다."

"총표두의 생각은 어떠십니까?"

계 표두가 묻자 임진남이 조용히 대답했다.

"이 술집 노인과 손녀가 우리를 노린 것은 분명하네만, 그 사천인들과 한패라는 확신은 없네."

"아버지, 송풍관 여 관주가 보낸 사람이 넷이라 하지 않으셨습니까? 사천 놈들과 살 노인, 그리고 손녀… 모두 넷이 아닙니까?"

그 한마디가 망치처럼 임진남의 머리를 세게 때렸다. 그는 넋이 나가 한동안 멍하니 서 있다가 겨우 한숨 섞인 목소리로 입을 열었다.

"우리 복위표국은 청성파를 극진히 대했고 미움 살 일을 한 적도 없다. 그런데 여 관주는 어째서 우리를 괴롭히는 것인가?"

다른 사람들은 그저 눈만 끔뻑끔뻑하며 서로를 쳐다볼 뿐 대답할 말이 없었다.

한참 후 임진남이 다시 말했다.

"우선 사 표두의 시체부터 안으로 옮기게. 관부의 귀에 들어가면 말썽만 빚어질 테니 표국 사람들 입단속도 단단히 해야 하네. 두고 보아라! 그동안 강호의 친구들에게 밉보이지 않으려 예의 바르게 행동해 왔지만, 우리 임씨가 얻어맞고도 가만히 있는 겁쟁이는 아니라는 것을 보여주겠다!"

계 표두도 큰 소리로 동조했다.

"맞습니다, 총표두. 병사는 하루를 쓰기 위해 천 일 동안 기르는 것이라 하지 않습니까? 다 함께 죽자살자 덤비면 표국의 이름을 더럽힐 일은 없을 겁니다."

"그리 말해주어 고맙네!"

일행은 말에 올라 성으로 돌아갔다. 저 멀리 표국이 보일 때쯤, 대문 앞에 횃불이 환하고 사람들이 웅성거리는 것이 눈에 들어왔다.

임진남은 가슴이 덜컹하여 말을 재촉했다.

"총표두께서 돌아오셨다!"

대문 앞에 있던 사람 중 몇몇이 입을 모아 외쳤다. 임진남이 말에서 훌쩍 뛰어내리기 무섭게 임 부인이 시퍼레진 얼굴로 말했다.

"이것 좀 보세요! 아니, 어찌 이렇게까지 우리를 깔본답니까?"

바닥에 널브러진 두 개의 깃대와 흙 묻은 비단 천은 표국 대문 앞에서 위엄을 뽐내던 바로 그 깃발이었다. 지금 그 깃발들은 깃대가 두 동강 난 채 힘없이 바닥에 떨어져 있었다. 동강 난 부분은 보검으로 단번에 자른 듯이 매끈했다.

임 부인이 망설임 없이 남편의 허리에서 장검을 홱 뽑았다. 쓱쓱 하는 날카로운 파공성과 함께 깃발을 묶은 끈이 떨어져나가자, 그녀는 깃대에서 떼낸 깃발을 둘둘 말아 들고 안으로 들어갔다. 그 모습을 본 임진남이 명령했다.

"최 표두, 부러진 깃대를 토막 내버리게! 흥, 우리 복위표국을 도발하기가 그리 쉬울 줄 아느냐!"

"예!"

"이런 씨를 말릴 놈들! 총표두께서 안 계신 틈에 슬그머니 이런 비열한 짓을 해!"

계 표두가 이를 갈며 욕을 했다.

임진남은 '도적놈들'이니 '빌어먹을 새끼들'이니 욕을 퍼부어대는 계 표두를 내버려둔 채, 아들을 불러 표국 안으로 들어갔다.

동쪽 곁채에서는 임 부인이 탁자 두 개를 붙여 그 위에 깃발을 펼쳐 놓고 살피는 중이었다. 누군가 한쪽 깃발에 수놓은 수사자의 두 눈을 파내 구멍이 뻥 뚫렸고, 다른 쪽 깃발에는 '복위표국'이라는 글자 중 '위' 자가 사라져 있었다. 침착하게 대응해온 임진남도 더는 참지 못하고 분풀이로 탁자를 힘껏 내리쳤다. 픽 소리와 함께 화리목花梨木(겉은 연노란빛을 띠고 속은 적갈색을 띠는, 가구나 악기를 만드는 데 사용하는 나무) 으로 만든 팔선탁자의 다리가 우지끈 부러져나갔다.

임평지가 더듬더듬 입을 열었다.

"아, 아버지… 이게… 이게 다 저 때문에 벌어진 일입니다…."

"우리 임씨 가문 자제가 돼먹지 못한 놈 한 명 죽인 일이 무슨 대수냐? 그런 놈은 이 아비 손에 걸렸어도 죽음을 면치 못했을 것이다!"

"죽이다니요? 누굴 죽였다는 말이에요?"

임 부인이 어리둥절해하며 물었다.

"평아, 어머니께 말씀드려라."

임평지는 낮에 사천에서 온 사람을 죽인 일과 사 표두가 그 술집에서 죽은 채 발견된 일을 소상히 설명했다. 백이와 정 표두가 급사한 일을 들어 아는 임 부인은 사 표두마저 기괴한 죽음을 맞았다는 소식에 놀라다못해 화가 치밀어 탁자를 내리치며 소리쳤다.

"여보, 우리 복위표국이 이런 수모를 당하고 어찌 가만히 있는답니까? 사람들을 모아 청성파에게 따져야지요! 아버지와 오라버니, 동생들도 빠짐없이 부르겠어요."

어려서부터 성격이 불같았던 임 부인은 처녀 때도 걸핏하면 칼을 휘둘러 사람을 해치기 일쑤였다. 하지만 낙양에서 세력을 떨치는 금도문의 금지옥엽이라 대부분의 사람들은 금도무적金刀無敵 왕원패王元霸의 체면을 보아 모른 척 넘어가주었고, 그 때문에 아들이 이렇게 장성한 지금도 그녀의 불같은 성미는 조금도 누그러지지 않았다.

"적이 누군지는 아직 확실하지 않소. 청성파가 아닐지도 모르오. 내 생각에는 단순히 깃대를 부러뜨리고 표사 두 명을 죽이는 것으로 끝날 것 같지는 않구려…."

"그럼 대체 무얼 원하는 거랍니까?"

임진남이 아들을 흘끗 바라보자 임 부인은 곧 그 의미를 알아채고 얼굴이 하얗게 질렸다. 임평지가 말했다.

"모두 제가 벌인 일입니다. 대장부는 자기가 한 일에 책임을 져야 한다고 들었습니다. 저는 두렵지… 않습니다."

입으로는 두렵지 않다고 했지만 사실은 심장이 조마조마하여 목소리가 떨렸다.

"흥, 그놈들이 네 손가락 하나라도 까딱하려거든 이 어미부터 죽여야 할 것이다! 우리 임씨가 삼대째 복위표국을 운영하는 동안 위엄이 꺾인 적은 단 한 번도 없었다."

임 부인이 자신만만하게 말하며 남편을 돌아보았다.

"이 수모를 갚지 못하면 우리는 사람도 아니에요!"

임진남이 고개를 끄덕였다.

"사람을 풀어 낯선 강호인이 없는지 성 안팎을 샅샅이 뒤지고 표국 주변도 순찰하라 하겠소. 당신은 평지와 함께 여기서 기다리시오. 아무데도 가서는 안 되오."

"알겠어요."

임진남도 임 부인도, 적의 다음 목표가 아들이라는 것을 잘 알고 있었다. 적이 누군지도 모르는 판국에 복위표국에서 한 발짝이라도 나갔다가는 목숨을 보장할 수 없었다.

임진남은 대청으로 나가 표사들을 소집하고 성을 조사할 사람과 순찰을 돌 사람을 정했다. 표국의 깃발이 부러진 사건은, 표국 사람들에게는 마치 남들 앞에서 대놓고 따귀를 얻어맞은 것처럼 수치스러운 일이었기 때문에 모두들 씩씩거리며 이를 갈고 있었다. 소식을 들었을 때부터 잔뜩 열이 올라 경장을 차리고 대기하던 표사들은 총표두의 지시에 따라 각자 무기를 들고 목적지로 출발했다. 모두가 한마음이 되어 적에 맞서려는 모습을 보자 임진남은 마음이 놓였다.

다시 곁채로 들어간 그가 아들에게 말했다.

"평아, 네 어머니가 요 며칠 몸이 편치 않다. 이런 때 적까지 나타났으니 오늘부터는 우리 방 가까이 머물며 어머니를 보호하…."

"훗, 그게 무슨…."

임 부인은 웃으며 대꾸하려다가 퍼뜩 상황을 깨닫고 입을 다물었다. 남편은 그녀를 보호하라는 핑계로 아들을 가까이 두어 지키려는 것이었다. 귀하게 자란 임평지는 오만한 구석이 있어 부모에게 보호를 받으라 하면 부끄럽게 여기고 도리어 밖으로 나가 적과 싸우려 할 것이니 그야말로 위험천만했다.

"아무렴! 평아, 내가 요즘 통풍이 들고 손발이 저려 힘이 드는구나. 아버지는 표국을 돌보느라 하루 종일 곁에 있어줄 수가 없으니, 만에 하나 적이 안채로 들어오면 어미는 막을 방법이 없단다."

"제가 곁에 있을게요."

임평지가 흔쾌히 대답했다. 그날 밤 임평지는 부모의 방 밖에 있는 침상에서 잠을 청했다. 임진남 부부는 방문을 열어두고 베개 밑에 무기를 숨기고는, 옷을 입은 채 얇은 이불만 덮고 언제든지 싸울 수 있도록 촉각을 곤두세웠다.

그날 밤은 아무 일도 없었다. 그러나 이튿날 날이 밝을 무렵, 누군가 창밖에서 나지막이 속삭였다.

"소표두, 소표두!"

밤새 잠을 이루지 못하다 새벽녘이 되어서야 겨우 눈을 붙인 임평지는 곧바로 깨어나지 못했다. 임진남이 대신 물었다.

　"무슨 일이냐?"

　밖에 있는 사람이 대답했다.

　"소표두의 말이⋯ 죽었습니다."

　임평지가 워낙 아끼던 백마였기 때문에 말이 죽은 것을 보자마자 부랴부랴 달려온 것이었다. 잠에 취해 몽롱한 상태에서 그 말을 들은 임평지가 벌떡 일어나 앉았다.

　"가보자."

　임진남 역시 이상한 생각이 들어 잰걸음으로 마구간을 향해 달려갔다. 바닥에 쓰러진 백마는 진작 숨이 끊겼지만 몸에는 아무런 상처도 없었다. 임진남이 물었다.

　"밤중에 말이 울지는 않았느냐? 다른 움직임도 없었고?"

　"없었습니다."

　임진남이 아들의 손을 잡았다.

　"슬퍼할 것 없다. 아비가 사람을 시켜 좋은 말을 한 필 사주마."

　임평지는 죽은 말을 쓰다듬으며 넋을 잃고 눈물을 쏟았다. 그때 쟁자수 진칠이 허겁지겁 달려와 헉헉대며 말했다.

　"총⋯ 총표두, 큰일 났습니다⋯ 큰일 났어요! 표두들이⋯ 표두들이 모두 귀신에게 잡혀갔습니다!"

　임진남과 임평지는 깜짝 놀랐다.

　"뭐라고?"

　"죽었어요, 모두 죽었다고요!"

진칠이 같은 말만 반복하자 임평지가 버럭 화를 내며 그의 멱살을 잡고 마구 흔들었다.

"대체 누가 죽었다는 말이냐?"

"소… 소표두, 죽… 죽었어요."

　임진남은 '소표두 죽었어요'라는 불길한 말이 몹시 귀에 거슬렸지만, 그 말에 트집을 잡자니 말이 씨가 될까 두려워 차마 야단을 칠 수가 없었다. 그때 밖이 웅성웅성 소란스러워졌다.

"총표두는 어디 계신가? 어서 보고해야지!"

"지독한 악귀로구나. 저게… 대체 어떻게 된 거지?"

　밖에서 들려오는 소리에 임진남이 크게 외쳤다.

"나는 여기 있다. 무슨 일이냐?"

　그 소리에 표사 두 명과 쟁자수 세 명이 우르르 달려왔고 그중 한 명이 말했다.

"총표두, 성 안팎을 조사하러 나간 형제들이 아무도 돌아오지 않았습니다."

　임진남도 소란한 소리를 들었을 때부터 또 누군가 죽었으리라 짐작했지만, 어젯밤 내보낸 표사와 쟁자수가 한 명도 아니고 스물두 명이나 되는데 그들이 모두 죽었다고는 믿을 수 없었다.

"누가 죽었나? 아직 조사가 끝나지 않아 돌아오지 않은 건 아닌가?"

　보고한 표사가 고개를 저었다.

"벌써 시체 열일곱 구를 발견했습니다…"

　임진남과 임평지가 일제히 비명을 내질렀다.

"열일곱이나?"

그 표두도 놀란 표정이었다.

"예, 열일곱입니다. 부 표두, 전 표두, 시 표두도 있었습니다. 시체들은 대청에 옮겨두었습니다."

임진남은 곧장 대청으로 달려갔다. 대청 안에 있던 탁자와 의자는 모두 치워지고, 시체 열일곱 구가 그 자리를 차지하고 있었다. 평생 갖가지 풍랑을 겪어본 임진남이지만 이런 광경 앞에서는 두 손이 부르르 떨리고 무릎이 후들거려 똑바로 서 있을 수가 없었다.

"어… 어찌… 어찌 이런…."

목이 바짝 말라 목소리도 나오지 않았다. 대청 밖에서 누군가 중얼거렸다.

"아이고, 이런 법이 있나. 고 표두같이 충직하고 성실한 사람이 악귀에게 잡혀갈 줄이야."

너덧 명의 이웃들이 시체 한 구를 문짝에 실어 들어오는 중이었다. 앞장선 중년인이 말했다.

"소인이 오늘 아침 문을 열었는데 누군가 길거리에 죽어 있지 뭡니까? 살펴보니 고 표두기에 이렇게 들고 왔습니다. 거참, 역병에라도 걸린 모양입니다."

"고맙소."

임진남은 두 손을 포개며 인사한 후 쟁자수 한 명을 돌아보았다.

"이분들께 은자 세 냥씩을 드려라. 우선 네 돈으로 처리하고 나중에 장방에서 받아가면 된다."

이웃들은 대청에 가득한 시체들을 보고 깜짝 놀라, 은자를 받자마자 고마움을 표하고 사라졌다.

얼마 지나지 않아 다른 사람들이 표사 세 명의 시체를 들고 왔다. 어제 나간 사람이 스물두 명인데, 그중 스물한 명이 시체가 되어 돌아온 것이다. 남은 사람은 저締 표두뿐이지만 곧 시체로 나타나리라는 것은 자명했다.

임진남은 동쪽 곁채로 돌아가 뜨끈뜨끈한 차를 마셨으나 마음이 복잡해서 정신을 가눌 수가 없었다. 대문을 나가 부러진 깃대를 보자 더욱더 마음이 착잡했다. 스무 명이 넘는 사람을 죽이고도 적은 여태 모습을 드러내지 않았고, 정식으로 싸움을 걸어오지도, 신분을 밝히지도 않았다. 그는 고개를 돌리고 대문 위에 걸린 '복위표국'이라 쓰인 편액을 응시했다.

'우리 복위표국이 강호에 위명을 떨친 지 수십 년이건만, 오늘 이렇게 내 손에서 무너지는 것인가?'

그때, 따각따각 소리와 함께 말 한 마리가 느릿느릿 대문으로 다가왔다. 말 등에는 사람이 널브러져 있었다. 임진남이 침을 꼴깍 삼키며 다가가 보니 예상대로 저 표두의 시체였다. 누군가가 죽이고 말에 실었는데, 말이 습관대로 집으로 돌아온 것이다.

임진남은 장탄식을 쏟아냈다. 뜨거운 눈물이 저 표두의 시체 위로 뚝뚝 떨어졌다. 그는 시체를 안아들고 대청으로 들어가며 중얼거렸다.

"저 형제, 자네 복수를 하지 못하면 내 성을 갈겠네. 허나… 아아, 안타까운 일일세. 어찌 이리 허무하게 갔는가? 원수의 이름이라도 말해주고 갈 것이지…"

저 표두는 출중한 데가 있는 사람도 아니요, 임진남과 교분이 두텁지도 않았지만, 잇달아 충격을 받은 임진남이 흥분한 나머지 그만 눈물을 쏟고 만 것이었다. 사실 이 눈물에 담긴 의미는 슬픔보다 분노가 컸다.

그때 임 부인이 대청 입구로 나와 금도를 쥐고 천창을 가리키며 악을 썼다.

"이 비겁한 놈들! 몰래 숨어서 수작만 부릴 생각이냐? 실력이 있으면 정정당당하게 나와서 제대로 겨뤄보자! 쥐새끼처럼 살금살금 수상한 짓이나 꾸미면서 무슨 낯으로 강호에 발붙이고 살려 하느냐?"

"부인, 무슨 움직임이라도 있었소?"

임진남이 나지막이 물으며 저 표두의 시체를 바닥에 내려놓았다.

"움직임은요? 저놈들이 무슨 깜냥이 있다고 움직이겠어요? 우리 임씨의 72로 벽사검법이 두려워 꼼짝도 못하는 것을!"

그녀가 손에 든 금도를 허공에 휙휙 휘둘렀다.

"이놈들, 이 마나님의 금도에 겁을 먹었구나!"

별안간 집 한구석에서 음침한 웃음소리가 들리더니, 암기가 날아들어 쩡 하고 날카로운 쇳소리를 내며 금도를 때렸다. 임 부인은 팔이 저릿저릿하고 손아귀에 힘이 빠져 금도를 놓치고 말았다. 휘두르던 힘 때문에 금도는 빙글빙글 돌며 안뜰로 날아갔다.

임진남이 때를 놓치지 않고 기합을 지르며 검을 뽑자 날선 푸른빛이 대청을 가득 채웠다. 그가 두 발로 힘껏 바닥을 굴러 위로 솟구치며 소탕군마掃蕩群魔를 펼치자, 검광이 허공을 화려하게 수놓으면서 질풍처럼 빠르게 암기가 날아온 곳을 덮쳤다. 적이 모습을 드러내지 않아 속을 끓이던 터라 이 일격에는 평생의 공력이 실려 있었으나 애석하게도 검이 찌른 곳은 텅 비어 있었다. 사람은커녕 쥐새끼 한 마리 없었다. 임진남은 지붕 위로 뛰어올라 몸을 웅크리고 살폈지만 적의 종적은 찾지 못했다.

임 부인과 임평지도 무기를 들고 도우러 왔다.

"이 버러지 같은 놈들아! 싸울 배짱이 있으면 썩 나와라! 얼마나 못났으면 얼굴도 못 내밀고 뒷구멍에서 슬금슬금 하느냐?"

노발대발한 임 부인이 쩌렁쩌렁하게 외친 다음 남편을 돌아보았다.

"달아났나요? 대체 어떤 놈이었어요?"

임진남은 절레절레 고개를 저었다.

"소리 좀 죽이시오. 사람들 놀라겠소."

세 식구는 한 번 더 지붕 위를 살핀 후 안뜰에 내려섰다. 임진남이 낮은 목소리로 물었다.

"당신 칼을 때린 암기가 무엇이었소?"

"모르겠어요! 흥, 비열한 놈들!"

뜰 안에도 암기는 보이지 않았지만, 계수나무 아래 벽돌 가루가 듬성듬성 떨어져 있어서 적이 조그만 벽돌 조각으로 임 부인의 금도를 때렸다고 짐작할 수 있었다.

'버러지 같은 놈들, 개돼지만도 못한 놈들' 하며 끊임없이 욕설을 내뱉던 임 부인도 벽돌 가루를 보는 순간 오싹 소름이 끼쳐 입을 꾹 다물고 곁채로 돌아갔다. 남편과 아들이 따라 들어오자 그녀는 방문을 단단히 닫아걸고 조용히 속삭였다.

"적의 무공이 저토록 뛰어나니 우리는 상대가 되지 못해요. 이 일을… 어찌해야 할지….”

"친구들에게 도움을 청합시다! 어려울 때 서로 돕는 것은 무림인들에게 늘 있는 일이잖소."

"우리와 교분이 깊은 사람들이야 많지만, 우리보다 무공이 높은 사람은 많지 않아요. 무공이 떨어지는 사람을 불러봤자 무슨 도움이 되겠어요?"

"당신 말도 맞소. 하지만 머릿수가 많은 것이 적은 것보다는 낫지 않겠소? 같이 머리를 맞대고 방법을 짜낼 수도 있고."

임진남의 말에 임 부인도 고개를 끄덕였다.

"하긴 그렇지요! 누구를 청할 생각인가요?"

"가까이 있는 사람부터 청해야겠소. 일단 항주杭州, 남창南昌, 광주廣州 세 지부의 고수들을 소집하고 복건성, 절강성, 광동성, 강서성의 무림동도들에게 편지를 띄웁시다."

임 부인은 눈을 찌푸렸다.

"도움을 청하려고 여기저기 편지를 보낸 사실이 퍼져나가면 우리 복위표국의 체면이 크게 깎일 텐데요."

"여보, 당신이 올해 서른아홉 아니오?"

뜬금없는 질문에 임 부인은 피식 웃음을 터뜨렸다.

"나 참, 이럴 때 나이는 왜 묻는답니까? 호랑이띠잖아요, 설마 내 나이도 잊었어요?"

"편지에는 당신의 마흔 번째 생일을 맞아 잔치를 연다고 쓰겠소."

"왜 가만히 있는 내게 한 살을 더 먹이는 거예요? 지금도 빨리 늙어 서러운데."

임진남은 고개를 저었다.

"당신이 어디가 늙었다는 말이오? 머리카락도 아직 새까맣지 않소?

당신 생일이라 가까운 친구들을 초청한다고 하면 아무도 이상하게 생각지 않을 거요. 손님들이 도착한 다음에 조용히 이야기하면 표국의 명예를 지킬 수 있소."

임 부인은 고개를 갸웃하며 골똘히 생각해본 후 대답했다.

"좋아요. 당신 뜻대로 하세요. 그런데 생일 선물은 뭐예요?"

임진남이 그녀의 귓가에 속삭였다.

"어마어마한 선물을 준비했소. 내년에 통통한 아들놈 하나 더 갖게 될 거요!"

그 말에 임 부인은 얼굴이 새빨개져 입을 삐죽였다.

"하여간 주책맞다니까… 이런 상황에 그런 말이 나와요?"

임진남은 껄껄 웃으면서 초청장을 쓰기 위해 장방으로 향했다. 사실 그의 마음도 편치는 않았다. 농을 건 것은 부인의 두려움을 덜어주기 위해서일 뿐, 여전히 속이 답답하고 걱정이 태산이었다.

'먼 곳의 물로 가까운 곳의 불을 끄려는 격이구나. 오늘 밤에 일이 벌어질 것이 불 보듯 뻔한데, 친구들이 도착했을 때 이 세상에 복위표국이 남아 있기나 할지….'

장방 문 앞에 당도하니 하인 두 사람이 공포에 질린 얼굴로 서 있다가 그를 보고 덜덜 떨며 말했다.

"초, 총… 총표두, 큰일 났습니다."

"무슨 일이냐?"

"장방 임복林福 선생이 관을 사러 갔다가 그, 그만… 동쪽 길모퉁이를 돌자마자… 쓰러져 죽었습니다."

"뭐라고? 지금 어디 있느냐?"

"길에 쓰러져 있습니다."

"어서 시체를 수습해오너라."

임진남은 서둘러 지시하며 속으로 중얼거렸다.

'벌건 대낮에 길거리에서 사람을 죽이다니, 대범하기 그지없는 놈들이구나.'

그러는 동안에도 하인들은 우물쭈물하며 나가려 하지 않았다.

"왜 가만히 있느냐?"

임진남이 눈을 찌푸리며 채근하자 하인 한 명이 대답했다.

"총표두, 대… 대문으로 나가보십시오….'

임진남은 또 무슨 일이 벌어졌구나 싶었지만, 일부러 가소롭다는 듯이 코웃음을 치며 성큼성큼 밖으로 나갔다. 문가에 표사 세 명과 쟁자수 다섯 명이 두려움에 하얗게 질린 얼굴로 서 있었다.

"무슨 일이냐?"

임진남은 큰 소리로 물었지만 대답을 듣기도 전에 무슨 일인지 알 수 있었다. 대문 밖 청석길 바닥에 시뻘건 피로 큼직하게 글귀가 쓰여 있었던 것이다.

문밖으로 열 걸음 이상 나오는 자, 그 자리에서 죽으리라.

그 말을 증명이라도 하듯, 대문에서 대략 열 걸음 떨어진 곳에 굵직한 혈선血線이 죽 그어져 있었다.

"언제부터 저랬느냐? 누가 그랬는지 본 사람이 아무도 없느냐?"

임진남의 물음에 표사 한 명이 나섰다.

"저희도 임복 선생이 동쪽 골목에서 쓰러졌을 때 달려왔습니다. 문 앞을 지키던 사람이 없어 누가 썼는지는 못 봤습니다."

임진남이 목청을 가다듬고 낭랑하게 외쳤다.

"내 이미 살 만큼 살았다. 어디 정말로 열 걸음 밖으로 나가면 죽는지 보자꾸나!"

그가 성큼성큼 밖으로 걸어나가자 표사들이 질겁하며 외쳤다.

"총표두! 안 됩니다!"

임진남은 아랑곳하지 않고 자신만만하게 혈선을 넘어 피로 쓴 글자를 살폈다. 아직 피가 마르지 않아 축축했다. 그는 발로 글자를 문질러 지워버린 다음 다시 돌아와 표사들에게 명했다.

"이깟 겁주려는 수작에 뭘 그리 놀라는가? 형제들, 가서 관을 좀 사고, 오는 길에 성 서쪽 천녕사天寧寺에 들러 반班화상을 모셔오게. 며칠 법사를 치러 형제들의 넋을 달래고 역병을 몰아내야겠네."

혈선을 넘어가도 아무 일이 일어나지 않은 것을 두 눈으로 똑똑히 본 표사들은 즉각 고개를 끄덕이고 각자 무기를 챙겨 나란히 대문을 나섰다. 임진남은 그들이 혈선을 지나 골목으로 들어간 후에도 잠시 더 기다렸다가 안으로 들어갔다. 그리고 장방에서 일하는 황 선생을 찾아 말했다.

"황 선생, 부인의 탄신일에 잔치를 열 테니 와서 함께 술을 마시자는 초청장을 좀 써주시오."

"그러지요. 날짜는 언제입니까?"

황 선생의 말이 미처 끝나기도 전에 누군가 후다닥 달려오는 소리에 이어 무엇에 부딪혔는지 우당탕 쾅 하고 쓰러지는 소리가 들렸다.

임진남이 소리 나는 쪽으로 나가 보니 방금 관을 사러 갔던 표사들 중 한 명인 적 표두였다. 임진남은 어떻게든 일어나려고 발버둥치고 있는 그를 붙잡아 일으키며 다급히 물었다.

"적 형제, 무슨 일인가?"

"모두 죽고 저… 저만 겨우 달아났습니다."

"적은 어떤 자였나?"

"모르… 모르겠습니다….'

적 표두는 부르르 경련을 일으키다가 축 늘어졌다. 이 소식은 삽시간에 표국 전체에 퍼져나갔다. 임 부인과 임평지도 '열 걸음만 나가면 죽는다'며 술렁대는 소리에 밖으로 나왔다.

"내가 표사들의 시체를 찾아오겠다."

임진남이 나서자 황 선생이 다급히 만류했다.

"초, 총표두, 가시면 안 됩니다. 상금을 걸면 분명 나서는 사람이 있을 겁니다. 누… 누가 가서 시체를 찾아오겠소? 은자 서른 냥을 상으로 주겠소!"

그는 세 번이나 외쳤지만 헛된 메아리만 울릴 뿐이었다. 그때 임 부인이 질겁하며 외쳤다.

"아니, 평이가 어딜 갔지? 평아! 평아!"

마지막 외침에는 당혹감이 짙게 배어 있었다. 사람들이 따라 외치기 시작했다.

"소표두! 소표두, 어디 계십니까?"

"여기예요!"

문밖에서 임평지의 목소리가 들려왔다.

사람들이 기뻐하며 문가로 달려가 보니, 임평지의 훤칠한 몸이 골목을 돌아나오는 것이 보였다. 양쪽 어깨에 짊어진 시체들은 바로 길가에서 죽은 표사들이었다. 임진남과 임 부인이 약속이나 한 듯 임평지를 지키기 위해 무기를 움켜쥐고 혈선을 넘어 달려갔다.

표사와 쟁자수들이 입을 모아 칭찬했다.

"소표두는 역시 영웅이십니다! 담력이 대단하십니다!"

임진남과 임 부인도 속으로는 몹시 흡족했지만, 임 부인은 그래도 아들을 나무랐다.

"평아, 너무 무모하구나! 물론 정든 표사들이지만 이미 죽지 않았니? 이렇게까지 위험한 일을 할 필요는 없다."

임평지는 싱긋 웃었으나 마음속으로는 말 못할 슬픔이 솟구쳤다.

"이게 다 제가 혈기를 억누르지 못하고 사람을 죽이는 바람에 생긴 일이에요. 모두 저 때문에 죽었는데 겁쟁이처럼 꽁꽁 숨어 있으면 사람들을 볼 낯이 없어요."

그때 뒤채에서 누군가 놀란 목소리로 외쳤다.

"이게 어찌 된 일이지? 화 서방이 갑자기 왜?"

"무슨 일인가?"

임진남이 외쳐 묻자 얼굴이 하얗게 질린 표국 관리인이 덜덜 떨며 들어와 보고했다.

"총표두, 화 서방이 채소를 사러 뒷문으로 나갔다가 열 걸음 밖에서 죽었습니다. 뒷문 밖에도 저… 저 글귀가 쓰여 있습니다."

화 서방은 표국의 요리사였다. 솜씨가 제법인 데다 특히 동과충冬瓜盅(동과를 그릇처럼 깎아 소를 넣어 찐 광동 요리), 불도장佛跳墻(30여 가지의 보양제를 넣은 복건 요리), 조어糟魚(민물고기를 소금에 절인 요리), 육피혼돈肉皮餛飩(복건식 만두) 등으로 복주에서 꽤 이름이 있었기 때문에, 임진남이 관리나 부유한 상인들과 좋은 관계를 맺는 데 많은 도움을 준 사람이었다. 그런 그가 죽었다는 말에 임진남은 가슴이 철렁했다.

'화 서방은 표사도 쟁자수도 아닌 일개 요리사일 뿐이다. 표물을 빼앗을 때도 마부나 노새끌이, 가마꾼, 짐꾼 같은 사람들은 죽이지 않는 것이 강호의 규칙인데… 실로 독한 놈들이구나. 정말로 우리 복위표국의 씨를 말릴 심산인가?'

그는 사람들을 둘러보며 말했다.

"모두들 놀라지 말게. 놈들은 아무도 보지 않을 때만 공격하네. 방금 소표두와 우리 부부가 혈선을 넘었을 때는 아무 짓도 못한 것을 모두 똑똑히 보지 않았나?"

하지만 모두들 고개만 끄덕일 뿐 대문 밖으로 나가려고 하지 않았다. 임진남과 임 부인은 수심 어린 눈빛으로 서로를 바라보았지만 속수무책이었다.

그날 밤 임진남은 표사들에게 야경을 맡겼지만, 순찰을 나가보니 표사 10여 명 중 단 한 사람도 문밖에서 파수를 서지 않고 대청에 옹기종기 모여 앉아 있었다. 총표두를 보자 그들은 멋쩍은 듯 슬그머니 일어섰으나 여전히 밖으로 나갈 생각은 없는 듯했다. 임진남도 적이 너무 강하다는 것을 알고 있었다. 표국에서 죽어나간 사람이 벌써 수십 명이건만, 적을 상대할 뾰족한 방법조차 없으니 표사들이 겁을 집어먹는 것도 무리는 아니었다. 그는 어쩔 수 없이 표사들을 위로하고, 술과 안주를 가져오게 하여 그들과 함께 대청에서 술을 마셨다. 다들 답답한 마음에 말 한마디 없이 술만 퍼마시다 보니 얼마 지나지 않아서 몇 명이 취해 쓰러졌다.

이튿날 오후, 갑작스러운 말발굽 소리와 함께 말 몇 필이 쏜살같이 표국을 빠져나갔다. 표사 중 다섯 명이 언질도 없이 달아난 것이었다. 임진남은 고개를 설레설레 저으며 한숨을 쉬었다.

"큰 환난이 닥치면 각자 살길을 찾는 법. 이 몸이 무능하여 형제들을 보살필 수가 없으니 모두들 가고 싶은 대로 가게."

남은 표사들 중 몇몇은 달아난 표사들이 의리가 없다고 비난했지만, 몇몇은 말없이 한숨만 푹푹 쉬며 '왜 같이 가지 않았을까' 하고 속으로 후회했다.

저녁이 되자 떠났던 말 다섯 마리가 시체 다섯 구를 싣고 돌아왔다. 위험한 곳에서 달아나려다 도리어 먼저 목숨을 바친 꼴이었다. 비분을 이기지 못한 임평지는 장검을 들고 문밖으로 뛰쳐나가 혈선에서 세 걸음 더 나아간 곳에서 쩌렁쩌렁하게 소리를 질렀다.

"대장부답게 내가 한 일은 나 혼자 책임지겠다! 사천에서 온 여씨는 이 임평지가 죽였다! 다른 사람들은 아무런 관계도 없다! 천 갈래 만 갈래 찢어 죽여도 불평하지 않을 테니 복수를 하려면 이 임평지에게 하란 말이다! 무고한 사람들을 해치는 것이 무슨 영웅호걸이냐? 임평지가 여기 있으니 어서 나와 죽여라! 컴컴한 곳에 숨어서 남들을 괴롭히는 것은 간덩이가 콩알만 한 비열한 놈들이나 하는 짓이다, 이 썩어 문드러질 놈들아!"

그의 목소리가 점점 더 커졌다. 임평지는 앞섶을 열어젖히고 가슴을 훤히 드러내 힘차게 두드리며 외쳤다.

"사내대장부는 죽는 것을 두려워하지 않는다! 용기가 있으면 나와서 칼로 이 가슴을 베어라! 무엇이 두려워 얼굴조차 내밀지 않느냐? 개새끼 꼬랑지만도 못한 겁쟁이들아!"

시뻘겋게 충혈된 눈으로 가슴을 탕탕 치며 외쳐대는 그를 보고 지나던 사람들이 흘끔흘끔 시선을 던졌지만 아무도 표국 가까이 오려고 하지 않았다. 아들의 절규를 들은 임진남 부부가 황급히 문밖으로 달려갔다. 요 며칠 답답하고 괴로운 나날을 견디느라 속이 터질 것 같았던 두 사람도 적을 도발하며 고래고래 소리 지르는 아들을 보자 역시 분을 참지 못하고 큰 소리로 욕을 퍼부어줬다. 표사들은 그들의 담력에 혀를 내두르며 감탄했다.

'총표두는 영웅호걸이요, 부인은 여장부로구나. 소표두도 생김새는 여자처럼 곱상하지만 역시 부모 못지않게 용기 있는 청년이야!'

표사들이 서로를 바라보며 그렇게 생각하는 사이, 임진남 세 식구는 한참 동안 욕을 퍼부었으나 사방은 참새 울음소리 하나 없이 고요했다.

"열 걸음만 나가면 죽는다고 했겠다? 그래, 내가 여기까지 나왔는데 어찌할 테냐?"

임평지가 버럭 소리를 치더니, 보란 듯이 앞으로 나아가 검을 치켜들고 오만한 눈길로 사방을 둘러보았다.

"그만하렴, 놈들은 강자에게는 약하고 약자에게만 강하니 감히 우리 아들을 건드릴 리가 없지."

임 부인이 임평지의 손을 잡아 안으로 데리고 갔다. 임평지는 여전히 분을 삭이지 못하고 몸을 부들부들 떨다가, 침실에 돌아오자 더 이상 참지 못하고 침상 위에 털썩 쓰러져 방성통곡을 했다.

임진남이 아들의 머리를 쓰다듬으며 달랬다.

"얘야, 아비는 네가 자랑스럽다. 역시 우리 임씨 가문의 아들답구나. 적이 나오지 않으니 어쩌겠느냐? 다 잊고 한숨 푹 자거라."

임평지는 한참 울다가 잠들었는데, 저녁을 먹은 뒤 아버지와 어머니가 낮은 소리로 나누는 이야기가 들려 얼핏 정신을 차렸다. 표사 몇 명이 이대로 있으면 표국에 갇힌 채 하나둘 죽어갈 것이 분명하니, 후원에 땅굴을 뚫어 혈선 밖으로 달아나자는 기상천외한 제안을 했다는 이야기였다. 임 부인은 냉소를 터뜨렸다.

"그게 좋으면 그러라고 하세요. 다만… 휴…!"

그래봤자 앞서 달아난 다섯 명의 표사들처럼 공연히 적의 손에 목숨을 내어주는 셈이라는 의미였다. 그것을 잘 아는 임진남이 침울하게 말했다.

"내가 가서 살펴보겠소. 만약 그쪽이 살길이라면 다들 내보내는 것이 좋겠지."

밖으로 나간 임진남은 금방 다시 돌아왔다.

"말로만 떠들지, 누구 하나 실제로 땅굴을 파는 사람은 없었소."

그날 밤 세 식구는 일찍 잠이 들었다. 표국 사람들은 이제 될 대로 되라는 마음에 순찰을 돌지도 야경을 서지도 않았다.

한밤중이 되자 임평지는 누군가 어깨를 툭툭 치는 것을 느끼고 벌떡 일어나 베개 밑에 숨겨둔 장검에 손을 가져갔다. 귓가에 어머니의 목소리가 들렸다.

"평아, 나다. 아버지가 밤중에 나가셨는데 여태 소식이 없구나. 같이 가서 찾아보자."

임평지는 깜짝 놀랐다.

"어디로 가셨어요?"

"모르겠다!"

두 사람은 무기를 들고 방을 나가 대청으로 향했다. 대청에서는 표사 10여 명이 등불을 환히 밝히고 주사위를 던지며 노름에 빠져 있었다. 며칠간 조마조마하게 마음 졸였지만 이러지도 저러지도 못하는 상황에 처하자 아예 생사를 잊고 즐거운 것만 생각하기로 한 모양이었다. 임 부인은 돌아가자는 손짓을 했다.

이곳저곳을 뒤져보아도 임진남의 행방을 찾을 수가 없자, 두 사람의 마음에도 점점 불안감이 엄습했다. 하지만 소리쳐 부를 수도 없었다. 그러잖아도 어수선하고 불안한 분위기에 총표두가 실종되었다는 소식이 전해지면 걷잡을 수 없는 혼란에 빠질 것이 분명했기 때문이었다. 안채 뒤로 돌아갔을 때, 임평지는 왼쪽에 있는 무기고 안에서 땡강거리는 소리를 들었다. 창가에도 불빛이 어른거리는 것이 보여 황급히 창호지에 구멍을 뚫고 들여다본 그는 기쁨에 찬 목소리로 외쳤다.

"아버지, 여기 계셨군요."

허리를 굽히고 벽을 들여다보던 임진남이 그 소리에 고개를 돌렸다. 임평지는 공포에 질린 아버지의 표정에 그만 심장이 덜컥 내려앉아, 기뻐하던 것도 잠시, 놀란 얼굴로 입을 벌린 채 아무 말도 하지 못했다. 임 부인이 문을 열고 안으로 뛰어들었다. 무기고 안은 온통 피투성이요, 나란히 놓인 등받이 의자 세 개에 누운 벌거벗은 사람은 가슴과 배가 활짝 열려 안이 다 보였다. 그 사람은 바로 곽 표두로, 아침에 다른 네 명과 함께 달아났다가 싸늘한 시체가 되어 돌아온 사람 중 하나였다. 임평지는 무기고로 들어가 재빨리 문을 닫았다. 임진남이 시체의 가슴 속에서 시뻘건 피가 뚝뚝 흐르는 심장을 꺼내 보였다.

"심장이 여덟 갈래로 찢어졌소. 역시… 역시….

임 부인이 떨리는 남편의 말을 받았다.

"예상대로 청성파의 '최심장摧心掌'이군요!"

임진남은 묵묵히 고개를 끄덕였다. 그제야 임평지는 아버지가 곽표두의 사인을 밝히기 위해 부검을 했다는 것을 깨달았다. 임진남은 심장을 다시 넣고 기름 먹인 천으로 시체를 잘 싸서 한쪽 구석에 내려놓은 다음, 손에 묻은 피를 씻고 가족과 함께 침실로 돌아갔다.

"적은 청성파의 고수요. 여보, 이제 어떻게 해야겠소?"

임평지가 씩씩거리며 나섰다.

"제가 벌인 일이니 내일 제가 나가서 놈들과 목숨을 걸고 싸우겠습니다. 상대가 못 되어도 그놈 손에 죽어주면 그만 아닙니까?"

임진남은 고개를 저었다.

"피부에는 상처 하나 남기지 않고 단 일장—掌에 심장을 여덟 갈래로 찢어발긴 것을 보면, 이자의 무공은 월등히 높다. 청성파 중에서도 손꼽히는 고수일 테니, 너를 죽일 생각이었다면 벌써 죽였을 것이다. 아마도 우리 세 식구를 속 시원히 죽여줄 것 같지는 않구나."

"죽이지 않으면요? 삶아 먹기라도 하겠다는 겁니까?"

"놈들은 고양이가 쥐를 잡을 때처럼 우리를 실컷 가지고 놀 생각이다. 결국 우리가 답답함과 조마조마함을 참지 못해 자멸할 때까지 즐기려는 것이지."

임평지는 버럭 화를 냈다.

"흥, 감히 우리 복위표국을 얕보다니!"

"네 말이 맞다. 적은 분명 우리를 얕보는 것이다."

"어쩌면 아버지의 벽사검법을 두려워하는지도 모릅니다. 그래서 시종일관 얼굴을 드러내지 못하고 우리가 없는 틈만 타서 사람들을 해치는 것이겠지요."

임진남은 고개를 저었다.

"평아, 이 아비의 벽사검법은 흑도의 도적들을 상대하기에는 쓰고도 남음이 있지만, 이자의 최심장 공력은 아비를 훨씬 능가한다. 내 평생 싸우지도 않고 패배를 인정한 적이 없다만… 곽 표두의 심장을 보니… 휴우우…."

풀죽은 아버지의 얼굴이 평소 자신만만했던 모습과는 너무나도 달라, 임평지는 아무 말도 할 수가 없었다.

임 부인이 대신 말했다.

"나아갈 때와 물러날 때를 아는 것이 대장부지요. 상대가 그렇게 대단하다면 잠시 피하는 것이 좋겠어요."

임진남도 고개를 끄덕였다.

"나도 그리 생각하오."

"밤을 틈타 낙양으로 떠나요. 군자의 복수는 10년이 걸려도 늦지 않다고 했어요. 적이 누군지 알아냈으니 분명 방도가 있을 거예요."

"당신 말이 옳소! 장인어른은 천하에 두루 친구를 사귀셨으니 분명 좋은 방도를 찾아내실 거요. 가볍게 행장을 꾸려 바로 떠납시다."

"우리가 나 몰라라 하고 가버리면 남은 사람들은 어쩝니까?"

"적은 그들과는 아무런 원한도 없다. 우리가 떠나면 도리어 표국 사람들은 무사할 것이다."

임평지는 고개를 끄덕였다.

'아버지 말씀이 맞아. 적이 표국 사람들을 죽인 이유는 오로지 나 때문이야. 내가 떠나면 아무 죄 없는 표사와 쟁자수들을 괴롭히지는 않겠지.'

그는 곧 방으로 돌아가 짐을 꾸렸다. 적이 표국을 깨끗이 불살라버릴지도 모른다는 생각에 그동안 사모은 옷가지와 장난감들이 아까워 이것저것 챙겨넣었더니 커다란 보따리 두 개가 나왔다. 그런데도 여전히 두고 가기 아쉬운 것들이 그득했다. 탁자 위에 놓인 옥을 깎아 만든 말을 집어들자 옆에 놓인 표범 가죽이 눈에 밟혔다. 자기 손으로 잡은 표범에게서 벗겨낸 추억이 서린 물건이라, 그는 표범 가죽을 등에 걸친 다음 보따리를 들고 부모님 방으로 건너갔다.

임 부인이 그 모습을 보고 쿡쿡 웃었다.

"피난을 가는 거지, 이사를 가는 것이 아니란다. 그 많은 것을 어찌 가져가려고?"

임진남도 고개를 설레설레 저으며 한숨을 내쉬었다.

'우리 임씨 가문은 무인 집안이지만, 어려서부터 곱게만 키웠더니 무공을 좀 익힌 것을 빼면 여느 부잣집 자제와 다를 바가 없구나. 갑작스레 이런 난리가 벌어졌으니 적응하지 못하는 것이 저 아이 탓만은 아니지.'

임진남은 가엾은 마음이 뭉게뭉게 피어올랐다.

"외가에는 없는 것이 없으니 그렇게 많이 가져갈 것 없다. 황금과은 조금, 돈이 될 만한 보석만 챙기면 된다. 강서와 호남, 호북에 지부가 있으니 배를 곯기야 하겠느냐? 짐은 되도록 가볍게 해라. 몸이 가벼워야 움직이기도 편하다."

임평지는 어쩔 수 없이 보따리를 내려놓았다.

"보란 듯이 대문으로 나갈까요, 아니면 뒷문으로 몰래 빠져나갈까요?"

임 부인이 묻자 임진남은 태사의에 앉아 두 눈을 꾹 감은 채 담뱃대를 쭉 빨았다.

한참 후, 그가 눈을 떴다.

"평아, 표국 사람들에게 가서 내일 날이 밝으면 다 함께 이곳을 떠날 테니 모두 짐을 싸라고 전해라. 역병이 잦아든 뒤 다시 돌아오면 된다 이르고, 장방에 남은 은자를 공평하게 나눠주도록 해라."

"예!"

임평지는 즉각 대답했지만 아버지가 왜 갑자기 생각을 바꿨는지 궁금했다. 임 부인이 물었다.

"모두 보내려고요? 그럼 표국은 누가 지키지요?"

"지킬 필요 없소. 귀신놀음이 벌어진 흉가에 누가 감히 죽으러 들어오겠소? 더욱이 우리는 떠나면서 아랫사람들은 가지 말라고 할 수는 없지 않소?"

임평지가 총표두의 말을 전하자, 표국은 금세 소란스러워졌다.

임진남은 아들의 모습이 완전히 사라진 후에야 임 부인에게 말했다.

"여보, 평이와 나는 쟁자수 복장으로 갈아입을 테니 당신은 하녀처럼 차리시오. 내일 날이 밝은 후 100여 명이 동시에 나가면, 적이 아무리 대단한 고수라 해도 한두 사람에 불과할 테니 누구를 쫓을지 몰라 갈팡질팡할 것이오."

임 부인은 손뼉을 치며 찬성했다.

"아주 좋은 계략이군요."

그녀는 곧 더러운 쟁자수 옷 두 벌을 구해다 임평지가 돌아오자 갈아입게 하고, 자신도 수수한 검은 옷을 입고 쪽빛 천으로 머리를 감쌌다. 피부가 유난히 흰 것만 빼면 누가 보아도 나이 든 하녀였다. 임평지는 옷에서 나는 심한 악취가 괴로웠지만 어쩔 수가 없었다.

새벽녘이 되자 임진남은 대문을 활짝 열게 하고 사람들에게 말했다.

"올해는 운이 고약하여 표국에 역귀疫鬼가 들었으니 우선 피해들 있게. 표국 일을 계속하고 싶은 형제들은 항주나 남창에 있는 절강 지부나 강서 지부에 의탁하면, 그곳을 맡은 유劉 표두와 역易 표두가 정성스레 대해줄 것일세. 자, 그만들 가세!"

명이 떨어지기 무섭게 뜰에 늘어섰던 100여 명이나 되는 사람들이 우르르 말에 올라 일제히 대문을 나섰다. 임진남이 대문을 잠그고 크게 소리를 지르자 10여 필의 말이 힘차게 혈선을 뛰어넘어 달려갔다. 머릿수가 많아 두려움이 가신 데다 한시라도 빨리 표국을 벗어나야 안전하다고 생각했기 때문이었다. 따그닥따그닥 요란한 말발굽 소리와 함께 말들은 일제히 북문 쪽으로 내달았다. 모두들 별다른 생각이 있어서가 아니라 남들이 북쪽으로 가니 따라가는 것뿐이었다.

임진남은 길모퉁이에서 부인과 아들을 불러세우고 속삭였다.

"다들 북쪽으로 갔으니 우리는 남쪽으로 갑시다."

"낙양으로 가는데 왜 남쪽으로 가자는 거예요?"

"적은 우리가 낙양으로 달아날 줄 알고 북문에서 저지할 것이 분명하오. 그러니 일부러 남쪽으로 갔다가 빙 돌아서 북쪽으로 가면 놈들은 허탕을 칠 것이오."

"아버지!"

임평지가 참지 못하고 끼어들었다.

"왜 그러느냐?"

"저는 북문으로 가겠습니다. 그놈들이 우리 식솔들을 그렇게 많이 죽였는데 제대로 싸우지도 않고 떠나면 이 한을 어디에 풀라는 말씀입니까?"

임 부인이 아들을 달랬다.

"이렇게 큰일을 당했으니 당연히 복수를 해야지. 하지만 네 솜씨만으로 적의 최심장을 막을 수 있겠니?"

임평지는 분해서 씩씩거렸다.

"그래봤자 곽 표두처럼 심장이 갈가리 찢겨 죽기밖에 더하겠어요?"

그 말에 임진남이 엄하게 얼굴을 굳혔다.

"우리 임씨 삼대가 모두 너처럼 혈기를 못 이기는 필부匹夫였다면 복위표국은 진작 무너졌을 것이다."

아버지의 호통에 임평지는 할 말을 잃고 잠자코 부모님을 따라 남쪽으로 향했다. 세 사람은 성을 나온 후 서남쪽으로 말 머리를 돌려 민강을 지나 남서南嶼에 이르렀다.

반나절 동안 쉬지 않고 달리다가 정오가 지난 후에야 길가에 있는 자그마한 음식점에 들른 임진남은 주인에게 빠를수록 좋으니 당장 내

올 수 있는 것만 가져오라고 일렀다. 그런데 주인은 주방으로 사라진 뒤 한참이 지나도 올 기미가 없었다. 떠날 생각에 마음이 급한 임진남이 큰 소리로 주인을 불렀다.

"주인장! 빨리 좀 해주시오!"

그러나 안에서는 대답이 없었다. 임 부인도 소리쳐 불러보았다.

"주인장! 주인장…!"

여전히 묵묵부답이었다. 임 부인이 벌떡 일어나 보따리에서 금도를 꺼내 들고 주방으로 달려갔다. 주인 남자가 바닥에 널브러져 있었고 문지방에는 주인의 아내인 듯한 아낙네가 비스듬히 쓰러져 있었다. 주인의 코에 손을 가져가보니 이미 숨이 멎었지만, 입술에는 아직 온기가 남아 있었다.

그사이 임진남 부자는 검을 뽑아 들고 식당 주위를 살펴보았다. 이 자그마한 식당은 산기슭에 외따로 지어져, 부근에는 소나무 숲만 있고 이웃집은 한 채도 없었다. 세 사람은 식당 앞에 나와 사방을 둘러보았으나 이상한 점은 조금도 찾지 못했다. 임진남이 검을 세우고 낭랑하게 외쳤다.

"청성파 친구들, 임진남이 여기 있으니 모습을 보이시오!"

묵직한 외침이 메아리가 되어 골짜기를 울렸다.

"…보이시오! 보이시오!"

메아리가 가느다랗게 이어졌지만 응답은 들려오지 않았다. 적이 여태껏 가까이에서 지켜보다 마침내 움직이기 시작했다고 생각하자 가슴 한구석이 서늘했지만, 한편으로는 비로소 결말을 낼 수 있다는 생각에 마음이 차분해지기도 했다.

임평지가 큰 소리로 외쳤다.

"임평지가 여기 있으니 어서 죽여라! 이 더러운 놈들, 개새끼만도 못한 놈들아! 네놈들이 정말 얼굴을 드러내면 내 손에 장을 지지겠다! 컴컴한 곳에서 슬금슬금 수작을 피우다니, 삼류 강호인들도 네놈들보다는 낫겠구나!"

그 순간, 소나무 숲 한편에서 껄껄대는 웃음소리가 터지고, 임평지의 눈앞으로 누군가가 휙 날아왔다. 임평지는 자세히 보지도 않고 검으로 직도황룡直搗黃龍 초식을 펼쳐 상대의 가슴을 냅다 찔렀다. 상대는 옆으로 비켜 피했다. 임평지의 검이 빠르게 따라붙자 그자는 음침하게 웃으며 왼쪽으로 돌아갔다. 임평지가 왼손을 뒤집어 일장을 내지르면서 검을 회수했다가 다시 찔렀다.

임진남과 임 부인도 도우려 했으나, 검법에 절도가 있고 강적을 맞으면서도 전혀 흔들림이 없는 아들을 보자 다소 안심이 되어 두어 걸음 물러나 적부터 살폈다. 적은 청삼을 걸치고 허리에는 검을 찬 사내였다. 대략 스물서너 살쯤 되어 보였는데, 길쭉한 얼굴에는 오만하고도 가소로워하는 표정이 어려 있었다.

울분이 쌓이고 쌓인 임평지는 벽사검법의 초식들을 하나하나 펼치며 목숨을 돌보지 않고 필사적으로 싸웠다. 맨손인 적은 반격하지 않고 이리저리 피하기만 하다가 임평지가 20여 초를 펼치고 나서야 냉소 섞인 목소리로 말했다.

"너희 벽사검법은 겨우 그 정도구나!"

그가 손가락을 쭉 뻗는 순간, 쩡 하는 소리와 함께 임평지는 손아귀가 찢어질 것처럼 아파 검을 놓치고 말았다. 그사이 적이 발을 날려 임평지를 걷어찼고, 임평지는 몸을 가누지 못하고 뒤로 날아갔다. 임진남 부부가 나란히 버티고 서서 날아오는 아들을 붙잡았다.

"귀하의 존성대명尊姓大名은 어떻게 되시오? 청성파 분이오?"

임진남이 묻자 그자는 냉소를 지었다.

"복위표국 따위가 감히 내 이름을 물을 자격은 없다만, 오늘은 복수를 하러 왔으니 알려주지. 맞다, 이 어르신은 청성파에서 왔다."

임진남은 검을 내리고 두 손을 공손히 모으면서 말했다.

"이 몸은 송풍관 여 관주를 몹시 존경하오. 매년 청성으로 사람을 보내 예의를 갖췄고, 올해는 여 관주도 답례차 제자 네 명을 보내주셨소. 그런데 대체 우리가 귀하에게 무슨 죄를 지었소?"

그러자 청년은 하늘을 향해 한참 동안 껄껄 웃었다.

"그래, 사부님께서 제자 네 명을 복주로 보내신 것은 맞다. 나도 그중 한 명이고."

"그것 참 잘되었구려. 귀하의 대명이 어찌 되시오?"

청년은 알려줄 가치도 없다는 듯 코웃음을 친 다음에야 대답했다.

"내 이름은 우인호干人豪다."

임진남은 고개를 끄덕였다.

"청성사수青城四秀는 영웅호걸英雄豪傑'이라더니, 바로 송풍관 사대제자 중 한 분이구려. 최심장에 조예가 깊은 것도 당연하오. 피를 보지 않고 사람을 죽이는 그 솜씨는 실로 대단했소! 탄복하오! 우 소협少俠께서 멀리서 오셨는데 미리 나가 마중하지 못했으니 결례가 많았소."

우인호는 싸늘하게 대꾸했다.

"뭐, 그 최심장은… 흐흠, 흠. 아무튼 당신은 마중 나오지 않았지만,

무예가 고강하신 거지발싸개 같은 아드님께서는 마중을 나오셨더군. 더구나 사부님께서 애지중지하시는 아들까지 죽였으니 결례도 이만저만한 결례가 아니지."

그 한마디에 임진남은 써늘한 기운이 등골을 훑어내리는 듯했다. 아들이 죽인 사람이 청성파의 보통 제자인 줄로만 알고, 무림에서 제법 명성이 있는 사람에게 중재를 청해 진심으로 사과하면 이 끔찍한 상황을 수습할 수 있으리라 믿었다. 그런데 죽은 사람이 송풍관 관주 여창해余滄海의 친아들이라니, 이제 목숨 걸고 일전을 벌이는 것밖에는 달리 길이 없었다.

그는 다시 검을 들어올리면서 일부러 껄껄 웃었다.

"허허, 거참 우습구려. 농담은 그만두시오."

우인호가 눈을 흡뜨며 오만하게 되물었다.

"농담이라니?"

"여 관주는 무예에 통달하였을 뿐 아니라 가정교육도 엄격하여 강호 사람들이 너나없이 우러러보고 있소. 이 몸의 불초한 자식에게 죽었다면 무예가 그저 그렇다는 것은 명약관화한 일, 그런 자가 여 관주의 아드님이라니 농담이 아니면 무엇이오?"

우인호는 얼굴을 굳힌 채 대답이 없었다. 그때 소나무 숲에서 또 다른 목소리가 들려왔다.

"똥개도 100마리면 범 하나를 잡는다는 말이 참으로 옳더구먼. 임 소표두께서 복위표국의 표두 스물네 명을 이끌고 와서 느닷없이 여 사제를 포위 공격했으니…."

그렇게 말하며 걸어나오는 사람은 머리가 조그맣고 손에 든 접선을 팔락팔락 흔들고 있었다.

"정정당당하게 싸웠다면 복위표국이 제아무리 머릿수로 밀어붙여도 아무 소용 없었을 것이나, 임 소표두는 여 사제의 술에 독을 타고 독을 묻힌 암기를 열일곱 개나 날렸으니… 참으로 독하디독한 아드님을 두셨더구려. 우리는 좋은 뜻으로 복주를 찾았는데… 이런 암습을 당할 줄은 꿈에도 몰랐소."

"귀하의 존성대명은 어찌 되시오?"

임진남이 물었다.

"존성대명이랄 것도 없소. 이 몸은 방인지方人智라 하오."

임평지는 검을 주워들고 아버지가 이야기를 마치기를 기다렸다가 다시 싸우려고 씩씩거리며 벼르던 중이었다. 그런데 방인지가 아무렇게나 거짓말을 주워섬기자 도저히 참을 수가 없어 버럭 소리를 질렀다.

"개방귀 같은 소리 말아라! 나는 네놈들과는 아무런 원한도 없고 만난 적도 없다. 내가 죽인 자가 청성파인지도 몰랐는데 무엇 하러 그렇게까지 비열한 수를 써서 죽인단 말이냐?"

방인지는 조그만 머리를 설레설레 저었다.

"과연 개방귀 같은 소리답게 하는 말마다 냄새가 지독하구먼! 너는 여 사제와 아무런 원한도 없는데 어째서 술집 밖에 표두와 쟁자수 서른 명을 매복시켰느냐? 여 사제는 네가 소녀를 희롱하는 것을 보다못해 버릇을 가르치려고 혼쭐을 냈으나 목숨만은 살려주었다. 그런데 너는 은혜를 갚지는 못할망정 도리어 못된 표두들을 시켜 여 사제를 포위 공격하지 않았느냐?"

임평지는 화가 나서 복장이 터질 지경이었다.

"이제 보니 청성파는 자기에게 이롭게 거짓말을 꾸며대는 비열한 놈들이구나!"

방인지는 그 말에도 히죽히죽 웃었다.

"어허, 이 거지발싸개 같은 놈이 함부로 욕을 하는구먼!"

"욕을 하면 어쩔 테냐?"

"실컷 욕을 했으면 됐다."

방인지가 고개를 끄덕이며 말하자 임평지는 뜻밖의 반응에 어리둥절했다. 바로 그때 누군가가 쉭 하고 그에게 날아들었다. 임평지는 황급히 왼손을 들어 막았지만 끝내 한 박자 늦고 말았다. 짝 하는 시원한 마찰음과 함께 오른쪽 뺨을 호되게 얻어맞은 그는 눈앞에 별이 반짝반짝하고 쓰러질 듯이 머리가 어질어질했다. 잽싸게 일장을 때린 방인지는 어느새 본래 위치로 돌아와 자기 뺨을 쓰다듬으며 짐짓 화난 목소리로 외쳤다.

"네 이놈, 왜 가만히 있는 사람을 때리느냐? 아이고, 아파라, 아파! 허 참!"

아들이 모욕을 당하는 광경을 보다못한 임 부인이 칼을 뽑아 들고 그에게 달려들었다. 그녀의 칼끝에서 펼쳐지는 야화소천野火燒天 초식은 안정적이면서도 강력하여, 방인지가 슬쩍 몸을 피했는데도 칼끝이 그의 오른쪽 어깨를 아슬아슬하게 스치고 지나갔다. 방인지는 깜짝 놀란 듯 '어이쿠' 소리를 질렀다.

"이 아주머니 무섭구먼!"

임 부인이 다시 칼을 휘두르자 그는 정신을 바짝 차리고 허리에서 검을 뽑아 반격했다.

임진남도 검을 똑바로 세우며 말했다.

"청성파가 복위표국을 공격하기는 손바닥 뒤집듯이 쉬운 일이오. 허나 그 시시비비는 무림에서 공정히 판단해줄 것이오. 우 소협, 한 수 가르쳐주시오!"

우인호가 검집에 손을 대자 검이 철컥 소리를 내며 빠져나왔다.

"덤벼보시지."

임진남은 그런 그를 살피며 속으로 헤아려보았다.

'청성파의 송풍검법松風劍法은 강하면서도 빠르다고 들었다. 소나무처럼 튼튼하고 바람처럼 빨라 송풍검법이라 불린다지. 그런 검법에 맞서려면 기선을 제압해야만 승산이 있다.'

결심이 서자 그는 주저 없이 검을 휘둘러 벽사검법 중 군사벽역群邪 辟易을 펼쳤다. 우인호는 기세 흉흉한 검법을 보고 몸을 날려 피했고, 임진남은 첫 번째 초식을 채 마무리하기도 전에 두 번째 초식으로 종규결목鍾馗抉目을 펼쳐 상대의 양쪽 눈을 찔렀다. 우인호는 뒤로 물러났지만, 임진남의 세 번째 초식이 놓치지 않고 쫓아오자 결국 검을 들어 막았다. 쩡 하는 맑은 소리와 함께 두 사람의 팔이 부르르 떨렸다.

'너희 청성파가 얼마나 대단한가 했더니 고작 이 정도냐? 이런 솜씨로 최심장을 펼치는 것은 절대 불가능한 일이다. 아무래도 또 다른 조력자가 있는 모양이구나.'

이렇게 생각한 임진남은 다시금 심장이 서늘해졌다.

우인호는 검을 빙글빙글 돌리다가 재빠르게 내지르며 잇달아 일곱 번이나 서로 다른 방향을 찔렀다. 임진남도 빠르게 막으며 틈을 보아 공격을 퍼부었다. 두 사람은 밀고 밀리며 20여 초를 싸웠으나 쉽게 고하를 가리지 못했다.

반면 다른 쪽에서 방인지와 싸우는 임 부인은 연신 고비를 맞이하고 있었다. 금도 한 자루로는 방인지의 빠른 검초를 막아내기 어려웠던 것이다. 어머니가 수세에 몰리자 보다못한 임평지가 검을 들고 방인지의 머리를 내리쳤다. 방인지는 살짝 몸을 틀어 피했고 임평지는 미친 사람처럼 그에게 와락 달려들었는데, 무언가에 발이 걸렸는지 별안간 몸이 휘청했다. 이어 뒤에서 누군가의 목소리가 들려왔다.

"꼼짝 마라!"

발 하나가 그의 몸을 짓밟았고 등에 예리한 것이 닿았다. 임평지의 눈에는 바닥을 덮은 흙밖에 보이지 않았지만, 귀에는 어머니의 날카로운 비명 소리가 들려왔다.

"죽이지 마라, 죽이지 마!"

"당신도 쓰러지시지!"

방인지가 일갈했다.

알고 보니 임평지 모자가 방인지와 싸우고 있을 때 누군가 임평지의 등 뒤로 다가와 다리를 걸어 쓰러뜨리고 비수를 뽑아 등을 겨눈 것이었다. 본래도 방인지의 상대가 못 되었던 임 부인은 아들에게 정신이 팔려 도법이 흐트러졌고, 그사이 방인지의 팔꿈치에 맞아 역시 쓰러지고 말았다. 방인지는 재빨리 두 사람의 혈도를 짚었다. 임평지의 다리를 건 사람은 바로 복주성 밖 술집에서 표두들과 싸웠던 가씨 사내로, 청성파의 제자 가인달賈人達이었다.

부인과 아들이 적에게 제압되자 마음이 급해진 임진남은 빠르게 공격을 퍼부었다. 우인호가 낭랑하게 웃더니, 연달아 몇 번의 초식을 펼쳐 단숨에 기선을 제압했다. 그 초식을 본 임진남은 가슴이 철렁 내려 앉았다.

'이자가 어떻게 벽사검법을?'

우인호가 그 마음을 읽은 듯 껄껄 웃으며 물었다.

"나의 벽사검법이 어떠냐?"

"어떻게… 어떻게 벽사검법을…?"

방인지가 웃으며 대신 대답했다.

"그깟 벽사검법이 뭐 그리 대단하다고… 나도 할 수 있소!"

그가 검을 휘두르며 군사벽역, 종규결목, 비연천류飛燕穿柳를 연달아 펼쳐 보였다. 틀림없는 벽사검법이었다. 한순간 임진남은 마치 하늘이 무너지는 것만 같았다. 임씨 가문에만 전해지는 절학인 벽사검법을 적이 펼칠 줄은 꿈에서조차 생각해본 적이 없었으니 놀라고 당황한 마음에 투지는 씻은 듯이 사라져갔다.

"받아라!"

우인호가 날카롭게 외치며 임진남의 오른쪽 무릎을 찔렀다. 임진남은 다리가 푹 꺾여 오른쪽 무릎을 꿇었다. 그는 재빨리 몸을 일으켰지만, 어느새 우인호의 검이 가슴을 겨누고 있었다. 가씨 사내가 박수갈채를 보냈다.

"우 사형, 참으로 멋들어진 유성간월流星赶月입니다!"

유성간월 역시 벽사검법이었다. 임진남은 장탄식을 하며 검을 내던 졌다.

"너희가… 벽사검법을 하다니…. 오냐, 이왕 이렇게 잡혔으니 깨끗이 죽여라!"

그 순간 등이 저릿했다. 방인지가 검자루로 혈도를 짚은 것이었다.

"흥, 세상일이 어디 그리 마음대로 되겠소? 조상 무덤을 파재껴도 모자랄 거지발싸개 같은 임씨 가솔들은 우리 사부님부터 만나보아야 한다오."

그때 가인달이 왼손으로 임평지의 뒷자락을 잡아 일으킨 후 좌우로 힘차게 뺨을 올려붙였다.

"이 개만도 못한 놈아, 오늘부터 청성산에 도착할 때까지 그 계집애 같은 얼굴이 통통 붓도록 매일 열여덟 번씩 따귀를 때려주마!"

화가 난 임평지가 그의 얼굴에 대고 퉤하고 침을 뱉었다. 거리가 워낙 가까워 피할 겨를이 없었던 가인달은 콧등에 고스란히 침을 맞아야 했다. 격노한 그는 임평지를 힘껏 바닥에 내팽개친 뒤 마구 걷어차기 시작했다. 방인지가 웃으며 그런 그를 말렸다.

"됐네, 됐어. 그러다 죽으면 사부님께 뭐라고 말할 셈인가? 이놈은 계집애같이 야들야들해서 자네 발길질을 견디지 못할 걸세."

가인달은 무예가 뛰어나지 않고 인품도 용렬하여 사부의 사랑을 받지 못했고 동문 사형제들에게도 무시를 당해왔다. 그 때문에 '사부'라는 말에 차마 더는 발길질을 하지 못하고 침만 퉤퉤 뱉는 것으로 화풀이를 했다.

방인지와 우인호는 임진남 일가 세 명을 식당으로 끌고 가 바닥에 내던졌다. 방인지가 제안했다.

"식사는 하고 떠나야겠구먼. 가 사제, 수고스럽지만 밥을 좀 해오게."

"예, 사형."

"방 사형, 저놈들이 달아나지 않게 감시해야지요. 저 늙은 놈은 무공이 제법이니 막을 방법을 마련해두어야 합니다."

방인지는 허허 웃었다.

"어려울 것도 없지! 밥을 먹고 나서 놈들의 손목 힘줄을 끊고 동아 줄로 나란히 견갑골을 꿰어 줄줄이 엮어두면 무슨 수로 달아나겠나?"

이 말을 들은 임평지가 버럭 소리를 질렀다.

"네 이놈, 배짱이 있으면 당장 나를 죽여라! 그런 비열한 짓은 하류 배들이나 하는 짓이다!"

방인지는 히죽히죽 웃었다.

"한 번만 더 욕을 하면 네놈 입에 개똥을 처넣어주마."

그 말이 효과가 있었는지, 임평지는 화가 나서 기절할망정 끝내 입을 다물었다. 방인지가 웃으며 말했다.

"우 사제, 사부님께 배운 72로 벽사검법을 똑같이 흉내 내었더니 임 총표두가 혼비백산하는 것을 자네도 보았지? 임 총표두, 아마 지금쯤 우리 청성파가 어떻게 임가의 벽사검법을 알고 있을까 궁금할 거요. 안 그렇소?"

그의 말대로였다. 그러잖아도 임진남은 청성파 제자가 어떻게 벽사검법을 펼칠 수 있었는지 궁금해 미칠 지경이었다.

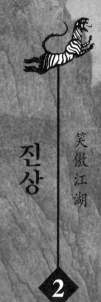

笑傲江湖

진상

2

— 노래하던 노인이 스르르 일어나더니 천천히 뚱보 앞으로 다가가 한참 동안 그를
내려다보았다. 뚱보는 화가 치밀었다.
"이 늙은이가 왜 이래?"
"말도 안 되는 소리!"
노인은 그 한마디만 남기고 고개를 설레설레 저으며 돌아섰다.
화가 난 뚱보가 노인을 잡아 세우려고 손을 뻗었다.

임평지는 방인지와 우인호에게 달려들려고 몸부림을 쳤지만 등의 혈도 곳곳이 막혀 몸이 말을 듣지 않았다. 손목 근육이 끊어지고 견갑골이 뚫려 폐인이 될 바에는 차라리 깔끔하게 죽고 싶었다.

그때, 뒤편 주방에서 '으아악' 하는 비명이 터져나왔다. 가인달의 목소리였다.

방인지와 우인호가 벌떡 일어나 검을 움켜쥐고 주방으로 달려갔다. 그사이 문가에 사람 그림자가 언뜻 비치더니 누군가 임평지의 목덜미를 잡아당겼다. 그 사람을 본 임평지는 나지막하게 비명을 질렀다. 얽은 자국으로 울퉁불퉁한 그 얼굴은 바로 이 모든 소란의 원인인 그 못생긴 술집 소녀였던 것이다.

소녀는 임평지를 말을 묶어둔 커다란 나무 아래로 끌고 간 뒤, 왼손으로 그의 허리춤을 잡아 말 등으로 번쩍 들어올렸다. 임평지가 놀라 어리둥절해하는 사이, 못생긴 소녀가 검을 뽑아 휘두르자 하얀 광채가 눈앞을 가득 채우면서 말고삐를 끊고 말 엉덩이를 때렸다. 깜짝 놀란 말은 높이 울부짖으며 미친 듯이 숲속으로 내달았다.

"아버지! 어머니!"

임평지가 목이 터져라 외쳤다. 부모님을 두고 혼자 달아나고 싶은 마음은 눈곱만큼도 없었던 그는 말 등에서 격렬하게 몸을 흔들어 바닥으로 굴러떨어졌고, 흙바닥을 데굴데굴 구르다가 무성하게 우거진 잡초 속에 처박혀 겨우 멈췄다. 말은 등에 탄 사람이 떨어지거나 말거나 아랑곳없이 저 멀리 질주해 사라졌다.

임평지는 나뭇가지를 붙잡아 일어나보려고 했지만, 발에 힘이 들어가지 않아 얼마 버티지 못하고 다시 쓰러졌다. 바닥에 엉덩방아를 찧자 허리와 엉덩이에 지독한 통증이 느껴졌다. 말에서 떨어질 때 나뭇가지나 돌부리에 부딪힌 모양이었다.

식당 쪽에서 고함과 다급한 발소리가 들려왔다. 임평지는 누군가 쫓아오나 싶어 황급히 수풀 속에 몸을 숨겼지만, 뒤이어 날카로운 무기 소리가 들려오기 시작하자 추격 대신 격렬한 싸움이 벌어졌음을 깨달았다. 슬그머니 고개를 내밀어 기다랗게 자란 풀 사이로 살펴보니 싸우는 사람들 중 한쪽은 방인지와 우인호였고, 다른 한쪽은 못생긴 소녀와 어떤 남자였다. 남자는 검은 천으로 얼굴을 가려 생김새를 알 수 없었지만 허옇게 센 머리칼이 눈에 선명하게 들어왔다. 그 모습을 본 임평지는 그가 바로 소녀의 할아버지인 살 노인이라는 것을 알아채고 움찔했다.

'저 사람들도 청성파인 줄 알았는데 저 낭자가 나를 구해주다니…. 아아, 저 낭자의 무공이 이렇게 높은 줄 알았더라면 도와주려고 나서지도 않았을 텐데. 그랬다면 이런 큰 화를 불러일으킬 일도 없었겠지….'

임평지는 속으로 한탄했지만 곧 기운을 차렸다.

'그래, 저들이 싸움에 정신이 팔려 있는 동안 아버지와 어머니를 구하자.'

그러나 마음과는 달리 혈도가 풀리지 않은 몸으로는 어쩔 도리가 없었다.

멀리서 방인지의 놀란 외침이 들려왔다.

"너… 너는 대체 누구냐? 어떻게 우리 청성파의 검법을 쓸 줄 아는 것이냐?"

그러나 노인은 아무 대답도 하지 않았다. 새하얀 빛이 번쩍이며 방인지의 검이 그의 손에서 벗어나 빙글빙글 날아올랐다. 방인지는 황급히 뒤로 몸을 피했고 우인호가 대신 끼어들어 막았다. 복면 노인이 재빠르게 몇 초를 펼치자 우인호도 기절초풍했다.

"어… 어떻게…?"

놀라움이 잔뜩 묻은 그의 목소리에 이어 쩡 하는 맑은 소리와 함께 그 역시 검을 놓치고 말았다. 못생긴 소녀가 바짝 쫓아가 질풍처럼 검을 찔렀으나 복면 노인이 그녀의 검을 가로막으며 외쳤다.

"목숨을 해치면 안 된다!"

"아주 지독한 놈들이에요. 사람을 여럿이나 죽였잖아요."

"그만 가자!"

노인이 말했지만 소녀는 여전히 머뭇거렸다. 노인은 그런 그녀를 타일렀다.

"사부님의 분부를 잊지 마라."

마침내 소녀도 고개를 끄덕였다.

"흥, 운이 좋은 줄 알아!"

그녀가 몸을 날려 수풀 속으로 들어가자 복면 노인도 뒤를 따랐고, 두 사람의 모습은 눈 깜짝할 사이에 시야에서 사라졌다.

방인지와 우인호는 놀라 달아날 뻔했던 혼을 겨우 붙잡아두고 각자 자기 검을 찾아 들었다.

우인호가 중얼거렸다.

"거참, 어떻게 이런 일이! 저놈들이 우리 검법을 쓰다니요?"

"겨우 몇 초식이었지만 그자가 펼친 홍비명명鴻飛冥冥은 정말, 허!"

"게다가 놈들이 꼬마 놈을 구해갔습니다…."

"어이쿠, 조호이산調虎離山 계로구먼! 임진남 부부를 데려오게!"

"예!"

두 사람은 황급히 몸을 돌려 식당으로 돌아갔다.

얼마쯤 지났을까, 느릿느릿한 말발굽 소리와 함께 말 두 마리가 모습을 드러냈다. 방인지와 우인호가 각각 한 마리씩 끌고 있었는데, 말 등에는 임진남과 임 부인이 꽁꽁 묶여 있었다. 임평지는 아버지와 어머니를 소리쳐 부르려다가 거의 목까지 올라온 말을 꿀꺽 삼켰다. 지금 소리를 내면 자기 목숨을 갖다 바치는 것은 물론이고 부모님을 구할 기회조차 사라진다는 사실을 잘 알기 때문이었다.

말들로부터 몇 장 정도 떨어져 절뚝절뚝 뒤를 따르는 사람은 다름 아닌 가인달이었다.

머리에 감은 흰 천은 새빨간 피에 흥건히 젖어 있었고, 입에서는 저주와 욕설이 끊임없이 쏟아져나왔다.

"이런 우라질! 조상 무덤을 파재껴도 모자랄 놈들! 네놈들이 아무리 그 기생오라비를 빼내갔다 해도, 기생오라비의 애비, 에미는 못 빼내겠지? 이 어르신이 매일매일 저 연놈의 살을 한 점 한 점 저며낼 테니, 청성산에 도착했을 때도 목숨이 붙어 있을지 어디 두고 보자!"

방인지가 큰 소리로 나무랐다.

"가 사제, 사부님께서는 임씨 부부를 반드시 살려서 데려오라고 신신당부하셨네. 저들에게 무슨 일이라도 생기면 사부님께서 자네 껍질을 벗겨놓으실지도 모르네."

가인달은 '흥' 하고 코웃음을 쳤지만 결국 입을 다물었다.

그 말을 들은 임평지는 도리어 위안이 되었다.

'아버지와 어머니를 청성산으로 데려간다면 그동안은 괴롭히지 않겠구나. 복건성에서 사천 청성산까지는 길이 머니 그동안 어떻게든 구할 방법이 생기겠지. 우선 지부에 들러 낙양에 계신 외할아버지께 소식을 전해야겠다.'

그는 풀 위에 가만히 엎드린 채 모기가 물어뜯고 파리가 웽웽거리며 달라붙어도 꼼짝하지 않고 기다렸다. 몇 시진이 흘러 날이 어두컴컴해지고 마침내 막혔던 혈도가 풀리자, 그는 비로소 몸을 일으켜 천천히 식당으로 걸어갔다.

'놈들의 눈에 띄어도 알아보지 못하도록 변장을 해야겠어. 내 무공으로는 발각되는 순간 죽임을 당할 테니, 부모님을 구하려면 가능한 한 몸을 숨겨야지.'

산골 사람들의 가난한 형편을 잘 모르는 임평지는 새 옷을 찾으려고 식당 주인의 방에 들어가 등불을 비추며 구석구석 살폈지만, 결국 아무것도 찾지 못했다.

주방에 쓰러져 있는 식당 주인과 그 아내의 시체를 보며 그는 어쩔 수 없이 생각을 바꿨다.

'별수 없군. 죽은 사람의 옷을 입는 수밖에.'

식당 주인의 시체에서 옷을 벗겨내자 더럽고 퀴퀴한 냄새가 코를 찔렀다. 깨끗이 빨아서 입고 싶은 마음이 굴뚝같았지만 곧 그 생각을 털어냈다.

'잠깐의 더러움을 못 참아 시간을 지체하다가 부모님을 구할 수 있는 호기를 놓치면 천추의 한이 될지도 몰라.'

그는 이를 악물고 옷을 모조리 벗은 후 죽은 식당 주인의 옷으로 갈아입었다.

횃불을 켜 사방을 샅샅이 비춰보니, 아버지의 검과 자신의 검, 어머니의 금도가 바닥에 떨어져 있었다. 그는 아버지의 검을 낡은 천에 둘둘 말아 등 뒤의 옷 속으로 밀어넣고 식당 문을 나섰다. 개울가에서 왝왝거리며 들려오는 청개구리 소리에 문득 외로움과 쓸쓸함이 가슴 시리게 밀려들었다. 임평지는 그 자리에 쓰러져 통곡하고 싶은 마음을 다잡으며 팔을 힘껏 휘둘렀다. 횃불이 컴컴한 허공에 빨간 호를 그리며 날아가 진흙 연못 속으로 떨어지더니, 칫 하면서 불이 꺼지고 사방은 칠흑 같은 어둠에 잠겼다.

그는 속으로 다짐했다.

'임평지, 정신 차려라! 한순간의 실수나 충동으로 또다시 청성파 놈들 손에 떨어지면, 네 목숨은 더러운 못 속에 떨어진 저 횃불이나 다를바 없어!'

소매로 눈을 마구 비비자 코를 스치는 옷자락에서 악취가 풍겨 구역질이 났다.

하지만 그는 억지로 참으며 외쳤다.

"이따위 악취조차 견디지 못하면 무슨 사내대장부랴!"

그리고 성큼성큼 걸음을 옮겼다. 얼마 가지 못해 허리가 끊어질 것처럼 아파왔지만, 이를 악물고 더욱 빨리 걸었다. 부모님이 어느 길로 갔는지 몰랐기 때문에 그는 산마루를 넘고 또 넘으며 정처 없이 헤매다가 새벽이 찾아오고 아침 햇살이 정면으로 눈부시게 쏟아질 때에야 움찔하며 멈췄다.

'그놈들은 아버지와 어머니를 청성산으로 데려간다고 했어. 사천성은 복건성 서쪽에 있는데 어쩌자고 동쪽으로 왔을까?'

그는 서둘러 방향을 틀어 햇살을 등지고 걸었다.

'그들은 반나절 앞서 떠났고 내가 길까지 잘못 들었으니 거리가 한참 멀어졌겠구나. 말을 한 필 사면 좋겠는데 값이 얼마나 할지….'

주머니를 뒤적이던 그는 저도 모르게 쓴웃음을 지었다. 집에서 챙겨 온 금은보화는 말안장에 달린 가죽 주머니에 넣어두었고 은자는 임진남 부부가 가지고 있었기 때문에 그의 몸에는 동전 한 푼도 없었다.

'어쩌지? 어쩌면 좋지?'

임평지는 초조해서 발을 동동 굴렀지만 뾰족한 방법이 없었다. 한동안 바보처럼 멍하니 서 있던 그는 마침내 결심을 하고 산마루 아래쪽으로 걸음을 옮겼다.

'지금은 부모님을 구하는 것이 먼저다. 설마 굶어 죽기야 하겠어?'

정오쯤 되자 배가 꼬르륵거리기 시작했는데, 마침 길옆 나무에 푸른 용안 열매가 주렁주렁 매달려 있는 것이 보였다. 아직 덜 익었지만 허기를 달래기에는 충분했다.

배고픔을 이기지 못해 나무 아래로 다가가 손을 뻗던 임평지는 갑자기 움찔했다.

'이 용안 열매도 다 주인이 있을 거야. 주인에게 말도 없이 따면 도적이나 다를 게 무엇이지? 우리 임씨 가문은 삼대째 사람들의 재산을 보호하며 녹림의 도적들과 맞서 싸웠는데, 그놈들과 똑같은 짓을 할 수는 없어! 누군가 내 모습을 보고 좀도둑이라고 손가락질하며 아들을 어찌 가르쳤느냐고 아버지께 따지기라도 하면 복위표국은 문을 닫아야 할지도 몰라.'

어렸을 때 부모님으로부터 좀도둑이 자라서 큰 도적이 된다고 배운 그가 아닌가? 좀도둑은 대부분 과일 하나, 고기 한 점 훔치는 것부터 시작하여 점점 큰 것을 훔치다가 마침내 돌이킬 수 없을 만큼 도둑질에 익숙해지고, 그렇게 늪에 빠진 뒤로는 결코 혼자 힘으로 빠져나올 수 없다고 했다. 그 가르침이 떠오르자 임평지는 저도 모르게 등골이 서늘해졌다.

'언젠가 아버지와 함께 복위표국을 다시 일으킬 거야. 대장부라면 언제 어느 때든 사람답게 굴어야 하는 법, 구걸을 할망정 도둑질을 할 수는 없다!'

임평지는 다시는 길가의 용안나무를 쳐다보지 않고 성큼성큼 앞으로만 걸었다. 몇 리쯤 떨어진 곳에 조그만 마을이 보이자 그는 한 농가를 찾아가 쭈뼛쭈뼛 음식을 구걸했다. 여태껏 부모가 벌어다 준 돈으로 옷이면 옷, 음식이면 음식, 무엇 하나 부족할 것 없이 손에 넣었던 그가 언제 이런 구걸을 해보았겠는가? 몇 마디 하기도 전에 얼굴부터 시뻘겋게 달아올랐다.

농가의 아낙네는 남편과 싸우다가 실컷 두드려맞은 뒤라 단단히 독이 올라 있어서, 음식을 달라는 임평지의 말을 듣자마자 욕을 퍼부으며 빗자루를 마구 휘둘렀다.

"이놈아, 무얼 노리고 슬그머니 여기까지 들어왔어? 우리 암탉이 어딜 갔나 했더니 네놈이 잡아먹었지? 그런데 또 훔치려고? 너 같은 놈에게는 밥풀 한 알도 못 준다! 네놈이 암탉을 훔쳐가는 바람에 그 빌어먹을 양반이 길길이 날뛰며 온몸에 퍼렇게 멍이 들도록 나를 때렸다고…!"

아낙네가 고래고래 소리를 지르는 사이 임평지는 슬금슬금 뒤로 물러났다. 악에 받친 아낙네가 임평지의 얼굴에 빗자루를 내리치자, 화가 난 임평지는 옆으로 슬쩍 피하면서 장법을 펼치려다 갑자기 정신이 번쩍 들었다.

'밥을 주지 않는다고 아무것도 모르는 여자를 때리다니, 얼마나 우스운 일이냐?'

그는 억지로 장법을 거둬들이려 했지만, 공력이 들어간 장법이라 거두기가 쉽지 않았다. 임평지는 저도 모르게 비틀비틀하다가 그만 소똥을 밟고 미끄러져 우당탕 넘어지고 말았다. 농가 아낙네가 깔깔거리며 웃어댔다.

"아이고, 쥐새끼 같은 놈! 잘 넘어졌다!"

아낙네는 빗자루로 그의 머리를 마구 때리고 침을 퉤퉤 뱉은 다음에야 안으로 들어갔다.

평생 받아본 적 없는 수모에 임평지는 온몸을 부들부들 떨며 뒤뚱뒤뚱 몸을 일으켰다. 등과 손에는 온통 소똥이 묻어 냄새가 지독했다. 낭패감에 어쩔 줄 몰라하는데, 아낙네가 다시 나와 찐 옥수수 네 개를 쥐여주며 야단을 쳤다.

"쥐새끼 같은 놈아, 이거나 먹어라! 여자처럼 곱상한 얼굴로 태어났으면 감사해할 줄 알아야지, 어디서 못된 것만 배워가지고 일은 안 하고 거저먹으려 들어? 쯧쯧, 쓸모없는 놈!"

화가 난 임평지가 옥수수를 팽개치려 하자 아낙네는 깔깔 웃으며 비아냥댔다.

"그래, 던져라, 던져! 굶어 죽어도 괜찮으면 확 다 던지고 짓밟아버려! 네깟 놈이 굶어 죽은들 누가 눈이나 깜짝할까 봐?"

임평지는 이를 악물었다.

'아버지와 어머니를 구해낸 뒤 복수를 하고 복위표국을 다시 일으키기 전에는 무조건 참아야 해. 아무리 치욕을 당해도 이를 악물고 꾹 참자. 이런 촌구석 아낙네에게 욕 좀 들은들 어떠냐?'

이렇게 생각한 그는 감사 인사를 하고 옥수수를 입에 물었다.

"내 그럴 줄 알았지!"

농가 아낙네가 웃으며 말하고는 돌아섰다.

"쫄쫄 굶은 꼴을 보아하니 저놈이 암탉을 훔쳐간 것 같지는 않고…. 어휴, 우리 빌어먹을 양반이 저놈의 반만큼만 성질이 고우면 얼마나 좋을꼬."

임평지는 구걸하거나 들판에 열린 야생 열매로 허기를 달래며 계속 길을 갔다. 다행히 올해는 복건성에 풍년이 들어 민가에 양식이 넉넉했고, 차림새는 더러워도 준수한 얼굴과 우아한 말씨 덕에 호감을 사 밥을 빌어먹는 것이 그리 어렵지 않았다. 가는 동안 내내 부모님의 소식을 탐문해보았으나 아무런 소득이 없었다.

그렇게 여드레쯤 지나 강서성에 도착하자 길을 물어 남창으로 향했다. 남창에는 복위표국의 지부가 있으니 무엇이든 소식을 들을 수 있을 것 같았다. 소식이 없어도 최소한 여비와 빠른 말 한 필은 구할 수 있을 것이었다.

남창에 들어가서 복위표국이 어디냐고 묻자, 행인은 도리어 그에게 되물었다.

"복위표국? 그곳은 왜 찾으시오? 얼마 전에 불이 나서 깨끗이 타버렸소. 이웃집 수십 채도 같이 사라졌고."

임평지는 속으로 비명을 지르며 표국이 있던 곳으로 달려갔다. 그곳에는 들은 대로 타버린 나무와 벽돌 사이로 깨진 기와 조각만 뒹굴고 있었다. 그는 넋을 잃고 한참 동안 서 있었다.

'분명 청성파 놈들 짓이야. 이 원한을 갚지 않으면 내 사람이 아니다!'

임평지는 곧장 남창을 떠나 서쪽으로 걸음을 옮겼다.

하루도 못 되어 호남성 장사에 도착했다. 장사의 지부도 청성파의 손에 무너졌으리라 생각하면서 사람들에게 복위표국에 무슨 일이 있었는지 묻자, 뜻밖에도 아무 일도 없었다는 대답이 돌아왔다. 임평지는 기뻐하며 소재지를 물어 잰걸음으로 달려갔다.

표국 입구에 도착해 보니, 본부만큼은 못 되지만 이곳 호남 지부 역시 붉은 칠을 한 대문 앞에 돌사자를 좌우로 나란히 세워 웅장한 기세를 뽐내고 있었다. 임평지는 안을 들여다보며 망설였다.

'이렇게 남루한 꼴로 들어가면 이곳 표두들이 비웃지 않을까?'

걱정스레 고개를 드는데, 뜻밖에도 '복위표국 호남지부'라는 금빛 글자가 새겨진 현판이 거꾸로 뒤집힌 채 문 위에 걸려 있었다.

'현판이 잘못 걸려 있는데 누구 하나 바로잡는 사람이 없다니?'

이상한 생각이 들어 깃발 쪽으로 고개를 돌리는 순간, 임평지는 저도 모르게 '헉' 하고 찬 숨을 들이켰다. 왼쪽 깃대에는 너덜너덜한 짚신이, 오른쪽 깃대에는 꽃무늬 여자 옷이 걸려 있었던 것이다. 옷은 갈가리 찢겨 볼품은 없었지만 그래도 바람을 맞아 깃발처럼 펄럭펄럭 휘날렸다.

오싹 소름이 돋는 순간, 발소리가 들리며 안에서 누군가 나와 대뜸 소리를 질렀다.

"이 거지발싸개 같은 놈, 무얼 훔쳐가려고 안을 기웃거리느냐?"

방인지나 가인달과 흡사한 말투로 보아 사천 사람이었다. 임평지는 재빨리 고개를 숙이고 돌아섰지만, 별안간 그자가 엉덩이를 힘껏 걷어찼다. 생각 같아서는 죽자살자 싸우고 싶었지만 임평지는 억지로 마음을 돌렸다.

'호남 지부도 청성파의 손에 들어갔다. 여기서 아버지와 어머니의 소식을 들으려면 어떻게든 참아야 해.'

그래서 그는 무공을 모르는 척 철퍼덕 바닥에 쓰러져 버둥거렸다. 발길질을 한 사내는 그 모습에 신나게 웃으며 거지발싸개니 뭐니 하는 사천의 욕지거리를 퍼부어댔다.

임평지는 슬금슬금 일어나 골목으로 들어간 다음 찬밥을 얻어 배를 채웠다.

'적이 가까이 있으니 정신을 바짝 차려야겠어.'

그는 들키지 않으려고 바닥에 떨어진 재로 얼굴을 시커멓게 칠한 뒤, 담 모퉁이에서 머리를 푹 숙인 채 잠을 청했다.

이경二更(21~23시) 무렵, 임평지는 옷에 숨겼던 검을 꺼내 허리에 차고 표국 뒷문으로 돌아간 뒤, 담장 안이 조용한 것을 확인하고 훌쩍 몸을 날려 담장 위로 뛰어올랐다. 안쪽은 과수원이었다. 그는 살며시 과수원에 내려서서 담벼락에 바짝 붙어 한 걸음 한 걸음씩 천천히 옮겼다. 사방은 칠흑처럼 어두웠고 쥐죽은 듯 고요했다. 등불 한 점도 없고 사람 목소리조차 들리지 않았다. 임평지는 쿵쿵거리는 심장을 안고 벽을 더듬어 나아가면서, 땔나무나 벽돌 조각이 발에 차여 소리라도 낼세라 몹시 조심조심했다. 뜰 두 곳을 지나자 동쪽 곁채의 창가에 희미한 빛이 어른거리는 것이 보였다. 몇 걸음 더 다가가자 말소리도 두런두런 들려왔다.

그는 느릿느릿한 걸음으로 창 아래까지 살금살금 다가간 다음, 숨을 죽이고 조금씩 몸을 숙여 벽에 기대앉았다. 엉덩이가 겨우 땅에 닿았을 때쯤 누군가가 말했다.

"내일 아침 일찍 이 거지발싸개 같은 표국을 불태우시지요. 공연히 단서를 남기면 안 되니까요."

그러자 다른 사람이 극구 반대했다.

"안 돼! 태울 수는 없네. 피皮 사형 일행이 남창에서 그 거지발싸개 같은 표국을 불태우는 바람에 이웃집 수십 채도 피해를 입었다지 않나? 협의를 으뜸으로 하는 우리 청성파의 명성에 누를 끼쳤으니 모르긴 몰라도 사부님께서 그냥 넘어가지는 않으실 걸세."

임평지는 속으로 냉소를 터뜨렸다.

'역시 청성파 짓이었군! 그러고도 협의를 입에 담다니, 부끄러움도 모르는 놈들!'

방 안에서는 계속해서 대화 소리가 들려왔다.

"아, 그렇다면 태우지 말아야지요! 한데 이대로 놈들에게 넘겨주실 겁니까?"

"모르는 소리 말게, 길吉 사제. 우리가 이 빌어먹을 표국의 현판을 거꾸로 매달고 찢어진 여자 옷까지 깃대에 걸었으니 강호에서 복위표국의 위신은 땅에 떨어진 것이나 다름없네. 저 누더기가 보란 듯이 펄럭이고 있는데 구태여 불까지 지를 필요가 어디 있는가?"

길 사제라고 불린 사람이 키득키득 웃었다.

"역시 신申 사형이군요. 크흐흐, 여자 옷을 대문 앞에 떡하니 걸어 놨으니 재수가 옴 붙어서 아마 몇백 년 안에는 절대 재기하지 못할 겁니다."

두 사람은 큰 소리로 웃어댔다. 웃음이 잦아들 때쯤 길씨 사내가 말했다.

"내일 형산파 유정풍劉正風의 축하연에 가야 하는데, 선물은 무얼 준비해야 좋을까요? 우리 청성파의 체면이 걸려 있으니 너무 보잘것없는 선물을 가져갈 수는 없지 않습니까?"

신씨 사내가 의미심장하게 웃었다.

"내 벌써 준비했지. 사제가 걱정해마지않는 우리 청성파의 체면은 살려줄 테니 안심하게. 어쩌면 유정풍의 금분세수金盆洗手(강호에서 은퇴하는 것) 연회에서 가장 눈에 띌지도 모른다네."

"대체 어떤 선물입니까?"

길씨 사내가 기뻐하며 묻자, 신씨 사내는 의기양양하게 웃었다.

"남이 켠 횃불에 조개 잡는다고, 무엇 하러 생돈을 쓰겠나? 이것 보게. 이 정도면 굉장하지 않은가?"

방 안에서 부스럭대는 소리가 들리고, 길씨 사내의 찬탄이 이어졌다.

"오오, 멋지군요! 신 사형은 역시 대단합니다. 어디서 이런 귀한 물건을 구하셨습니까?"

임평지도 어떤 선물인지 궁금해서 창틈으로 들여다보려 했지만, 머리를 빼꼼 내밀기 무섭게 창호지에 그림자가 지는 바람에 들킬까 두려워 황급히 고개를 숙였다. 그러는 사이 신씨 사내가 웃으면서 설명했다.

"힘들게 복위표국을 점거했는데 빈손으로 갈 수야 있겠는가? 실은 사부님께 바치려고 이 옥으로 깎은 말 한 쌍을 챙겼는데, 유정풍 그 늙은이가 운이 참 좋구면."

임평지는 화가 치밀어올랐다.

'우리 표국의 물건을 빼앗아 선물로 보내? 생도적 같은 놈들! 지부에 저런 보물이 있을 리가 없다. 분명 누군가 운송해달라고 맡긴 물건이겠지. 옥을 깎아 만든 말은 상당한 고가인데 놈들이 가져가버리면 아버지께서 어떻게 물어주실지….'

그런 그의 마음이야 아랑곳없이 신씨 사내가 낄낄거리며 말을 이었다.

"여기 물건을 네 자루로 나눴네. 하나는 사모님께 드리고, 하나는 사형제들에게, 그리고 나머지는 자네와 내가 가지세나. 고르게!"

"이게 다 뭡니까?"

길씨 사내가 물으며 자루를 뒤지더니 환호성을 내질렀다.

"오오, 금은보화로군요! 이 정도면 벼락부자가 되고도 남겠습니다!

이런 거지발싸개 같은 복위표국 같으니라고, 어디서 이렇게 긁어모았지? 조상 무덤을 파재껴도 모자랄 놈들! 사형, 대체 어디서 찾으셨습니까? 저도 몇 번이고 이 잡듯이 뒤졌지만 은자 100냥 정도가 전부였습니다. 사형은 아무것도 안 하셨으면서 이 우라질 보물들을 어찌 찾으셨습니까?"

신씨 사내가 득의양양하게 대답했다.

"이런 표국에서 금은보화를 그리 허술하게 두겠나? 자네가 신나게 옷장이나 서랍, 벽 속을 뒤질 때부터 아직 경험이 부족하구나 싶었지. 허나 말해주어도 믿지 않을 것 같아서 그냥 두었네. 어차피 할 일도 없는데 바삐 움직여서 나쁠 것도 없고."

"과연 대단하십니다! 그래, 대체 어디에 있었습니까?"

"잘 생각해보게. 이 표국에 어울리지 않는 것이 무엇인가?"

"어울리지 않는 것이요? 이 거지발싸개 같은 표국에 어울리지 않는 것들이야 많지요. 빌어먹을, 무공도 시시한 놈들이 대문 앞에 위풍당당한 수사자를 걸어놓지 않나…"

신씨 사내는 웃으며 고개를 저었다.

"수사자는 꽃무늬 옷으로 바뀌었으니 이제 더할 나위 없이 어울린다네. 다시 생각해보게. 그 외에도 어딘가 이상한 것이 있지 않은가?"

길씨 사내가 무릎을 탁 쳤다.

"남쪽 놈들은 하는 짓도 괴팍했습니다. 이곳 대장이라는 장씨 놈은 침실과 벽 사이에 공간을 만들고 죽은 사람이나 들어갈 관을 넣어두었더군요. 그러니 액운을 당해 목이 달아난 거지요, 으하하하!"

신씨 사내도 따라 웃었다.

"머리를 굴려보게. 그가 왜 벽 안에 관을 넣어두었겠는가? 그 속에 든 사람이 죽고 못 사는 마누라라서? 아닐세. 남들 몰래 관 속에 무엇인가 중요한 물건을 넣어둔 것일지도….'

길씨 사내가 이제야 알겠다는 듯 벌떡 일어나며 외쳤다.

"아아, 알겠습니다! 금은보화는 바로 그 관 속에 들어 있었군요! 빌어먹을 놈들, 제법 머리를 썼군요. 표물이나 운송하는 거지발싸개 같은 놈들이 그런 꾀를 내다니."

그는 자루를 뒤적이며 물었다.

"신 사형, 이 자루에 든 보물이 엇비슷한 것 같은데, 제가 무슨 낯으로 사형과 똑같이 나누겠습니까? 사형이 더 많이 가지셔야지요.'

잘그락 소리가 요란한 것으로 보아 한 자루에서 다른 자루로 금은보화를 옮겨담는 모양이었다. 신씨 사내도 거절하지 않고 허허 웃기만 했다.

"자, 그만 주무시지요. 발 씻을 물을 가져오겠습니다."

길씨 사내가 하품을 하면서 밖으로 나오자, 임평지는 창 밑에 바짝 웅크리고 숨을 죽였다. 곁눈질로 살펴보니 왜소하고 통통한 모습이 낮에 그의 엉덩이를 걷어찬 사람이 분명했다.

잠시 후, 그가 따뜻한 물이 담긴 세숫대야를 들고 돌아왔다.

"신 사형, 이번에 사부님께서 보내신 사형제 수십 명 중에서 저희 수입이 으뜸일 겁니다. 사형 덕분에 저도 덕을 보는군요. 광주로 간 장蔣 사형 일행이나 항주로 간 마馬 사형 일행은 생각이 짧아서 관을 발견해도 그 안에 보물이 든 줄은 꿈에도 모를 겁니다."

신씨 사내가 흐흐 웃었다.

"방 사형과 우 사제, 가인달은 복주의 본부로 갔으니 우리보다 더 짭짤할지도 모른다네. 하지만 사모님께서 애지중지하는 아들이 목숨을 잃었으니 아무래도 칭찬보다는 야단을 더 듣겠지."

"복위표국 공격은 사부님께서 친히 지휘하셨고, 방 사형과 우 사제는 선봉대였을 뿐이니 여 사제가 죽었다고 해서 방 사형 일행을 탓하지는 않으실 겁니다. 그나저나 복위표국의 본부와 지부를 한꺼번에 쓰러뜨리기 위해 사형제들이 대거 동원되었는데, 겨우 선봉대 세 사람 손에 임진남 부부가 꼼짝없이 붙잡히다니, 놈들이 이렇게 형편없을 줄 누가 예상이나 했겠습니까? 으하하하, 이번만큼은 사부님께서 잘못 판단하셨습니다."

그 한마디에 임평지는 등에서 식은땀이 주룩 흘렀다.

'이럴 수가, 내가 여씨 놈을 죽였기 때문에 복수를 한 것이 아니라 본래부터 우리를 칠 계획이었구나! 그놈을 죽이지 않았더라도 결과는 똑같았을 거야. 여창해가 직접 복주에 왔다면 최심장 한 번에 심장을 갈가리 찢은 것도 그자 짓이 분명해. 대체 우리가 청성파에게 무슨 잘못을 했기에 이렇게 악랄한 짓을 벌였을까?'

자책과 후회는 다소 가셨지만 분노가 그 자리를 가득 채웠다. 저들보다 무공이 조금이라도 높았다면 와락 달려들어 요절을 내주고 싶어 미칠 지경이었다.

사내들이 발을 씻는지 방 안에서 물소리가 찰랑찰랑 들려왔다.

잠시 후, 신씨 사내가 다시 말했다.

"잘못 판단하신 게 아닐세. 복위표국이 남동 지방에 명성을 날릴 때만 해도 놈들은 제법 실력이 있었지. 벽사검법이 잔재주와 눈속임뿐이었다면 이렇게까지 유명해지지는 않았을 걸세. 십중팔구 후손들이 게 을러서 선조의 기예를 배우지 못한 탓이겠지."

어둠 속에 있는 임평지는 부끄러움을 이기지 못해 귀까지 시뻘겋게 달아올랐다.

신씨 사내가 말을 이었다.

"하산하기 전에 사부님께서 우리에게 벽사검법을 가르쳐주시지 않았는가? 기간이 짧아 완벽하게 익히지는 못했지만, 나는 그 검법에서 무시 못할 잠재력을 느꼈다네. 단지 그 잠재력을 발휘하기가 쉽지 않을 뿐이지. 자네는 그 검법을 얼마나 깨우쳤는가?"

길씨 사내가 피식 웃었다.

"사부님 말씀대로라면 임진남 그 작자도 검법의 요결을 깨우치지 못했는데 제가 아등바등 해봐야 무슨 소용 있겠습니까? 그나저나 사부님께서 형산으로 모이라는 명을 내리셨으니 방 사형 일행도 임진남 부부를 데리고 형산으로 오겠군요. 그 대단한 벽사검법의 전인이 어떤 꼴을 하고 있을지 참 궁금합니다."

부모님이 살아 있다는 소식은 반가웠지만, 붙잡힌 채로 형산까지 끌려간다고 생각하자 임평지의 가슴은 갈기갈기 찢어지는 것 같았다.

신씨 사내는 웃으며 대답했다.

"며칠 있으면 볼 수 있을 테니 잠시만 참게. 만나거든 벽사검법을 가르쳐달라 해도 좋겠구먼."

갑자기 창문이 벌컥 열렸다. 화들짝 놀란 임평지는 들킨 줄 알고 재빨리 달아나려 했으나, 채 움직이기도 전에 머리 위로 뜨뜻한 물이 쏟아졌다. 예기치 못한 물벼락에 하마터면 소리를 지를 뻔했지만 겨우 참았다. 다행히 방 안의 불이 꺼지고 세상은 금세 어둠에 잠겼다.

임평지는 놀란 가슴을 달래며 그 자리에 꼼짝도 하지 않고 앉아 있었다. 물줄기가 뺨을 타고 흐르는 것이 느껴졌는데, 퀴퀴한 냄새 때문에 청성파 제자들이 발 씻은 물을 창문 밖으로 버렸다는 것을 알 수 있었다. 일부러 그런 것은 아니지만 억울하게 더러운 물을 뒤집어쓴 임평지로서는 수모도 이런 수모가 없었다. 하지만 부모님의 소식을 들었는데 발 씻은 물이 아니라 똥물을 뒤집어쓴들 어쩌랴.

천지 만물은 죽은 듯이 고요해서 지금 움직이면 청성파 사람들이 알아챌 것 같아, 임평지는 꼼짝없이 창 아래에 앉아 그들이 깊이 잠들기를 기다려야 했다.

얼마쯤 지났을까, 방에서 코 고는 소리가 들려오자 그는 가만가만 몸을 일으켰다. 슬쩍 뒤를 돌아본 임평지는 기다란 그림자가 창 위로 어른거리는 것을 보고 가슴이 철렁하여 황급히 몸을 숙였다. 그런데 뜻밖에도 창문이 느릿느릿 흔들리고 있었다. 길씨 사내가 발 씻은 물을 버린 뒤 창을 닫지 않은 것이었다.

'복수를 할 좋은 기회다!'

임평지는 허리춤에서 장검을 뽑아 들고 왼손으로 창턱을 짚어 훌쩍 안으로 들어간 다음 창문을 닫았다. 창호지를 뚫고 들어온 달빛을 통해 침상 두 개에 따로 누워 잠든 두 사람이 시야에 들어왔다. 벽을 보고 누운 사람은 머리가 약간 벗겨졌고, 똑바로 누운 다른 한 사람은 턱 밑으로 짧은 수염이 잡초인 양 너저분하게 자라나 있었다. 침상 앞 탁자 위에는 자루 다섯 개와 장검 두 자루가 보였다.

임평지는 장검을 높이 쳐들었다.

'이런 놈들을 단칼에 죽이는 것은 식은 죽 먹기다.'

그러나 똑바로 누워 잠든 사내의 목을 베려는 순간, 갑자기 다른 생각이 들었다.

'잠들어 있는 자를 죽이는 것은 영웅호걸이 할 행동이 아니지. 벽사검법을 완벽히 익힌 뒤 다시 와서 청성파 도적놈들을 주살하는 것이야말로 대장부다운 일이야.'

그는 살그머니 돌아서서 자루를 창가의 탁자로 옮기고, 조심조심 창문을 열어 밖으로 나간 다음 장검을 허리에 찬 뒤 자루 세 개를 등에 메고 나머지 두 개는 양손에 하나씩 들었다. 그리고 적들이 깨지 않도록 소리 죽여 후원으로 나갔다.

뒷문을 통해 표국을 빠져나온 그는 곧장 성 남문으로 달려갔으나, 아직 성문이 열리지 않아 성벽 옆 조그마한 언덕 뒤에 몸을 숨기고 호흡을 가다듬었다. 청성파 사람들이 쫓아오지 않을까 불안한 마음에 쿵쿵 뛰는 심장을 주체할 길이 없었다. 날이 밝고 성문이 열리기 무섭게 그는 곧바로 성을 벗어나 단숨에 10여 리를 내달린 뒤에야 겨우 마음을 놓았다.

복주를 떠난 뒤로 이렇게 마음 편하기는 처음이었다. 마침 길옆에 작은 국숫집이 보여, 안으로 들어가 국수 한 그릇을 시켰다. 아무리 마음이 편하다고는 해도 오래 머무를 곳은 아니었으므로 서둘러 먹고 자루에서 조그만 은덩이를 꺼내 값을 치르는데, 주인이 동전을 탈탈 털어도 거스름돈이 턱없이 부족했다. 돈이 없어 구걸을 하고 모욕까지 당했던 임평지는 손을 내저으며 통 크게 말했다.

"거스름돈은 됐으니 그냥 넣어두시오!"

비로소 당당한 복위표국의 공자이자 소표두의 모습을 되찾은 것이었다.

국숫집에서 30리 정도 더 가자 커다란 마을이 나타났다. 임평지는 객잔에 방을 얻고 문과 창을 꼭꼭 닫아건 다음 다섯 개의 자루를 열어 보았다. 네 개에는 금은보화가 가득했고, 나머지 하나에는 양지옥을 깎아 만든 다섯 치 정도 높이의 말 한 쌍을 보관한 비단 상자가 들어 있었다.

'호남 지부 한 곳만 해도 이렇게 엄청난 재물이 있으니 놈들이 눈독을 들일 만도 하지.'

그는 은자를 조금 꺼내 주머니에 넣고, 다섯 개의 자루를 하나로 모아 등에 짊어진 채 시장에 나가 좋은 말 두 필을 샀다. 말을 번갈아 타면서 하루에 세 시진만 자고 밤낮없이 길을 재촉하자 하루도 못 되어 형산에 당도했다.

성안에 바글바글한 강호인들을 본 임평지는 청성파 사람들 눈에 띌까 두려워 고개를 푹 숙이고 곧장 객잔을 찾아갔다. 그러나 객잔을 몇 군데나 들렀는데 모두 만실이었다. 점소이들은 한결같이 이렇게 말했다.

"이틀 후면 유 나리께서 금분세수하는 날이라 하객들로 방이 꽉 찼습니다요. 다른 집에 가서 알아보시지요!"

좀 더 외진 골목으로 들어가 객잔 세 군데를 더 뒤진 끝에 겨우 작은 방 한 칸을 얻을 수 있었다.

'오물과 먼지로 얼굴이 지저분하지만, 방인지라는 놈은 워낙 눈치

가 빠르니 알아볼지도 몰라.'

이렇게 생각한 그는 약방에서 고약 세 개를 사서 얼굴에 칠하고 눈썹 끝을 축 처지게 그린 뒤, 입술 왼쪽을 뒤집어 이가 반쯤 드러나게끔 만들었다. 거울을 보니 영락없이 흉측한 거지꼴이어서 토악질이 났다. 게다가 금은보화가 가득한 자루를 등에 단단히 묶고 그 위에 장포를 걸쳤더니 허리가 살짝 굽어져 천생 꼽추처럼 보였다.

'이런 괴상한 몰골로는 아버지나 어머니조차 못 알아보실 거야. 이 정도면 충분해.'

그는 갈비를 넣은 국수를 곱빼기로 먹고 거리로 나가 부모님과 마주치기를 바라며 천천히 거닐었다. 부모님을 발견하지 못하더라도 청성파의 소식은 들을 수 있을지도 몰랐다. 그렇게 어슬렁어슬렁 걷다 보니 어느덧 반나절이 지나고 부슬부슬 비가 내리기 시작했다. 노점상에서 기름칠을 한 삿갓을 사서 머리에 쓰고 하늘을 살피니, 먹구름이 가득 내려앉은 것으로 보아 지나가는 비는 아닌 것 같았다. 길모퉁이를 돌자 마침 사람들로 가득한 찻집이 눈에 들어와 임평지 역시 찻집에 자리를 잡고 앉았다. 다박사茶博士(찻집에서 일하는 사람)가 차를 끓이고 호박씨와 누에콩을 한 접시씩 내어왔다.

차를 마시며 하릴없이 호박씨를 씹는데, 문득 누군가 말을 걸었다.

"이봐, 꼽추. 여기 앉아도 되겠지?"

그자는 임평지의 대답을 기다리지도 않고 거들먹거리며 맞은편에 앉았다. 일행인 두 사람도 옆에 앉았다.

무슨 소린가 하고 멍하니 있던 임평지는 잠시 후에야 '꼽추'가 자신을 지칭하는 말임을 깨닫고 황급히 웃어 보였다.

"예, 예, 물론이지요! 앉으십시오!"

그의 탁자에 함께 앉은 세 사람은 검은 옷을 입고 허리에는 무기를 차고 있었다.

그들은 임평지를 거들떠보지도 않고 거리낌 없이 차를 따라 마시며 이야기를 나눴다.

처음 말을 꺼낸 사람은 젊은이였다.

"유 셋째 나리의 금분세수 축하연이라 인파가 실로 엄청나군요. 아직 이틀이나 남았는데도 하객들로 발 디딜 틈이 없어요."

한쪽 눈이 먼 남자가 대답했다.

"왜 안 그렇겠나? 형산파는 본디 명성이 높았는데 오악검파에 들어가면서 더 유명해져 형산파와 교분을 맺고 싶어 하는 사람이 줄을 설 정도라네. 유정풍 나리의 무공은 말할 것도 없지. 36수 회풍낙안 검迴風落雁劍으로 장문인 막대莫大 선생에게도 크게 뒤처지지 않는, 형산파에서 둘째가는 분이니 흠모하여 친구가 되고자 하는 사람이 한둘이 아니었다네. 하지만 탄신일에 연회를 베풀지도 않고, 혼기가 찬 시집장가 보낼 자식도 없으니 친해지고 싶어도 어디 기회가 있어야지. 유 셋째 나리가 여는 연회는 아마도 이 금분세수가 처음이고, 무림의 호걸들이 이렇게 몰려드는 것도 다 그 때문이지. 단언하는데, 내일이나 모레쯤 이 형산성은 훨씬 더 북적일 걸세."

수염이 희끗희끗한 세 번째 사람이 끼어들었다.

"유정풍과 교분을 트려고 온 사람들이 전부는 아니다. 우리 삼형제도 그 때문에 온 것은 아니니까. 금분세수를 한다는 말은 앞으로 유정풍이 다시는 검을 쓰지도 않고 강호의 시시비비에도 나서지 않는다는 뜻이야. 다시 말하면 이 강호에서 유정풍이라는 사람은 사라지는 거다. 검을 내려놓은 이상 그의 회풍낙안검이 아무리 훌륭한들 무슨 소용이 있겠느냐? 강호에서 손을 떼면 보통 사람과 다를 바 없으니 신들린 고수도 그저 장식품에 불과하지. 그런 사람과 교분을 맺어서 어디다 쓰려고?"

젊은이는 수긍하지 못했다.

"앞으로 검을 쓰지 않는다 해도 형산파의 이인자인 것은 변함없습니다. 유 셋째 나리와 친하게 지내면 형산파와도 가까워질 테니, 오악검파의 친구가 되는 셈이지요!"

수염 희끗희끗한 사람이 냉소를 흘렸다.

"오악검파의 친구가 되겠다고? 허, 네가?"

외눈 남자가 끼어들었다.

"팽 형님, 그리 말씀하시면 안 되오. 강호인에게 친구는 많을수록 좋고 원수는 적을수록 좋은 법이외다. 오악검파가 무공이 뛰어나고 위세가 높은 것은 사실이지만, 그렇다고 강호의 친구들을 무시한 적은 없지 않소? 오악검파가 자존망대自尊妄大하여 오만하게 굴었다면 과연 오늘 이 형산성이 하객들로 가득 찼겠소이까?"

팽 형님이라 불린 수염 센 남자는 코웃음으로 대답을 대신했지만, 곧 다시 입을 열었다.

"그래봤자 대부분이 떡고물이나 얻어먹을까 싶어 빌붙는 자들뿐이다. 보기만 해도 화가 치미는군."

임평지는 혹시 청성파의 소식을 들을 수 있지 않을까 싶어 귀를 기울였지만, 그들은 마음이 맞지 않아 흥이 가셨는지 입을 꾹 다물고 차만 마셨다.

그때, 등 뒤에서 누군가 낮은 소리로 물었다.

"왕 아저씨, 형산파의 유 셋째 나리는 겨우 쉰 살밖에 안 되셨다는데, 한창 나이에 어째서 금분세수를 하시는 걸까요? 능력이 아깝지도 않나요?"

그러자 늙수그레한 목소리가 대답했다.

"강호인이 금분세수를 하는 데는 여러 가지 이유가 있다. 어느 대도大盗가 금분세수하고 강도와 살인, 방화 같은 악행에서 손을 떼는 경우라면, 평생 지은 죄가 커 개과천선함으로써 후손들에게 악명을 물려주지 않고자 해서거나, 주변에 큰 사건이 벌어졌을 때 혐의를 벗기 위해서일 수 있지. 유 셋째 나리는 집안이 풍족하고 가문도 대대로 좋은 이름을 얻고 있으니 그런 이유 때문은 아닐 거다."

"맞아요, 분명 그런 것과는 상관없을 거예요."

"무예를 익힌 사람은 평생 무기를 곁에 두어야 하고, 그러다 보면 사람을 해쳐 원수를 맺는 일이 많다. 나이가 들었을 때 그 많은 원수들을 생각하면 편히 잠이 오겠느냐? 그래서 유 셋째 나리처럼 널리 손님을 청해 앞으로 다시는 무기를 들지 않겠노라 공표하는 것이다. 그 말인즉, 이제 나는 복수하러 찾아가지 않을 테니 너희도 나를 귀찮게 하지 말라는 뜻이지."

"왕 아저씨, 그러면 유 셋째 나리에게 불리하잖아요."

"불리하다니, 무슨 뜻이냐?"

"금분세수를 한 유 셋째 나리와는 달리 원수들은 원하면 언제든지 복수를 할 수 있으니까요. 누군가 목숨을 노려도 유 셋째 나리는 검을 쓸 수도 없으니 꼼짝없이 당하는 수밖에 없지 않아요?"

왕 아저씨는 허허 웃었다.

"너는 아직 어려서 모른다. 아무리 금분세수를 한 사람이라도 죽을 지경에 처했는데 가만히 있기야 하겠느냐? 더군다나 형산파와 같은 배경에 고강한 무공까지 지닌 유 셋째 나리가 모든 은원을 잊겠노라 하면 도리어 원수들이 절을 하고 기뻐할 텐데, 어느 간덩이 부은 자가 굳이 찾아가 시비를 걸겠느냐? 혹여 그런 자가 있더라도 유 셋째 나리의 수많은 제자들이 순순히 보내주지 않겠지. 공연한 걱정 마라."

그러자 임평지의 맞은편에 앉았던 수염 희끗한 남자가 혼잣말처럼 중얼거렸다.

"뛰는 놈 위에는 나는 놈 있는 법, 그 누가 감히 천하무적이라 칭할 수 있겠는가?"

워낙 작은 목소리라 왕 아저씨는 듣지 못한 듯 계속 말했다.

"표국을 운영하는 사람이라면 돈을 충분히 벌었다 싶을 때 용단을 내려 물러나는 것이 목숨을 보전하는 현명한 방법이지."

그 말이 벼락처럼 임평지의 귀를 때렸다.

'아버지께서 일찍 물러나셨다면 어땠을까? 이런 일도 없었을까?'

수염 센 남자가 또다시 혼잣말을 했다.

"두레박은 우물에서 깨지고 장군은 싸움터에서 죽기 마련임을 당사자들은 모른다. 용단을 내려 물러나는 것이 어디 말처럼 쉬울까?"

"옳은 말이외다. 그러잖아도 사람들은 만났다 하면, '유 셋째 나리의 명성이 하늘을 찌르는 지금 급작스럽게 은퇴를 하다니 정말 대단한 분이야. 감탄스럽네'라고 떠들곤 하오."

외눈 남자가 대답하자 왼쪽 구석 탁자에 앉아 있던 비단옷 입은 중년인이 불쑥 끼어들었다.

"며칠 전에 무한武漢에서 무림동도들이 하는 말을 들어보니, 유 셋째 나리는 밝히기 어려운 고충 때문에 부득이하게 금분세수하게 되었다더구려."

외눈 남자가 그에게로 몸을 돌렸다.

"이보시오, 친구. 무한에서 무슨 말을 들었는지 좀 더 확실하게 말해주시겠소?"

비단옷의 중년인은 빙그레 웃으며 거절했다.

"무한 부근에서는 누구나 아는 이야기지만, 이곳 형산에서는 함부로 떠들 것이 못 되오."

곁에 앉아 있던 땅딸막한 뚱보가 거친 소리로 내뱉었다.

"알 만한 사람은 다 아는 일인데 뭘 그리 비밀스럽게 굴어? 유 셋째 나리가 무공이 너무 뛰어나고 인품이 너무 좋다 보니 어쩔 수 없이 그렇게 된 거지!"

목소리가 어찌나 큰지 찻집에 있는 모든 사람들의 눈길이 그쪽으로 쏠렸다. 몇 사람은 아예 대놓고 묻기도 했다.

"무공이 뛰어나고 인품이 좋기 때문에 은퇴해야 한다니, 그게 더 이상하지 않소?"

땅딸막한 뚱보는 의기양양하게 대답했다.

"속사정을 모르는 사람들에게야 이상하겠지. 하지만 알고 나면 그렇구나 할걸?"

"그 속사정이 대체 무엇이오?"

누군가 물었지만 뚱보는 빙글빙글 웃기만 했다.

그러자 조금 떨어진 탁자에 있던 비쩍 마른 사람이 마치 도발을 하듯 싸늘하게 대꾸했다.

"물을 필요 없소. 저자도 잘 모르면서 허풍을 떤 것뿐이오."

뚱보는 그 도발을 참지 못하고 버럭 소리를 질렀다.

"모르긴 왜 몰라? 유 셋째 나리는 대국大局을 위해 형산파의 내분을 사전에 막으려고 금분세수를 하는 것이다!"

그 말에 놀란 사람들이 여기저기서 질문을 해댔다.

"대국이라고?"

"내분을 막아?"

"사형제들 간에 충돌이라도 있었소?"

뚱보가 의기양양하게 대답했다.

"남들은 유 셋째 나리를 형산파 제2의 고수라고 하지만, 형산파 내에서는 그분의 회풍낙안검이 장문인 막대 선생을 뛰어넘었다는 것을 모르는 사람이 없다. 막대 선생은 일검一劍에 기러기 세 마리만 떨어뜨릴 뿐이지만, 유 셋째 나리는 일검에 다섯 마리나 떨어뜨릴 수 있고 문하 제자들 역시 막대 선생의 제자들보다 뛰어나지. 지금도 이런데 몇 년 후면 유 셋째 나리의 명성이 막대 선생의 명성을 크게 뛰어넘을 것은 뻔하고, 그 때문에 내부적으로 몇 차례 충돌도 있었다더군. 집안 좋은 유 셋째 나리는 그런 일로 사형과 다투기 싫어서, 금분세수하고 물러나 가족을 돌보며 평화롭게 살기로 한 거지."

몇몇 사람이 고개를 끄덕이며 한마디씩 했다.

"그랬군. 대의를 생각해서 그런 결정을 내리다니… 쉬운 일이 아닐

텐데!"

"막대 선생이 잘못했구먼그려. 유 셋째 나리를 쫓아내면 형산파 입장에서는 제 살 깎아먹는 일 아닌가?"

비단옷을 입은 중년인이 냉소를 터뜨렸다.

"세상일에 완벽한 일이 어디 있겠소? 문파의 위신이야 어찌 되건 장문인 자리를 지킬 수만 있으면 그뿐 아니겠소."

땅딸막한 뚱보는 차로 목을 축이더니 찻주전자 뚜껑으로 탁자를 쿵쿵 내리쳤다.

"이봐, 차 가져와, 차!"

그러고는 다시 목소리를 가다듬고 떠들었다.

"아무튼 금분세수는 형산파에는 무척 중요한 행사야. 그걸 보려고 각문각파에서 하객들이 몰려왔지만 정작 형산파는…."

뚱보가 여기까지 말했을 때, 별안간 끼잉끼잉 하는 호금 소리와 함께 누군가의 노래가 들려왔다.

"양씨 가문이여, 영광스럽도다! 충심을 다해 송나라를 지켜내니…."

목소리를 길게 빼면서 부르는 노랫소리는 몹시 구슬프고 처량한 느낌을 주었다. 사람들이 소리 나는 쪽을 돌아보니 문가의 탁자에 호리호리하고 야윈 노인이 앉아 있었다. 시든 나무처럼 누런 얼굴에, 몸에 걸친 푸른 장삼은 너무 많이 빨아서 색이 바랬는지, 척 보기에도 몹시 옹색했다. 노래를 불러주고 푼돈을 받아 연명하는 노인이 분명했다.

"어디서 감히 귀신 같은 목소리로 이 어르신의 말을 끊어?"

땅딸막한 뚱보가 대뜸 호통을 치자 노인은 재빨리 호금 소리를 줄이고 노랫소리도 낮췄다.

"금사탄 金沙灘의 쌍룡회 雙龍會에서 적은 일패도지 一敗塗地하였나니…."

그 소리를 무시하고 누군가 뚱보에게 물었다.

"친구, 정작 형산파는 어떻다는 말이오?"

뚱보가 의기양양하게 말했다.

"유 셋째 나리의 제자들은 당연히 형산성 곳곳에서 손님을 접대하고 있지만, 그 외에 다른 사람들을 본 적이 있나?"

사람들은 서로서로 쳐다보며 고개를 저었다.

"그러고 보니 그렇군. 다들 어디로 갔지? 유 셋째 나리 체면이 말이 아니겠군."

뚱보는 비단옷의 중년인을 향해 피식 웃어 보였다.

"자네는 형산파가 들을까 봐 간이 콩알만 해져서 차마 말을 못 꺼낸 모양인데 그럴 필요도 없다고. 형산파 사람들은 오지도 않았는데 누가 듣겠어?"

순간, 호금 소리가 커지고 음조가 확 바뀌었다.

"조심하시오, 도련님. 크나큰 화를 입을 수 있나니…."

한 젊은이가 버럭 화를 냈다.

"방해 말고 이거나 받고 썩 물러가시오!"

그 소리와 함께 동전 한 관貫이 휙 날아가 노인 앞에 정확하게 떨어졌다. 노인은 감사 인사를 하며 돈을 주웠다.

"이제 보니 암기의 명수였군. 아주 멋진 솜씨야!"

뚱보가 칭찬을 했다.

"자랑할 만한 솜씨도 아닌데 부끄럽소. 그나저나 노형의 말대로라면 막대 선생은 이번 축하연에 참석하지 않겠구려!"

"무슨 낯으로 오겠어? 막대 선생과 유 셋째 나리는 불과 물 같은 사이라 만났다 하면 싸움이 벌어질 텐데. 유 셋째 나리가 한발 양보했으니 막대 선생도 이쯤해서 물러나야지."

그때, 노래하던 노인이 스르르 일어나더니 천천히 뚱보 앞으로 다가가 한참 동안 그를 내려다보았다.

뚱보는 화가 치밀어 말했다.

"이 늙은이가 왜 이래?"

"말도 안 되는 소리!"

노인은 그 한마디만 남기고 고개를 설레설레 저으며 돌아섰다. 화가 난 뚱보가 노인을 잡아 세우려고 손을 뻗는 순간, 눈앞에 푸른 섬광이 번쩍했다. 가느다란 검 한 자루가 그의 탁자 위로 날아들더니 무언가에 부딪힌 듯 쨍강거리는 소리를 토해냈다.

뚱보는 혼비백산하여 허둥지둥 뒤로 물러났다. 하마터면 그 검이 자신의 몸을 꿰뚫었을지도 모른다고 생각하자 등골이 서늘했다. 노인은 천천히 검을 거두어 호금 아래로 끼워넣었다. 그가 휘두른 검은 다름 아닌 호금 속에서 뽑은 것이었다. 검날을 호금 손잡이가 있는 곳까지 넣어 완전히 숨겼기 때문에 겉으로 보아서는 이 낡아빠진 호금 안에 무기가 들어 있다는 사실을 아무도 눈치챌 수 없었던 것이다.

노인은 다시 한번 고개를 설레설레 저었다.

"말도 안 되는 소리!"

그 말만 남기고 느릿느릿 찻집을 나서는 노인의 뒷모습이 점점 빗속으로 스러지는 것을, 사람들은 넋을 잃고 가만히 바라보았다. 후드득

떨어지는 빗줄기 사이사이로 처량한 호금 소리가 간간이 들려왔다.

갑자기 누군가 탄성을 내질렀다.

"아니, 저건…!"

사람들은 일제히 그가 가리키는 쪽으로 고개를 돌렸다. 뚱보의 탁자에는 찻잔이 일곱 개 놓여 있었는데, 모두 윗부분이 반 치 정도 잘려나간 채였다. 잘려나간 둥근 부분은 찻잔 옆에 가지런히 놓여 있었고 찻잔은 쓰러지거나 깨지지도 않은 상태였다.

찻집에 있던 수십 명이 우르르 몰려들어 찻잔을 살피며 떠들어댔다.

"대체 누구지? 누구기에 이렇게 뛰어난 검법을…?"

"일검으로 일곱 개의 찻잔을 두 동강 내고도 찻잔을 쓰러뜨리지 않다니, 실로 신묘한 솜씨야."

어떤 사람은 뚱보에게 농을 건넸다.

"저 노선생이 마음씨가 좋구려. 안 그랬다면 노형의 머리가 이 찻잔처럼 되었을 거요."

"저 정도면 명성깨나 날리는 고수가 분명한데 설마하니 여느 사람들처럼 속 좁게 굴겠소?"

그러나 뚱보는 정신 나간 사람처럼 반만 남은 찻잔들을 바라보느라 그런 말은 귀에 들어오지도 않았다. 기세등등하게 굴던 것이 언제인가 싶게 얼굴에서도 핏기가 싹 사라져 가엾을 정도였다. 비단옷의 중년인이 거 보란 듯이 말을 꺼냈다.

"그러게 말조심하라 하지 않았나? 모든 재앙은 입에서 비롯되는 법인데, 형산파의 숨은 고수들이 와 있을지 모르는 자리에서 함부로 떠들다니… 쯧쯧쯧. 저 노선생은 막대 선생의 친구가 분명하네. 자네가 막대 선생을 홍보는 것을 듣고 혼찌검을 내준 것이겠지."

여태 조용히 듣고만 있던 수염 희끗한 남자가 별안간 차갑게 웃음을 터뜨렸다.

"친구? 허, 무슨 소리! 저 사람이 바로 형산파 장문인인 소상야우瀟湘夜雨 막대 선생일세!"

사람들은 깜짝 놀라 눈을 휘둥그레 떴다.

"뭐라고? 저 노인이 막대 선생이라고? 당신이 어떻게 아시오?"

"모를 수가 있나? 막대 선생은 호금을 몹시 좋아하고 그가 타는 〈소상야우〉는 듣기만 해도 눈물을 쏟는다는 소문을 들어보았겠지? '금중장검琴中藏劍 검발금음劍發琴音, 호금 속에 검을 숨겨 검을 뽑을 때 호금 소리가 난다'는 구절은 바로 막대 선생의 무공을 묘사한 것일세. 형산까지 온 사람들이 어찌 그것도 모르는가? 방금 저 친구가 유 셋째 나리는 기러기 다섯 마리를 떨어뜨릴 수 있지만, 막대 선생은 세 마리밖에 떨어뜨리지 못한다 했으니 막대 선생이 보란 듯이 일검에 찻잔 일곱 개를 벤 거지. 찻잔을 벨 수 있는데 기러기인들 못 베겠나? 그래서 저 친구에게 말도 안 되는 소리라고 한 것일세."

뚱보는 여전히 혼이 나간 사람처럼 고개를 폭 숙이고 아무 말도 하지 못했다. 비단옷의 중년인이 찻값을 치른 뒤 그를 데리고 나갔다.

소상야우 막대 선생이 보여준 가늠할 수 없이 놀라운 신공에, 찻집에 있던 사람들은 너나없이 심장이 철렁했다. 그들 역시 조금 전 뚱보가 유정풍을 찬양하고 막대 선생을 깎아내릴 때 옳다구나 하고 맞장구를 쳤으니 그 일로 화를 당할까 두려웠던 것이다. 불안해진 사람들이 하나둘 자리를 뜨자, 시끌벅적하던 찻집은 언제 그랬냐 싶게 썰렁해졌다. 남은 사람은 구석자리에서 꾸벅꾸벅 졸고 있는 두 사람과 임평지뿐이었다.

임평지는 아랫동만 남은 찻잔과 잘린 부분을 유심히 들여다보았다.

'손가락 하나로도 넘어뜨릴 수 있을 것 같던 노인이 일검에 찻잔 일곱 개를 베는 고수라니…. 계속 복주에 남아 있었더라면 세상에 이런 인물이 있는지조차 몰랐을 거야. 아, 나는 우물 안 개구리였구나. 강호의 고수는 아버지와 비슷한 정도일 거라고 생각했으니…. 저런 사람을 사부로 삼아 열심히 무공을 익히면 복수를 할 수 있을지도 몰라. 그러지 않고서야 평생토록 희망이 없어.'

임평지는 속으로 한탄했다.

'그래, 막대 선생을 찾아가 부모님을 구해달라고, 나를 제자로 받아달라고 애원해보자. 못할 것도 없잖아.'

그는 벌떡 일어났다가 다시 주춤했다.

'그분은 형산파의 장문인이고, 오악검파는 청성파와 사이가 좋다고 했어. 그런데 일면식도 없는 나를 제자로 받아들여 청성파와 척을 지려 할까?'

이런 생각이 들자 절로 다리에 힘이 빠져 다시 의자에 주저앉았다.

바로 그때, 맑고 아리따운 목소리가 들려왔다.

"둘째 사형, 아무래도 비가 그칠 것 같지 않아요. 이러다가 옷이 다 젖을지도 모르니 이 찻집에서 비가 그칠 때까지 기다려요."

자신을 구해주었던 못생긴 소녀의 목소리를 알아들은 임평지는 흠칫해서 급히 고개를 푹 숙였다. 좀 더 나이 든 목소리가 대답했다.

"좋은 생각이구나. 몸도 데울 겸 따뜻한 차나 한잔하자."

두 사람은 찻집으로 들어와 임평지의 건너편 탁자에 앉았다. 임평지가 곁눈질로 살펴보니 그를 등지고 앉은 사람은 과연 술집에서 만났던 푸른 옷을 입은 소녀였다. 그녀의 맞은편에는 소녀의 할아버지라고 했던 살찐 노인이 앉아 있었다.

'이제 보니 저들은 사형매師兄妹 간이었구나. 할아버지와 손녀딸인 척하고 복주에 나타난 것을 보면 분명히 무슨 꿍꿍이가 있었을 거야. 그런데 왜 나를 구해주었지? 혹시 아버지와 어머니의 소식을 알고 있을까?'

다박사가 깨진 잔을 치우고 다시 차를 끓였다. 별 생각 없이 그쪽으로 고개를 돌리다가 두 동강 난 일곱 개의 찻잔을 발견한 노인은 탄성을 터뜨리며 소녀를 쿡 찔렀다.

"소사매, 저것 좀 보아라!"

소녀도 깜짝 놀랐다.

"엄청난 무공이네요. 누가 잔을 일곱 개나 저렇게 만들었을까요?"

노인이 나지막하게 속삭였다.

"어디 우리 소사매의 식견이 얼마나 좋아졌나 시험해볼까? 단 일검으로 일곱 개의 찻잔을 종잇장처럼 잘라낸 저 사람이 누구겠느냐?"

"제가 직접 본 것도 아닌데 어떻게….."

불퉁거리며 대답하던 소녀가 갑자기 손뼉을 치며 까르르 웃었다.

"아아, 알았어요! 36로 회풍낙안검 제7초 일검낙구안一劍落九雁! 유정풍 나리의 걸작이군요."

노인이 웃으면서 고개를 저었다.

"유 셋째 나리의 검법은 아직 저 정도 경지에 이르지 못했다. 반만

맞았구나."

소녀가 웃는 그를 향해 둘째 손가락을 내저었다.

"말하지 말아요, 말하지 마. 알 것 같아요. 이건… 이건 바로 소상야우 막대 선생의 솜씨예요!"

"소사매, 제법인걸?"

갑자기 예닐곱 명의 웃음소리와 박수 소리가 시끄럽게 들려오는 바람에 임평지는 깜짝 놀랐다.

'저 많은 사람들이 어디서 나타났지?'

흘끗 둘러보니 탁자에 엎드려 졸던 두 사람이 일어나 있었고, 찻집 안채에서도 네 사람이 걸어나왔다. 일행의 차림새는 저마다 달라서, 짐꾼 차림을 한 사람이나 장사치처럼 주판을 든 사람도 있었고, 길거리에서 원숭이 곡예라도 하는지 어깨에 원숭이를 얹은 사람까지 있었다.

소녀가 웃으며 말했다.

"어쩜, 삼류 건달 무리가 여기 다 숨어 있었군요? 놀랐잖아요! 대사형은 어디 가셨어요?"

원숭이를 데리고 있는 사람이 웃음 섞인 목소리로 대답했다.

"보자마자 삼류 건달이라니, 너무하잖아."

소녀가 까르르 웃었다.

"몰래 숨어서 사람을 놀래니 삼류 건달이 아니면 뭐겠어요? 대사형은 왜 같이 안 계시는 거예요?"

"그저 대사형, 대사형… 보자마자 대사형 얘기만 하는군. 여섯째 사형도 좀 챙겨줘."

"흥! 여섯째 사형은 바로 눈앞에 있잖아요. 죽은 것도 아니고 어디가 아픈 것도 아닌데 무엇 하러 챙겨요?"

"대사형도 마찬가지야. 죽은 것도 아니고 어디가 아픈 것도 아닌데 왜 챙겨?"

원숭이를 데리고 있는 사람이 낄낄거리며 놀리자 소녀는 토라져서 발을 동동 굴렀다.

"여섯째 사형하고는 말 안 할래요. 넷째 사형, 믿을 사람은 넷째 사형밖에 없어요. 대사형은 어디 계세요?"

짐꾼 차림 남자가 뭐라고 대답하려는데, 그전에 사람들이 왁자그르르 웃음을 터뜨렸다.

"믿을 사람이 넷째밖에 없다면 우리는 다 나쁜 사람들이겠군. 넷째, 대답하지 마."

"마음대로 해요! 말해주지 않으면 저와 둘째 사형이 목격한 이상야릇한 사건들도 비밀로 할 거라고요."

짐꾼 차림을 한 사람은 순박하고 정직한 성품인지 농담 한 번 하지 않다가 그제야 입을 열었다.

"대사형과는 어제 형양衡陽에서 헤어졌어. 우리더러 먼저 가라고 했는데, 지금쯤 술이 깼을 테니 오고 계실 거야."

소녀가 눈을 찡그렸다.

"또 취했어요?"

"응."

짐꾼 차림 남자가 대답하자 주판을 든 사람이 끼어들었다.

"아주 제대로 마셨지. 아침부터 점심때까지 마시고, 또 점심 먹은 후부터 저녁때까지 마셨으니 최소한 20~30근은 마셨을걸!"

"그러다가 몸 상해요! 말리지 않고 뭐 했어요?"

소녀가 나무라자 주판 든 사람은 혀를 쑥 내밀었다.

"누가 말린다고 듣는 사람이면 해가 서쪽에서 뜰걸. 소사매가 말리면 또 모르지. 한 근 정도는 덜 마실지도."

일행은 큰 소리로 웃음을 터뜨렸지만 소녀는 무시하고 물었다.

"무슨 일로 또 그렇게 마셨어요? 즐거운 일이라도 있었어요?"

"그건 대사형에게 직접 물어봐. 아마 형산에 오면 소사매를 만날 수 있으니 기뻐서 많이 먹었나 보지."

"이상한 말 말아요!"

소녀는 입을 삐죽였지만 내심 기뻐하는 듯했다.

그런 대화를 들으며 임평지는 고개를 갸웃했다.

'저 낭자는 대사형에게 정이 깊은 것 같구나. 둘째 사형이 저렇게 늙었으니 대사형이라는 사람은 대체…. 기껏해야 열대여섯밖에 안 되어 보이는 낭자가 어쩌다가 늙은이에게 마음을 주었을까?'

하지만 짚이는 데는 있었다.

'참, 그렇지. 저 낭자의 얼굴에는 보기 흉한 얽은 자국이 덕지덕지나 있어서 좋아해주는 사람이 없었을 거야. 홀아비가 된 늙은 술꾼을 선택한 것도 어쩔 수 없는 일이지.'

그때 다시 소녀의 목소리가 들렸다.

"대사형이 어제 아침부터 술을 마신 거예요?"

원숭이를 데리고 있는 사람이 어깨를 으쓱하며 대답했다.

"사실대로 말해주지 않으면 하루 종일 물을 기세군. 좋아, 잘 들어! 어제 아침에 우리가 막 출발하려는데 대사형이 코를 킁킁거리면서 술

향기가 난다는 거야. 살펴보니 웬 거지가 호리병에 든 술을 숨도 안 쉬고 벌컥벌컥 마시고 있더군. 대사형은 술이 확 당겨서 대뜸 그 거지에게 다가가 '향기가 몹시 좋은데 무슨 술이냐'고 물었지. 거지는 '원숭이 술'이라고 대답했어. 대사형이 어리둥절해서 원숭이 술이 뭐냐고 물었더니 그 대답이 일품이더군. 상서湘西의 산에 사는 원숭이는 과일로 술을 담글 줄 아는데, 원숭이가 딴 과일은 당도와 신선도가 으뜸이라 술을 담그면 기가 막힌다는 거야. 그 거지 말로는 산길을 가다가 우연히 발견했는데 마침 원숭이 떼가 자리를 비웠기에 세 병을 훔치고 꼬마 원숭이 한 마리를 잡아 왔다는군. 이 녀석이 바로 그 원숭이야."

그는 어깨 위에 앉은 원숭이를 가리켰다. 원숭이 뒷다리에 맨 밧줄이 그의 팔에 단단히 묶여 있었다. 원숭이는 끊임없이 머리를 긁적이고 눈을 찡긋찡긋하며 몹시 우스꽝스러운 표정을 지어 보였다.

원숭이를 요리조리 살피던 소녀가 쿡쿡 웃으며 말했다.

"여섯째 사형, 사형의 별호가 바로 여섯째 원숭이, 육후아六猴兒잖아요. 그래서 그런지 친형제처럼 닮았네요."

그러자 육후아가 엄숙한 표정으로 진지하게 말했다.

"우리는 친형제가 아니라 사형제야. 이 녀석은 내 사형이고, 내가 둘째지."

그 말에 사람들이 푸하하 웃음을 터뜨렸다.

"지금 대사형을 원숭이라고 욕한 거죠? 대사형에게 일러바치면 엉덩이가 시뻘게지도록 걷어차일걸요!"

소녀는 그렇게 말하면서도 재미있는지 깔깔 웃었다.

"그나저나 어쩌다 여섯째 사형이 그 형제를 맡게 된 거예요?"

"형제? 이 녀석 말이야? 휴, 말하자면 길어, 골치 아프고!"

"말하지 않아도 알겠어요. 대사형이 그 녀석을 얻어 여섯째 사형더러 돌보라고 한 거죠? 언젠가 이 녀석이 술을 빚어줄까 싶어서 말이에요."

"역시 과⋯."

'과부가 홀아비 설움을 안다'라고 말하려던 육후아였지만, 어린 사매를 과부에 비하기가 껄끄러워 얼른 말을 바꿨다.

"과연, 바로 그렇게 된 거야."

"하여간 대사형은 이상한 장난을 좋아한다니까. 원숭이는 산에서 딴 과일로 술을 담가야 하는데 이렇게 잡혀 있으면 무슨 수로 과일을 따요? 그렇다고 과일을 따오라고 풀어주면 돌아올 리 없고요."

소녀는 잠시 생각하더니 쿡쿡 웃으며 말을 이었다.

"안 그러면 우리 여섯째 원숭이가 벌써 술을 담갔겠죠."

육후아가 짐짓 얼굴을 굳혔다.

"사매, 사형에게 원숭이가 뭐야? 위아래는 지켜야지."

"어머, 이제 와서 사형인 척하겠다고요? 괜한 생각 말고 대사형이 왜 아침부터 밤까지 술을 마셨는지 얘기해봐요."

"참, 그 이야기 중이었지? 대사형은 더러운 줄도 모르고 그 거지에게 술을 좀 달라고 했어. 으휴, 그 거지는 손발에 때가 꼬질꼬질하고 해진 옷 위로는 이가 우글우글했어. 얼굴도 온통 눈곱과 콧물 범벅이었으니, 아마 그 호리병에도 가래나 콧물이⋯."

소녀가 입을 막으며 눈을 찌푸렸다.

"그만, 그만! 구역질 나요."

"소사매는 구역질이 날지 몰라도 대사형은 아니었어! 여하튼 그 거지는 원숭이 술 세 병 중 반 병밖에 안 남았으니 못 주겠다고 버텼고, 대사형은 은자 한 냥을 줄 테니 한 모금만 달라고 하지 뭐야."

"못 말려!"

소녀는 피식 웃으며 중얼거렸다.

"돈을 준다니까 거지도 승낙했지. 그 거지는 은자를 받은 뒤에 '딱 한 모금, 한 모금만 드쇼!' 하고 다짐하더군. 대사형도 '물론이오, 딱 한 모금이오, 한 모금!' 하면서 호리병을 입으로 가져갔지. 그런데 그 한 모금이 어찌나 긴지 호리병에 남은 술을 단 한 모금에 다 마셔버린 거야. 사부님께 배운 기공氣功을 써서 숨도 쉬지 않고 마지막 한 방울까지 다 빨아먹은 거라고."

여기까지 들은 일행이 일제히 웃음을 터뜨렸지만, 육후아는 계속 말했다.

"소사매도 어제 형양에서 그 모습을 보았다면 대사형의 술 마시는 재주에 감탄해서 넙죽 엎드렸을걸. '정신을 단전에 모으고, 숨을 자부紫府(도가 용어로 수련의 중심이 되는 인체의 부위)로 끌어들여, 몸은 가볍게 화악華岳(높은 산)을 넘고, 기운은 높이 솟아 북신北辰(북극성)을 뒤흔든다'는 기공술인데, 그야말로 출신입화出神入化의 경지였지."

소녀는 배꼽이 빠져라 웃으며 소리쳤다.

"말은 번지르르하지만 결국 대사형이 속임수를 썼다는 이야기잖아요! 본 파의 기공법을 웃음거리로 만들다니 겁도 없다니까!"

"거짓말이 아니야. 나뿐만 아니라 여기 여섯 사람도 똑똑히 봤다고. 안 그래요, 사형들? 대사형이 기공으로 원숭이 술을 마셨잖아요?"

옆에 있는 몇 사람이 고개를 끄덕였다.

"사실이야, 소사매."

그러자 소녀는 한숨을 푹 쉬었다.

"그건 쉽게 익힐 수 없는 기공이라고요. 우리 중에서 대사형 혼자만 할 줄 아는데, 그 귀한 재주를 거지의 술을 빼앗아 먹는 데 쓰다니."

유감스러운 말투였지만 감탄하는 기색도 담겨 있었다.

육후아의 입담은 계속되었다.

"대사형이 호리병을 비웠는데 그 거지가 잠자코 있겠어? 대사형의 옷자락에 매달리며 한 모금만 마시기로 해놓고 다 마시면 어쩌냐고 징징거렸지. 대사형은 껄껄 웃으면서, '진짜 딱 한 모금밖에 안 마셨소. 내가 숨 쉬는 것을 보았소? 숨을 안 쉬었으니 한 모금이지, 딱 이만큼이 한 모금이라고 정한 적도 없지 않소? 솔직히 말해 나는 아직 반 모금밖에 못 마셨소. 한 모금에 은자 한 냥이라고 했으니 반 모금은 동전 다섯 푼이오. 거스름돈이나 주시오!'"

소녀가 까르르 웃었다.

"남의 술을 빼앗아 마시고 돈까지 달라고요?"

"그 거지는 울상이 되었어. 그러자 대사형은 '그렇게 아쉬워하는 것을 보니 노형은 정말로 술을 좋아하는 군자이구려! 자자, 내가 낼 테니 마음껏 마셔봅시다!' 하면서 거지를 끌고 길가의 술집으로 들어가더니 권커니 잣거니 하며 술을 마시기 시작했어. 우리는 점심때까지 기다렸지만 파할 기미가 있어야 말이지. 대사형은 거지에게 원숭이를 얻어 돌보라며 내게 주었고, 오후쯤 되자 거지가 곤드레만드레가 되어 쓰러졌어. 물론 대사형은 멀쩡해서 혼자 술을 따라 마셨지만 아무래도 혀가 잔뜩 꼬였더군. 그래서 곧 뒤따라갈 테니 우리더러 먼저 형산으로 가 있으라고 한 거야."

"그렇게 된 거군요."

소녀는 잠시 생각하더니 다시 물었다.

"그 거지는 개방 사람이에요?"

짐꾼 차림 남자가 고개를 저으며 대답했다.

"그렇지는 않아! 무공을 모르고 자루도 메지 않았으니까."

소녀는 아직도 비가 부슬부슬 내리는 바깥 거리를 가만히 바라보며 혼잣말처럼 중얼거렸다.

"어제 왔으면 좋았을걸. 그럼 저 비를 맞으면서 서두르지 않아도 되었을 텐데."

육후아가 끼어들어 물었다.

"소사매, 오는 길에 이상한 일들이 있었다며? 무슨 일인지 이야기해봐."

"서두를 거 없잖아요. 두 번 말하면 입 아프니 대사형이 오면 다 같이 들려줄게요. 어디서 만나기로 했어요?"

"장소를 정하지는 않았어. 형산성은 별로 크지 않으니 저절로 만나질 거야. 쳇, 대사형 이야기를 해주면 네가 겪은 일도 이야기해준다더니 거짓말이었군."

소녀는 내키지 않는 듯 노인을 돌아보았다.

"둘째 사형, 사형이 이야기해주실래요?"

그러고는 임평지 쪽을 흘끗 돌아보며 덧붙였다.

"이곳에는 이목이 많으니 묵을 방부터 구하고 다시 이야기해요."

내내 아무 말도 없던 키가 훌쩍 큰 남자가 그제야 입을 열었다.

"형산성의 객잔이란 객잔은 하객들로 꽉 찼다. 아직 일러 유 셋째 나리 댁에 가는 것도 예의가 아니니, 대사형이 오시면 다 같이 성 밖 사당에 묵는 것이 좋겠다. 어떠십니까, 둘째 사형?"

대사형이 없는 지금, 둘째인 노인이 일행의 우두머리였다. 그가 고개를 끄덕였다.

"좋은 생각일세! 다 같이 여기서 기다리지."

호기심 많은 육후아가 소리를 낮추며 말했다.

"저 꼽추는 미친놈이니 신경 쓰지 마. 반나절이 지나도록 저 자리에 가만히 앉아만 있잖아? 둘째 사형, 복주에서 무슨 일이 있었어요? 복위표국이 청성파에 무너졌다던데, 임씨 가문이 정말 그렇게 형편없었어요?"

화제가 갑자기 집안 이야기로 바뀌자 임평지는 귀를 쫑긋 세웠다.

노인이 대답했다.

"소사매와 함께 장사長沙에서 사부님을 뵈었는데, 우리더러 형산으로 가서 대사형과 사제들을 만나라고 하시더군. 복주의 일은 나중에 이야기하고…. 그보다는 막대 선생이 무슨 일로 여기서 일검낙구안을 펼쳤나? 자네들은 직접 보았겠지?"

"그럼요."

육후아가 기다렸다는 듯이 나서, 사람들이 유정풍의 금분세수에 대해 떠들던 이야기와 막대 선생이 갑자기 나타나 그 사람들을 깜짝 놀라게 한 이야기를 실감나게 풀어놓았다.

노인은 고개를 끄덕이며 듣고 있다가 이야기가 끝난 후 입을 열었다.

"막대 선생과 유 셋째 나리 사이가 좋지 않다는 소문이 있는데, 유 셋째 나리의 금분세수에 막대 선생이 조용히 찾아와 그런 일을 하다니 실로 모를 일이군."

주판을 든 사람이 화제를 돌렸다.

"둘째 사형, 태산파 장문인인 천문天門 진인真人께서도 몸소 여기까지 왔다고 합니다. 벌써 유 셋째 나리 댁에 도착하셨다는군요."

"천문 진인이 직접? 허, 유 셋째 나리가 대단하기는 하군. 천문 진인 같이 든든한 구원군이 와 있으니 설령 형산파에 내분이 있다 해도 막대 선생이 함부로 할 수는 없겠지."

"둘째 사형, 청성파의 여 관주는 누구 편이에요?"

소녀가 불쑥 물었다. '청성파 여 관주'라는 말에 임평지는 누군가에게 호되게 언어맞은 것처럼 심장이 저릿하게 아파왔다.

다른 사람들이 놀란 목소리로 물었다.

"여 관주도 왔어?"

"평소 청성산에서 거의 움직이지 않는 분인데, 대단한걸."

"형산성이 시끌시끌하겠군. 고수들이 구름처럼 모여들었으니 경천동지驚天動地할 싸움이 벌어질지도 몰라."

"소사매, 여 관주가 왔다는 말은 어디서 들었어?"

"듣긴요, 제 눈으로 직접 본걸요."

소녀가 대답했다.

"여 관주를 보았다고? 형산성에서?"

"형산성에서도 봤지만, 복건성에서도 봤고, 강서에서도 봤어요."

"여 관주가 복건성에는 왜 갔을까? 하긴, 소사매가 그걸 어떻게 알겠어."

주판 든 남자의 말에 소녀가 피식 웃었다.

"도발은 소용없어요, 다섯째 사형. 말해주려고 했는데 그 말을 들으니까 딱 말하기 싫어지는데요?"

육후아가 나섰다.

"우리 일도 아니고 청성파의 일인데 남들이 좀 들으면 어때? 둘째 사형, 무슨 일로 여 관주가 복건성에 갔어요? 사형도 보셨어요?"

노인이 한숨을 푹 쉬었다.

"대사형은 감감무소식이고 비도 주룩주룩 내리니 심심풀이 삼아 이번 일의 발단부터 이야기해주마. 앞뒤 사정을 알아야 사제들도 훗날 청성파 사람과 마주쳤을 때 조심하겠지. 작년 12월에 대사형이 한중漢中에서 청성파의 후인영侯人英과 홍인웅洪人雄을 혼내준 적이 있었지…."

별안간 육후아가 푸하하 웃음을 터뜨리는 바람에 소녀가 그를 흘겨보았다.

"왜 갑자기 웃고 그래요?"

육후아가 킥킥거리며 대답했다.

"그놈들 우쭐거리는 꼴이 우습잖아. 제깟 것들이 무슨 영웅이랍시고 인영이니 인웅이니 하는 이름을 갖다 붙이고 강호에다 '청성사수는 영웅호걸' 따위의 말을 흘려? 나처럼 소박하게 '육대유陸大有'라고 이름 지으면 아무 일도 없잖아?"

"아무 일도 없긴요? 성씨가 육만 아니었으면 사형제 중에 여섯째라고 해서 육후아라고 불리지도 않았을 거요."

소녀의 말에 육대유가 껄껄 웃었다.

"알았어, 알았어. 오늘부터 '오대무五大無'로 이름을 바꾸지, 뭐."

"둘째 사형 말씀하시잖아. 그만들 해."

"예, 예! 알겠습니다요!"

말은 그렇게 했지만 육대유는 또다시 낄낄거리기 시작했다. 소녀가 눈을 찡그렸다.

"또 뭐예요? 정신 사납게!"

"크크크, 후인영과 홍인웅이 대사형에게 호되게 걷어차여 바닥을 데굴데굴 구르던 모습이 자꾸 생각나서 그래. 누구에게, 무엇 때문에 걷어차였는지도 몰라서 어리둥절해하던 꼴이라니! 대사형은 그저 놈들 이름이 마음에 들지 않았던 것뿐이야. 술잔을 높이 들고 큰 소리로 '청성사수는 멍멍꿀꿀!'이라고 소리를 쳤으니 후인영과 홍인웅이 가만히 있겠어? 우르르 달려들었다가 대사형 발길질에 술집 바깥으로 나가떨어졌지. 으하하하!"

그 이야기를 들은 임평지는 속이 후련해지며 '대사형'이라는 사람에게 호감이 생겼다. 후인영과 홍인웅을 만나본 적은 없지만 방인지와 우인호의 사형제가 분명했다. 그들이 대사형이라 부른 자에게 걷어차여 술집 밖으로 나가떨어지는 모습을 상상하자 가슴에 쌓인 울분도 절반은 날아가는 것 같았다.

노인이 말을 이었다.

"그 당시만 해도 그들은 대사형이 누군지 몰랐지만 나중에 조사를 해서 알아냈고, 급기야 여 관주가 사부님께 서신을 보냈다네. 서신의 내용은 무척 정중했지. 제자를 잘못 가르쳐 귀 파 제자의 눈 밖에 났으니 진심으로 사과한다는 내용이었으니 말일세."

육대유가 혀를 끌끌 찼다.

"정말이지 간사하고 교활한 자라니까요. 말이 사과지, 사실은 고자질이잖아요? 그 때문에 대사형은 대문 밖에서 하루 밤낮 꿇어앉아 있어야 했다고요. 우리가 다 같이 사부님께 빌어서 겨우 용서해주셨잖아요."

"용서라고 하셨지만 결국 곤장을 서른 대나 때리셨잖아요?"

소녀의 말에 육대유가 맞장구쳤다.

"맞아, 나도 대사형을 따라 열 대나 맞았지. 하지만 후인영과 홍인웅이 술집 밖으로 나가떨어지는 꼴을 봤으니 곤장 열 대쯤이야! 으하하하!"

키 큰 사내가 나무랐다.

"성품이 어찌 그 모양이냐? 뉘우치는 기색이라고는 찾아볼 수가 없으니 곤장 열 대도 모자랐나 보구나."

"제가 뭘 잘못했다고요? 대사형이 걷어차기로 마음먹은 이상 제가 무슨 힘으로 막겠어요?"

"막지 못하더라도 만류는 했어야지. 사부님 말씀이 하나도 틀리지 않았다. '육대유는 말리기는커녕 부추겼을 것이다. 그러니 곤장 열 대를 때려라!'라고 하셨으니까."

일행은 다 함께 웃음을 터뜨렸다.

"억울해요! 대사형의 발길질이 얼마나 빠른지 다들 알잖아요. 청성파의 위대하신 영웅들께서 좌우에서 덤벼드는데, 대사형은 그저 술잔만 기울이고 있지 뭐예요? 그래서 마구 소리를 질렀죠. '대사형, 조심하세요!' 그런데 퍽퍽 하고 뭔가 부딪치는 소리가 들리고 위대하신 영웅들께서 계단 쪽으로 휙휙 바람같이 날아가더니 우당탕 쾅쾅 엉덩방아를 찧는 거예요. 저는 오로지 대사형의 표미각豹尾脚을 배우고자 눈을 부릅뜨고 지켜보았지만 솔직히 너무 빨라서 제대로 보지도 못했어요. 그런데 부추겼다니요?"

키 큰 남자가 정색하며 물었다.

"육후아, 사실대로 말해라. 대사형이 '청성사수는 멍멍꿀꿀'이라고 소리칠 때 너도 따라 외치지 않았느냐?"

육후아는 히죽히죽 웃었다.

"대사형이 선창을 하는데 마땅히 따라 해야 사제 된 도리가 아니겠어요? 설마하니 청성파 편을 들어 대사형 욕이라도 했어야 한다는 말이에요?"

그 대답에 키 큰 남자가 웃음을 터뜨렸다.

"그러니까 너는 사부님께 곤장을 맞아도 억울할 것이 전혀 없다는 말이다."

'저 육후아라는 사람도 좋은 사람이구나. 대체 어느 문파일까?'

임평지가 속으로 중얼거리는 사이 노인이 입을 열었다.

"사부님께서 대사형께 내리신 훈계를 명심하게. 사부님은 강호에서 무예를 익히는 사람에게는 여러 가지 별호가 따르는데 대부분 실제보다 과장되어 있다고 하셨네. 위진천남威震天南이나 추풍협秋風俠, 초상비草上飛 같은 별호를 쓰는 사람들도 많은데 그들을 다 혼내줄 수야 없지 않겠나? 사부님 말씀은, '영웅호걸'이라는 별호를 쓰는 자가 있어도 모른 척하되 그 사람의 행동거지가 실로 영웅호걸다우면 흠모하여 교분을 트고, 그렇지 않더라도 적개심을 품을 필요는 없다는 것일세. 만약 그 사람이 영웅호걸답지 않으면 자연스레 공론이 일어 절로 비웃음을 사게 될 테니 우리가 나설 필요도 없다네."

그 말에 일행은 저마다 고개를 끄덕였다. 육대유도 고개를 주억거리며 중얼거렸다.

"역시 제 별호인 '육후아'는 정말 잘 지었어요. 이런 별호를 함부로 썼다고 화낼 사람은 없을 테니까요."

노인은 빙그레 웃으며 이야기를 계속했다.

"아무튼 대사형이 후인영과 홍인웅을 걷어찬 일은 청성파 입장에서는 크나큰 치욕이라 자연스레 쉬쉬하며 감췄고, 본 가문에서도 아는 사람이 많지 않네. 사부님께서 입단속을 하신 이유도 이 일이 밖으로 새어나가 청성파와 사이가 틀어지는 일이 없도록 하기 위함이지. 그러니 우리도 남들 귀에 들어가지 않도록 조심해야 하네."

"청성파의 무공은 빛 좋은 개살구예요. 놈들에게 미움을 사도 솔직히 큰 문제는…."

육대유의 말이 끝나기도 전에 노인이 말을 끊었다.

"여섯째 사제, 쓸데없는 말 말게. 사부님 귀에 들어가면 또 곤장 맛을 보게 될 걸세. 대사형이 표미각 한 번으로 두 사람을 술집 밖으로 날려보낼 수 있었던 까닭은 그들이 방비를 하지 않았기 때문일세. 더욱이 대사형은 걸출한 인물이니 보통 사람도 그렇게 할 수 있다고 생각하면 안 되네. 자네였다면 어떠했겠나?"

육대유는 혀를 쑥 내밀며 손을 내저었다.

"제발 참아주세요. 어떻게 대사형과 저를 비교하세요?"

노인이 정색을 하며 말을 이었다.

"청성파 장문인 여 관주는 당금 무림에서도 손꼽는 걸물일세. 그를 얕보면 큰코다치기 십상이지. 소사매는 여 관주를 직접 보았으니 어땠는지 말해보거라."

"여 관주 말이에요? 출수出手가 정말 잔혹하고 모질어요. 얼굴만 보아도 겁이 나서 다시는… 다시는 보고 싶지 않아요."

소녀는 아직도 소름이 끼치는지 떨리는 소리로 대답했다.

"여 관주가 잔인하고 모질게 출수를 해? 그가 사람을 죽이는 것을 본 거야?"

육대유가 물었지만 소녀는 몸을 잔뜩 움츠리며 아무 말도 하지 않았다. 노인이 다시 화제를 돌렸다.

"여 관주의 서신을 받은 날, 사부님께서는 크게 화를 내시고 대사형과 여섯째 사제에게 벌을 내리셨네. 그리고 다음 날 답신을 써서 청성파로 가져가라고 나를 보내셨네…."

놀란 사형제들이 입을 모아 외쳤다.

"어쩐지 서둘러 가시더라니, 청성산으로 가셨던 겁니까?"

"그랬다네. 쓸데없는 일이 생길지도 모르니 자네들에게는 말하지 말라는 사부님의 분부셨네."

"쓸데없는 일이 뭐 있겠어요, 그저 조용히 처리하시려던 거겠죠. 사부님께서 무슨 일을 하실 때는 그 일이 반드시 필요하기 때문인데, 누가 감히 막겠어요?"

육대유가 말하자 키 큰 남자가 핀잔을 주었다.

"과연 그럴까? 둘째 사형이 네게 말했다면 너는 쪼르르 달려가 대사형께 일러바쳤겠지. 대사형도 사부님의 명을 어기지는 못하지만, 십중팔구는 또 무슨 이상한 방법으로 청성파에서 소란을 피웠을 것이다."

"셋째 사제의 말이 맞네. 대사형은 강호에 친구가 많으니 할 마음만 있으면 직접 나서지 않아도 할 수 있지. 사부님께서는 서신에 이렇게 썼다고 하셨네. '부족한 제자가 소란을 피운 일을 몹시 안타깝게 생각하는 바입니다. 마땅히 문하에서 축출해야 하지만 그 일로 두 문파의 사이가 틀어졌다는 소문이 날까 두렵습니다. 그런 소문은 양쪽 모두에게 좋지 않으니 남겨두기로 했습니다만, 못된 두 제자는…'"

노인이 이렇게 말하며 육대유를 흘끗 바라보자 육대유는 대번에 씩씩거렸다.

"흥, 저도 못된 제자였군요!"

"대사형과 나란히 불러주는데 기분 나쁠 게 뭐 있어요?"

소녀의 말에 육대유는 금세 기분이 좋아졌다.

"맞아, 맞아! 축하주라도 한잔해야겠는걸. 이보오, 술 좀 주시오!"

그러나 찻집에서는 술을 팔지 않았기 때문에 다박사가 헐레벌떡 달려와 사과했다.

"아이고, 나리. 아이고, 우리 찻집에는 동정춘, 수선차, 용정차, 기문차, 보이차, 철관음만 있습니다요. 아이고, 나리. 우리는 술을 팔지 않습니다요. 아이고, 어쩌나."

형양과 형산 일대에서는 말머리에 '아이고'를 붙이는 습관이 있었는데, 이 다박사는 특히 심했다. 육대유는 우스워서 그 말버릇을 흉내 냈다.

"아이고, 나리. 아이고, 이 집에선 술을 안 판다고요? 아이고, 그럼 차를 마셔야지요. 아이고, 어쩌나!"

"예, 예! 아이고, 나리, 알겠습니다요!"

다박사가 대답하며 찻주전자에 물을 가득 채웠다.

노인은 그들을 내버려두고 말을 이었다.

"사부님은 이렇게 쓰셨네. '못된 두 제자는 따끔하게 혼을 냈습니다. 도리로 보아 청성산으로 보내 사과를 시키고 싶으나, 벌이 너무 무거워 제자들이 움직일 수 없을 만큼 몸이 상했기 때문에 둘째 제자 노덕낙勞德諾을 대신 보냅니다'라고 말일세. 물론 청성파와 화산파의 오랜 교분을 생각해서 마음을 푸시라는 말과 함께 다음에 만나면 몸소 사죄하겠다고도 하셨지."

그 말을 들은 임평지는 속으로 중얼거렸다.

'저자의 이름이 노덕낙이었군. 저들이 화산파 제자라니, 화산파라면 오악검파 중 하나인데….'

청성파와 화산파가 오랫동안 교분을 맺은 사이라는 말이 그의 가슴을 서늘하게 만들었다.

'노덕낙이라는 자와 저 못생긴 낭자는 나를 두 번이나 보았는데 설마 알아보지는 못하겠지?'

노덕낙의 이야기가 계속 들려왔다.

"청성산에 갔더니 후인영은 별말 없었지만, 홍인웅은 여태 마음이 풀리지 않았는지 뼈 있는 말을 하며 시비를 걸었다네…."

"젠장, 청성파 놈들이 그렇다니까요! 그래서 어떻게 하셨어요? 그냥 싸우지 그러셨어요? 그깟 놈들은 무서울 것도 없어요. 홍씨 놈은 둘째 사형의 적수가 아니라고요."

육대유가 탁자를 탕탕 치며 큰소리를 쳤다.

"사부님께서 나를 보낸 것은 사과를 하기 위해서지, 소란을 피우기 위해서가 아닐세. 꾹 눌러 참으며 엿새를 머물렀더니, 이레째 되는 날 마침내 여 관주를 만날 수 있었지."

"흥, 자기가 황제라도 되는 줄 아는군! 둘째 사형, 그 엿새 동안 가시방석에 앉은 것 같았겠군요."

"청성파 제자들의 조롱이야 적잖이 들었네만, 사부님께서 나를 보내신 이유는 무공이 뛰어나서가 아니라 나이를 먹어 사제들보다는 진중하기 때문이 아니겠나? 사부님의 명을 완수하려면 참을 수 있는 데까지 참는 수밖에. 하지만 송풍관에서 엿새를 보내는 동안 뜻밖의 수확이 있었다네. 사흘째 되던 날, 아무리 기다려도 여 관주를 만날 수 없어 심심하던 차에 아침 일찍 산책을 나갔네. 화산을 떠나 있는 동안 뒤처지지 않도록 토납법吐納法을 수련할 생각이었지. 걷다 보니 송풍관 뒤쪽에 있는 연무장을 지나게 되었는데 마침 청성파 제자 수십 명이 연공을 하고 있더군. 알다시피 무림에서 남의 연공을 훔쳐보는 것은 금기이기 때문에 나는 곧장 방으로 돌아갔네. 한데 잠깐 본 것뿐이지만 이상한 생각이 들었다네. 그 제자들은 모두 똑같은 검법을 익히고 있었는데 새로 배우는 모양인지 아직 딱딱하고 어색했지. 잠깐 본 것만으로는 무슨 초식인지 알 수가 없었지만 방으로 돌아와서 곰곰이 생각해보니 아무래도 수상쩍더군. 오랜 역사를 자랑하는 청성파니 제자들 대다수는 입문한 지 10년에서 20년이 지났고 저마다 입문 시기가 달라 배운 바도 서로 다를 텐데, 수십 명이 하나같이 새로운 검법을 배우는 것은 누가 봐도 이상한 일이 아닌가? 특히 그 제자들 중에는

청성사수라 불리는 후인영, 홍인웅, 우인호, 나인걸羅人傑까지 있었다
네. 사제들이라면 그 광경을 보고 무슨 생각을 했겠나?"

주판을 든 사람이 대답했다.

"어디선가 새로운 검법을 얻었나 보군요. 아니면 여 관주가 새 검법
을 창안해서 제자들에게 전수하는 것일지도 모르고요."

"나도 처음에는 그렇게 생각했네만, 곰곰이 따져보니 그런 것 같
지 않더군. 여 관주는 검법에 조예가 깊으니 새로운 검법을 창안했다
면 누구도 생각지 못할 신비한 초식이 나왔을 것이고, 창안한 것이 아
니라 새로운 비급秘及을 얻었다 해도 본래 익힌 검법을 버리고 가르칠
정도라면 무척 뛰어난 검법이 아니겠나? 어느 쪽이든 새로운 검법이
청성파의 본래 검법을 훨씬 능가하는 것이라면 평범한 제자들은 깨우
치기 어려울 걸세. 그런 검법은 대개 무공이 특출한 제자 서너 명을 골
라 전수하지, 수십 명을 모아놓고 동시에 전수하지는 않는다네. 그런
데 내가 본 광경은 마치 떠돌이 사범이 돈벌이를 위해 동네 아이들을
한데 모아 가르치는 것과 별반 차이가 없었지. 생각해보게, 명문정파
의 대종사가 어찌 그런 일을 하겠나? 아무리 생각해도 이상해서 다음
날 아침이 되자 나는 또 산책을 하는 척하고 송풍관 뒤 연무장으로 갔
다네. 여전히 연검練劍 중이더군. 대놓고 구경할 수는 없고, 두어 초식
정도 외웠다가 사부님께 여쭤보자 싶어 슬쩍 훑어보았네. 그날도 여
관주는 나를 부르지 않았고, 나는 청성파가 우리 화산파에 원한을 품
은 것은 아닌가 걱정이 되기 시작했네. 어쩌면 우리 화산파를 공격하
기 위해 새 검법을 익히는 것은 아닐까 하고 말일세."

"둘째 사형, 혹시 그들이 새로운 검진劍陳을 연습하던 것은 아니었

습니까?"

키 큰 남자가 물었다.

"그럴 가능성도 있지. 하지만 내가 보았을 때는 짝을 지어 일반적인 초식으로 공격과 수비를 하고 있었으니 검진을 연습한다고 보기에는 무리가 있었네. 아무튼 나는 사흘째 되던 날, 다시 산책을 핑계로 연무장으로 갔네. 그런데 웬걸, 연무장은 텅텅 비어 있었다네. 일부러 내 눈을 피했구나 싶어 부쩍 의심이 강해지더군. 단순한 연공이라면 멀리 돌아가면서 흘긋 본 것만으로 그렇게 까다롭게 굴 필요가 없지 않은 가? 아무리 생각해도 우리 화산파를 공격하기 위해서 무시무시한 검법을 익히는 것만 같았다네. 그렇지 않고서야 왜 나를 피했겠나? 그날 밤, 이런저런 걱정에 잠 못 들고 뒤척이는데 어렴풋이 무기 부딪는 소리가 들려왔네. 강적이 쳐들어온 줄 알고 가슴이 철렁했다네. 제일 먼저 떠오른 생각은 '대사형이 사부님께 야단맞은 화풀이를 하려고 송풍관에 쳐들어온 것이 아닐까'였네. 만약 그렇다면 혼자서 저 많은 무리를 상대하기 어려울 테니 나가서 도와야겠다 싶었네. 하지만 청성산에 오를 때부터 무기를 챙기지 않았으니 어디서 검을 구하겠나? 맨손으로 달려나가는 수밖에…."

육대유가 손뼉을 쳤다.

"대단해요! 둘째 사형, 정말 용감하시군요! 저라면 죽어도 맨손으로 청성파 장문인이자 송풍관 관주 여창해와 싸우러 나서지는 못했을 거 예요!"

노덕낙은 눈을 찡그렸다.

"육후아, 또 쓸데없는 소리를 하는군. 내가 언제 맨손으로 여 관주와 싸우러 갔다고 했나? 그저 대사형이 위험해질까 봐 걱정스러워서 나간 것뿐일세. 사형제가 위험에 처했는데 나더러 자라처럼 이불 속에 숨어 있으라는 말인가?"

사형제들은 와하하 웃음을 터뜨렸다. 육대유가 장난스러운 표정을 지으며 대답했다.

"둘째 사형의 용기를 칭찬한 것뿐인데 왜 화를 내세요?"

"이거 고마워서 몸 둘 바를 모르겠네. 그런 칭찬을 들으면 누구나 다 좋아할 줄 알았나?"

"둘째 사형, 육후아는 없는 셈 치고 이야기나 계속해주시지요."

다른 사람들이 재촉하자 노덕낙은 다시 이야기를 시작했다.

"소리 나는 쪽으로 살금살금 다가가니 갈수록 무기 소리가 크게 들려왔네. 꼼짝없이 적의 소굴에 갇혔구나 싶어 심장이 튀어나올 듯 방망이질쳤다네. 무공이 높은 대사형은 어찌어찌 빠져나갈 수 있겠으나 나는 죽은 목숨 아니겠나? 쨍쨍거리는 무기 소리는 후청에서 들려오고 있었고 후청에는 등불이 환히 밝혀져 있었지. 나는 허리를 숙이고 조심조심 다가가 창틈으로 안을 들여다보았네. 그 순간 긴장이 탁 풀려 하마터면 실소를 터뜨릴 뻔했다네. 내가 너무 예민해진 탓인지 쓸데없는 망상을 했더군. 여 관주가 만나주지 않으니 자꾸만 나쁜 쪽으로 생각했던 것일세. 대사형이 무엇 하러 그곳까지 오시겠나? 알고 보니 후청에서는 청성파 제자들이 짝을 지어 비검比劍을 하고 있었다네. 한쪽은 후인영과 홍인웅이고 다른 한쪽은 방인지와 우인호였지."

"허! 밤에도 쉬지 않고 연공을 하다니, 청성파 제자들은 참 열심이군요. 그런 자들을 두고 목이 말라야 우물 판다고 하지요."

노덕낙은 그런 육대유를 향해 고개를 절레절레 저으면서도 지그시 웃었다.

"후청 가운데에는 푸른 도포를 입은 왜소한 도인이 앉아 있었네. 나이는 대략 쉰 살쯤 되었는데 너무 수척해서 체중은 많아야 70에서 80근밖에 나가지 않을 것처럼 보였다네. 청성파 장문인이 작고 말랐다는 소문이 강호에 파다하지만, 내 눈으로 보지 않았다면 천하에 유명한 여 관주가 그렇게나 작고 비쩍 말랐을 줄 짐작조차 하지 못했을 걸세. 후청을 꽉 채운 청성파 제자 수십 명은 눈도 깜빡하지 않고 비검을 지켜보고 있었는데, 비검 초식은 바로 며칠 동안 연습하던 새 검법이더군. 솔직히 위험천만한 상황이었지. 엿보는 걸 들키는 순간 내 한 몸 망신당하는 것은 물론이고, 소문이 퍼지면 본 파의 얼굴에 먹칠을 하게 될 테니 말일세. 대사형이 청성사수인 후인영과 홍인웅을 걷어찼을 때, 사부님께서는 대사형이 문규門規를 어기고 말썽을 일으켜 강호 친구에게 미움을 샀다고 야단을 치셨지만 속으로는 기뻐하셨을 걸세. 어쨌거나 청성사수니 뭐니 하면서 으스대던 자들이 화산파 대제자의 발길질에 나가떨어졌으니 우리 화산파 입장에서는 자랑스러운 일 아닌가? 하지만 연공을 엿보는 것은 돈을 훔치다 붙잡히는 것보다 더 몰염치한 일이니, 사부님께서는 십중팔구 길길이 화를 내시며 나를 사문에서 쫓아내실 걸세. 허나 그렇다 해도 본 파의 안위가 달린 일인데 어찌 그냥 돌아설 수 있겠나? 딱 몇 초만 보고 떠나자 마음먹었지만, 또 몇 초만, 몇 초만 하면서 계속 시간을 끌게 되었지. 그들의 검법은 몹시 괴상해서 내 평생 듣도 보도 못한 것이었다네. 그렇다고 몹시 위력적인가 하면 그런 것 같지도 않았네. 그러니 더 의심스럽더군. 별로 대단할 것도 없는 검법인데 어째서 밤을 새워가며 연습하는 것일까, 혹저 검법이 우리 화산파 검법과 상극은 아닐까 싶어 눈여겨보았네만딱히 그렇지도 않았네. 그렇게 더 이상 시간을 끌 수 없을 때까지 지켜보다가 비무比武가 무르익을 즈음 조용히 방으로 돌아갔다네. 비무가 끝나고 무기 소리가 멎으면 내 움직임을 숨길 방도가 없으니, 한 발짝만 움직여도 여 관주처럼 무공이 고강한 인물은 단숨에 알아차렸을걸세. 무기 부딪는 소리는 그날 밤새도록 그치지 않았지만 나는 다시는 그리로 가지 않았네. 솔직히 말해서 여 관주가 있는 줄 알았다면 아예 훔쳐볼 엄두도 내지 못했겠지. 정말 어쩌다 우연히 그렇게 된 것뿐이지, 용감하다는 칭찬을 받을 정도는 아니라네. 그때 놀라서 하얗게질린 내 얼굴을 여섯째 사제가 보았다면 이 둘째 사형이 천하에서 제일가는 겁쟁이라고 했을 걸세."

"그게 무슨 말씀입니까, 둘째 사형! 설령 사형이 정말로 겁이 많다해도 기껏해야 천하에서 둘째가는 겁쟁이밖에 못 됩니다. 제가 첫째니까요! 저라면 여 관주에게 들킬까 봐 걱정할 필요도 없어요. 여 관주를보는 순간 숨이 탁 막히고 발이 쩍 달라붙어 강시처럼 옴짝달싹 못했을 테니까요. 아무리 무공이 높은 여 관주도 후청 밖에 강시 육대유가서 있다는 사실까지는 알아채지 못할걸요?"

그의 능청에 사람들은 자지러지게 웃음을 터뜨렸다.

웃음이 잦아들 때쯤 노덕낙이 이야기를 계속했다.

"이틀 후에 마침내 여 관주가 나를 부르더니, 대사형을 그렇게 나무랄 필요는 없었다며 위로하더군. 화산파와 청성파는 늘 사이가 좋았다느니, 어린 제자들이 장난삼아 싸운 일을 심각하게 생각할 것 없다느니 하면서 그날 밤 위로차 술자리를 베풀어주었네. 다음 날 아침 내가 작별인사를 하러 가자, 여 관주는 송풍관 대문까지 배웅을 나와주었네. 후배 된 도리로 무릎을 꿇고 절을 올리려고 했더니 여 관주는 내가 엎드리기도 전에 슬쩍 손을 내밀어 나를 일으켰네. 힘이 어찌나 대단한지 마치 온몸이 공중에 붕 뜨는 것 같았다네. 그가 나를 10여 장 밖으로 집어던지거나 바닥에 데굴데굴 굴려도 반항할 힘조차 없었을 거야. 그다음 그가 빙그레 웃으며 묻더군. '자네 대사형은 자네보다 몇 년이나 빨리 입문했는가? 자네는 화산파에 들어가기 전에 다른 문파에 있었구먼?' 하고 말일세. 나는 그의 힘에 숨조차 제대로 쉴 수가 없어서 한참 후에나 겨우 대답했네. '예, 소생은 다른 문파에 몸담은 적이 있습니다. 제가 화산파에 들어갔을 때 대사형은 12년째 은사恩師 밑에서 수련을 하고 있었습니다.' 그러자 여 관주는 여전히 웃으며, '12년, 음…. 12년 차이군!' 하고 중얼거렸다네."

소녀가 눈을 찡그리며 물었다.

"12년이라니, 무슨 뜻으로 그런 말을 했을까요?"

"그때 여 관주의 표정은 어딘지 이상했지. 내 추측이지만, 아마도 내 무공이 워낙 평범해서 나보다 12년 더 수련한 대사형도 별로 대단하지 않을 거라고 생각한 것 같구나."

소녀는 말없이 고개를 끄덕였다.

노덕낙이 말을 이었다.

"나는 그길로 화산으로 돌아가 사부님께 여 관주의 답신을 전했네. 서신의 글이 매우 공손하고 예의 발랐는지 사부님께서는 몹시 기뻐하시면서 송풍관의 분위기는 어떠했느냐고 하문하셨지. 청성파 제자들이 밤새 연검을 하고 있다고 말씀드리자 어떤 초식인지 펼쳐보라 하셨네. 내가 외워두었던 초식 일고여덟 가지를 펼쳐 보였더니 사부님께서는 깜짝 놀라시며 '복위표국의 벽사검법이군!' 하시지 뭔가."

순간, 임평지의 몸이 부르르 떨렸다.

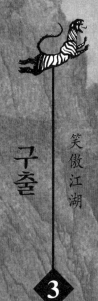

笑傲江湖

구출

3

— 문밖에 늘어뜨린 가리개가 걷히고, 어린 여승이 사뿐사뿐 걸어 들어왔다.
얼굴은 속세의 사람 같지 않게 맑고, 몸매는 여리고 아름다워 펑퍼짐하고
볼품없는 승복으로도 그 곱고 나긋나긋한 몸을 감추지 못했다.
그녀는 정일 사태 앞으로 다가와 얌전히 절을 올렸다.

노덕낙의 말이 이어졌다.

"사부님께서 그리 놀라시니 나도 따라 놀랄 수밖에 없었네. 그래서 '임가의 벽사검법이 그렇게 대단합니까? 청성파는 어째서 그 검법을 그렇게 열심히 익히고 있을까요?' 하고 여쭈었네. 사부님은 눈을 감고 가만히 생각에 잠기셨다가 한참 후에야 도리어 물으셨지. '덕낙, 너는 입문 전에 강호를 돌아다녔으니 강호의 소문을 잘 알 것이다. 강호 인들은 복위표국 총표두 임진남의 무공을 어떻게 평하였느냐?' 나는 '임진남은 손이 크고 친구를 좋아해서, 많은 사람이 그의 도움을 받았기 때문에 복위표국의 표물은 함부로 건드리지 않는다는 이야기를 들었습니다. 하지만 무공이 어느 정도인지는 잘 모르겠습니다'라고 대답했네. 사부님이 그러시더군. '그렇다! 복위표국이 이렇게 번창한 것은 강호의 친구들이 잘 보아준 덕택이다. 여 관주의 사부인 장청자長靑子가 젊은 시절에 임원도林遠圖의 벽사검법에 당한 적이 있다는 이야기도 들어보았느냐?' 나는 당황했다네. '임원도라면… 임진남의 아버지입니까?' 사부님은 고개를 가로저으셨네. '아니다. 임원도는 임진남의 할아버지이자 복위표국의 창설자다. 당시 임원도는 72로 벽사검법으로 흑도에서는 말 그대로 천하무적이었다. 백도의 영웅들 중 몇 사람은 그의 기세를 보다못해 비무를 청했는데, 장청자도 그중 한 사람이었고 벽사검법에 패배했지.' 나는 그제야 알았다네. '그렇다면 벽사검법은 아주 대단한 검법이군요?' 사부님은 계속 말씀하셨네. '그 사실은 쌍방 모두 입을 다물었기 때문에 강호에는 소문이 퍼지지 않았지만, 마침 장청자 선배가 네 사조師祖의 절친한 친구분이라 어느 날 네 사조께 그 이야기를 꺼내시며, 그 패배는 평생 씻을 수 없는 치욕이지만 슬프게도 임원도를 꺾을 능력이 없어 복수할 수가 없다고 하소연하셨다. 네 사조께서는 벽사검법의 허점을 찾아내기 위해 그분과 함께 연구를 시작하셨고, 겉보기에는 평범하디 평범한 그 검법이 사실 제삼자로서는 짐작할 수도 없는 오묘함을 갈무리하고 있어 마치 귀신같이 빠르게 변화하기 때문에 막기 어렵다는 것을 깨달으셨다. 두 분은 몇 달간 절차탁마하셨으나 결국 파해법破解法을 얻지 못하셨지. 당시 막 입문했던 나는 겨우 열 살이 넘은 어린아이였으나, 두 분 곁에서 차 시중을 들며 눈에 익은 터라 네가 펼친 것이 벽사검법임을 알아본 것이다. 아아, 세월이 흐르는 물과 같다더니, 벌써 수십 년 전의 일이구나.'"

청성파 제자의 공격을 제대로 막아내지 못했던 임평지는 집안의 무공에 믿음을 완전히 잃어버리고 좋은 스승을 찾아 배운 뒤 복수를 하겠다고 생각하던 차였는데, 여기서 증조부 임원도의 위풍을 전해듣자 정신이 번쩍 들었다.

'청성파와 화산파의 수뇌들조차 당해내지 못했다니, 우리 가문의 벽사검법이 그렇게 뛰어난 검법이었구나. 그런데 아버지는 어째서 청성파의 제자조차 물리치지 못하셨을까? 벽사검법의 오묘함을 완전히

깨닫지 못하셨던 걸까…?'

노덕낙은 계속 말했다.

"나는 다시 사부님께 여쭈었네. '장청자 선배님께서 그 원한을 갚으셨습니까?' 사부님께서는 이렇게 말씀하셨지. '비무에서 패배한 일을 원한이라고 할 것까지야. 하물며 그때 임원도는 오랫동안 명성을 날려 무림인들로부터 존경을 받는 영웅이었고, 장청자 선배는 막 강호에 나간 도사였을 뿐이다. 후배가 선배의 손에 패한 것이 무에 큰일이겠느냐? 네 사조께서 만류한 덕분에 두 분은 더 이상 그 일을 거론하지 않았다. 그 후 장청자 선배는 서른여섯이라는 젊은 나이로 세상을 뜨셨는데, 어쩌면 그 일로 속병이 나 울적한 마음에 그리 가셨을지도 모르겠구나. 그 후로 수십 년이 흐른 지금 여창해가 갑자기 제자들에게 벽사검법을 가르치는 까닭이 무엇이겠느냐? 덕낙, 너는 어찌 생각하느냐?' 나는 이렇게 대답했네. '송풍관에서 연검을 하는 제자들은 저마다 진지한 표정이었습니다. 혹시 여 관주가 복위표국에 선대의 복수를 하려는 것은 아닐까요?' 사부님은 고개를 끄덕이셨지. '나도 그리 생각한다. 장청자 선배는 속이 좁고 자존심이 강한 분이었다. 임원도의 검 아래 패한 일이 끝내 마음에 걸려, 돌아가시기 전에 여창해에게 무슨 유언을 남기셨을지도 모르는 일이다. 임원도는 장청자 선배보다 일찍 세상을 떠났으니 여창해가 복수를 하려면 임원도의 아들인 임중웅林仲雄을 찾아갔어야 마땅하나, 어찌 된 일인지 이제야 움직이려는 모양이구나. 여창해는 꿍꿍이가 많아 완벽한 계획을 세운 뒤에야 비로소 움직이는 사람이니, 곧 청성파와 복위표국 간에 큰 싸움이 벌어질 것이다.' 나는 또 사부님께 여쭈었네. '사부님께서는 이번 싸움의 승패가 어떻게 되리라 보십니까?' 사부님은 허허 웃으시더군. '여창해의 무공은 청출어람이라, 장청자 선배보다 훨씬 뛰어나다. 임진남의 무공은 자세히 알려져 있지 않으나 조부보다는 못하겠지. 또한 복위표국은 청성파가 공격하리라는 것을 전혀 알지 못하니 싸우기도 전에 열에서 일곱은 지고 있다고 보아야지. 만에 하나 임진남이 사전에 간파하여 낙양에 있는 금도 왕원패의 도움을 청한다면 대등하게 겨뤄볼 수는 있을 것이다. 덕낙, 그 싸움을 직접 보고 싶지 않으냐?' 나는 기쁘게 그 명을 받았네. 사부님께서는 급할 때 사용하라며 청성파의 유명한 초식 몇 가지를 알려주셨지."

"에? 사부님께서 어떻게 청성파의 검법을 아시죠? 아, 그렇군요. 장청자 선배와 사조님이 청성파 검법으로 벽사검법을 깨뜨리는 법을 함께 연구하셨으니, 그때 보고 배우셨겠군요."

"여섯째 사제, 제자로서 함부로 사부님의 무공 내력을 추단해서는 안 되네. 아무튼 사부님은 소문이 퍼지지 않도록 아무에게도 말하지 말라 당부하셨네만, 영리한 소사매가 어디선가 그 이야기를 듣고 함께 가게 해달라고 졸라댔지. 우리는 변장을 하고 복주성 밖 술집을 빌려 매일같이 복위표국의 동정을 관찰했네. 특별한 것은 없었지만 임진남이 아들인 임평지에게 검법을 가르치는 것은 볼 수 있었는데, 그 모습을 본 소사매는 고개를 저으며 이렇게 말했다네. '저것이 사악함을 물리친다는 벽사검법이에요? 차라리 사악함을 보면 도망친다는 사피邪辟(물리칠 '벽' 자와 피할 '피' 자의 한자가 동일하므로 이를 이용한 농담) 검법이라고 하는 것이 낫겠어요. 사마외도邪魔外道가 달려들면 저기 저 임공자는 허둥지둥 피해야 할걸요.'"

화산 제자들이 와하하 웃음을 터뜨리자 임평지는 얼굴이 시뻘겋게 달아올라 고개를 들 수가 없었다.

'저 두 사람이 우리 표국까지 염탐을 했는데 눈치채지 못하다니…. 그동안 익힌 무공이 아무 소용도 없구나.'

노덕낙이 말을 이었다.

"그렇게 며칠이 지나자 청성파 제자들이 속속 도착했네. 가장 먼저 나타난 사람은 방인지와 우인호였는데, 그들이 매일같이 표국을 관찰하러 갔기 때문에 나와 소사매는 그들과 마주칠까 봐 다시는 가지 않았지. 그러던 어느 날, 임 공자가 나와 사매가 있는 술집에 왕림하셨지 뭔가? 어쩔 수 없이 소사매가 술을 날랐지. 처음에는 그가 뭔가 눈치를 채고 증거를 잡으러 온 줄 알았지만, 이야기를 해보니 아무것도 모르더군. 곱게만 자라 딱 백치나 다를 바 없었네. 그런데 하필이면 그때 청성파 제자 중에서도 가장 몰상식한 여인언余人彦과 가인달까지 우리 술집에 나타났다네…."

육대유가 손뼉을 치며 웃었다.

"둘째 사형, 거기서 차린 술집이 제법 장사가 잘된 모양이네요? 복건성에서 한몫 단단히 잡으셨겠는데요!"

"그야 물론이죠! 둘째 사형은 벌써 대부호가 되었고, 저도 사형 덕분에 돈 좀 쥐었다고요."

소녀가 까르르 웃으며 맞장구치자 일행은 다 함께 웃음을 터뜨렸다.

노덕낙도 웃으며 말했다.

"임 공자의 무공은 형편없어서 우리 소사매의 발끝에도 못 미치지만, 그래도 제법 패기는 있었다네. 여창해의 못된 아들이 감히 우리 소사매를 집적대며 희롱하자 임 공자가 보다못해 따지고 나섰지…."

임평지는 또 한 번 수치심에 얼굴을 붉히면서도 화가 치밀었다.

'이제 보니 청성파 놈들은 선대가 패배한 치욕을 갚기 위해 일부러 우리를 찾아와 시비를 걸었구나. 방인지 일행 네 사람만 복주에 온 것이 아니었어. 내가 여인언을 죽였든 아니든 똑같이 우리 표국을 공격했을 거야.'

마음이 심란하여 여인언의 죽음을 설명하는 노덕낙의 말은 귀에 들어오지도 않았다. 하지만 노덕낙이 뭐라고 할 때마다 사람들이 웃음을 터뜨리는 것으로 보아 그의 미천한 무공과 엉성한 초식을 비웃는 것이 분명했다.

"그날 밤 소사매와 함께 복위표국을 살피러 가보니, 여 관주가 후인영과 홍인웅을 비롯한 10여 명의 제자들을 이끌고 와 있었네. 우리는 청성파에게 발각될까 봐 멀찌감치 떨어져서 살폈지. 그들은 표국에 남은 표두와 쟁자수들을 차례차례 죽이고, 구원군을 부르러 나온 표두들도 남김없이 처리해 시체만 표국으로 돌려보냈네. 차마 두 눈 뜨고 보기 힘들 만큼 잔인한 방식이었다. 선대에 청성파의 장청자가 임원도와의 비무에서 졌으니 그 복수를 하려면 임진남 부자와 비무하여 이기면 그만인데, 어째서 저렇게 지독한 짓을 하는지 알 수가 없었다네. 여인언의 복수를 하기 위해서라고 볼 수도 있네만, 이상하게도 그들은 임진남 부부와 임평지의 목숨은 거두지 않고 표국에서 끌어내기만 했네. 임가의 가족과 표국 사람들이 한꺼번에 표국에서 나오자 여 관주는 안으로 들어가 거만하게 대청의 태사의에 앉았고, 복위표국은 그렇게 청성파의 손에 들어갔네."

"청성파가 표국을 접수했으니 여창해는 총표두가 되겠군요!"

육대유의 너스레에 사람들은 또다시 웃음을 터뜨렸다.

"임진남 가족은 변장을 했지만 청성파는 이미 빤히 들여다보고 있었네. 방인지와 우인호, 가인달이 뒤를 쫓았고, 소사매가 꼭 따라가야 겠다기에 우리도 방인지 일행의 뒤를 밟았지. 복주성 남산에 있는 어느 식당에서 방인지 일행이 모습을 드러내고 임진남 일행 세 사람을 붙잡았는데, 소사매는 임 공자가 자기 때문에 여인언을 죽였으니 모르는 척할 수 없다며 도우려 했네만 내가 극구 반대했네. 우리가 나섰다가 청성파와 화산파 사이가 벌어지는 것도 문제지만, 여 관주가 복주에 있는 이상 우리 힘으로는 어쩔 도리가 없었기 때문이기도 했네."

"둘째 사형은 연륜이 깊어 무슨 일이든 삼가고 조심하시지요. 덕분에 소사매도 흥이 싹 달아났겠군요?"

육대유의 말에 노덕낙도 허허 웃었다.

"소사매가 한번 흥이 나면 이 둘째 사형도 막을 수가 없다네. 소사매는 대뜸 주방으로 달려가 가인달을 때려눕혔네. 가인달이 피를 철철 흘리며 비명을 지르자 방인지와 우인호가 주방으로 달려들었고, 그사이 소사매는 밖으로 돌아가 임 공자를 구해냈네."

육대유는 손뼉을 치며 찬탄했다.

"훌륭하군, 훌륭해! 소사매가 그렇게 한 이유는 임가의 귀한 공자 때문이 아니라 다른 이유가 있었기 때문이야. 아주 잘했어!"

"다른 이유라니요? 또 무슨 말을 하려는 거예요?"

"내가 청성파 때문에 사부님께 곤장을 맞았으니 소사매가 나를 대신해 놈들에게 화풀이를 해준 거잖아. 자자, 내 감사 인사를 받아줘."

육대유가 일어나 소녀를 향해 길게 읍을 했다. 소녀는 푸하하 웃음을 터뜨리며 마주 인사했다.

"당연한 일을 했을 따름이니 너무 겸양하지 마시지요."

주판 든 사람도 웃으며 끼어들었다.

"소사매가 누군가의 화풀이를 위해 청성파 제자를 때려눕힌 것은 분명하지만, 그 사람이 너일지는 깊이 생각해볼 문제야. 사부님께 곤장을 맞은 사람이 육후아 너 하나만은 아니었으니까."

노덕낙도 허허거리며 대답했다.

"이번에는 여섯째 사제의 말이 맞았네. 소사매가 가인달을 혼내준 것은 분명 여섯째 사제 때문이고, 사부님께서 하문하시면 소사매도 그리 대답할 걸세."

육대유가 황망히 손을 내저었다.

"그… 그럴 것까지는 없어요. 난 끌어들이지 마, 소사매. 잘못하면 또 곤장을 맞는다고."

"소사매, 방인지와 우인호가 가만히 있었나?"

키 큰 남자가 소녀에게 물었다.

"웬걸요? 하지만 둘째 사형이 청성파 검법인 홍비명명을 펼쳐 그자들의 검을 날려버리셨어요. 둘째 사형은 복면을 쓰고 있어서 방인지와 우인호는 자신들이 화산파 손에 패했다는 사실을 모를걸요. 정말 아쉽지 뭐예요."

"모르는 것이 좋다. 알면 더 큰 파란이 벌어질 테니까. 본 실력으로 싸웠다면 나도 방인지와 우인호를 꺾지 못했을지도 모르나, 다행히 청성파 검법으로 그들의 허점을 공격한 덕분에 두 사람이 넋이 나간 사이 우위를 점할 수 있었던 걸세."

이야기를 듣고 난 일행은 이러쿵저러쿵 떠들어댔지만, 대사형이 이 일을 알면 무척 기뻐하리라는 데는 모두 동의했다.

빗줄기는 점점 더 굵어지고 있었다. 길거리에서 혼돈餛飩(밀가루로 빚은 피에 고기 등을 넣고 찐 만두류)을 파는 노인이 비를 뚫고 뛰어와 찻집 처마 밑에서 한숨 돌리는 모습이 눈에 띄었는데, 대나무 쪽을 딱딱 딱 내리치며 손님을 부르는 노인의 멜대에는 김이 모락모락 피어오르는 솥이 걸려 있었다.

배가 고팠던 화산파 제자들은 먹을 것을 보자 저도 모르게 침을 꿀꺽 삼켰다. 육대유가 노인에게 외쳤다.

"노인장, 혼돈 여덟 그릇 주시오. 계란도 넣어서."

"예, 예!"

노인이 솥뚜껑을 열고 뜨거운 탕에 혼돈을 퍼 담았다. 잠시 후 뜨끈뜨끈하게 잘 익은 혼돈탕 다섯 그릇이 먼저 준비되었다.

육대유는 순서에 따라 첫 번째 그릇을 둘째 사형 노덕낙에게 주고, 나머지 그릇은 셋째 사형 양발梁發과 넷째 사형 시대자施戴子, 다섯째 사형 고근명高根明에게 건넨 후 마지막 다섯째 그릇은 자기 것인데도 소녀 앞에 내밀었다.

"소사매, 먼저 먹어."

여태껏 그를 '육후아, 육후아' 하고 가볍게 부르며 농담 따먹기를 하던 소녀도 그때만큼은 일어나 공손히 받았다.

"감사합니다, 사형."

임평지는 흘끔흘끔 그 모습을 살피며, 평소에는 격의 없이 농담을 해도 서열은 확실히 지키는 것으로 보아 화산파의 문규가 꽤 엄한 모양이라고 생각했다. 노덕낙 등은 음식을 먹기 시작했지만, 소녀는 육대유와 다른 두 사형이 그릇을 받은 후에야 함께 먹기 시작했다.

양발이 먹다 말고 물었다.

"둘째 사형, 여 관주가 복위표국을 점령한 뒤로는 어떻게 되었습니까?"

"소사매는 몰래 방인지 일행을 쫓아가 임진남 부부까지 구해내자고 했지만 내가 만류했네. 여인언이 소사매에게 무례한 짓을 했을 때 임 공자가 도와준 것은 맞지만, 그를 구했으니 은혜는 충분히 갚은 거라고 말일세. 청성파와 복위표국이 선대의 은원 때문에 싸우는데 우리가 그 사이에 끼어 어쩌겠나? 소사매도 내 말에 동의했고, 우리는 다시 복주성으로 돌아갔네. 청성파 제자 10여 명은 그때까지도 복위표국을 단단히 포위하고 있었다네. 참 이상한 일이지, 표국 사람들은 뿔뿔이 흩어졌고 임진남 부부마저 떠나고 없는데 무엇이 두려워 저러나 싶었네. 호기심이 동한 우리는 안으로 들어가 살펴보기로 했는데, 그들이 물샐틈없이 지키고 있으니 밤에 들어가기는 어려울 것 같아 저녁 식사 시간에 교대하는 틈을 타서 채소밭으로 숨어들었지. 안에서는 청성파 제자들이 상자며 옷궤를 샅샅이 뒤지고 그것도 모자라 벽을 뜯어 그 안까지 살펴보고 있었다네. 아주 표국 전체를 발칵 뒤집어놓았더군. 아무래도 표국이다 보니 미처 챙겨가지 못한 금은보화가 적잖이 있었지만, 청성파 제자들은 훨씬 더 중요한 물건을 찾는지 그런 것들은 한쪽으로 밀어두고 거들떠보지도 않았네. 그들이 찾는 것이 무엇이었겠나?"

노덕낙의 질문에 일행은 입을 모아 외쳤다.

"벽사검법의 검보!"

"맞았네. 나와 소사매도 그렇게 생각했지. 복위표국을 손에 넣자마자 뒤지기 시작한 모양인데, 안달을 내는 것을 보니 그때껏 소득이 없었던 것 같았네."

육대유가 물었다.

"나중에는요? 결국 손에 넣었어요?"

"우리도 끝까지 남아 확인하고 싶었지만 청성파 제자들이 뒷간조차 빼놓지 않고 뒤져대니 도무지 숨을 곳이 있어야지. 그냥 나올 수밖에 없었다네."

이번에는 다섯째 고근명이 물었다.

"둘째 사형, 이런 일에 여창해가 직접 나서다니 너무 과한 것 같지 않습니까?"

"여 관주의 사부가 임원도의 벽사검법에 패한 적이 있다지 않나? 임진남이 비록 그 재주를 잇는 못했지만 조상의 이름값 덕분에 아무도 그 허실을 알지 못했으니, 단순히 제자 몇 명만 보내 일을 처리하려 했다면 도리어 오만한 짓이 아니겠나? 여 관주가 사전에 제자들에게 벽사검법을 가르치고 단단히 준비하여 직접 복주까지 간 것은 결코 과한 판단이 아니었네. 다만 여 관주의 행동을 볼 때, 복수는 둘째 문제고 진짜 목적은 바로 그 검보인 것 같았네."

넷째 시대자도 물었다.

"둘째 사형, 송풍관에서 그들이 벽사검법을 익히는 것을 보았다고 하셨잖습니까? 이미 벽사검법을 쓸 줄 아는데 어째서 검보를 찾으러 갔을까요? 혹시 다른 것을 찾는 것이 아니었을까요?"

노덕낙은 고개를 저었다.

"그럴 리 없네. 세상에 여 관주 같은 고수를 움직일 수 있는 것이 무공 비급 말고 또 무엇이겠나? 강서 옥산玉山에서도 여 관주를 보았는데, 절강과 광동 등지에서 소식을 가져오는 제자들에게 물건을 찾았느냐고 물어보는 것을 들었네. 초조한 얼굴을 보니 아무도 찾지 못한 것 같았네."

시대자는 그래도 이해가 가지 않는지 머리를 긁적였다.

"분명히 아는 검법인데 검보를 찾아 무엇에 쓰려는 거지? 참 이상하군!"

"넷째 사제, 잘 생각해보게. 임원도가 장청자를 쓰러뜨렸으니 그 검법이 지극히 고강하다는 것은 말할 나위도 없는 일이지. 허나 장청자가 머릿속으로 외워 제자들에게 전수한 벽사검법은 평범하기 그지없는 검법이었네. 더욱이 여 관주가 친히 목도한 것처럼 임씨 부자의 무공도 형편없었지. 고강하기 그지없는 검법이 그렇게 된 데에는 필시어떤 이유가 있지 않겠나?"

"이유라니요?"

"벽사검법에 또 다른 비결이 있다는 말일세. 똑같은 검법으로도 지대한 위력을 발휘하는 비결. 임진남은 바로 그것을 익히지 못한 걸세."

시대자는 가만히 생각해보다가 고개를 끄덕였다.

"그렇군요. 하지만 검법 비결은 사부가 제자에게 직접 전해주는 것이 아닙니까? 임원도는 수십 년 전에 죽었으니 설사 관을 열어 해골을 꺼낸다 해도 아무 소용 없는 일일 텐데요."

"본 파의 검결劍訣은 사부가 제자에게 구전으로만 전하고 글로 남기지 않지만, 다른 문파의 무공이 모두 그렇지는 않네."

"둘째 사형, 저는 그래도 모르겠습니다. 예전이라면 벽사검법의 비결을 알아낼 필요가 있었겠지요. 적을 알고 나를 알면 백전불태라 했으니 벽사검법을 막으려면 그 속에 숨겨진 오묘함을 알아내야 하니까요. 하지만 청성파는 이미 임진남 부부를 붙잡았고 복위표국 본부와 지부도 몽땅 청성파 손에 무너졌으니, 그 검법을 깨뜨려 복수할 필요가 없지 않습니까? 벽사검법에 진짜 비결이 따로 있다 한들 찾아내서 무얼 하려는 것일까요?"

"넷째 사제, 청성파의 무공이 우리 오악검파에 비해 어떤가?"

"잘 모르겠습니다."

시대자는 그렇게 대답한 후 고개를 갸웃하며 덧붙였다.

"아마 못 미치겠지요?"

"그래, 조금 뒤처지겠지. 생각해보게. 여 관주는 몹시 자만심 강한 사람인데, 무림에서 명성을 떨치며 군림하고 싶어 하는 것은 당연한 이치가 아니겠나? 평범하디 평범한 검법에 무시무시한 위력을 실을 수 있는 비결이 임가의 벽사검법 속에 숨겨져 있다면, 청성파가 그 비결을 손에 넣었을 때 무슨 일이 일어나겠나?"

시대자는 곰곰이 생각하다가 별안간 탁자를 쾅 내리치며 벌떡 일어났다.

"이제 알겠습니다! 여창해는 청성파의 검법을 천하무적으로 만들 생각이군요!"

바로 그때, 길 저편에서 다급한 발소리가 들려왔다. 가볍고 경쾌한 발걸음으로 보아 강호인이 분명했다. 일행이 길 쪽을 돌아보자 열 명쯤 되는 사람들이 기름 먹인 우의를 입고 쏟아지는 빗줄기를 뚫으며 빠르게 다가오는 모습이 보였다. 좀 더 가까이 오자 여승들이라는 것을 알아볼 수 있었다. 제일 앞에 선 나이 든 여승은 키가 호리호리하게 컸는데, 찻집 앞에 이르기 무섭게 큰 소리로 외쳤다.

"영호충令狐沖, 썩 나오너라!"

이 여승은 바로 항산恆山 백운암白雲庵의 주인이자, 항산파 장문 정한定閒 사태의 사매인 정일定逸 사태였다. 정일 사태는 항산파의 고수일 뿐 아니라 강호에서도 누구나 한 수 접어주는 유명인이었기 때문에, 그녀를 알아본 노덕낙은 사제들과 함께 벌떡 일어나 공손하게 허리를 숙여 인사하면서 목소리를 가다듬어 낭랑하게 외쳤다.

"사숙님께 인사드립니다."

정일 사태는 화산파 제자들을 죽 훑어본 후 쩌렁쩌렁하게 외쳤다.

"영호충은 어디에 숨었느냐? 썩 데려오너라!"

남자보다 더 거칠고 탁한 목소리였다.

"사숙님께 아룁니다. 영호 사형은 이곳에 없습니다. 저희도 계속 기다렸으나 아직 도착하지 않았습니다."

그 모습을 지켜보던 임평지는 속으로 중얼거렸다.

'저 사람들이 하루 종일 떠들어대던 대사형이라는 자의 이름이 영호충이구나. 정말 한시도 가만히 있지 않는 사람인가 보군. 무슨 일인지 모르지만 저 여승에게 무슨 잘못을 한 모양이야.'

정일 사태는 찻집 안을 쓱 둘러보다가 소녀의 얼굴에 시선을 고정했다.

"영산靈珊이냐? 왜 그런 이상한 꼴을 하고 있느냐?"

소녀는 생글생글 웃으며 대답했다.

"나쁜 사람이 괴롭히기에 이렇게 변장할 수밖에 없었어요."

정일 사태는 코웃음을 쳤다.

"너희 화산파는 갈수록 엉망이구나. 네 아버지가 제자들을 가만히 내버려두시니 바깥에서 이렇게 소란을 피우는 게지. 이번 일이 끝나면 내 직접 화산에 올라 따져야겠다."

영산이 다급하게 부탁했다.

"사숙님, 제발 그러지 말아주세요. 대사형은 얼마 전에 아버지께 곤장을 서른 대나 맞아 움직이지도 못해요. 사숙님께서 한마디 하시면 이번에는 곤장 예순 대를 맞을 텐데, 그러다 죽으면 어떡해요?"

"그 짐승 같은 놈은 하루빨리 죽어 없어지는 것이 낫지! 오냐, 영산이 너까지 거짓말을 하는구나! 영호충이 움직이지를 못해? 움직이지도 못하는데 무슨 수로 내 어린 제자를 납치했겠느냐?"

그 한마디가 떨어지자 화산파 제자들의 안색이 하얗게 질렸다. 영산은 초조해서 울음이 터질 것만 같았다.

"그럴 리가 없어요, 사숙님! 대사형이 아무리 간이 커도 그렇지, 어쩌자고 감히 항산파의 사저를 건드리겠어요? 누군가 사숙님과 우리를 이간질하기 위해 모함을 한 것이 분명해요."

정일 사태가 버럭 화를 냈다.

"끝까지 부인하려느냐? 의광儀光, 태산파 사람들이 네게 뭐라고 하더냐?"

중년 여승 한 명이 앞으로 나와 말했다.

"태산파 사형들께서는 천송天松 도장이 형양성에 있을 때 영호충 사형이 의림儀琳 사매와 함께 술집에서 술을 마시는 것을 친히 목격하셨다 했습니다. 그 술집의 이름은 회안루고, 의림 사매는 영호충 사형의 협박 때문에 어쩔 수 없이 술을 마시는지 몹시… 몹시 괴로운 표정이었다고 합니다. 더욱이 그 옆에는 온갖 나쁜 일만 저지르는 전… 전백광田伯光이 함께 있었다고 합니다."

정일 사태는 이미 알고 있는 사실인데도 다시 한번 듣자 불같이 화를 내며 탁자를 힘껏 내리쳤다. 탁자 위에 있던 혼돈 그릇 두 개가 높이 튀어올랐다가 쨍그랑 소리를 내며 바닥에 떨어져 박살이 났다.

화산파 제자들은 몹시 곤란한 표정이 되었고, 영산은 다급한 나머지 눈물이 그렁그렁해져 떨리는 목소리로 말했다.

"분명 거짓말일 거예요. 아니면… 아니면 천송 사백님께서 잘못 보셨는지도 몰라요."

"태산파 천송 도장이 어떤 사람인데 잘못 본단 말이냐? 감히 그런 헛소리를 해? 영호충 그 짐승 같은 놈이 하다못해 이제는 전백광 같은 악당과 어울리기까지 하다니! 대체 어디까지 타락할 셈이라더냐? 너희 사부가 감싸준다 해도 나는 쉽사리 용서하지 않을 것이다. 만리독행萬里獨行 전백광은 강호에 해를 끼치는 악적이니 천하를 위해 내 반드시 그놈을 없애버리겠다. 내가 소식을 듣고 달려갔을 때 전백광과 영호충은 벌써 의림을 끌고 사라진 뒤였다! 아무리… 아무리 찾아도 놈들의 행적을 발견할 수가 없으니…"

여기까지 말하자 울분이 치미는지, 정일 사태는 안타깝게 발을 구르며 목멘 소리로 탄식했다.

"아아, 그 아이를 어쩌란 말이냐, 의림 그 아이를…!"

화산파 제자들도 걱정이 이만저만이 아니었다.

'항산파의 여승을 술집에 데려가 술을 먹여 출가인의 맹세를 저버리게 한 것만도 문규를 어긴 일인데, 전백광 같은 자와 어울렸다니 이번에는 정말 끝장이구나.'

한참 후에야 노덕낙이 겨우 입을 열었다.

"사숙님, 영호 사형과 전백광은 우연히 만났을 뿐 아무런 교분도 없을 것입니다. 영호 사형은 요 며칠 술에 흠뻑 취해 정신이 몽롱해서 자기가 무엇을 하는지도….".

정일 사태가 노한 목소리로 그의 말을 잘랐다.

"아무리 술에 취해도 본성은 변하지 않는 법, 다 큰 어른이 옳고 그름조차 구분하지 못한단 말이냐?"

"예, 옳으신 말씀입니다! 허나 아직 영호 사형이 어디 있는지 모르니, 저희가 한시바삐 사형을 찾아 사숙님께 머리 숙여 사죄 올리게 한 다음 사부님께 말씀드려 크게 벌을 내려달라 하겠습니다."

"내가 그 못된 놈을 붙잡아 오라고 너희를 찾아온 줄 아느냐?"

정일 사태는 여전히 노한 목소리로 외치더니 갑자기 손을 휙 뻗어 영산의 손목을 낚아챘다. 영산은 손목에 철갑을 찬 것처럼 반항조차 하지 못하고 비명을 질렀다.

"사… 사숙님!"

"너희 화산파가 우리 의림이를 데려갔으니, 나도 너희 화산파 여제자를 잡아가겠다. 의림이를 돌려주면 나도 영산이를 놓아주마!"

말을 마친 그녀가 휙 몸을 돌려 걷기 시작했다. 영산은 상반신이 마비된 양 마음과는 달리 비틀비틀 밖으로 끌려나갔다.

노덕낙과 양발이 동시에 몸을 날려 정일 사태 앞을 가로막았다. 노덕낙은 공손히 허리를 숙이며 말했다.

"사숙님, 대사형이 잘못을 했으니 사숙님께서 이리 화를 내시는 것도 당연합니다. 하지만 이 일은 소사매와는 무관하니 부디 아량을 베풀어 귀한 손을 거두어주십시오."

"오냐, 어디 그 귀한 손 한번 받아보아라!"

정일 사태가 외치며 오른팔을 힘차게 뻗자 거센 강풍이 노덕낙과 양발을 덮쳤다. 두 사람은 숨이 턱 막히고 몸을 가누지 못해 뒤로 휙 날아갔다. 노덕낙은 찻집 맞은편 가게 대문에 세게 부딪혔고 대문은 쩍 하는 소리와 함께 두 동강이 났다. 혼돈 장사꾼 쪽으로 날아간 양발은 더더욱 위험했다. 솥에 부딪혀 뜨거운 물을 뒤집어쓰려는 순간, 뜻밖에도 혼돈을 파는 노인이 왼손을 내밀어 양발의 등을 살짝 받친 덕에 무사히 바닥에 내려설 수 있었다.

정일 사태가 고개를 돌려 혼돈 장사꾼을 흘끗 바라보았다.

"당신이었군!"

노인이 빙그레 웃었다.

"그렇소, 나요! 사태의 성정은 여전하시구려."

"내 성정이 어떠하든 당신과는 상관없는 일이오."

그때, 길 저편에서 기름종이로 만든 우산을 쓴 두 사람이 등롱을 들고 바삐 걸어오며 외쳤다.

"혹시 항산파의 신니神尼가 아니십니까?"

"신니라고 불릴 사람은 못 되나 내가 항산파 정일일세. 오시는 분은 누구신가?"

두 사람이 총총히 다가왔다. 그들이 든 등롱에는 빨간색으로 '유부劉府'라는 글이 쓰여 있었다. 앞장선 사람이 말했다.

"사부님의 명을 받아 정일 사백님과 여러 사저들을 모시러 왔습니다. 신니께서 형산에 도착하셨다는 소식을 미처 듣지 못하고 이제야 찾아뵈었으니 부디 용서하십시오!"

말을 마친 그는 허리를 깊이 숙이며 예를 차렸다.

"이렇게 예의를 차릴 필요 없네. 두 분은 유 셋째 나리의 제자시구먼?"

"그렇습니다. 저는 향대년向大年이라 하고, 이쪽은 사제인 미위의米爲義입니다. 사백님께 인사드립니다."

그와 미위의는 또다시 공손하게 예를 갖췄다. 두 사람의 공손한 태도에 정일 사태도 굳은 얼굴을 풀었다.

"알았네. 그러잖아도 유 셋째 나리를 뵈러 가려던 참이었네."

향대년이 양발을 돌아보았다.

"여러분은…?"

"이 몸은 화산파 양발입니다."

향대년이 기쁜 얼굴로 대답했다.

"화산파의 양 셋째 형님이시군요. 양 형의 명성은 오랫동안 들었습니다. 자, 여러분도 함께 가시지요. 사부님께서 각처에서 오신 영웅호걸들을 마중하는 일을 저희에게 맡기셨는데 손님이 너무 많아 그만 여러분께 무례를 저질렀습니다. 부디 용서해주시기 바랍니다."

노덕낙이 그에게 다가가 말했다.

"사실 우리는 대사형을 만난 뒤 다 함께 유 셋째 나리를 뵐 생각이었소."

"아아, 노 둘째 형님이시지요? 사부님께서 화산파 악 사백님 문하의 사형들은 모두 영웅호걸이고, 특히 영호 사형은 걸출한 인재라고 항상 칭찬을 아끼지 않으셨습니다. 영호 사형께서 도착하지 않으셨다니 먼저 저희 집에 가셨다가 그곳에서 만나셔도 되지 않겠습니까?"

'소사매가 정일 사태에게 붙잡혀 쉽게 풀려날 것 같지 않으니 함께 가는 수밖에.'

노덕낙은 이렇게 생각하고 고개를 끄덕였다.

"그럼 폐를 끼치겠소."

"여러분께서 이렇게 형산까지 걸음해주신 것은 모두 저희를 위해서가 아닙니까? 그런데 폐라니요, 겸양이 지나치십니다. 자, 이쪽으로 오십시오!"

정일 사태가 혼돈 장사꾼을 가리키며 물었다.

"저 사람도 불러야 하지 않겠나?"

향대년은 그 노인을 잠시 살피더니 갑자기 흠칫하며 허리를 숙였다.

"안탕산雁蕩山의 하 사백님이셨군요. 미처 알아뵙지 못하여 죄송합니다. 자자, 하 사백께서도 함께 가시지요."

혼돈을 파는 노인은 절남 안탕산의 고수인 하삼칠何三七이었다. 하삼칠은 어려서부터 혼돈을 팔아 생계를 꾸렸고 무공을 익힌 후에도 혼돈이 든 솥을 짊어지고 강호를 누볐기 때문에, 솥 멜대는 그의 상징이나 다름없었다. 무공은 높지만 욕심 없이 예전처럼 혼돈을 팔며 살아가고 있어서 강호인들로부터 존경을 받는 사람이었다. 세상에 혼돈을 파는 사람은 셀 수 없이 많지만, 혼돈을 파는 무림 고수는 하삼칠이 유일했던 것이다.

"이거 폐를 끼치게 되었구면."

하삼칠이 허허 웃으며 혼돈 그릇을 챙기기 시작하자 노덕낙이 다가가 인사했다.

"눈이 있어도 태산을 알아보지 못했습니다. 부디 용서해주십시오."

"아닐세, 아닐세. 자네들이 내 혼돈을 사준 덕에 부모님을 봉양할 수 있는데 그 무슨 말인가? 자, 한 그릇에 10문☆이니 여덟 그릇이면 도합 80문일세."

하삼칠이 웃으며 손을 내밀었다. 노덕낙은 그 말이 농담인지 진담인지 판단이 서지 않아 당황해 우물쭈물했다. 보고 있던 정일 사태가 나섰다.

"혼돈을 먹었으니 돈을 주어라. 하삼칠이 공짜로 대접하지는 않았을 게 아니냐?"

"암, 그렇지. 이런 길거리 장사는 실물 거래가 원칙이라네. 아무리 친한 친구라도 외상은 받지 않네."

"예, 예!"

노덕낙은 한 푼이라도 더 내면 모욕이 될까 봐 정확히 동전 80개를 세어 두 손으로 공손히 바쳤다.

돈을 받은 하삼칠은 정일 사태를 돌아보며 손을 내밀었다.

"당신이 내 그릇 두 개와 숟가락 두 개를 깨뜨렸으니 배상하시오. 모두 14문이오."

정일 사태는 피식 웃었다.

"좀스럽기는, 출가인까지 벗겨먹으려 드는군. 의광, 배상해주어라."

의광이 14문을 꺼내 역시 두 손으로 바쳤다. 하삼칠은 그것까지 챙겨 멜대 옆에 세워둔 대나무통에 넣은 뒤 멜대를 짊어지며 말했다.

"가세!"

향대년이 다박사에게 말했다.

"찻값은 나중에 치를 테니 유 셋째 나리 앞으로 달아놓게."

"아이고, 유 셋째 나리의 손님들이셨군요! 아이고, 평생 모시기도 힘든 분들인데 찻값은 무슨 찻값입니까요?"

향대년은 가져온 우산을 손님들에게 나눠주고 앞장서서 길을 안내했다. 정일 사태는 화산파 소녀 영산을 데리고 하삼칠과 나란히 걸었고, 항산파와 화산파의 제자들은 그 뒤를 따랐다.

'멀리서 뒤를 쫓자. 혹시 유정풍의 집에 숨어들 수 있을지도 몰라.'

이렇게 생각한 임평지는 일행이 길모퉁이를 돌아 사라진 후 일어나 뒤를 쫓았다. 북쪽으로 향해 이동하는 사람들은 폭우를 피하기 위해 처마 밑으로만 걷고 있었다. 큰길을 세 번 지나자 왼쪽 끝에 커다란 저택이 보였는데, 커다란 등롱 네 개를 내건 덕분에 저택 문 앞은 대낮처럼 환했고 10여 명이나 되는 사람들이 횃불이나 우산을 들고 손님맞이에 한창이었다. 정일 사태와 하삼칠 등이 들어간 후에도 거리 양쪽에서 수많은 손님들이 밀려들었다.

임평지는 큰마음 먹고 대문으로 다가갔다. 마침 강호 호걸 두 무리가 유정풍 제자들의 안내를 받아 안으로 들어가는 중이어서 임평지도 아무 말 없이 따라 들어갔다. 문 앞을 지키던 사람들은 손님인 줄 알고 웃으며 들여보내주었다.

"어서 오십시오. 차를 올려라!"

대청에 들어서자 시끌시끌한 소리가 들려왔다. 200명가량 되는 손님들이 삼삼오오 둘러앉아 이야기꽃을 피우는 중이었다.

'이렇게 사람이 많으니 아무도 내게 신경 쓰지 않겠구나. 빨리 청성파 놈들을 찾아야 부모님 소식을 알아낼 수 있을 텐데….'

임평지가 눈에 띄지 않는 구석자리에 앉자, 하인이 차와 떡, 따뜻한 수건을 내왔다.

주위를 둘러보니 항산파의 여승들은 대청 왼쪽 탁자에, 화산파의 제자들은 그 옆의 다른 탁자에 앉아 있었다. 영산이라는 소녀도 사형제들과 같은 탁자에 있는 것을 보아 정일 사태가 놓아준 모양이었다. 하지만 정일 사태와 하삼칠은 그곳에 없었다. 탁자를 하나하나 눈여겨보던 임평지는 갑자기 가슴이 턱 막히고 피가 끓어오르는 것 같았다. 방인지와 우인호가 한 무리의 사람들과 함께 탁자 두 개에 나누어 앉아 있었던 것이다. 모두 청성파 제자들이 분명했는데 아버지와 어머니는 다른 곳에 가뒀는지 보이지 않았다.

임평지는 비통하고, 분하고, 심한 자책감마저 들었다. 부모님이 해를 당한 것은 아닐까 걱정스러워 가까이 가서 이야기를 엿듣고 싶었지만, 어렵사리 이곳까지 쫓아왔는데 경거망동하여 방인지 일행에게 발각되면 모든 것이 물거품이 되고 목숨마저 잃을 수도 있기에 마음을 고쳐먹었다.

갑자기 문가가 와자지껄 시끄러워지더니, 푸른 옷을 입은 남자들이 문짝 두 개를 들고 바삐 들어왔다. 문짝 위에는 흰 천을 덮은 사람이 누워 있었고 그 천에는 피가 낭자했다. 대청에 있던 사람들이 그 모습을 보고 놀라 우르르 달려갔다.

"태산파다!"

"태산파의 천송 도장이 중상을 입다니? 또 한 사람은 누구지?"

"태산파 장문인 천문 진인의 제자일세. 죽었나?"

"죽었네. 가슴부터 등까지 칼을 맞았는데 안 죽고 배기겠나?"

술렁거리는 소리 속에서 사람을 실은 문짝은 후청으로 옮겨졌고 적지 않은 사람들이 따라갔다. 남은 사람들도 의견을 나누느라 대청 안은 몹시 소란스러웠다.

"천송 도장은 태산파의 고수인데, 어느 누가 대담하게 천송 도장을 해쳤을까?"

"천송 도장을 저렇게 만들었다는 것은 무공이 훨씬 강하다는 뜻일세. 고수가 대담한 것은 당연한 일 아닌가!"

"노 사형, 저희 사부님께서 찾으십니다."

"알겠소!"

노덕낙은 일어나 그와 함께 안채로 들어갔다.

긴 복도를 지나자 화청花廳(뜰이나 화원 가까이 있는 응접실)이 나왔다. 상석에는 태사의 다섯 개가 나란히 놓여 있었는데 그중 네 개는 비어 있고 나머지 하나에는 체구가 건장하고 얼굴이 붉은 사람이 앉아 있었다. 노덕낙은 다섯 개의 태사의가 오악검파의 장문인을 위한 자리라는 것을 알아차렸다. 숭산파, 항산파, 화산파, 형산파의 장문인은 아직 도착하지 않아 자리가 비어 있었고, 유일하게 자리를 차지한 얼굴 붉은 남자는 태산파 장문인 천문 진인이었다. 상석의 양쪽으로는 항산파의 정일 사태, 청성파의 여창해, 절남 안탕산의 하삼칠을 포함한 열아홉 명의 무림 선배들이 자리를 잡았고, 말석에는 제법 부유해 보이는 작고 통통한 중년인이 짙은 갈색의 비단 장포를 걸치고 앉아 있었다. 바로 이곳 주인인 유정풍이었다. 노덕낙은 먼저 유정풍에게 예를 올린 뒤, 천문 진인에게 절을 하며 말했다.

"화산파 제자 노덕낙이 천문 사백님께 인사 올립니다."

천문 진인은 끓어오르는 울분을 참지 못해 흉악한 표정을 지으며 태사의의 손잡이를 쾅 내리쳤다.

"영호충은 어디 있느냐?"

목소리가 어찌나 쩌렁쩌렁한지 천둥이라도 치는 것 같았다. 멀리 대청에 있는 사람들조차 그 엄청난 외침 소리를 듣고 안색이 변했다.

영산이 놀란 얼굴로 입을 열었다.

"셋째 사형, 또 대사형을 찾아요."

양발은 말없이 고개를 끄덕이더니 낮은 소리로 속삭였다.

"모두 진정해라! 이곳에는 여러 영웅들이 운집해 있으니 책잡힐 행동을 해선 안 된다."

임평지도 영호충의 이름을 듣고 고개를 갸웃했다.

'또 영호충을 찾는구나. 영호충이라는 사람은 사건사고가 끊이지 않는군.'

한편 노덕낙은 천문 진인의 고함 소리에 귀가 멍멍해져 한동안 그 자리에 엎드려 있다가 겨우 몸을 일으켰다.

"사백님께 아룁니다. 영호 사형과는 형양에서 헤어진 후 형산에서 다시 만나 유 사숙님께 하례를 드리기로 약속했습니다. 오늘 오지 못하더라도 내일이면 반드시 도착할 것입니다."

천문 진인은 눈을 부릅떴다.

"감히 이곳에 온다고? 그놈이 무슨 낯으로? 영호충은 화산파의 대제자니 틀림없이 명문정파 사람이다. 그런데 음란하고 나쁜 짓만 골라 하는 채화대도採花大盜 전백광과 어울리다니 대체 어찌 된 일이냐?"

"제자가 알기로 대사형과 전백광은 일면식도 없습니다. 평소 술을 좋아하는 대사형이 상대가 전백광인지도 모르고 함께 술을 마신 것 같습니다."

천문 진인이 발을 구르며 일어나 노한 목소리로 외쳤다.

"아직도 그런 말로 영호충 편을 들려느냐? 천송 사제, 어디 자네가… 자네가 말해보게. 어쩌다 그런 중상을 입었나? 영호충과 전백광은 어떤 사이던가?"

사람을 실은 문짝 두 개는 화청 서쪽 끝에 놓여 있었는데, 그중 하나에는 죽은 사람이, 다른 하나에는 수염 긴 도사가 누워 있었다. 도사의 얼굴은 핏기 하나 없이 허연 반면 덥수룩한 수염은 새빨간 피에 흠뻑 젖어 있었다.

"오늘 아침 저와… 저와 지 사질이 형양… 회안… 회안루에서 영… 영호충과 전백광… 그리고 어린 여승을 보았습니다…."

도사는 말하는 것도 힘겨운지 몇 마디만으로도 숨이 넘어갈 듯 헐떡였다.

"천송 사형, 말을 아끼십시오. 방금 하신 말씀은 제가 전하겠습니다."

유정풍이 나서서 노덕낙에게 말했다.

"노 현질賢姪, 자네와 영호 현질이 사제들을 이끌고 여기까지 와주다니 악岳 사형과 현질들에게 실로 고마움을 금할 길이 없네. 영호 현질이 어쩌다 전백광이라는 악당과 어울리게 되었는지는 모르네만, 진상을 철저히 밝혀 만에 하나라도 영호 현질이 잘못을 저질렀다면 한집안이나 다름없는 우리 오악검파에서 자네 사부를 대신해 잘 달래…."

"달래긴 뭘 달랜단 말인가! 목을 베어 문규를 바로잡아야지!"

천문 진인이 버럭 소리를 질렀다.

유정풍이 차분하게 말했다.

"악 사형은 늘 문규를 엄히 다스려왔고, 화산파는 강호에서 손꼽는 명문입니다. 허나 이번에는 영호 현질이 조금 과했나 봅니다."

"아직도 그놈을 현질이라 부르는가? 현질은 무슨 얼어 죽을!"

천문 진인은 분노에 차 함부로 내뱉었으나, 이내 이런 비속어를 쓰는 것이 일파 대종사의 신분에 먹칠을 하는 행동임을 깨닫고 멈칫했다. 하지만 뱉은 말을 주워담을 수도 없는 노릇이니, 그저 '흥' 하고 노기충천하게 코웃음을 치며 다시 의자에 앉았다.

그 틈을 타 노덕낙이 청했다.

"유 사숙님, 무슨 일이 있었는지 부디 자세히 알려주십시오."

"방금 천송 사형의 이야기는 이러했네. 오늘 아침 천송 사형은 천문 사형의 제자인 지백성遲百城과 함께 형양 회안루에 술을 마시러 갔다는군. 주루에 오르니 세 사람이 술을 마시고 있었는데, 바로 음적 전백광과 영호 현질, 그리고 정일 사태의 제자 의림이었네. 천송 사형도 처음에는 정확히 누군지는 모른 채 그저 복장으로 보아 한 사람은 화산파 제자고 또 한 사람은 항산파 제자라는 것만 알아차리셨지. 자자, 정일 사태, 노여움을 거두시지요. 의림 사질은 강요를 받아 어쩔 수 없었던 것이 분명합니다."

유정풍은 발끈하는 정일 사태를 달래며 말을 이었다.

"천송 사형 말씀으로는, 나머지 한 사람은 서른 살 정도의 화려한 복장을 한 남자였는데 영호 현질이 그에게 이렇게 말했다고 하네. '전 형, 전 형의 경공이 천하무적이라지만, 재수가 없으면 아무리 경공이 뛰어나도 도움이 되지 못할 거요.' 성이 전이고 경공이 천하무적이라면 필시 만리독행 전백광이 아니겠나? 악을 원수처럼 미워하는 천송 사형은 그 세 사람이 한자리에 앉아 있는 것만 보고도 속에서 불길이 치솟았다네."

"예, 그러셨군요!"

노덕낙은 이렇게 대답하며 고개를 끄덕였다.

'세 사람이 함께 술을 마시는데, 한 사람은 악명을 떨치는 음적, 한 사람은 출가한 여승, 그리고 다른 한 사람은 화산파 대제자라니 이상해 보이는 것도 무리가 아니지.'

유정풍이 말을 이었다.

"전백광은 이렇게 말했네. '이 전백광은 지금껏 천하를 종횡하며 내키는 대로 살아왔소. 그따위 말에 흔들릴 내가 아니지. 이 여승은 어차피 우리 손에 들어왔으니 여기서 한바탕 즐겨봄이…'"

이 말을 듣자 노덕낙은 유정풍에게 눈짓을 하며 천송 도장의 안색을 살필 수밖에 없었다. 유정풍도 무슨 뜻인지 알아차리고 재빨리 덧붙였다.

"천송 사형은 중상을 입은 몸이라 발음이 분명치 않았는데 내가 이해한 대로 설명을 더한 것일세. 아마 큰 줄기는 다르지 않을 걸세. 아니 그렇습니까, 천송 사형?"

"그, 그렇다네!"

천송 도장이 대답하자 유정풍은 고개를 끄덕이며 계속 말했다.

"결국 지백성 현질이 보다못해 탁자를 내리치며 일어났네. '네놈이 음적 전백광이냐? 무림인들이 하나같이 너를 죽이고자 이를 가는데 그런 몹쓸 말을 떠들어대다니, 정말 죽고 싶으냐?' 지 현질은 칼을 뽑아 공격했지만 불행히도 전백광의 손에 목숨을 잃었네. 젊은 영웅이 간악한 자에게 죽다니 실로 안타까운 일이 아닌가? 천송 사형도 가만히 계실 수가 없었지. 정의에 따라 음적을 처단하기 위해 수백 합을 싸웠으나 전백광은 비열한 속임수를 써서 칼로 천송 사형의 가슴을 찔렀네. 그런 뒤에도 영호 현질은 계속 그 음적 전백광과 주거니 받거니 술을 마시며 우리 오악검파의 의리를 모른 척했다 하네. 천문 사형이 노여워하는 것은 그 때문일세."

천문 진인은 코웃음을 쳤다.

"오악검파의 의리? 흥! 우리 모두 무예를 배운 사람들이니 누가 잘못했는지는 명백하다. 어디 그런 음적과… 그런 음적과…."

그의 얼굴이 시뻘겋게 달아오르고 기다란 수염은 올올이 곤두서는 것만 같았다.

갑자기 문밖에서 누군가 외쳤다.

"사부님, 아뢸 말씀이 있습니다."

"들어오너라!"

제자의 목소리를 알아들은 천문 진인이 말하자, 서른 살가량 된 남자가 화청으로 들어와 주인인 유정풍에게 예를 올리고 다른 선배 무림인들에게도 인사한 후 그에게 말했다.

"사부님, 천백天柏 사숙님께서 소식을 보내오셨습니다. 본문의 제자들을 이끌고 형양에서 전백광과 영호충 두 음적의 행방을 수색했으나 종적이 묘연하다고 합니다."

노덕낙은 그가 대사형을 '음적'이라 칭하자 몹시 민망했으나, 대사형이 전백광과 함께 있었던 것은 틀림없으니 따질 낯이 없었다.

태산파 제자가 보고를 계속했다.

"하지만 형양성 밖에서 시신 한 구를 발견했습니다. 배에 검이 박혀 있었는데, 바로 음적 영호충의 것이었습니다…."

"죽은 사람은 누구냐?"

천문 진인의 질문에 그 제자는 여창해를 흘끗 바라보았다.

"여 사숙님 문하에 있는 사형이었습니다. 저희도 누군지는 몰랐으나 그 시신을 형양성으로 운반했더니 알아보는 사람이 있었습니다. 바로 나인걸 사형이었습니다…."

여창해가 벌떡 일어나 놀란 목소리로 물었다.

"인걸이라고? 시신은 지금 어디 있는가?"

"여기 있습니다."

문밖에서 누군가 대답했다. 여창해는 무척 침착한 사람이라, 갑작스러운 부고와 그 당사자가 청성사수 중 한 명인 나인걸이라는 말을 듣고도 안색이 크게 변하지 않았다.

"현질, 수고스럽지만 시신을 이리 데려와주게."

"예!"

대답과 함께 두 사람이 문짝 하나를 들고 들어왔다. 한 사람은 형산 파 제자고 다른 한 사람은 청성파 제자였다.

문짝 위 시체의 복부에는 날카로운 검 한 자루가 꽂혀 있었는데, 검 은 시체의 복부를 뚫고 비스듬히 위로 찔러 들어가 목으로 비죽 튀어 나와 있었다. 워낙 깊이 들어가 3척 길이의 장검에서 겉으로 드러난 부분은 겨우 몇 치밖에 되지 않았다. 무림에서 보기 드문 지독하고 악 랄한 초식이었다.

여창해가 중얼거렸다.

"영호충, 영호충 그놈이… 이렇게 지독할 줄이야."

태산파 제자가 나섰다.

"천백 사숙님께서는 아직 두 음적의 행방을 쫓고 계십니다. 이곳에 계신 사백님과 사숙님 중 몇 분이 오셔서 도와주기를 청하셨습니다."

"내가 돕겠다!"

정일 사태와 여창해가 동시에 대답했다.

바로 그때, 문밖에서 아리따운 목소리가 들려왔다.

"사부님! 제가 돌아왔어요!"

그 소리에 정일 사태의 안색이 싹 변했다.

"의림? 의림이냐? 어서 이리 오너라!"

사람들의 시선이 일제히 문가로 향했다. 천하의 음적과 주루에서 공 공연히 술을 마신 여승이 대체 어떤 사람인지 궁금했기 때문이었다.

문밖에 늘어뜨린 가리개가 살짝 걷히는 순간, 화청 안이 환해지며 어린 여승이 사뿐사뿐 걸어들어왔다. 그녀의 얼굴은 속세의 사람이라고 믿기 어려울 만큼 맑고 고왔다. 누구나 인정할 만한 절세의 미인이었다. 나이는 열여섯이나 열일곱쯤 되었을까, 펑퍼짐하고 볼품없는 승복조차 곱고 나긋나긋한 몸매를 감추지 못했다. 그녀는 정일 사태 앞으로 다가와 얌전히 절을 올렸다.

"사부님…."

입을 여는 순간 그녀의 입에서 울음이 터졌다. 정일 사태는 안색을 굳히며 물었다.

"대체… 대체 어찌 된 일이냐? 어떻게 돌아왔느냐?"

의림이 울며 고했다.

"사부님, 하마터면… 하마터면 다시는 사부님을 못 뵐 뻔했어요."

울음 섞인 그 목소리는 흠잡을 데 없이 고왔고, 정일 사태의 옷자락을 잡은 여린 손은 투명하리만치 희었다. 이 모습을 본 사람들은 누구나 똑같은 생각을 할 수밖에 없었다.

'저런 미녀가 어쩌다 출가를 하게 되었을까?'

그러나 여창해만은 그녀를 한 번 쳐다본 뒤 완전히 관심을 끊고 오로지 나인걸의 시체에 꽂힌 검만 응시했다. 검자루에는 푸른 술이 달려 있고 자루와 이어진 검날에는 '화산 영호충'이라는 다섯 글자가 또렷하게 새겨져 있었다. 그는 시선을 돌려 노덕낙이 허리에 찬 검을 살폈다. 그 검에도 똑같은 푸른 술이 달려 있었다. 별안간 그가 휙 몸을 날려 노덕낙 앞으로 가더니 번개같이 왼손을 뻗어 두 눈을 찔렀다. 날카로운 지풍指風이 순식간에 노덕낙의 눈꺼풀을 덮쳤다. 노덕낙은 대경실색하여 거화요천擧火撩天 초식을 펼치며 두 손을 들어 막았다. 여창해는 냉소를 터뜨리고는, 왼손을 빙그르르 돌려 노덕낙의 두 손을 낚아챈 다음 오른손을 내밀었다. 챙 하는 소리와 함께 노덕낙의 검이 검집에서 뽑혔다. 두 손을 잡힌 노덕낙은 떨쳐내려고 힘껏 빼보았지만 상대는 태산처럼 꼼짝도 하지 않았고 그사이 예리한 검끝이 그의 가슴팍을 겨눴다.

"저… 저와는 상관없는 일입니다!"

놀란 그가 외쳤지만 여창해는 무시하고 검날을 살폈다. 그 위에는 과연 '화산 노덕낙'이라는 글자가 새겨져 있었다. 필체와 크기가 영호충의 검과 빼다박은 듯 똑같았다. 그는 손목을 빙글 돌려 검으로 노덕낙의 배를 가리키며 음산하게 물었다.

"검을 비스듬히 찔러 올리는 것은 화산파의 어떤 초식이냐?"

노덕낙의 이마에 땀이 송글송글 맺혔다.

"저… 저희 화산파에 그… 그런 초식은 없습니다."

여창해는 고개를 갸웃했다.

'인걸을 죽음에 이르게 한 초식은 복부에서 인후까지 검으로 꿰뚫은 것이다. 그렇다면 영호충이 몸을 숙인 상태에서 위로 찔러넣었다는 말인가? 제 손으로 죽였다면 어째서 증거가 되는 검을 뽑지 않고 놓아두었지? 설마 청성파에 도전이라도 하겠다는 것인가?'

보고 있던 의림이 그를 향해 말했다.

"여 사백님, 영호 사형의 초식은 화산파의 검법이 아니었을 거예요."

여창해가 빙글 몸을 돌려 찬바람이 쌩쌩 일 것 같은 얼굴로 정일 사태를 바라보았다.

"사태, 귀한 제자분께서 그 음적을 무엇이라 불렀는지 들으셨소?"

"난들 귀가 없는 줄 아시오?"

정일 사태가 화를 내며 대꾸했다. 의림이 영호충을 '영호 사형'이라고 부른 것은 정일 사태 역시 못마땅했다. 여창해가 아무 말 하지 않았다면 한바탕 꾸지람을 했을 텐데, 하필이면 여창해가 무례하기 그지없는 말투로 꼬집는 바람에 도리어 제자 편을 든 것이다.

"입에 익어서 그리 부른 것인데 무엇이 어떻다는 말이오? 우리 오악검파는 결맹을 하여 다섯 문파의 제자가 서로 사형제라 칭하는데, 그게 이상하오?"

"흠, 좋소!"

여창해는 그렇게 외치며 단전에 힘을 주고 왼손 손바닥으로 기운을 쏟아냈다. 그러자 그의 손에 잡혀 있던 노덕낙이 끈 떨어진 연처럼 날아가 쾅 하고 벽에 부딪혔다. 천장에서 먼지가 우수수 떨어져내렸다.

"네 이놈, 네놈은 오는 내내 나를 염탐했다. 무슨 꿍꿍이를 품고 그리 했느냐?"

벽에 부딪혀 겨우 바닥에 내려선 노덕낙은 오장육부가 마구 뒤집히고 다리가 후들후들 떨려 그 자리에 쓰러질 것만 같았다. 겨우 벽을 짚고 버티는데 귀를 때리는 여창해의 목소리에 심장이 쿵 내려앉았다.

'저 늙은 여우가 소사매와 내가 몰래 뒤를 따랐다는 것을 알고 있었구나.'

정일 사태는 그 광경을 무시하고 제자를 불렀다.

"의림, 따라오너라. 어쩌다 그놈들에게 붙잡혔는지 빠짐없이 이야기해다오."

그녀는 의림의 손을 잡고 화청 입구로 걸어갔다.

저렇게 어여쁜 여승이 음란한 도적 전백광의 손에 들어갔으니 순결을 지키지 못하였음은 불 보듯 뻔했다. 그런 이야기를 남들 앞에서 하기 어렵다는 것을 이해하는 사람들은 정일 사태가 제자를 다른 곳으로 데려가는 것을 굳이 제지하지 않았다.

그러나 여창해는 훌쩍 몸을 날려 그들 앞을 가로막았다.

"이 일로 두 명이나 목숨을 잃었으니 여기서 이야기하게 해주시오."

그는 잠시 뜸을 들였다가 덧붙였다.

"지백성 현질은 오악검파 사람이오. 오악검파는 한집안이라 영호충 손에 누가 죽어도 태산파는 개의치 않을지 모르나, 내 제자 나인걸은 영호충과 사형제가 될 자격조차 없는 아이요."

정일 사태는 성미가 워낙 불같아 사저인 정정定靜 사태는 물론이고 장문인인 정한 사태마저 한발 양보할 정도였다. 그런 그녀가 앞을 가로막고 비꼬는 여창해를 가만히 두고 볼 리 있겠는가? 그의 말이 떨어지기 무섭게 허연 눈썹이 날카롭게 치켜올라갔다.

정일 사태가 화가 폭발하면 이렇게 눈썹을 세운다는 것을 잘 아는 유정풍은 곧 싸움이 벌어질 것을 짐작했다. 정일 사태와 여창해는 무림의 일류 고수로, 두 사람이 싸우면 무슨 일이 벌어질지 몰라 그는 재빨리 그들에게 달려가 깊숙이 허리를 숙여 읍하며 말했다.

"이 누추한 곳까지 왕림해주셨으니 두 분 모두 이 유정풍의 귀빈입니다. 제 낯을 보아서라도 부디 노여움을 거두십시오. 모두 이 몸이 제대로 살피지 못한 탓입니다."

그가 연신 읍하자 정일 사태는 기가 막힌 듯이 웃었다.

"허, 그것 참 우스운 말일세. 내가 저 땡도사에게 화를 내는 것이 유현제賢弟와 무슨 상관인가? 저 사람이 나를 막아도 나는 가야겠네. 앞을 막지 않고 나를 잡아둘 수 있다면 어디 해보든지."

사실 여창해에게도 정일 사태는 껄끄러운 상대였다. 그녀와 싸워 이길 가망도 없지만 만에 하나 승리를 거머쥐더라도 인품은 온화하지만 무공이 고강한 정한 사태가 수수방관할 리 없었다. 더욱이 오악검파는 한집안이나 마찬가지니 항산파의 눈 밖에 나면 다섯 문파를 동시에 상대하게 될지도 모르는 일이었다.

"빈도貧道(도사가 자신을 낮추어 부르는 말)는 의림 현질이 모두의 앞에서 진실을 밝혀주기를 바랄 뿐이오. 이 여창해가 어떻게 감히 항산파 백운암주의 앞을 막겠소이까?"

여창해는 허허 웃으며 말하고는 획 몸을 날려 자리로 돌아갔다.

"알면 됐소."

그가 양보하자 정일 사태도 생각을 바꿔 의림의 손을 잡고 본래 자리로 돌아갔다.

"그날 나와 헤어진 후 대체 무슨 일이 있었느냐?"

그녀는 큰 소리로 물었지만, 어리고 순진한 의림이 수치스러운 일까지 밝혀 사문의 명예를 더럽힐까 두려워 재빨리 덧붙였다.

"중요한 일만 이야기하면 된다. 큰 줄기와 상관없는 이야기는 꺼내지 마라."

의림이 공손히 대답했다.

"예, 사부님! 제자는 사부님의 가르침을 어길 만한 일은 결코 하지 않았습니다. 다만 그 전백광이라는 악당이, 그자가… 그자가…."

정일 사태가 고개를 끄덕이며 나섰다.

"됐다. 말하지 않아도 안다. 내 반드시 그 못된 전백광과 영호충을 죽여 원한을 풀어주마."

의림이 맑디맑은 눈을 동그랗게 뜨며 의아한 표정을 지었다.

"영호 사형 말씀이세요? 그… 그분은…."

별안간 그녀의 눈에서 눈물 한 방울이 또르륵 굴러떨어졌다. 그녀가 흐느끼는 소리로 말을 이었다.

"그분은… 이미 돌아가신걸요!"

화청 안에 있는 사람들은 모두 깜짝 놀랐다. 천문 진인도 영호충이 죽었다는 말에 노기가 가라앉아 놀란 목소리로 물었다.

"어떻게 죽었느냐? 누가 그를 죽였지?"

"그건… 그건 청성파의… 청성파의 저 나쁜 사람 짓이었어요."

의림의 손가락이 나인걸의 시체를 가리켰다.

여창해는 무척 만족스러웠다.

'영호충 그놈도 인걸에게 죽었구나. 잘했다, 아주 잘했어. 죽어서도 우리 청성파의 명성을 지켰구나.'

그는 그렇게 생각하면서도 겉으로는 의림을 노려보며 냉소를 터뜨렸다.

"오악검파 사람들은 모두 좋은 사람이고, 우리 청성파 사람들은 모두 나쁜 사람이라는 말인가?"

의림이 눈물을 뚝뚝 흘리며 대답했다.

"그… 그런 것은 아니에요. 여 사백님과 청성파가 나쁘다는 것이 아니라 저 사람이 나쁘다는 뜻이었어요."

그녀가 다시 나인걸의 시체를 가리켰다. 정일 사태가 여창해를 노려보며 따졌다.

"그렇게 흉흉한 얼굴로 겁을 주면 어쩌자는 말이오? 의림, 두려워 말고 저자가 무슨 나쁜 짓을 했는지 자세히 얘기해보아라. 사부가 여기 있는데 누가 감히 널 괴롭히겠느냐?"

그녀가 여창해를 흘겨보자 여창해가 큰 소리로 말했다.

"출가인은 허튼소리를 하지 않는 법. 의림 스님, 관음보살의 이름으로 사실만을 말하겠다고 맹세하겠나?"

의림이 사부의 사주를 받아 나인걸의 행동을 몹쓸 짓으로 몰아가면 아깝게 죽은 제자가 다시 살아와서 해명할 수도 없으니, 그렇게 되지 않도록 사전에 차단하려는 속셈이었다.

"저는 결코 사부님께 거짓을 고하지 않아요."

의림은 바깥을 향해 꿇어앉아 두 손을 합장하여 눈썹 높이로 들어 올린 뒤 말했다.

"제자 의림, 사부님과 여러 사백님, 사숙님들 앞에 단 한마디도 거짓을 입에 담지 않겠다고 맹세합니다. 신통하신 관세음보살님, 부디 굽어살펴주시옵소서."

그 진실한 맹세와 가녀린 모습에 그 자리에 있던 모든 사람들은 호감을 느끼지 않을 수 없었다. 구석에서 가만히 듣고만 있던 수염이 까만 서생도 나서서 그녀의 편을 들었다.

"의림 스님이 맹세까지 했으니 이제 의심은 거두시오."

"땡도사, 들었소? 문(閔) 선생도 저리 말씀하시는데 더 할 말이 있소?"

정일 사태는 그 서생의 성이 '문'이라는 것을 알고 있었다. 모두들 그를 '문 선생'이라고 불렀지만, 그 이름을 아는 사람은 아무도 없었다. 그저 섬서성 남부 출신이고, 판관필判官筆 솜씨가 출중하여 점혈법과 타혈법에 뛰어난 고수라는 사실만 알 뿐이었다.

뭇 사람들의 시선이 의림의 얼굴로 쏟아졌다. 티 없이 순수하고 곱디고운 옥 같은 얼굴을 보자 거짓말을 할 리 없다는 믿음이 절로 들었다. 여창해 역시 마찬가지였다.

화청 안이 고요해지자 의림이 맑은 목소리로 입을 열었다.

"어제 오후에 사부님과 사저들을 따라 형양으로 가던 길이었습니다. 도중에 비가 내려 길이 미끄러웠는데, 고개를 넘다가 미끄러지는 바람에 손이 진흙과 이끼로 더러워지고 말았습니다. 저는 고개를 내려온 뒤 개울에 가서 손을 씻었지요. 그런데 갑자기 개울에 비친 제 모습 옆으로 슬그머니 어떤 남자의 모습이 나타났습니다. 저는 깜짝 놀라 벌떡 일어섰지만, 그 남자가 제 혈도를 짚어 움직일 수가 없었습니다. 너무나도 무섭고 두려워 사부님을 소리쳐 불렀지만 목소리도 나오지 않았지요. 그 남자는 저를 들어올려 개울에서 몇 장이나 떨어진 동굴로 데려갔습니다. 저는 기절할 것처럼 무서웠지만, 움직일 수도 소리를 지를 수도 없었습니다. 사저들이 길을 나누어 저를 찾기 시작했는지, 곧 '의림! 의림! 어디 있느냐?' 하는 소리가 들렸어요. 하지만 그 남자는 낄낄 웃으며 중얼거렸습니다. '저 여자들이 여기까지 오면 모두 잡아버려야지!' 다행이랄지 사저들은 이곳저곳을 살핀 뒤 그냥 돌아갔습니다. 사저들이 멀리 간 것을 확인한 그 남자는 제 혈도를 풀어주었습니다. 저는 재빨리 동굴 밖으로 달아났지만, 그 남자의 신법이 어찌나 빠른지 제가 움직이기 무섭게 입구를 가로막아 그만 그에게 부딪히고 말았습니다. 그 남자는 큰 소리로 웃었지요. 저는 황급히 뒤로 물러나며 검을 뽑았습니다. 처음에는 검으로 찌를 생각이었지만, 그 남자가 제게 해코지를 한 것도 아닌데 자비를 근본으로 삼는 출가인으로서 어찌 함부로 목숨을 해치겠습니까? 불문에서는 살생을 피하는 것이 첫 번째 계율이기 때문에 차마 찌를 수가 없었지요. 그래서 이렇게 말했습니다. '왜 나를 잡아왔지요? 비키지 않으면 당신을… 찌르겠어요.' 그 사람은 장난스레 웃기만 했습니다. '스님, 당신은 정말 선량하구려. 스님은 결코 나를 죽이지 못할 거요.' 저는 '아무런 원한도 없는데 무엇 때문에 죽이겠어요?'라고 대답했지요. 그러자 그 남자는 이렇게 말했습니다. '그것 참 잘되었소. 우리 앉아서 이야기나 합시다.' '사부님과 사저들이 저를 찾고 있어요. 게다가 사부님께서 낯선 남자와는 이야기를 나누지 말라 하셨습니다.' 그러자 그 남자가 말했지요. '벌써 이야기를 하지 않았소? 한두 마디 더 한다고 무슨 문제가 되겠소?' '어서 비키세요. 우리 사부님이 어떤 분인지 아세요? 당신의 이런 무례한 행동을 보시면 다리를 분질러놓으실 거예요.' 제가 이렇게 겁을 주었지만 그 남자는 능청스럽게 말했습니다. '당신이 내 다리를 분질러놓겠다면 기꺼이 내놓겠소만, 당신 사부 같은 늙다리는 내 취향이 아니오.'"

"어허! 그런 쓸데없는 말까지 기억하고 있다니!"

정일 사태가 대뜸 야단을 쳤다. 사람들은 우스워 죽을 것 같았지만 정일 사태의 노한 얼굴을 보자 웃음이 쏙 들어갔다.

"그 남자가 그렇게 말한걸요, 사부님."

"오냐, 알았다, 알았어. 별로 중요한 이야기도 아니니 그런 쓸데없는 말은 그만두고 화산파 영호충을 만난 이야기를 해보아라."

"예, 알겠습니다. 그 남자는 자꾸 그런 말을 하면서 저를 보내주지 않았습니다. 제… 제 얼굴이 고우니 함께 자자는 말도…."

"그만! 아무리 어려도 그렇지, 할 말 안 할 말 구분도 못하는 거냐?"

정일 사태가 다시 한번 꾸짖었다.

"그 사람이 그렇게 말한 것이지, 저는 그러겠다고 하지도 않았고 함께 자지도…."

"그래도!"

정일 사태가 외치는 순간, 하필이면 나인걸의 시체를 운반한 청성파 제자가 더 이상 참지 못하고 쿡쿡 소리 내어 웃기 시작했다. 대로한 정일 사태가 찻잔을 들어 휙 뿌리자 뜨거운 차가 그의 얼굴로 날아들었다. 별것 아닌 찻물이지만 항산파의 적전내력嫡傳內力(직계 제자들에게만 전하는 내공심법으로 단련된 힘)이 실려 빠르고 정확해서, 그 청성파 제자는 두 눈 뻔히 뜨고 보면서도 피하지 못해 뜨거운 찻물을 고스란히 덮어쓰고 말았다. 그가 비명을 지르자 여창해도 화를 참지 못하고 따졌다.

"사태의 제자는 무슨 말을 해도 괜찮고, 내 제자는 웃는 것도 안 된다는 말이오? 횡포가 지나치오!"

정일 사태가 그를 노려보았다.

"항산파 정일이 횡포를 부리는 것은 한두 해의 일이 아닌데 그것을 이제야 알았소?"

그녀는 빈 찻잔을 여창해에게 던지려고 했으나 여창해가 그녀를 상대하지 않고 몸을 돌렸다. 정일 사태도 청성파의 무공이 약하지 않다는 것을 잘 알기 때문에, 믿는 구석이라도 있는 양 당당한 그의 모습에 더 이상 시비를 걸지 않고 가만히 찻잔을 내려놓으며 의림을 돌아보았다.

"계속 말해보아라. 쓸데없는 말은 빼도 된다."

"예, 사부님. 저는 동굴에서 달아나려 했지만 그 남자는 끝끝내 놓아주지 않았습니다. 그러다 하늘이 어둑어둑해지자 초조하고 불안하여 결국 검으로 그를 찔렀습니다. 사부님, 저는 결코 살계殺戒를 범하지 않았습니다. 정말 죽이려던 것이 아니라 잠시 놀래줄 생각이었으니까요. 제가 금침도겁金針渡劫을 펼치자 뜻밖에도 그 남자는 왼손을 뻗어 저… 저를 잡으려고 했습니다. 저는 깜짝 놀라 옆으로 피했지만 들고 있던 검은 빼앗기고 말았습니다. 그 남자는 무공이 굉장했습니다. 오른손으로 검자루를 쥐고 왼손 엄지와 식지로 검끝을 붙잡아 살짝 꺾자 제 검이 한 치 정도 뚝 부러져버렸습니다."

"한 치 정도 부러졌다고?"

"예!"

정일 사태와 천문 진인이 서로 눈짓을 주고받았다.

'검 한가운데를 부러뜨리는 것은 놀랄 일이 아니지만, 손가락 두 개로 순철로 만든 검을 한 치 정도 부러뜨렸다면 실로 놀라운 지력指力이다.'

천문 진인이 제자가 허리에 찬 검을 뽑아 엄지와 식지로 검끝을 쥐고 살짝 꺾자, 팅 하는 맑은 소리와 함께 검날이 한 치가량 부러졌다.

"이렇게 말이냐?"

"예, 사백님도 하실 수 있군요!"

천문 진인은 코웃음을 치며 부러진 검을 제자의 검집에 넣고 왼손으로 탁자를 툭 쳤다. 그 가벼운 동작에 한 치 길이의 검날이 탁자 깊숙이 박혔다.

의림이 기뻐하며 말했다.

"그 악당도 사백님의 무공은 따르지 못할 거예요."

하지만 말이 끝나기 무섭게 안색이 어두워져 눈을 내리깔며 한숨을 푹 쉬었다.

"아아, 사백님께서 그 자리에 계셨다면 영호 사형도 그렇게 중상을 입지는 않았을 텐데…"

"중상이라고? 영호충은 죽었다고 하지 않았느냐?"

천문 진인이 묻자 의림은 고개를 끄덕였다.

"예, 영호 사형은 중상을 입었기 때문에 청성파의 악당 나인걸에게 죽은 거예요."

의림이 전백광은 물론이고 청성파 제자까지 '악당'이라고 부르며 비열하고 저속한 음적과 나란히 거론하자, 여창해는 들으란 듯이 코웃음을 쳤다.

장내의 사람들은 당장이라도 울음을 터뜨릴 것처럼 아름다운 두 눈에 눈물이 글썽글썽해진 의림이 너무도 가엾고 사랑스러워 다음 이야기를 재촉하지 않았다. 천문 진인과 유정풍, 문 선생, 하삼칠 같은 대선배들 역시 절로 마음이 약해졌다. 출가한 승려만 아니었다면 많은 사람들이 등을 두드리고 머리를 쓰다듬으며 그녀를 위로해주었으리라.

의림은 소매로 눈물을 훔치면서 목멘 소리로 말을 이었다.

"전백광이라는 그 악당은 저를 윽박지르며 옷을 잡아뜯으려고 했습니다. 저는 그를 때리려고 했지만 양손 다 그에게 붙잡혀 어쩔 수 없이 큰 소리로 욕을 해주었습니다. 사부님, 결코 계율을 어기려던 것은 아니었어요. 거친 말을 했지만 그 남자가 너무나 무례해서 어쩔 수가 없었던 거예요. 그런데 그때 동굴 밖에서 누군가 '하하하' 하고 큰 소리로 웃었습니다. 웃음소리는 잠시 멈췄다가 또다시 들려왔습니다. 전백광은 화가 났는지 '누구냐?' 하고 무섭게 소리를 질렀어요. 바깥에 있는 사람이 세 번째로 '하하하' 하고 웃자, 전백광은 욕설을 퍼부었습니다. '주제를 알면 썩 꺼져라. 이 나리께서 화가 나면 네놈은 죽은 목숨이다!' 하지만 그 사람은 또 '하하하' 하고 웃었습니다. 전백광은 무시하고 다시 제 옷을 잡아챘지만 웃음소리가 또 들려왔습니다. 그 사람이 웃기만 하면 전백광은 버럭 화를 냈어요. 저는 그 사람이 어서 빨리 들어와 저를 구해주기를 바랐습니다. 하지만 그 사람은 전백광이 무서운 인물임을 아는지 동굴로 들어오지 않고 바깥에서 웃기만 했습니다. 전백광은 마구 욕설을 퍼부으며 제 혈도를 짚더니 밖으로 달려나갔습니다. 그런데 그 사람은 어느새 모습을 감추었고, 그를 발견하지 못한 전백광은 허탕을 친 채 동굴로 돌아왔습니다. 그런데 제 곁에 오기 무섭게 또 '하하하' 하는 웃음소리가 들리는 게 아니겠어요. 그 상황이 우스워 저는 그만 웃음을 터뜨렸습니다."

정일 사태가 눈으로 의림을 흘기며 꾸짖었다.

"그런 처지를 당하고도 웃음이 나오느냐?"

의림은 얼굴을 붉혔다.

"예, 저도 그러면 안 된다고 생각했지만 어찌 된 일인지 그때는 웃음이 나왔어요. 자꾸 웃음소리가 들리자 전백광은 발소리를 죽여 살금살금 동굴 입구로 다가가 소리가 들리면 곧바로 뛰어나갈 수 있도록 숨죽여 기다렸습니다. 하지만 바깥에 있는 사람은 이미 알고 있는지 아무 소리도 내지 않았습니다. 전백광이 한 발 한 발 조용히 밖으로 나가자 저는 그 사람이 붙잡히면 큰일이겠다 싶어 와락 소리를 질렀습니다. '조심하세요, 그자가 나가요!' 그러자 멀리서 '하하하' 하고 웃는 소리가 들려왔어요. '고맙소. 하지만 그자는 경공이 미숙해서 나를 쫓아올 수 없소.'"

청중들은 알겠다는 듯이 고개를 끄덕였다. 홀로 만 리를 갈 수 있다고 해서 '만리독행'이라 불리는 만큼 전백광의 경공은 강호에서 크게 이름을 떨치고 있었으니, 그런 그의 경공이 미숙하다는 말은 화를 돋우려고 한 것이 분명했다.

의림은 이야기를 계속했다.

"전백광은 획 돌아서서 제 뺨을 호되게 때렸습니다. 아파서 비명을 지르고 보니 그는 어느새 밖으로 달려나가고 있었습니다. '이 도적놈아, 어디 이 몸과 경공을 겨뤄보자!' 그런데 사실 그것은 속임수였어요. 그 사람은 동굴 옆에 숨어 있다가 전백광이 달려나가자마자 재빨리 안으로 들어와 제게 속삭였습니다. '두려워 마시오. 당신을 구하러 왔소. 어느 혈도가 막혔소?' 저는 얼른 대답했습니다. '오른쪽 어깨와 등이에요. 견정혈肩貞穴과 대추혈大椎穴일 거예요! 그런데 누구세요?' 그 사람은 혈도부터 풀자며 제 견정혈과 대추혈을 눌렀어요. 하지만 제가 혈도를 잘못 알았는지 아무리 눌러도 혈도를 풀 수가 없었습니다. 그때 전백광이 돌아오는 소리가 들려 제가 얼른 말했습니다. '어서 달아나세요. 그자가 돌아오면 당신을 죽이려고 할 거예요.' 그는 고개를 저었어요. '오악검파는 한집안이오. 사매가 위험에 처했는데 어떻게 모르는 척하겠소?'"

"그자가 오악검파 사람이었느냐?"

정일 사태가 물었다.

"그 사람이 바로 영호충 사형이었어요, 사부님."

정일 사태와 천문 진인, 여창해, 하삼칠, 문 선생, 유정풍 등은 일제히 탄성을 터뜨렸고, 노덕낙은 '휴' 하고 한숨을 쉬었다. 그 사람이 영호충일지도 모른다고 짐작하던 몇몇 사람들은 의림이 직접 확인해주자 '그럼 그렇지' 하는 얼굴로 고개를 끄덕였다.

"전백광의 숨소리가 가까워지자 영호 사형이 갑자기 '실례 좀 하겠소!' 하면서 저를 안아 동굴 밖으로 달려나갔습니다. 바깥의 수풀 속에 몸을 숨기기 무섭게 전백광이 나타났는데, 제가 없어진 것을 알고 길길이 날뛰며 차마 입에 담을 수 없는 상스러운 말들을 쏟아냈고 태반은 무슨 뜻인지 알아들을 수도 없었어요. 그는 부러진 제 검으로 수풀 속을 마구 찔러댔지만, 다행히 그날 저녁은 비구름이 잔뜩 끼어 달빛조차 없었기 때문에 우리를 발견하지 못했습니다. 하지만 그는 우리가 멀리 달아나지 못했다는 것을 아는지 포기하지 않고 계속 여기저기를 찔렀고, 한 번은 아슬아슬하게 제 목을 스치기까지 했지요. 뭐라고 했는지 정확히 기억나지는 않지만, 그자는 온갖 저주를 퍼붓고 저속한 욕을 하며 칼을 휘둘렀습니다. 그런데 갑자기 뜨끈뜨끈한 것이 제 얼굴 위로 뚝뚝 떨어지는 것이었어요. 거기서 피비린내가 풍겨 저는 깜짝 놀랐습니다. '다치셨어요?' 제가 묻자 영호 사형은 재빨리 제

입을 막고는, 전백광의 목소리가 멀어진 다음 놓아주면서 속삭였습니다. '별것 아니오.' 하지만 피는 점점 많이 쏟아지고 있었습니다. '많이 다치셨군요. 지혈을 해야 해요. 제게 천향단속교天香斷續膠가 있어요.' 하지만 영호 사형은 '쉿, 움직이면 그놈에게 발각되오' 하고 거절하며 손으로 상처를 눌렀어요. 얼마 후 전백광이 다시 나타나 껄껄 웃으며 외쳤습니다. '여기 숨어 있었구나. 다 보이니 어서 나와라!' 저는 그가 우리를 발견한 줄 알고 일어나려 했지만 다리가 움직이지 않았습니다…"

"속임수다. 전백광이 너희를 속인 거지."

"맞습니다, 사부님. 그 자리에 계시지도 않았는데 어찌 아세요?"

"왜 모르겠느냐? 정말로 발견했다면 직접 와서 영호충을 베어버리면 될 일, 나오라고 외칠 필요가 있겠느냐? 영호충 그 아이도 아직 경험이 부족하구나."

의림은 고개를 저었다.

"아니에요, 영호 사형은 알고 있었어요. 그래서 제가 대답을 하기 전에 제 입을 막았습니다. 전백광은 한참 더 소리쳤지만 대답이 없자 다시 검을 휘두르기 시작했습니다. 영호 사형은 그가 멀리 사라진 후에야 나지막이 말했습니다. '사매, 반 시진만 버티면 혈도가 거의 뚫릴 것이오. 그때쯤이면 내 힘으로 혈도를 풀 수 있지만, 그전에 전백광이 다시 돌아올 테니 더는 이곳에 숨어 있을 수 없소. 조금 위험하더라도 차라리 저 동굴 안에 숨는 것이 좋겠소.'"

의림의 말에 문 선생과 하삼칠, 유정풍은 약속이나 한 듯 무릎을 탁 쳤다. 문 선생이 고개를 끄덕이며 칭찬했다.

"옳거니! 영리하고 담력도 있구나!"

"동굴로 들어가자는 말에 저는 약간 겁이 났지만, 영호 사형을 믿었기 때문에 더 좋은 방법이 분명하다고 생각했습니다. 영호 사형은 다시 저를 안고 재빨리 동굴로 들어간 뒤 내려놓았습니다. 제가 말했습니다. '제 주머니에 천향단속교가 있어요. 상처에 좋은 약이니 직접… 직접 꺼내서 바르세요.' '그렇게 하는 것은 예가 아니오. 움직일 수 있게 되면 직접 꺼내주시오.' 영호 사형은 그렇게 말하면서 검으로 소맷자락을 잘라 왼쪽 어깨를 동여맸습니다. 저는 그제야 영호 사형이 수풀 속에 숨어 있을 때 전백광이 휘두른 칼에 어깨를 맞았다는 것을 알았습니다. 그런데도 저를 보호하기 위해 아무 소리도 내지 않았고 전백광도 알아차리지 못한 것이었어요. 저는 몹시 슬프고 미안했습니다. 왜 약을 꺼내면 안 되는지 알 수도 없었고요…."

정일 사태가 코웃음을 쳤다.

"듣자하니 영호충이 무슨 정인군자正人君子라도 되는 것 같구나."

의림은 맑고 고운 눈을 동그랗게 뜨며 놀란 표정을 지었다.

"말씀대로 영호 사형은 세상에서 제일 좋은 사람이에요. 처음 만난 사이인데 위험을 무릅쓰고 저를 구하러 와주었으니까요."

여창해가 쌀쌀하게 내뱉었다.

"스님은 그를 본 적이 없어도 그는 십중팔구 어디선가 스님을 보았을 것이네. 그렇지 않고서야 무엇 하러 그런 호의를 베풀었겠나?"

영호충이 남달리 고운 그녀의 미모에 반해 몸을 아끼지 않고 뛰어들었다는 뜻이었다.

"아니에요, 영호 사형도 저를 모른다고 했어요. 영호 사형은 제게 거짓말을 할 사람이 아니에요, 절대로요!"

의림이 단호하게 말했다. 여전히 부드러운 목소리였지만 그 어떤 꼬드김에도 흔들리지 않을 것처럼 군건했다. 사람들은 그녀의 순결한 믿음에 감동하여 누구도 거짓이라고 말하지 않았다.

여창해는 속으로 중얼거렸다.

'영호충 그놈이 그런 대담한 짓을 해? 미색 때문이 아니라면 일부러 전백광과 싸워 이름을 날려보려는 수작이겠지.'

의림의 말이 이어졌다.

"영호 사형은 상처를 싸맨 다음 다시 제 어깨와 등의 혈도를 눌렀습니다. 그런데 얼마 지나지 않아 쉭쉭 하는 검소리가 가까워지기 시작했습니다. 전백광이 수풀을 헤집으며 동굴 입구로 다가오고 있었습니다. 저는 심장이 콩닥콩닥 뛰었고, 그자가 안으로 들어와 앉았을 때는 숨조차 제대로 쉴 수가 없었습니다. 그런데 갑자기 어깨에서 지독한 통증이 느껴져 저도 모르게 신음 소리를 내고 말았습니다. 제가 화를 불러들인 것이지요. 전백광은 껄껄 웃으며 성큼성큼 제게 다가왔지만, 옆에 엎드려 있던 영호 사형은 꿈쩍도 하지 않았습니다. '귀여운 아기 양, 여기 있었구나.' 전백광이 웃으며 저를 잡으려고 하는데, 갑자기 휙 하는 소리가 났습니다. 영호 사형이 그에게 검을 찌른 것이었지요. 전백광은 깜짝 놀라 손에 든 검을 떨어뜨리고 말았습니다. 하지만 아쉽게도 영호 사형의 검이 찌른 곳은 급소가 아니었습니다. 전백광은 뒤로 물러나 허리춤에서 패도佩刀를 뽑아 영호 사형을 내리쳤습니다. 칼과 검이 챙 하고 부딪쳤고, 두 사람은 싸우기 시작했습니다. 둘 다 상대가 누군지 자세히 볼 겨를도 없이 챙챙챙 하고 몇 초나 주고받은 뒤 동시에 뒤로 물러났습니다. 한동안 두 사람의 숨소리만 들려와 저는 심장이 터질 것처럼 겁이 났습니다."

"영호충과 전백광이 몇 초나 싸웠느냐?"

천문 진인이 끼어들었다.

"당시 저는 혼비백산하여 두 사람이 얼마나 싸웠는지는 모르겠습니다. 전백광이 웃으면서 이렇게 말하는 소리만 들었지요. '호오, 화산파로구나! 화산파 검법은 내 적수가 못 된다. 네 이름이 무엇이냐?' 영호 사형은 이렇게 대답했습니다. '오악검파는 한 가족과도 같다. 화산파든 항산파든 너 같은 음적을 만나면 반드시 처벌할 것이다.' 하지만 말이 끝나기도 전에 전백광이 영호 사형을 덮쳤습니다. 영호 사형에게 말을 걸어 위치를 파악하려고 했던 것이지요. 두 사람은 또다시 싸우기 시작했고, 영호 사형은 다시 상처를 입었는지 신음을 흘렸습니다. 전백광이 웃으며 말했지요. '화산파 검법은 내 적수가 되지 못한다고 하지 않았느냐? 네 사부인 악가 놈이 몸소 나서도 나를 이기지 못해.' 하지만 영호 사형은 신경도 쓰지 않았습니다. 그때 저는 조금 전의 어깨 통증이 혈도가 풀리는 신호라는 것을 알았습니다. 이어서 등에서도 따끔한 통증이 오자 천천히 몸을 움직여 부러진 검을 찾으려고 바닥을 더듬었고, 그 소리를 들은 영호 사형이 기쁜 목소리로 외쳤습니다. '혈도가 풀렸군. 달아나시오, 어서!' 하지만 저는 말했어요. '화산파 사형, 저는 사형과 같이 저 악당과 싸우겠어요!' '가라니까! 당신이 도와도 저자를 이길 수 없소.' 그러자 전백광이 껄껄 웃었습니다. '알긴 아는군! 그런데 왜 기어코 목숨을 버리려는 것이냐? 이봐, 네가 제법 영웅호걸다워서 묻는다만 이름이 무엇이냐?' 하지만 영호 사형은 '이 몸의 존성대명이 그렇게 궁금하다면 알려줘도 무방하다. 하지만 예의 없이 심문을 하다시피 물으면 이 아저씨도 더는 상대하지 않겠다!'라고 대답했습니다. 사부님, 우습지 않으세요? 영호 사형은 마치 그 사람의 집안 어른이라도 되는 양 '아저씨'라고 했어요."

정일 사태는 코웃음을 쳤다.

"시정잡배들이 흔히 쓰는 말일 뿐이지, 진짜 집안 아저씨라는 뜻은 아니다!"

"아, 그랬군요."

의림이 고개를 끄덕인 뒤 이야기를 이어갔다.

"영호 사형은 제게 이렇게 말했습니다. '사매, 어서 형산성으로 가시오. 우리 친구들이 모두 그곳에 있으니 이 흉악한 놈도 그곳까지는 따라가지 못할 것이오.' 저는 걱정이 되었습니다. '제가 떠나면 저 사람이 사형을 죽일지도 모르잖아요.' 그러자 영호 사형은 '저자는 나를 죽일 수 없소! 내가 붙잡고 있는 동안 어서 가시오!'라며 기합과 함께 다시 공격을 했습니다. 챙챙챙, 무기 부딪치는 소리가 들리고 또다시 상처를 입은 영호 사형은 다급한 듯 소리를 질렀어요. '계속 우물쭈물하면 욕을 하겠소!' 그때 부러진 검을 찾아낸 저는 같이 협공하자고 대답했습니다. 전백광이 웃으며 말했습니다. '나야 좋지! 이 전백광이 혈혈단신으로 화산파와 항산파를 무너뜨려주마.' 그러자 영호 사형은 정말 제게 욕을 했습니다. '이 철부지 대머리야! 머리가 텅 비어도 유분수지, 아직도 달아나지 않았느냐? 계속 그렇게 서 있으면 다음에 만날 때 네 사저의 뺨을 때려주겠다!' 전백광이 껄껄 웃었습니다. '저 스님은 나와 헤어지는 것이 아쉬워 저러는 것이다!' 영호 사형은 더욱 초조해했습니다. '정말 안 갈 거요?' '안 가요!' 제가 소리치자 영호 사형이 다시 말했습니다. '자꾸 그러면 당신 사부님에게 욕을 하겠소! 정정, 이 늙은 멍청이야! 어쩌자고 이렇게 멍청한 제자를 두었느냐!' 저는 깜짝 놀랐습니다. '정정 사백님은 제 사부님이 아니에요.' 그랬더니 영호 사형은 또 말했습니다. '좋다, 그럼 정한 사태에게…!' 제가 재빨리 말렸지요. '정한 사백님도 제 사부님이 아니에요.' 영호 사형은 짜증을 냈습니다. '쳇! 아직도 가지 않고 대답만 하다니! 좋다, 정일 이 늙은 멍청이….'"

정일 사태의 얼굴이 보기 흉하게 일그러지자 의림은 재빨리 덧붙였다.

"사부님, 화내지 마세요. 영호 사형은 저를 위해 한 말이지 정말로 사부님에게 욕을 한 것이 아니에요. 저는 이렇게 말했어요. '제가 멍청한 것이지, 사부님이 가르치신 것이 아니에요!' 그런데 전백광이 느닷없이 제게 달려들어 혈도를 누르려 하기에 어둠 속에서 검을 마구 휘둘러 겨우 그를 물리쳤습니다. 영호 사형이 다시 소리쳤습니다. '나는 듣기 거북한 욕을 수만 가지나 알고 있소. 정말 당신 사부에게 그런 욕을 하는 것이 듣고 싶은 거요?' 그래서 제가 말했습니다. '제발 욕은 그만두고 같이 싸워요!' '당신이 붙어 있으면 방해가 되어 무시무시한 화산검법을 쓸 수가 없단 말이오! 당신이 떠나면 단숨에 저놈을 해치울 거요!' 영호 사형이 그렇게 말하자 전백광은 큰 소리로 웃었습니다. '어쩌면 이렇게 다정할꼬? 저 스님은 다정한 네놈의 이름조차 모르는데 말이야.' 저도 그 말이 옳다고 생각해 이렇게 물었습니다. '화산파 사형, 성함이 어찌 되시나요? 형산에 가면 사형이 저를 구했다고 사부님께 말씀드리겠어요.' 영호 사형은 소리소리 질렀습니다. '가려면 어서 가시오, 어서! 왜 이렇게 말이 많소? 내 이름은 노덕낙이오!'"

듣고 있던 노덕낙은 어리둥절했다.

"대사형이 어째서 내 이름을…?"

문 선생이 고개를 끄덕이며 설명했다.

"선행을 하고 이름을 알리지 않는 것이야말로 협의의 본질이지."

정일 사태는 노덕낙을 바라보며 중얼거렸다.

"영호충, 이 무례한 놈. 감히 내게 욕을 해? 흥, 내가 추궁할까 봐 남에게 뒤집어씌웠겠지."

그녀는 노덕낙을 노려보며 큰 소리로 물었다.

"오냐, 그 동굴에서 나를 멍청이라고 욕한 자가 바로 네놈이렷다?"

노덕낙은 황급히 허리를 숙였다.

"아, 아닙니다! 제가 어찌 감히…."

유정풍이 빙그레 웃으며 중재에 나섰다.

"정일 사태, 영호충이 사제인 노덕낙의 이름을 빌린 데는 이유가 있습니다. 노 현질은 젊었을 때 다른 사부를 모시다가 뒤늦게 화산파에 들어갔기 때문에 배분은 낮아도 나이는 적지 않습니다. 수염까지 저리 길렀으니 의림 사질의 할아버지라 해도 믿겠지요."

정일 사태는 비로소 영호충이 의림을 보호하기 위해서 한 말임을 깨달았다. 동굴 안은 칠흑같이 어두워 서로의 얼굴도 볼 수 없었다. 의림이 그곳에서 달아나 화산파의 노덕낙이 구해주었다고 하면, 비쩍 마른 늙은이와 어리고 어여쁜 여승 사이에 무슨 일이 있었다고 입방아를 찧는 사람은 없을 것이었다. 이는 곧 의림의 명예를 지키고 나아가 항산파의 위신을 더럽히지 않는 방법이었던 것이다. 여기까지 생각이 미치자 정일 사태의 얼굴에도 마침내 한 줄기 미소가 떠올랐다.

"그래… 그 녀석이 제법 생각이 깊군. 의림, 그 뒤에는 어찌 되었느냐?"

"저는 그래도 떠나지 않고 말했어요. '노 사형, 저를 구하려다 위험에 처한 사형을 두고 제가 어떻게 혼자 달아날 수 있겠어요? 제가 의리를 저버린 것을 아시면 사부님께서 결코 가만두지 않으실 거예요. 항산파에는 비록 여자들뿐이나 협의를 행할 때는 남자에게 뒤지지 말아야 한다고 사부님께서 늘 말씀하셨어요.'"

정일 사태가 손뼉을 쳤다.

"잘했다, 당연히 그래야지! 무예를 닦는 사람이 의리를 돌보지 않으면 살아도 죽은 것이나 다름없는 것이야. 그 점은 남자든 여자든 다를 바 없다."

사람들은 자신에 찬 그녀의 표정에 절로 고개가 숙여졌다.

'저 늙은 여승의 기개는 실로 남자 못지않구나!'

의림이 말을 이었다.

"하지만 영호 사형은 큰 소리로 야단을 쳤습니다. '이 속도 모르는 바보 멍청이야! 네가 조잘조잘 떠들어대니 천하무적의 화산파 검법을 펼칠 수가 없다! 너 때문에 내 목숨을 전백광에게 내놓게 생겼으니 어쩔 테냐? 아아, 이제 보니 전백광과 한통속이 되어 나를 함정에 빠뜨렸구나? 이 노덕낙이 오늘은 정말 재수가 없구나. 외출하자마자 중을 만난 것도 원망스러운데 하필이면 대대손손 재수 옴 붙게 하는 멍청한 중이라니! 저 중 앞에서는 이 몸이 익힌 공전절후空前絶後 절대무적

의 신묘한 검법이 다 무슨 소용이냐! 주위를 찢어발기는 날카로운 검
풍에 저 중이 다칠까 봐 펼칠 수가 없으니! 됐다, 관두자! 전백광, 단
칼에 나를 베어 죽여라. 이 아저씨는 70이 넘었으니 이만하면 살 만큼
살았다. 다 운명인 게지!'"

의림이 나긋나긋한 목소리로 시정잡배 같은 영호충의 말투를 흉내
내자 사람들은 웃음을 참을 수가 없었다. 의림은 그런 줄도 모르고 이
야기를 계속했다.

"그 말을 듣자 저도 비록 그 말이 거짓인 줄은 알지만, 무공이 보잘
것없는 제가 곁에 있어봤자 도움이 되지 않는다는 것을 깨달았습니
다. 게다가 동굴이 좁아 천하무적 화산파 검법을 펼치기에…."

정일 사태가 코웃음을 치며 끼어들었다.

"그 녀석이 허풍을 친 거다! 전백광조차 꺾지 못하는 화산검법이 어
찌 천하무적이겠느냐?"

"사부님, 영호 사형은 그저 겁을 주어 전백광을 쫓으려던 거예요.
아무튼 저는 영호 사형의 말이 점점 거칠어지자 결국 이렇게 말했습
니다. '노 사형, 제가 갈게요! 구해주신 은혜는 결코 잊지 않을 거예요,
꼭 다시 뵙게 해주세요.' 영호 사형은 그래도 화를 냈습니다. '썩 꺼져
라, 이 재수 없는 중아! 내게서 멀리멀리 떨어지란 말이다! 여승을 만
나면 백이면 백 노름에서 진다고 했다. 이 아저씨가 제일 좋아하는 것
이 노름인데 너를 또 만나면 길거리에 나앉으라는 말이냐? 예전에도
만난 적이 없으니 앞으로도 영원히 만나지 말자!'"

정일 사태는 대로하여 쾅 하고 탁자를 내리쳤다.

"이런 방자한 놈! 그놈이 그런 말을 하는데도 계속 남아 있었느냐?"

"아니에요. 영호 사형이 화내는 것이 싫어서 떠날 수밖에 없었어요. 제가 동굴을 나오기 무섭게 안에서는 쟁쟁쟁쟁 하는 싸움 소리가 들려왔습니다. 악인 전백광이 이기면 또다시 저를 잡으러 올 것이고, 그 '노 사형'이 이겨도 나오다가 저를 보면 노름에서 질까 봐 걱정스러웠기 때문에 저는 이를 악물고 온 힘을 다해 사부님을 찾아나섰습니다. 사부님께 전백광을 혼내달라고 부탁드리려고요."

정일 사태가 흡족하게 고개를 끄덕이는데 의림이 불쑥 물었다.

"사부님, 영호 사형이 목숨을 잃은 것이 혹시, 혹시… 저를 만나서 재수가 없었기 때문일까요?"

"그 무슨 말이냐! 여승을 보면 재수가 없다는 둥 노름에서 진다는 둥 그런 허튼소리를 믿느냐? 그게 사실이라면 이 많은 사람들이 우리를 보았으니 모두 재수가 없어야 하지 않겠느냐?"

그 말에 사람들은 히죽 웃음이 나왔지만 소리 내어 웃지는 못했다.

의림이 공손히 대답했다.

"예, 잘 알겠어요. 그 후 저는 날이 밝을 때까지 달렸습니다. 형양성이 어렴풋이 보이자 곧 사부님을 뵐 수 있다는 생각에 다소 안심이 되었는데, 뜻밖에도 어느 틈에 전백광이 쫓아왔습니다. 저는 그를 보자마자 다리에 힘이 풀려 한 걸음도 뗄 수가 없었고 결국 다시 붙잡혔습니다. 그가 그곳에 나타났다면 화산파의 사형은 동굴에서 목숨을 잃었다는 뜻이니 너무나 슬펐습니다. 다행히 행인들이 많았기 때문에 전백광도 대놓고 저에게 무례하게 굴지는 못하고 이렇게 말했습니다. '순순히 따라오면 함부로 대하지는 않을 거요. 허나 말을 듣지 않고 고집을 피우면 이 자리에서 발가벗겨 저 많은 사람들 앞에서 웃음거리로 만들어주겠소.' 저는 두려움에 반항도 못한 채 그를 따라 성으로 들어 갔습니다. 회안루라는 주루 앞에 도착하자 전백광이 말했습니다. '스 님, 당신의 외모는 실로… 실로 기러기가 놀라 떨어질 만큼 아… 아름 답소. 기러기가 찾아든다는 이 회안루는 바로 당신을 위해 지어진 곳 이 아니겠소? 우리 여기서 실컷 먹고 마시며 즐겨봅시다.' 저는 거절 했습니다. '출가인은 고기와 술을 입에 대지 않습니다. 우리 백운암의 규칙이에요.' 그러자 그는 낄낄 웃었습니다. '당신네 백운암의 규칙은 셀 수 없이 많은데 정말로 다들 그 많은 것을 지키는 줄 아시오? 내 오 늘 보란 듯이 당신을 파계시켜주지. 규칙이니 계율이니, 다 쓸데없는 속임수요. 당신 사부는….'"

그녀는 말하다 말고 정일 사태의 눈치를 살폈다. 정일 사태가 말했다. "그놈이 한 헛소리는 옮길 필요 없다. 그다음부터 말해보아라."

"예, 사부님. 그다음에 제가 말했습니다. '말도 안 되는 소리예요. 사 부님은 단 한 번도 숨어서 몰래 개고기를 잡숫거나 술을 드신 적이 없 어요.'"

사람들은 더 이상 참지 못하고 웃음을 터뜨렸다. 의림은 전백광이 뭐라고 했는지는 말하지 않았지만, 이 대답만 들어도 정일 사태가 혼 자서 몰래 개고기를 먹고 술을 마셨다며 모함한 사실을 알 수 있었던 것이다.

정일 사태가 눈을 찌푸렸다.

'이 아이는 너무 순진해서 할 말과 안 할 말을 가릴 줄 모르니 큰 탈 이구나.'

의림은 계속 말했다.

"그러자 그 악당은 제 옷자락을 움켜쥐며 으름장을 놓았습니다. '저 위에서 나와 함께 술을 마시지 않으면 옷을 갈기갈기 찢어버리겠소.' 저는 어쩔 수 없이 그를 따라 누각에 올랐고 그 악당은 술과 안주를 시켰습니다. 정말 나쁜 사람이에요. 제가 분명 소채를 먹겠다고 했지만 그는 일부러 소고기, 돼지고기, 닭고기, 생선 같은 비린 음식을 주문하고는, 먹지 않으면 옷을 찢어버리겠다고 협박했습니다. 하지만 사부님, 저는 도저히 먹을 수가 없다고 했어요. 비린 음식을 금하는 불문의 계율을 결코 어길 수는 없었으니까요. 그 나쁜 사람이 제 옷을 갈기갈기 찢는 것도 참을 수 없는 일이지만, 그것은 제가 한 일이 아니니 제 잘못은 아니잖아요? 그런데 바로 그때, 누군가 누각으로 올라왔습니다. 허리에 검을 차고 핏기가 가신 얼굴에 입은 옷은 피로 얼룩덜룩한 사람이었는데, 우리 탁자에 털썩 앉아 일언반구도 없이 앞에 놓인 술잔을 깨끗이 비우는 것이었습니다. 그런 다음 그는 다시 술을 따라 전백광을 향해 내밀었지요. '자, 한잔하시오!' 그리고 제게도 똑같이 한잔하라고 하면서 잔을 비웠습니다. 저는 그 목소리를 알아듣고 놀랍고 기뻤습니다. 그 사람은 바로 동굴에서 저를 구해준 그 '노 사형'이었습니다. 대자대비하신 부처님 덕분에 죽지 않고 살아난 것이지요. 하지만 온몸이 피투성이였고 상처도 가볍지 않았습니다. 전백광은 그를 꼼꼼히 훑어본 다음 말했습니다. '당신이군.' '그렇소!' 그 사람이 대답하자 전백광은 엄지를 치켜세우며 찬탄했습니다. '역시 사내대장부답소!' 그 사람도 전백광에게 엄지를 치켜 보였습니다. '훌륭한 도법이오!' 두 사람은 큰 소리로 웃음을 터뜨리며 함께 술을 마시기 시작했습니다. 저는 몹시 이상했어요. 어젯밤에는 목숨을 걸고 싸우더니 왜 갑자기 친해졌을까요? 그 사람이 죽지 않은 것은 기쁘고 고맙지만, 악당 전백광의 친구가 되었다고 생각하자 불안해졌습니다. 전백광은 이렇게 말했습니다. '당신은 노덕낙이 아니군! 노덕낙은 늙다리인데 이렇게 젊고 멋있을 리 있소?' 저도 그 사람을 흘끔흘끔 살펴보았는데 스무 살가량밖에 되지 않은 청년이었습니다. 어젯밤에 '이 아저씨는 70이 넘었다'라고 했지만 전백광을 속이기 위한 거짓말이었던 거예요. 그 사람은 웃으며 대답했습니다. '그렇소. 나는 노덕낙이 아니오.' 전백광이 탁자를 쾅 내리치며 덧붙였습니다. '그렇고말고! 당신은 바로 강호에서 첫손 꼽는 청년 영웅, 화산파의 영호충이오!' 그때는 영호 사형도 인정했습니다. '과찬이오! 이 영호충은 당신 손에 패했으니 그런 말은 부끄러울 뿐이오.' 전백광이 말했습니다. '싸움을 해보아야 서로를 알 수 있는 법. 우리 친구가 되는 것이 어떻겠소? 영호 형이 저 스님에게 마음이 있다면 통쾌하게 양보하겠소. 내 어찌 미색에 홀려 우정을 저버리는 짓을 하겠소?'"

정일 사태의 안색이 새파랗게 변했다.

"이런 못된 놈! 죽어 마땅한 놈 같으니라고!"

의림이 울먹울먹 말했다.

"사부님, 그때 영호 사형은 갑자기 제게 욕을 퍼부었어요. '이 여승은 얼굴에 핏기 하나 없고 매일 채소나 두부만 먹어 몰골이 말이 아니구려. 전 형, 나는 여승만 보면 화가 나서 여승이란 여승은 모조리 죽여버리고 싶은 심정이라오!' 그러자 전백광은 웃으며 물었습니다. '어째서 그러시오?' '솔직히 말하리다. 내게는 절대 포기할 수 없는 취미가 있소. 바로 노름이지. 주사위와 골패만 보면 내 이름 석 자도 까맣게 잊을 정도인데, 어찌 된 일인지 여승을 만나면 하루 종일 내리 지기만 하지 뭐요? 벌써 몇 번이나 그랬단 말이오. 비단 나뿐만이 아니라 화산파의 사형제들이 하나같이 그렇소. 우리는 화산파 제자라 항산파 사백님과 사숙님, 사저, 사매들을 만나면 도리에 맞게 공손히 예를 갖추지만, 속은 문드러진다오.'"

정일 사태는 치미는 화를 참지 못하고 손을 휘둘렀다. 철썩 하는 소리와 함께 아무 잘못도 없는 노덕낙이 뺨을 얻어맞았다. 어찌나 빠르고 센지 노덕낙은 피할 겨를조차 없었고, 맞는 순간 눈앞이 어질어질해서 하마터면 쓰러질 뻔했다.

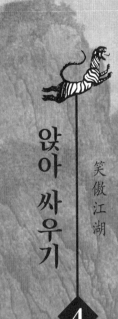

笑傲江湖

앉아 싸우기

4

영호충은 껄껄 웃으며 말했다.

"어이, 스님. 내가 이기기를 바라오, 지기를 바라오?"

의림이 대답했다.

"물론 이기기를 바라요. 앉아서 싸우는 데는 천하에 둘째가는 고수이니 절대 지지 않을 거예요."

"좋소, 그럼 가시오! 가능한 한 빨리, 멀리 가시오!"

유정풍이 사람 좋게 웃으며 말했다.

"사태, 어찌 화를 내십니까? 영호 사질이 사태의 제자를 구하기 위해 전백광에게 그런 말을 한 것입니다. 상대가 듣기 좋아하는 말을 했을 뿐이니 진심이라고 생각하실 필요가 없습니다."

정일 사태는 멈칫했다.

"그 녀석이 의림을 구하기 위해 그랬다는 것인가?"

"저는 그리 생각합니다. 그렇지 않은가, 의림 사질?"

의림은 고개를 숙였다.

"영호 사형은 좋은 분이에요. 다만 말이… 말이 좀 무례한 것뿐이지요. 사부님께서 화를 내시니 더는 이야기하지 않는 것이 좋겠어요."

그러자 정일 사태가 버럭 화를 냈다.

"말해라! 한 자도 빼놓지 말고 다 말해보아라. 그놈이 정말 호의로 그리했는지 악의가 있었는지 내 확실히 가려낼 것이다. 그놈이 실로 무례하기 짝이 없는 놈이라면 악가를 찾아가 따지겠다."

의림은 차마 말을 하지 못하고 우물쭈물했다.

"말해보라니까! 걱정할 것 없다. 설마 우리가 좋고 나쁨조차 판가름하지 못할 것 같으냐?"

정일 사태가 재촉하자 의림은 고개를 숙이며 입을 열었다.

"영호 사형은 이렇게 말했습니다. '전 형, 전 형도 나도 무예를 익혀 칼 한 자루만 믿고 살아온 사람이오. 무공이 높으면 유리한 것은 말해 무엇하겠소마는, 최후의 승자가 되려면 운이 따라야 한다고 생각하지 않소? 무공이 뒤떨어지는 적을 만나도 죽느냐 사느냐는 운에 달려 있소. 못 먹은 병아리처럼 비쩍 마른 이 여승을 좀 보시오. 몇 근 나가지도 않는 저 몸으로는 제아무리 선녀처럼 고와도 이 영호충의 눈에 들지 않소. 누구에게나 가장 중요한 것은 목숨 아니겠소? 미색 때문에 친구를 저버리는 것도 물론 나쁘지만, 미색 때문에 목숨을 버리는 것은 바보 중에도 상바보나 할 짓이오. 저런 여승과는 멀찌감치 거리를 두는 것이 상책이지.' 그러자 전백광은 웃음을 터뜨렸습니다. '영호 형은 세상 두려울 것 없는 호걸인데, 어찌 이깟 여승 하나에 벌벌 떠는 거요?' 영호 사형은 '허, 내 여태 여승만 보면 재수 없는 일이 생겼으니 어쩌겠소? 생각해보시오. 어제 저녁만 해도 멀쩡하게 산책을 하던 내가 저 여승의 목소리만 듣고도 전 형의 칼에 세 번이나 찔려 목숨이 간당간당하지 않았소? 이게 재수 없는 일이 아니면 뭐겠소?'라고 대답했습니다. 전백광은 큰 소리로 웃었습니다. '하긴, 그건 그렇군.' 영호 사형이 다시 말했습니다. '전 형, 나는 여승과는 나란히 앉아 있기도 싫소. 저 멀리 쫓아버리고 사내대장부끼리 통쾌하게 마십시다! 전 형을 생각해서 충고하는데, 저 여승을 건드리기만 하면 재수가 옴 붙어서 가는 곳마다 사고가 생기고 일이 꼬여, 머리 깎고 중이 되기 전에는 결코 그 액운을 떨치지 못할 것이오. 어쩌자고 천하삼독天下三毒을 가까이 두는 것이오?' 전백광은 의아해하며 천하삼독이 무엇인지 물었고, 영호 사형은 오히려 이상한 표정을 지으며 대답했습니다. '강호를 누비며 풍

231
4. 앉아 싸우기

부한 견식을 쌓은 전 형이 어찌 천하삼독을 모르시오? 여승과 비상과 청죽사靑竹蛇는 보자마자 삼심육계 줄행랑이라는 말을 들어보지 못했소? 여승은 독이고, 비상과 청죽사도 독이지만, 그 천하삼독 가운데 여승이 으뜸이오. 우리 오악검파 남자들은 그 말을 입에 달고 산다오.'"

정일 사태는 또 노발대발하여 탁자를 힘껏 내리쳤다.

"어디서 그런 개…."

화를 참지 못하고 욕설을 내뱉던 그녀도 차마 '개소리'라는 말은 하지 못하고 꾹 참았다. 한 번 혼쭐이 난 뒤 멀찌감치 자리를 피했던 노덕낙은 그녀의 얼굴이 시뻘겋게 달아오르자 또다시 슬그머니 뒤로 물러났다.

유정풍이 탄식했다.

"비록 호의로 한 말이기는 하나 그렇게 함부로 말하다니 조금 과하긴 했지요. 허나 가만히 생각해보면, 전백광 같은 악적을 상대할 때는 그렇게 하지 않으면 속이기가 쉽지 않을 것입니다."

"유 사숙님, 그럼 영호 사형이 전백광을 속이기 위해 일부러 그렇게 말한 것일까요?"

"물론이라네. 오악검파 남자들이 어찌 그런 하찮고 무례한 말을 입에 담겠는가? 내일이 바로 내가 금분세수를 하는 날인데 행운이 따르기를 바라는 것은 당연한 이치인즉, 만에 하나 내가 항산파에 그런 마음을 품고 있었다면 어찌 정일 사태와 여러 현질들을 이리 환영하겠나?"

그 말을 듣자 정일 사태도 표정을 살짝 풀며 코웃음을 쳤다.

"영호충 그 녀석, 입이 참 걸구나. 도대체 어디서 그런 말을 배웠을꼬?"

영호충의 사부인 화산파 장문인에게 책임을 묻는 것이었다. 유정풍이 달랬다.

"노여워 마십시오, 사태. 전백광은 무공이 뛰어난 자입니다. 영호 사질이 힘으로 이길 수 없으니 의림 현질이 위험해질까 봐 그런 말을 해서 놓아주게끔 유도한 것이지요. 천하를 두루 돌며 여러 가지를 보고 들은 전백광이 그리 쉽게 속겠습니까? 무지한 속인俗人들이 출가인에게 편견을 가진 것은 사실이니, 영호 사질은 그것을 이용한 것입니다. 강호에 몸담고 사는 우리 같은 사람은 가끔 임기응변이 필요하기도 하지요. 영호 사질이 항산파를 꺼렸거나 화산파의 악 선생과 그 문하들이 마음속으로 세 분 사태를 존경하지 않았다면, 무엇 하러 자기 몸도 돌보지 않고 사태의 제자를 구해내려 했겠습니까?"

"유 현제의 말이 옳군."

정일 사태가 고개를 끄덕이며 말한 뒤 의림을 돌아보았다.

"그래서 전백광이 너를 풀어주더냐?"

의림은 고개를 저었다.

"아니에요. 그래서 영호 사형은 또 말했습니다. '전 형, 전 형의 경공이 천하무적이라지만, 재수가 없으면 아무리 경공이 뛰어나도 도움이 되지 못할 거요.' 전백광은 결심이 서지 않는지 저를 흘끔 돌아보았습니다. '이 전백광은 지금껏 천하를 종횡하며 내키는 대로 살아왔소. 그따위 말에 흔들릴 내가 아니지. 이미 만난 여승을 쫓아보낸들 액운이 가시는 것도 아니니 그냥 곁에 둡시다.' 그때 다른 탁자에 있던 젊은 남자가 갑자기 검을 뽑아 전백광을 겨눴습니다. '네… 네놈이 바로 전백광이냐?' 그 사람이 묻자 전백광은 '그러면 어쩔 테냐?' 하고 되물었지요. 그 젊은 남자는 '무림인들이 하나같이 너를 죽이고자 이를 가는 데 감히 여기서 그런 몹쓸 말을 떠들어대다니, 정말 죽고 싶으냐?'라고 말하며 전백광에게 검을 휘둘렀습니다. 초식을 보니 태산파의 검법이었습니다. 바로 저기 계신 사형이지요."

의림이 문짝에 누운 시체를 가리키자 천문 진인은 고개를 끄덕였다.

"지백성은 훌륭한 아이다. 아주 좋은 말을 했구나!"

의림의 말이 이어졌다.

"전백광은 몸을 휙 날려 피했고 어느 틈에 단도를 꺼냈습니다. 그가 '자자, 영호 형, 한잔하시오!' 하면서 단도를 칼집에 넣었는데, 태산파의 사형은 언제 맞았는지 가슴에서 피를 철철 흘리고 있었습니다. 그 사형은 전백광을 노려보며 비틀비틀하다가 바닥에 털썩 쓰러졌습니다."

그녀는 천송 도장을 돌아보며 계속 말했다.

"그러자 태산파 사백님이 전백광에게 달려와 소리를 지르며 날카롭게 공격을 하셨습니다. 사백님의 초식은 무시무시했지만, 전백광은 자리에서 일어나지도 않고 칼을 휘둘러 막았습니다. 사백님은 20~30번이나 검을 찔렀으나 전백광은 여전히 의자에 앉은 채로 고스란히 막아냈습니다."

천문 진인이 어두워진 안색으로 누워 있는 사제를 흘끔 바라보았다.

"사제, 그 악적의 무공이 정말 그 정도였나?"

천송 도장은 장탄식을 하며 천천히 고개를 돌렸다.

의림은 계속 말했다.

"그때 영호 사형이 검으로 재빨리 전백광을 찔렀습니다. 전백광은 칼을 회수해 막으면서 자리에서 일어났습니다."

"그럴 리 없다. 천송 도장이 스무 번 넘게 공격했을 때는 일어나지도 않다가 영호충이 딱 한 번 찔렀는데 일어나다니? 영호충의 무공이 천송 도장보다 높을 리가 없지 않으냐?"

정일 사태가 끼어들어 묻자 의림은 공손히 대답했다.

"그럴 만한 이유가 있었던 거예요. 전백광은 이렇게 말했습니다. '영호 형, 나는 영호 형을 친구로 여기니 영호 형의 공격을 앉아서 받는 것은 예의가 아니지. 무공은 내가 높지만 영호 형의 인품에 감탄하여 강약고하를 떠나 일어나서 막겠소. 저런 땡… 땡도사와는 비교할 수 없소.' 영호 사형은 코웃음을 치고는 '좋게 보아주니 몸 둘 바를 모르겠군'이라고 하면서 쉭쉭쉭 세 번 검을 찔렀습니다. 사부님, 그때의 초식은 정말 대단했어요. 검광이 전백광을 완전히 휘감았지요…."

정일 사태는 고개를 끄덕였다.

"악가가 자랑하는 태악삼청봉太岳三靑峯이다. 두 번째 검이 첫 번째보다 강력하고, 세 번째 검이 두 번째보다 더 강력하다는 초식이지. 전백광은 어떻게 막았느냐?"

"전백광은 한 초식마다 한 걸음씩, 도합 세 걸음이나 물러난 뒤 갈채를 보냈어요. '훌륭한 검법이군!' 그리고 천송 사백님을 돌아보며 말했습니다. '이봐, 땡도사, 왜 공격하지 않느냐?' 영호 사형이 검을 뽑은 순간부터 천송 사백님은 한쪽으로 물러나 계셨는데, 전백광의 그 말에 사백님은 쌀쌀한 목소리로 대답하셨습니다. '태산파의 정인군자가 어찌 사악한 놈과 손을 잡겠느냐?' 저는 참을 수가 없어 대신 말했습니다. '누명이에요! 영호 사형은 좋은 분이에요!' 천송 사백님은 냉소를 지으셨습니다. '좋은 사람? 허허, 전백광과 한데 어울려 술을 마시는 자가 참 좋은 사람이기도 하겠구나!' 그런데 말이 끝나기 무섭게 천송 사백님이 '앗' 하고 비명을 지르시더니 두 손으로 가슴팍을 움켜쥐며 이상한 표정을 지으셨습니다. 전백광은 칼을 넣으며 말했지요. '자, 앉아서 술이나 드시오!' 돌아보니 천송 사백님의 손가락 사이로 새빨간 피가 새어나오고 있었는데, 대체 전백광이 무슨 수법을 썼는지 알 수가 없었습니다. 팔을 움직이는 것도 보지 못했는데 천송 사백님의 가슴을 찌르다니, 정말이지 무서울 만큼 빠른 솜씨였지요. 저는 놀라 비명을 질렀습니다. '주, 죽이지 마세요!' 전백광은 킬킬 웃었습니다. '우리 미인께서 살려달라 하시니 살려줘야지!' 천송 사백님은 상처를 누르며 누각을 내려가셨습니다. 영호 사형이 도우려고 일어났지만, 전백광이 붙잡으며 말했어요. '영호 형, 저 땡도사는 오만하기 이를 데 없으니 죽는 한이 있어도 영호 형의 도움은 받지 않을 거요. 저런 자 때문에 흥을 깨뜨릴 이유가 어디 있소?' 그러자 영호 사형도 쓴웃음을 지으며 고개를 설레설레 젓더니 다시 술을 마셨습니다. 사부님, 그때 저는 이렇게 생각했어요. 불문의 다섯 가지 계율 중 다섯 번째는 바로 술을 마시지 말라는 것이잖아요. 물론 영호 사형은 불문 제자가 아니니 계율을 어긴 것은 아니지만, 저렇게 계속 마시면 아무래도 좋지 않을 것 같았어요. 그러나 말을 걸었다가 또 여승을 보면 재수가 없다는 욕을 들을까 봐 감히 입을 뗄 수가 없었지요."

"어허, 그런 말은 다시는 꺼내지 마라."

"알겠어요, 사부님."

"그래서 어찌 되었느냐?"

"그 뒤 전백광이 말했습니다. '땡도사가 무공은 썩 괜찮군. 내 칼이 느린 것도 아닌데 어떻게 알았는지 재빨리 세 치 정도 물러나 죽음을 면했으니 말이오. 태산파의 솜씨가 제법이군. 어쨌든 영호 형, 저 땡도사가 목숨을 건졌으니 앞으로 영호 형만 귀찮게 되었소. 내가 저자를 죽이려던 것도 영호 형의 후환을 없애기 위해서였는데 아쉽게 되었군.' 영호 사형은 웃기만 했습니다. '내게는 늘 귀찮은 일이 끊이지 않았소. 하나 더 늘어난들 대수겠소? 자, 술이나 마십시다. 전 형, 만약 전 형의 칼이 나를 노렸다면 천송 사백님보다 무공이 낮은 나로서는 결코 피하지 못했을 거요.' 그러자 전백광은 신나게 웃었습니다. '방금 내가 손속에 사정을 둔 것은 사실이오. 어젯밤 동굴에서 영호 형이 나를 죽이지 않은 데 대한 보답이었소.' 저는 이상한 생각이 들었습니다. 그 말은 어젯밤 동굴에서 싸울 때 영호 사형이 이겼지만 그를 살려 보냈다는 뜻이었으니까요."

그러나 모여 있는 사람들은 고개를 저었다. 영호충이 굳이 악행만 골라 하는 음적을 살려주어 친구가 될 필요는 없기 때문이었다.

의림은 계속 말했다.

"영호 사형은 이렇게 말했습니다. '나는 어젯밤 동굴에서 전력을 다했으나 능력이 따라주지 않았소. 그런데 내가 언제 전 형을 살려주었다는 거요?' 전백광은 하하하 웃었지요. '내가 저 여승을 찾아 동굴로 들어갔을 때, 저 여승은 소리를 내 행적을 노출했지만 당신은 숨을 참고 있었기 때문에 누군가 옆에 있으리라고는 꿈에도 생각지 못했소. 그때 나는 저 여승을 끌어내 몸을 더럽힐 생각이었으니, 영호 형이 조금만 참았다가 내가 그 일에 정신이 팔린 틈을 타 검을 찌르면 내 목숨을 앗아갈 수 있었소. 영호 형도 삼척동자는 아니니 내 말이 무슨 뜻인지 알 거요. 하지만 영호 형은 당당한 사내대장부로서 그런 비겁한 짓은 하지 않으려 했소. 덕분에 영호 형은 곧장 공격을 시도했고 검도 내 어깨만 살짝 찔렀던 것이오.' 영호 사형이 대답했어요. '내가 조금 참는 사이 저 여승은 전 형에게 욕을 보았을 거요. 물론 나는 여승이라면 꼴도 보기 싫지만, 우리 화산파와 항산파는 같은 오악검파에 속해 있소. 전 형이 우리 오악검파를 욕보이는 것을 어찌 그냥 두고 보란 말이오?' 전백광은 껄껄 웃었습니다. '말은 번지르르하게 잘하는구려. 어쨌거나 그때 서너 치만 더 깊이 찔렀어도 이 팔은 못 쓰게 되었을 거요. 하지만 영호 형은 찌르기 무섭게 물러나지 않았소?' 영호 사형이 대답했습니다. '당당한 화산파 제자가 어찌 암산을 하겠소? 전 형이 수풀에 숨은 내 어깨를 찌른 것처럼 나도 어깨를 찔러 똑같이 갚아주었으니 그 상태로 싸우면 똑같은 조건에서 정정당당하게 싸울 수 있지 않소?' 그 말에 전백광은 웃음을 터뜨렸습니다. '훌륭하군. 이런 친구를 사귀게 될 줄이야. 자자, 한 잔 더 하시오.' '내 무공은 전 형의 상대가 못 되나 주량만큼은 전 형도 나를 따르지 못할 거요.' 영호 사형의 말에 전백광은 이렇게 말했습니다. '그건 모를 일이지. 한번 대결해보겠소? 자, 우선 큰 잔 열 잔이오.' 그러자 영호 사형은 눈을 찡그렸지요. '전 형이 약점을 노리는 사람이 아니라고 생각했는데, 이런 상황에서 술내기를 하자니 내가 잘못 보았구려. 실망이오.' 전백광이 영호 사형을 노려보며 물었습니다. '내가 무슨 약점을 노렸다는 거요?' '내가 여승을 싫어하는 것을 알지 않소? 여승이 옆에 있으면 속이 뒤집히는데 무슨 수로 술내기를 하겠소?' 영호 사형의 말에 전백광은 또다시 웃음을 터뜨렸지요. '영호 형, 저 여승을 풀어주려고 온갖 궁리를 다

하는구려. 안됐소만 이 전백광은 색을 목숨처럼 귀중히 여긴다오. 저렇게 예쁘장한 여승이 내 눈에 띈 이상 무슨 말을 해도 놓아주지 않을 거요. 저 여승을 풀어주는 방법은 단 하나뿐이오.' 영호 사형이 물었지요. '좋소, 말해보시오. 섶을 지고 불속으로 뛰어들라 해도 그리하겠소. 조금이라도 주저하면 사내가 아니지!' 전백광은 히죽히죽 웃으며 잔에 술을 따랐습니다. '이 술을 마시면 알려주겠소.' 영호 사형은 술잔을 들어 단숨에 비웠습니다. '건배!' 그러자 전백광도 술잔을 비우고는 이렇게 말했습니다. '영호 형, 우리는 친구요. 친구의 마누라는 눈독 들이지 않는 것이 강호의 규칙이니 영호 형이 저 여승을… 아내로 맞으면…'"

이렇게 말한 의림은 두 뺨을 발갛게 물들이며 고개를 숙였고, 목소리는 점점 작아졌다. 정일 사태가 탁자를 쾅 내리치며 일갈했다.

"듣자듣자 하니 갈수록 태산이구나! 그래, 그다음에는 어떻게 되었느냐?"

의림이 모기 같은 소리로 대답했다.

"전백광은 그런 허튼소리를 한 다음 히죽히죽 웃었습니다. '남아일언중천금이라 했소. 저 여승을 아… 아내로 맞겠다고만 하면 당장 풀어주고 공손히 사죄하겠소. 그 외에는 어림없소.' 영호 사형은 혀를 찼습니다. '나더러 평생 재수 없이 살란 말이오? 그것만은 절대 안 되오.' 전백광은 머리만 기르면 여승이 아니라는 등 계속해서 차마 입에 담기 힘든 허튼소리를 늘어놓았고, 저는 듣고 있을 수가 없어 귀를 막았어요. 결국 영호 사형이 막았습니다. '그만하시오! 자꾸 그런 소름 끼치는 농담을 하면 화병이 나서 죽고 말 테니 술내기를 할 사람도 없을

거요. 전 형이 저 여승을 풀어주지 않으면 결사항쟁을 하는 수밖에.'
전백광은 웃으며 말했습니다. '싸워서는 나를 이기지 못할 텐데.' 하지
만 영호 사형은 당당하게 대답했습니다. '서서 싸우면 그렇지만 앉아
서 싸우면 전 형도 내 상대가 못 되오.'"

의림의 이야기에서 전백광이 일어나지도 않고 태산파 고수 천송 도
장의 공격을 서른 번 가까이 막아냈다는 것을 들은 사람들은 그가 앉
아서 싸우는 데도 능하다는 것을 알고 있었다. 영호충이 '앉아서 싸우
면 상대가 못 된다'고 한 것은 그를 도발하기 위해서가 분명했다.

하삼칠이 고개를 끄덕이며 말했다.

"그런 악당을 만나면 일단 화를 돋워 이성을 잃게 만든 후 공격해야
겠지. 실로 훌륭한 계략이구나."

의림의 이야기가 계속되었다.

"그 말을 들은 전백광은 화를 내지 않고 웃으며 말했습니다. '영호
형, 내가 탄복한 부분은 영호 형의 호기와 담력이지 무공이 아니오.'
영호 사형도 말했습니다. '이 영호충이 탄복한 부분 역시 전 형의 일어
서서 싸우는 솜씨지, 앉아서 싸우는 솜씨가 아니오.' '잘 모르나 본데
나는 어렸을 때 다리에 풍을 앓아 종일 앉아서 도법을 익혀야 했소. 그
러니 앉아서 싸우는 것은 내 특기요. 방금 태산파의 땡… 땡도사와 싸
울 때도 그자의 실력을 얕봐서가 아니라, 앉아서 칼을 쓰는 데 익숙해
서 일어나기가 귀찮았던 것뿐이오. 앉아서 싸운다면 더더욱 영호 형
은 나를 따를 수 없소.' 영호 사형은 이렇게 말했지요. '전 형, 그건 전
형이 몰라서 하는 말이오. 전 형이 어렸을 때 다리에 풍을 앓아 앉아서
도법을 익혔다고 했지만, 길어야 2년 안팎이었을 거요. 다른 부분에서

는 내가 전 형만 못해도 앉아서 검을 쓰는 솜씨는 훨씬 나을 거요. 왜냐하면 나는 매일같이 앉아서 연검을 하기 때문이오.'"

그 말을 듣자 사람들의 시선이 노덕낙에게 쏠렸다. 모두 똑같은 생각을 하고 있었다.

'화산파 무공 중에 앉아서 연검하는 초식이 있었나?'

노덕낙은 그들의 생각을 읽고 고개를 저었다.

"대사형의 속임수입니다. 화산파에 그런 무공은 없습니다."

의림이 계속 말했다.

"전백광은 이상한 표정을 지으며 물었습니다. '정말이오? 내 아직 견식이 한참 모자란 모양이오. 화산파에 그런 초식이 있다니 어디 한번 보고 싶구려.' 영호 사형은 웃으며 대답했습니다. '그 검법은 은사께서 가르쳐주신 것이 아니라 내가 직접 창안한 것이오.' 그러자 전백광의 안색이 대번에 변했습니다. '그랬군. 영호 형에게 그런 재능이 있다니 참으로 감탄스럽구려.'"

장내에 있는 사람들은 전백광의 안색이 변한 이유를 짐작했다. 새로운 권법이나 검법을 창안하는 것은 말처럼 쉬운 일이 아니었다. 무공이 뛰어난 사람이라도 남들보다 뛰어난 재능과 학식이 없다면 무학武學의 새로운 길을 열어 새 초식을 창안하는 것은 꿈도 꾸지 못할 일이었다. 더욱이 화산파처럼 오랜 역사를 자랑하는 명문대파의 검법은 오랜 세월 수없이 갈고닦은 것이라 조금이나마 변화를 이끌어내기가 지극히 어려웠으니, 나아가 새로운 검법을 창안한다는 것은 말할 필요도 없었다.

노덕낙은 속으로 중얼거렸다.

'대사형이 우리 몰래 검법을 창안했구나. 그런데 왜 사부님께 보고 드리지 않았지?'

의림은 이야기를 계속했다.

"그때 영호 사형은 피식 웃었습니다. '그런 냄새나는 초식에 감탄할 것이 무엇이오?' 그러자 전백광은 더욱 이상해했지요. '냄새가 나다니?' 저도 무척 궁금했습니다. 검법이 아무리 나빠도 위력이 떨어지는 정도일 텐데, 왜 냄새가 난다고 하는지 알 수가 없었으니까요. 영호 사형의 대답은 이러했습니다. '솔직히 말하리다. 나는 아침마다 큰 볼일을 보는데 측간에 앉아 있다 보면 파리가 윙윙 날아다녀 여간 귀찮지 않아서 검을 휘둘러 파리를 쫓곤 했소. 처음에는 한 마리도 죽이지 못했지만 시간이 갈수록 손에 익어 검끝으로 파리를 찌를 수 있게 되었고, 점차 몸과 마음이 하나가 되어 파리를 찌르는 초식에서 새로운 검법을 만들어내게 된 것이오. 이 검법을 쓸 때면 항상 볼일을 보고 있었으니 구린 냄새가 배도 이상한 일이 아니잖소?' 그 말에 저는 웃음을 참을 수가 없었어요. 영호 사형은 정말 재미있는 분이에요. 세상에 그런 연검법이 어디 있겠어요? 전백광도 화가 나서 얼굴이 파래졌지요. '영호 형, 나는 영호 형을 친구로 여기고 있는데 그런 말은 너무 심하구려. 내가 측간의 파리라는 말이오? 좋소, 어디 그… 그 냄새나는 초식을 한번 펼쳐보시오.'"

사람들은 저마다 고개를 끄덕였다. 고수와의 싸움에서 냉정을 잃으면 반쯤 진 것이나 다름없었다. 영호충의 말은 상대방을 격분시키기 위함이었고, 전백광이 화를 냈으니 첫 번째 계략은 성공한 셈이었다.

정일 사태도 기분 좋게 말했다.

"잘했다! 그래, 그다음에는 어떻게 되었지?"

"영호 사형이 웃으면서 말했습니다. '이 검법은 그저 장난삼아 만든 것이지 정말 누군가와 겨뤄보려는 생각은 해본 적이 없소. 전 형을 파리라고 여기는 것도 아니니 부디 오해 마시오.' 저는 참지 못하고 웃음을 터뜨렸습니다. 전백광은 더욱 화가 나 단도를 뽑아 탁자에 내려놓으며 말했습니다. '좋소. 그럼 앉아서 겨뤄봅시다.' 그렇게 말하는 그의 눈에 흉광이 번뜩여 저는 몹시 두려웠습니다. 살기가 동해 영호 사형을 죽이려고 할 것이 분명했기 때문이지요. 하지만 영호 사형은 여전히 웃으며 말했습니다. '앉아서 싸우는 연습은 내가 더 오래 했으니 전 형은 나를 이길 수 없소. 전 형 같은 대장부와 친구가 되었는데 이런 일로 우정을 해칠 이유가 없지 않소? 더욱이 당당한 사내대장부가 특기를 내세워 이득을 볼 수는 없소.' 전백광이 대답했지요. '이 전백광이 원한 일이니, 결코 영호 형이 유리한 조건이었다고 불평하지 않겠소.' '반드시 싸워야겠소?' '그렇소!' '반드시 앉아서 싸워야겠소?' '당연하오. 무조건 앉아서 싸워야 하오!' 그렇게 다짐하자 영호 사형은 이렇게 말했습니다. '좋소. 그렇다면 승부가 나기 전에 일어나는 사람이 지는 걸로 합시다!' 전백광도 동의했습니다. '좋소! 승부가 나기 전에 일어나면 지는 거요.' 영호 사형이 물었습니다. '지면 어떻게 되오?' '영호 형이 좋을 대로 하시오.' '음, 어디 보자…. 오호라, 좋은 생각이 났소. 첫째, 진 사람은 오늘부터 저 여승에게 무례한 말이나 행동을 하지 않을 것. 그리고 그녀를 보면 공손히 허리를 숙이고 스님, 제자 전백광이 인사드립니다 하고 인사할 것. 어떻소?' 전백광은 화를 냈지요. '허, 왜 내가 진다고 확신하시오? 영호 형이 지면 어쩔 거요?' 영호 사형은 이렇게 대답했습니다. '나도 마찬가지요. 지는 사람은 항산파의 문하로 들어가 정일 사태의 사손師孫이자 저 여승의 제자가 되는 것이오.' 사부님, 영호 사형은 정말 재미있지요? 두 사람 중 진 사람이 우리 항산파에 들어오다니요? 제가 어떻게 그 사람을 제자로 삼겠어요?"

이렇게 말하는 의림의 얼굴에 미소가 떠올랐다. 내내 수심 어린 얼굴이던 그녀가 보조개를 만들며 생긋 웃자 고운 외모가 더욱 빛을 발했다.

"그런 무뢰배들이 함부로 내뱉은 말을 진담으로 받아들일 필요 없다. 영호충은 전백광을 화나게 만들려는 것뿐이야."

정일 사태는 그렇게 대답하면서, 눈을 살짝 감고 영호충이 어떤 방법으로 이기려고 할지, 만약 진다면 무슨 핑계를 대고 빠져나갈지 가만히 생각해보았다. 하지만 결국 자기가 그 '무뢰배'처럼 머리 회전이 빠르지 않다는 것을 깨닫고 고개를 설레설레 저으며 물었다.

"전백광은 뭐라고 했느냐?"

"영호 사형이 워낙 자신 있게 말하자 전백광도 약간 망설였습니다. 영호 사형이 앉아서 펼치는 검법에 정말 일가견이 있는 것이 아닐까 불안해하는 것 같았습니다. 그러자 영호 사형이 더욱 부추겼습니다. '항산파에 들어가기 싫은 것 같은데, 그럼 그만둡시다.' 전백광은 더욱 화를 냈습니다. '무슨 소리요? 좋소, 지는 사람은 저 여승을 사부로 모시는 걸로 합시다!' 저는 견딜 수가 없었어요. '저는 제자를 받을 수 없어요. 무공도 약하고, 더구나 사부님께서 허락하시지 않을 거예요. 우리 항산파는 출가인이든 아니든 모두 여자예요. 어떻게… 어떻게….' 그러자 영호 사형이 손을 내저었어요. '나와 전 형이 결정한 일이니 당신 의견 같은 것은 아무 소용 없소.' 그러고는 전백광을 돌아보며 말했습니다. '둘째, 진 사람은 직접 자기 물건을 잘라 태감太監(내시)이 되어야 하오.' 사부님, 자기 물건을 자른다는 것이 무슨 뜻인지요?"

그녀의 질문에 사람들이 와하하 웃음을 터뜨렸다. 정일 사태마저 참지 못하고 굳었던 얼굴에 미소를 띠며 대답했다.

"시정잡배들이 쓰는 비속어다. 좋은 말은 아니니 몰라도 묻지 마라."

"아, 나쁜 말이었군요. 황제가 있으면 태감이 있는 것이 당연하니 나쁜 말인 줄은 몰랐어요. 전백광은 그 말을 듣고 영호 사형을 흘끗거리며 물었습니다. '영호 형, 반드시 이길 자신이 있구려?' 영호 사형이 대답했습니다. '물론이오! 서서 싸우면 이 영호충은 천하 무림에서 겨우 여든아홉 번째밖에 못 되지만, 앉아서 싸우면 첫 번째는 몰라도 두 번째는 될 거요!' 전백광은 의아한 목소리로 물었습니다. '영호 형이 두 번째면 첫 번째는 누구요?' 영호 사형은 '바로 마교 교주 동방불패東方不敗요!'라고 대답했습니다."

'마교 교주 동방불패'라는 말이 나오자 사람들의 안색이 싹 변했다.

그 모습을 보자 의림은 어리둥절하면서도 혹시 말실수를 했나 싶어 불안했다. 그녀가 정일 사태를 돌아보며 물었다.

"사부님, 제가 말을 잘못했나요?"

"아니다. 다만 그자의 이름은 다시 꺼내지 마라. 그래, 전백광은 뭐라고 했느냐?"

"전백광은 고개를 끄덕이며, '동방 교주가 첫 번째라는 데는 이견이 없소. 하지만 영호 형이 두 번째라니 허풍이 심한 것 같구려. 설마하니 은사인 악 선생도 이길 수 있다는 거요?' 영호 사형은 웃으며 대답했습니다. '앉아서 싸운다는 조건을 달지 않았소? 서서 싸우면 사부님이 여덟 번째고 나는 여든아홉 번째니 한참 뒤처지오.' 전백광은 고개를 끄덕였습니다. '그랬군! 그렇다면 서서 싸울 때 나는 몇 번째요?' 영호 사형은 약간 망설이면서 대답했습니다. '그건 엄청난 비밀인데… 좋소, 전 형과는 마음이 잘 맞으니 알려주겠소. 하지만 절대 다른 사람에게는 말하지 마시오. 그랬다가는 무림에 큰 풍파가 일어날 거요. 석달 전, 우리 오악검파의 다섯 장문인께서 화산에서 집회를 열어 무림고수들의 고하를 논하셨는데, 갑자기 흥이 나서 천하 고수들의 순위를 매기셨소. 솔직히 말해서 그분들은 전 형의 인품이 동전 한 닢의 가치도 없다고 매도하셨지만, 무공은 실로 훌륭하다고 인정하셨소. 서서 싸우면 전 형은 천하에서 열네 번째요.'"

천문 진인과 정일 사태가 입을 모아 부인했다.

"영호충이 정말 못하는 말이 없군. 그런 일은 없었다."

의림은 고개를 끄덕였다.

"그럼 영호 사형이 전백광을 속인 거군요. 사실 전백광도 반신반의했습니다. '오악검파의 장문인은 무림에서 알아주는 고수들인데, 이 전백광을 열네 번째에 놓아주다니 몸 둘 바를 모르겠구려. 영호 형, 혹시 그들 앞에서 냄새나는 그 측간검법을 펼쳐 보였소? 그렇지 않고서야 영호 형을 앉아서 싸우는 두 번째 고수로 인정할 리 없지 않소?' 영호 사형은 웃으며 말했습니다. '측간검법은 남들 앞에서 펼치기에는 너무 낯부끄러운 검법인데 무슨 낯으로 장문인들께 보여드린단 말이오? 다만 그 검법이 자세는 우스꽝스러울지언정 위력만큼은 흠잡을데가 없어서 몇몇 방문좌도旁門左道(정도를 걷지 않는 무리)의 고수들과 이야기해보았는데, 모두들 동방 교주를 제외하면 천하에 당할 자가 없을 거라고 했소. 허나 전 형, 이미 말했다시피 이 검법이 제법 훌륭하긴 하나 볼일을 볼 때 파리를 찔러 죽이는 것 말고는 쓸데가 없다오. 생각해보시오. 실전에서 누가 앉아서 싸우려 하겠소? 앉아서 싸우자고 약속은 했지만, 전 형이 지면 부끄럽고 화가 나 일어나서 공격하려 하지 않겠소? 전 형은 서서 싸울 때는 천하에서 열네 번째 고수니 앉아서 싸울 때만 천하의 이인자인 나를 단칼에 베어 죽이는 것은 식은 죽 먹기일 거요. 전 형이 서서 싸우는 열네 번째 고수인 것은 오악검파가 인정한 사실이고 내가 앉아서 싸우는 두 번째 고수인 것은 허명에 불과하니, 누가 이길지는 불 보듯 뻔한 일이오.' 전백광은 냉소를 지었습니다. '영호 형은 혀 놀리는 솜씨가 제법이구려. 앉아서 싸우면 내가 반드시 진다고 어떻게 확신하시오? 게다가 내가 패배를 못 견뎌 일어나서 당신을 해칠 거라고 어떻게 확신하시오?' 영호 사형이 대답했습니다. '좋소. 져도 나를 죽이지 않겠다고 약속하면, 태… 태감 이야기는 없었던 것으로 하고 후손을 끊어 대를 잇지 못하는 것만은 면해주겠소. 자, 쓸데없는 말은 그만하고 어디 해봅시다!' 영호 사형은 손을 휘둘러 탁자 위에 있던 술주전자와 술잔을 획 날려버렸고, 두 사람은 서로 마주 보고 앉았습니다. 한 사람은 칼을, 다른 한 사람은 검을 들고 말이지요. 영호 사형이 말했습니다. '공격하시오! 일어나거나 의자에서 엉덩이를 떼는 사람이 지는 거요.' 전백광도 찬성했습니다. '좋소. 먼저 일어나면 패배요!' 싸움이 시작되려는 순간, 갑자기 전백광이 저를 흘끗 바라보더니 큰 소리로 웃기 시작했습니다. '영호 형, 정말 대단하오. 이제 보니 조력자를 숨겨두고 나를 함정에 빠뜨렸구려. 내가 의자에서 벗어나지 못하는 동안 조력자가 나타나 협공을 하면 어떻게 되겠소? 조력자가 없다 해도 저 여승이 등 뒤에서 공격하면 일어날 수밖에 없지 않소?' 영호 사형은 껄껄 웃었습니다. '누구든 끼어들면 내가 진 걸로 합시다. 어이, 스님. 내가 이기기를 바라오, 지기를 바라오?' 저는 당연히 이렇게 말했지요. '물론 이기기를 바라요. 앉아서 싸우는 데는 천하에 둘째가는 고수니 절대 지지 않을 거예요.' 영호 사형이 말했습니다. '좋아, 그럼 가시오! 가능한 한 빨리, 멀리 가시오! 대머리 여승이 눈에 띄면 내 패배는 떼놓은 당상이오.' 그리고 전백광이 무슨 말을 하기도 전에 그를 향해 획 하고 검을 내질렀습니다. 전백광은 칼로 막으면서 웃었지요. '대단하오, 대단해! 저 여승을 풀어주려고 계략을 꾸몄군. 영호 형은 실로 다정다감하구려. 하지만 이 방법은 너무 무모했소.' 저는 그때야 깨달았습니다. 영호 사형은 제게 달아날 기회를 만들어주기 위해 먼저 일어나는 사람이 진다는 조건을 단 것이었어요. 전백광은 의자를 떠날 수 없으니 저를 쫓아올 수가 없었지요."

여기까지 듣자, 장내의 사람들은 영호충의 꾀에 찬탄을 금치 못했다. 무공으로 전백광을 제압할 수 없다면 그 방법이야말로 의림을 구하는 유일한 길이었던 것이다.

정일 사태가 말했다.

"다정다감이니 뭐니… 다 속된 말이니 다시는 입에 담지 마라. 생각도 해서는 안 된다."

의림은 눈을 내리깔았다.

"그것도 속된 말이었군요. 명심하겠어요, 사부님."

"어쨌든 그 상황이라면 당장 그곳을 떠났어야지. 전백광이 영호충을 죽인 뒤에는 달아날 기회도 없지 않으냐?"

"예, 영호 사형도 계속 재촉하여 저는 어쩔 수 없이 절을 하며 감사 인사를 했습니다. '영호 사형, 도와주셔서 감사합니다. 화산파의 큰 은혜는 평생 잊지 않겠습니다.' 그리고 누각을 내려가는데 계단을 밟기 무섭게 전백광의 기합성이 들려왔습니다. 황급히 돌아보니 새빨간 피가 뿜어져 제 옷에 튀었습니다. 영호 사형이 또 어깨에 칼을 맞은 것이지요. 전백광이 웃으며 말했습니다. '어떻소? 세상에서 두 번째로 뛰어나다는 영호 형의 검법도 내 눈에는 그저 그런 것 같구려!' 영호 사형이 말했습니다. '저 여승이 아직 저기 있는데 어떻게 전 형을 이기겠소? 나는 이미 질 운명이오.' 제가 남아 있으면 정말로 영호 사형이 위험할 것 같아 저는 서둘러 계단을 내려갔습니다. 주루를 나올 때까지 칼부림 소리는 끊임없이 들려왔고, 문 앞에 이르렀을 때 전백광이 또다시 기합성을 내질렀습니다. 영호 사형이 또 칼을 맞았구나 생각했지만, 다시 올라갈 용기가 없어 주루 옆을 돌아 지붕으로 올라간 뒤 기와에 엎드려 창 안을 들여다보았습니다. 영호 사형은 아직 검을 들고 있었지만 몸은 피투성이였습니다. 하지만 전백광은 상처 하나 없이 멀쩡했지요. 한동안 싸움이 이어지다가 전백광이 또 기합을 내지르며 영호 사형의 왼쪽 팔을 베었습니다. 그런 다음 그는 칼을 거두며 말했지요. '영호 형, 이번에는 봐준 거요.' 영호 사형은 웃으며 대답했습니다. '나도 아오. 조금만 더 힘을 주었다면 팔이 잘려나갔겠지!' 사부님, 어떻게 그런 상황에서 웃을 수 있을까요? 전백광이 물었습니다. '계속 싸울 거요?' '물론이오! 아직 일어나지 않았잖소.' '그만 패배를 인정하고 일어나시오. 앞서 한 약속은 없었던 것으로 할 테니 그 여승을 사부로 모실 필요 없소.' 영호 사형은 그래도 우겼습니다. '남아일언중천금이라 했소. 어떻게 한번 뱉은 말을 주워담겠소?' '내 강직한 사내들을 많이 만났지만 영호충 같은 사람은 처음이군. 좋소! 그렇다면 승부를 내지 말고 여기서 그만두는 것은 어떻소?' 영호 사형은 피식 웃으며 그를 바라보았습니다. 몸에 난 상처에서는 여전히 피가 뚝뚝 흘러 바닥을 적시고 있었습니다. 전백광은 단도를 내던지고 일어나려 했지만, 일어나면 진다는 약속이 생각났는지 주춤거리며 다시 앉았습니다. 영호 사형이 웃으면서 말했지요. '전 형도 제법 영리하구려!'"

이야기에 푹 빠져 있던 사람들은 마치 자기가 영호충이 된 듯 안타까워하며 한숨을 내쉬었다.

의림의 이야기가 계속되었다.

"전백광은 단도를 거두며 말했습니다. '이제 쾌도快刀를 쓸 수밖에 없군. 더 지체하면 그 여승을 찾아낼 방도가 없소.' 그 말을 듣자 저는 놀라 몸이 덜덜 떨렸지만 영호 사형이 해를 입도록 내버려둘 수도 없었습니다. 어떻게 해야 할지 몰라 갈팡질팡하다가, 영호 사형이 저렇게 목숨 걸고 싸우는 이유가 저를 구하기 위해서니 제가 두 사람 앞에서 자결하면 영호 사형을 살릴 수 있다는 생각이 언뜻 들었습니다. 그래서 허리에 차고 있던 부러진 검을 꺼내 들고 주루로 뛰어내리려는데, 갑자기 영호 사형이 비틀비틀하더니 의자와 함께 우당탕 쓰러졌습니다. 영호 사형은 두 손으로 땅을 짚은 채 의자 위에서 꿈틀거렸지만, 상처가 너무 깊어 아무리 발버둥을 쳐도 일어나지 못했습니다. '앉아서 싸우는 솜씨가 천하에서 두 번째라면, 누워서 싸우는 솜씨는 몇 번째요?' 전백광이 득의만만하게 웃으면서 일어나자, 영호 사형도 껄껄 웃었습니다. '전 형이 졌소!' 전백광은 웃으며 대답했습니다. '그런 몰 골로 무너져놓고 내가 졌다고?' 영호 사형은 바닥에 엎드린 채 물었지 요. '싸우기 전에 뭐라고 약속했소?' '앉아서 싸우되, 먼저 의자에서 엉 덩이를… 엉덩이를….' 전백광은 말을 잇지 못하고 더듬더듬하며 영호 사형에게 손가락질을 했습니다. 그제야 속았다는 것을 깨달은 것이지 요. 그는 의자에서 일어났지만, 영호 사형은 일어나지도 않았고 엉덩 이는 여전히 의자에 붙어 있었습니다. 낭패한 모습이었지만 약속대로 라면 영호 사형이 이긴 것이지요."

사람들은 손뼉을 치며 잘했다고 소리쳤다. 오직 한 사람, 여창해만 이 코웃음을 치며 빈정거릴 뿐이었다.

"무뢰배 같은 녀석. 전백광 같은 음적과 어울려 비열한 짓을 일삼다 니, 명문정파로서 부끄러운 줄 알아야지."

정일 사태가 버럭 화를 냈다.

"비열한 짓이라니? 대장부는 힘으로 싸우는 것이 아니라 지혜로 싸 우는 것이오. 청성파에 저만큼 의리 있고 용감한 청년 영웅이 있기는 있소?"

의림의 이야기를 듣고 영호충이 항산파의 명예를 위해 제 몸도 돌 보지 않고 싸웠다는 것을 알게 된 정일 사태는 무척 감동한 나머지 그 를 원망하던 마음이 씻은 듯이 사라졌다. 여창해는 또 한 번 코웃음을 쳤다.

"바닥을 엉금엉금 기는 영웅이라니!"

"당신네 청성파는…."

정일 사태가 붉으락푸르락하는 얼굴로 입을 열었지만, 두 사람이 다시 충돌하는 것을 원치 않는 유정풍이 재빨리 끼어들어 의림에게 물었다.

"의림 현질, 전백광이 패배를 인정했나?"

"전백광은 어쩔 줄 모르는 듯 가만히 서 있기만 했습니다. 그러자 영호 사형이 외쳤습니다. '항산파 소사매, 내려오시오! 훌륭한 제자를 거둔 것을 축하하오!' 제가 지붕 위에서 엿보고 있다는 것을 벌써 알고 있었던 것이지요. 전백광은 악당이지만 한번 약속한 일은 지키는 사람이었습니다. 단칼에 영호 사형을 죽이고 저를 공격할 수도 있었지만, 그는 이렇게 말했습니다. '이봐, 스님. 잘 들으시오. 다시 한번 내 눈에 띄면 죽여버리겠소!' 저는 그런 악당을 제자로 삼고 싶지 않았기 때문에 그 말이 오히려 반가웠습니다. 전백광은 그 말만 남기고 단도를 칼집에 넣은 뒤 성큼성큼 주루에서 내려갔고, 그 후에야 저는 안으로 뛰어내려 영호 사형을 부축해 일으키고 상처에 천향단속교를 발라주었습니다. 세어보니 크고 작은 상처가 열세 군데나 되었어요…."

"허, 축하하오, 정일 사태!"

여창해가 불쑥 끼어들자 정일 사태는 눈을 부라렸다.

"무슨 말이오?"

"무공이 절륜하여 천하에 이름을 날리는 사손을 얻지 않았소!"

화가 난 정일 사태는 탁자를 내리치며 벌떡 일어났지만, 천문 진인이 먼저 말했다.

"여 관주, 그게 무슨 말씀이오? 우리 같은 도사가 그런 쓸데없는 농담을 입에 담아서야 되겠소?"

여창해는 고개를 돌리고 못 들은 척했다.

그사이 의림이 계속 말했다.

"약을 다 바른 뒤 저는 영호 사형을 부축해 의자에 앉혔습니다. 영호 사형은 숨을 헐떡이며 말했습니다. '번거롭겠지만 술 한 잔 따라주겠소?' 제가 술을 따라 건네는데, 계단 쪽에서 발소리가 들리고 두 사람이 나타났습니다. 그중 한 명이 바로 저 사람이었습니다."

그녀는 나인걸의 시체를 들고 온 청성파 제자를 가리켰다.

"다른 한 사람은 저 못된 나인걸이었고요. 두 사람은 저와 영호 사형을 번갈아 살펴보다가 몹시 무례한 표정으로 제게 눈길을 돌렸습니다."

나인걸 일행이 나타났을 때 영호충은 피투성이가 되어 아리따운 여승과 함께 주루에 있었고, 여승이 술까지 따라주었으니 그들이 이상한 상황이라 여기고 무례한 표정을 지은 것도 무리는 아니었다.

의림이 말을 이었다.

"영호 사형은 나인걸을 흘끗 보고는 물었습니다. '사매, 청성파가 가장 잘하는 무공이 무엇인지 아시오?' 저는 고개를 저었습니다. '몰라요. 청성파에는 고강한 무공이 많다고 들었어요.' '그렇소. 청성파에는 고강한 무공이 많소. 하지만 가장 뛰어난 초식은 말이오… 후후후, 괜히 마음만 상할 테니 그만둡시다.' 영호 사형은 이렇게 말하며 나인걸 쪽을 흘끔 바라보았습니다. 나인걸이 씩씩거리며 달려와 외쳤습니다. '가장 뛰어난 초식이 뭔지 어디 한번 말해보아라!' 영호 사형은 웃었습니다. '내 분명 말하기 싫다고 했는데, 당신이 말하라고 해서 말하는 거요. 그 초식은 바로 엉거주춤 평사낙안平沙落雁이라오.' 그러자 나인걸이 탁자를 내리치며 화를 냈습니다. '허튼소리 마라! 엉거주춤 평사낙안이라는 초식 따위는 들어본 적도 없다!' 영호 사형은 껄껄 웃었지요. '아니, 귀 파의 장기인데 어째서 들어본 적도 없다는 거요? 어디 엉거주춤하게 돌아서보시오, 내가 보여주리다.' 나인걸은 욕설을 주워섬기며 영호 사형에게 주먹을 휘둘렀습니다. 영호 사형은 일어나서 피하려 했지만 피를 너무 많이 흘려 힘이 없었기 때문에 비틀거리며 다시 주저앉았고, 덕분에 나인걸의 주먹에 코를 맞아 피가 줄줄 흘렀습니다. 나인걸이 또다시 주먹질을 하려 하자 제가 황급히 가로막았습니다. '때리지 마세요! 중상을 입은 것이 보이지 않아요? 다친 사람을 괴롭히는 사람은 영웅호걸이 아니에요!' 나인걸은 제게도 욕을 했습니다. '여승 주제에 저놈이 좀 반반하게 생겨먹었다고 아주 푹 빠졌구나! 비켜라! 비키지 않으면 너도 혼쭐을 내주마!' 저는 물러서지 않았습니다. '제게 손을 대면 당신 사부이신 여 관주께 고하겠어요.' 그러자 그는 웃음을 터뜨렸습니다. '하하하, 계율을 어기고 음란한 짓을 했으면 맞아야지!' 사부님, 저는 정말 억울했어요. 그 사람이 왼손을 휘두르기에 급히 막았지만, 뜻밖에도 허초虛招였습니다. 그사이 그 사람이 오른손으로 제 왼뺨을 살짝 꼬집고는 큰 소리로 웃어댔습니다. 저는 초조하고 화가 나 연거푸 삼장을 쏟아냈지만 그는 모두 피했습니다. 이를 본 영호 사형이 말했습니다. '사매, 멈추시오. 내가 기운을 회복하면 혼내주겠소.' 저는 고개를 돌려 보았지만 영호 사형의 얼굴에는 여전히 핏기가 하나도 없었어요. 바로 그때 나인걸이 몸을 날려 영호 사형을 향해 주먹을 휘둘렀습니다. 영호 사형은 왼손 손바닥으로 장풍을 쏘아 그 사람을 빙글 돌려세운 다음 재빨리 발을 날려 그… 그의 엉덩이를 걷어찼습니다. 정말이지 빠르고 정확하고 교묘하기 그지없는 발차기였습니다. 나인걸은 속수무책으로 누각 아래로 데굴데굴 굴러떨어졌습니다. 영호 사형이 나지막이 속삭였지요. '사매, 저것이 바로 청성파에서 가장 뛰어난 초식인 엉거주춤 평사낙안이라오. 남이 찰 수 있도록 엉거주춤하게 엉덩이를 내민 다음, 기러기처럼 모래밭에… 퍼질러앉는 자세가 이름과 딱 맞지 않소?' 저는 웃고 싶었지만 영호 사형의 안색이 점점 나빠져서 차마 웃을 수가 없었습니다. 그래서 말하지 말고 좀 쉬라고 권했지요. 나인걸을 걷어차느라 힘을 많이 써서 상처가 벌어졌는지, 상처에서 다시 피가 흘러나왔습니다. 밖으로 나가떨어진 나인걸은 검을 뽑아 들고 다시 달려왔습니다. '네놈이 화산파의 영호충이구나?' 영호 사형은 웃으면서 대답했습니다. '귀 파의 고수 중에 내 앞에서 엉거주춤 평사낙안 초식을 펼쳐 보인 사람은 당신까지 모두 세 명이오. 역시… 대단….' 영호 사형은 말을 잇지 못하고 쿨럭쿨럭 기침을 했습니다. 저는 나인걸이 영호 사형을 해칠까 봐 검을 뽑아 곁을 지켰고, 나인걸은 사제를 향해 말했습니다. '여_黎 사제, 저 여승을 맡게.' 그러자 저 악당이 알겠다고 대답하며 검을 뽑아 저를 공격했고, 저도 어쩔 수 없이 검으로 막았습니다. 나인걸이 날카롭게 검을 휘둘러 영호 사형을 공격하자 영호 사형은 억지로 검으로 막았지만 무척 위험한 상황이었습니다. 결국 몇 초 만에 검을 떨어뜨렸고, 나인걸은 영호 사형의 가슴에 검을 겨누며 낄낄거렸습니다. '이 몸을 청성파의 어르신이라고 부르면 목숨만은 살려주마.' 영호 사형은 피식 웃었습니다. '알겠소, 알겠소! 그리하리다! 그렇게 부르면 엉거주춤 평사낙안을 가르쳐줄….' 말이 끝나기도 전에 저 못된 나인걸이 영호 사형의 가슴을 푹 찔렀습니다. 정말이지 지독한 사람이었어요….'

영롱한 눈물방울이 의림의 뺨을 타고 또르륵 흘러내렸다. 의림은 목멘 소리로 말을 이었다.

"그… 그 광경을 본 제가 달려가 막으려 했지만 나인걸의 검은 이미… 이미 영호 사형의 가슴을 꿰뚫은 뒤였습니다…."

순간 화청 안은 정적에 휩싸였다.

여창해는 못마땅하고 분노에 찬 시선이 자신에게 쏠리는 것을 의식하며 말했다.

"앞뒤가 맞지 않는 소리군. 나인걸이 영호충을 죽였다면 어떻게 또 영호충에게 죽을 수 있는가?"

"영호 사형은 검을 맞고도 빙긋 웃으면서 제게 속삭였어요. '사매, 내… 내가 엄청난 비밀을 알고 있소. 보, 복위표국의 벽사… 벽사검법 비급은 바로… 바로….' 영호 사형의 목소리는 점점 작아졌고 마지막에는 입술만 달싹였지요…."

'복위표국의 벽사검법'이라는 말이 나오는 순간, 여창해는 심장이 쿵 내려앉아 자기도 모르게 긴장한 표정으로 물었다.

"그곳이 어…."

'그곳이 어디냐'라고 묻고 싶었지만 사람들 앞에서 할 말이 아니라는 것을 깨닫고는 황급히 입을 다물고, 미친 듯이 뛰는 심장을 부여잡고 기대에 찬 눈으로 의림을 바라보았다. 어리고 아무것도 모르는 의림이 이 자리에서 밝혀주면 좋으련만, 그러지 않고 나중에 정일 사태에게 털어놓아 속사정이 드러나면 그 위치를 알아내기는 하늘의 별 따기만큼 어려울 터였다.

의림이 다시 입을 열었다.

"나인걸은 그 검보에 관심이 많은지 영호 사형에게 다가가 귀를 기울였습니다. 그때, 영호 사형이 바닥에 떨어진 검을 주워 그 사람의 배를 힘껏 찔렀습니다. 그 악당은 뒤로 훌렁 넘어져 몇 차례 몸을 부르르 떨더니 축 늘어졌습니다. 사부님… 사실… 사실 영호 사형은 그를 가까이 오게 만들어 복수를 하려던 것이었어요."

마침내 이야기를 끝낸 의림은 정신적인 충격이 컸는지 휘청거리며 쓰러지고 말았다. 정일 사태가 팔을 뻗어 그녀를 붙잡아 세운 뒤 노여운 눈길로 여창해를 쏘아보았다.

사람들은 회안루에서 벌어진 손에 땀을 쥐게 하는 싸움을 떠올리며 묵묵히 고개를 숙였다. 천문 진인과 유정풍, 문 선생, 하삼칠 같은 고수의 눈에 영호충이나 나인걸 정도의 무공은 별달리 뛰어날 것도 없지만, 이렇게 참혹하고 변화무쌍한 싸움은 강호에서도 보기 드문 광경이었다. 더욱이 아름답고 순결한 여승의 입에서 나온 이야기니 과장되거나 거짓이 섞였을 것 같지도 않았다.

유정풍이 여씨라는 청성파 제자에게 물었다.

"여 현질, 자네도 그 자리에 있었는데 그 모습을 직접 보았나?"

여씨 사내는 대답하지 않고 여창해를 돌아보았다. 하지만 사람들은 그 표정만 보고도 그 일이 사실이라는 것을 알아차렸다. 만에 하나 의림이 한마디라도 거짓을 말했다면 그 자리에서 반박을 했으리라.

여창해는 시퍼레진 낯으로 노덕낙을 바라보며 차갑게 물었다.

"노덕낙, 대체 우리 청성파가 화산파에 무슨 잘못을 했느냐? 영호 현질은 왜 자꾸 까닭도 없이 우리 청성파 제자들에게 시비를 건 것이냐?"

노덕낙은 고개를 저었다.

"저는 모르는 일입니다. 이 일은 영호 사형과 나 형의 개인적인 싸움일 뿐, 청성파와 화산파의 교분과는 아무 상관도 없습니다."

여창해는 냉소를 터뜨렸다.

"아무 상관도 없다고? 시치미를 떼겠다는…."

그의 말이 끝나기도 전에 서쪽 창문이 와장창 부서지며 누군가 획 날아들었다. 이곳에 있는 사람들은 모두 고수들이었으므로 재빨리 양쪽으로 물러나면서 호신강기를 끌어올렸다. 날아든 사람이 누군지 확인하기도 전에 또다시 와장창 하는 소리와 함께 누군가 날아들었다. 그들은 바닥에 곤두박질친 후 엎드린 자세로 옴짝달싹하지 못했으나, 입고 있는 푸른 장포만 보아도 청성파 제자라는 것을 알 수 있었다. 장포의 엉덩이 부분에는 진흙 묻은 발자국이 선명하게 찍혀 있었다. 창밖에서 늙수그레하고 웅장한 외침 소리가 들려왔다.

"엉거주춤 평사낙안이라, 훌륭하구나! 하하하하!"

여창해의 몸이 흔들 하는가 싶더니 어느새 쌍장을 휘두르며 창문쪽으로 날아갔다. 그는 왼손으로 창턱을 탁 치면서 그 힘으로 지붕 위로 몸을 솟구친 뒤 처마를 단단히 딛고 서서 사방을 둘러보았으나, 어두컴컴한 하늘 아래로 부슬부슬 비가 내리고 있을 뿐 사람의 모습은 어디에도 보이지 않았다.

'이렇게 빨리 모습을 감췄을 리 없다. 반드시 이 근처에 숨어 있을 것이다.'

강력한 적을 만났다고 생각한 여창해는 검을 뽑아 들고 몸을 날려 재빨리 저택 주변을 뒤졌다.

천문 진인은 일대종사라는 신분 때문에 중후하게 자리를 지켰으나, 정일 사태와 하삼칠, 문 선생, 유정풍, 노덕낙 등은 동시에 지붕 위로 올라갔고, 작고 비쩍 마른 도사가 검을 들고 질풍처럼 내달리는 모습을 목격했다. 어둠 속에서 검광이 은빛 광채를 내뿜으며 방이 수십 개나 되는 커다란 저택을 휘감아도는 것을 보자 그들 모두 여창해의 경신술에 감탄을 금치 못했다.

여창해의 움직임은 무척 빨랐고 저택의 구석진 처마 밑과 수풀 속까지 남김없이 살폈지만 아무런 이상도 발견하지 못했다. 다시 화청으로 돌아와 보니 제자들은 엉덩이에 찍힌 발자국을 자랑이라도 하듯 바닥에 엎드려 있었다. 만인의 웃음거리가 되어 청성파의 명성을 실추시키는 그 광경을 보자 여창해는 피가 거꾸로 솟는 듯했다.

엎드린 사람 한 명을 획 뒤집어보니 신인준申人俊이었다. 다른 한 사람은 뒤집어볼 필요도 없었다. 뒤통수 옆으로 드러난 구레나룻만 보아도 신인준과 늘 붙어다니는 길인통吉人通이 분명했다. 그는 신인준의 옆구리에 있는 혈도를 탁탁 때려 풀고 물었다.

"누구 짓이냐?"

신인준은 입을 뻐끔 열었지만 목소리가 나오지 않았다. 여창해는 깜짝 놀랐다. 고수들이 보는 앞이라 조금 전 혈도를 풀 때 별로 힘들이지 않는 척했지만, 사실은 청성파의 상승 내공을 썼는데도 혈도가 풀리지 않은 것이다. 그는 어쩔 수 없이 공력을 모아 신인준의 등에 있는 영대혈靈臺穴에 주입했다.

잠시 후, 신인준이 더듬더듬 소리를 냈다.

"사… 사부님."

여창해는 대답 없이 계속 내력을 주입했다.

"제… 제가… 상대가 누군지… 보지 못했습니다."

"어디서 공격을 당했느냐?"

"길 사제와 함께 바깥에서 볼일을 보고 있었는데, 갑자기 등이 뻣뻣해지면서 거지발싸개 같은 놈에게 당했습니다."

여창해는 얼굴을 굳혔다.

"상대는 무림 고수다. 함부로 욕하지 마라."

"예."

여창해는 도무지 상대가 누군지 짐작이 가지 않았다. 천문 진인을 돌아보았지만 전혀 관심이 없는 듯 무표정한 얼굴이었다.

'오악검파는 한집안이나 마찬가지다. 인걸이 영호충을 죽였다고 저 놈마저 내 탓으로 돌리는구나.'

그는 재빨리 주변을 둘러보았다.

'상대는 아직 대청에 있을지도 모른다.'

이렇게 생각하자, 그는 신인준에게 따라오라고 손짓한 뒤 서둘러 대청으로 향했다.

대청 안은 아직도 태산파 제자와 청성파 제자가 비명횡사한 일로 시끌시끌했다. 그런데 갑작스레 여창해가 나타나자, 그를 아는 사람은 물론이고 모르는 사람들마저 비록 5척의 단신이지만 무공 고수다운 기도와 위엄을 지닌 모습에 기가 죽어 입을 다물었다. 그 바람에 시끄럽던 대청이 순식간에 조용해졌다.

여창해의 시선이 사람들의 얼굴을 하나하나 훑기 시작했다. 대청에 있는 사람들은 대부분 각 문파의 후배들로, 여창해가 직접 아는 사람은 별로 없지만 복장만 보아도 어느 문파 사람인지 알 수 있었다. 그런 문파의 제자들 중에 심후한 내공을 가진 고수는 없으니 만약 적이 이 자리에 있다면 단박에 눈에 띌 것이 분명했다. 한 사람 한 사람 살피던 그의 시선이 갑자기 누군가의 몸에 날카롭게 꽂혔다.

그 사람은 바로 오관이 비틀리고 고약을 덕지덕지 발라 지저분한 데다 등이 불룩 솟은 추악하기 그지없는 꼽추였다.

순간 여창해는 누군가가 떠올라 흠칫 놀랐다.

'설마 그자인가? 새북명타塞北明駝 목고봉木高峯은 새외塞外에서만 활동할 뿐, 중원에 들어오는 일은 극히 드물고 오악검파와도 아무 교분이 없다고 들었는데 어째서 유정풍의 금분세수를 보러 왔을까?'

대청 안의 사람들도 여창해의 시선을 따라 꼽추를 바라보았다. 무림의 소문에 도통한 몇몇 사람이 놀란 듯 비명을 질렀다. 유정풍이 재빨리 다가가 읍하며 말했다.

"여기까지 왕림하신 줄도 모르고 대접이 소홀했습니다. 부디 용서하시기 바랍니다."

사실 이 꼽추는 그들이 생각하는 무림의 기인이 아니라 복위표국의 소표두 임평지였다. 알아보는 사람이 있을까 봐 내내 고개를 숙이고 구석에 웅크리고 있었기 때문에 여창해가 한 사람 한 사람 꼼꼼히 살펴보지 않았다면 결코 눈에 띄지 않았을 것이다.

갑자기 사람들의 시선이 자기에게 쏠리자 임평지는 몹시 난처했지만 재빨리 일어나 유정풍에게 마주 인사했다.

"별말씀을 다 하시오!"

유정풍이 아는 대로라면 목고봉은 새북 사람인데 지금 이 사람은 남쪽 억양을 쓰고 있었고 나이도 맞지 않았다. 그는 부쩍 의심이 솟구쳤지만 목고봉이라는 사람이 워낙 신출귀몰하여 상식으로는 재단할 수 없는 인물이었기 때문에 여전히 공손한 태도를 유지했다.

"저는 유정풍이라고 합니다만 귀하의 존성대명은 어찌 되시는지요?"

누가 이름을 물어보리라고는 생각지도 못한 임평지는 우물쭈물하며 대답을 하지 못했다. 유정풍이 다시 말했다.

"귀하는 혹시 목 대협과…."

그 말에 임평지는 재빨리 머리를 굴렸다.

'내 성씨 임林을 반으로 자르면 목木이다. 우선 목씨인 척하자.'

"이 몸의 성이 목입니다."

"목 선생께서 형산까지 와주시니 이 유정풍, 실로 영광입니다. 귀하는 새북명타 목 대협과 어떤 관계십니까?"

임평지의 나이가 목고봉보다 어린 데다 얼굴에 고약을 바른 것도 본모습을 숨기기 위해서가 분명했으므로, 유정풍은 그가 수십 년간 이름을 날린 새북명타 목고봉은 아니라고 추측했다.

'새북명타 목 대협'이라는 이름은 들어본 적도 없는 임평지였지만, 유정풍이 무척 존경하는 투로 말하자 대단한 사람이라는 것을 짐작할 수 있었다. 악의에 찬 얼굴로 서 있는 여창해를 보자 신분이 들통나면 그의 손에 목숨을 잃을 것 같아 그는 생각나는 대로 얼버무렸다.

"새북명타 목 대협 말씀입니까? 그분은… 제 집안 어른이십니다."

대협이라고 불리는 것으로 보아 나이가 많을 테고, 그렇다면 어른이라고 해도 될 것 같아서였다.

대청에 별달리 의심스러운 사람이 없으니 제자들을 모욕한 사람이 이 꼽추라고 확신한 여창해는 싸늘한 냉소를 흘리며 말했다.

"청성파와 새북의 목 선생은 평소 아무런 교류가 없었는데, 언제 귀하에게 잘못을 저질렀소?"

왜소하고 마른 도사와 마주 보고 선 임평지는 집안이 무너지고 부모님이 끌려가 여태 생사를 모르게 된 것이 모두 이 도사 때문이라는 사실을 떠올리자, 아무리 자기보다 무공이 높은 사람이라 해도 화가 머리끝까지 솟아 당장이라도 찔러 죽이고 싶은 마음이 굴뚝같았다. 하지만 요 며칠 수많은 어려움을 넘기면서 많은 것을 배운 그는 더 이상 마음먹은 것은 무엇이든 해야 직성이 풀리는 지난날의 귀한 도련님이 아니었다. 그래서 치밀어오르는 화를 꾹 참으며 대답했다.

"청성파는 아주 좋은 짓만 골라 하더구려. 목 대협께서 이를 보다못해 나서신 것뿐이오. 사람을 아끼고 협의를 중히 여기시는 분으로, 특히 힘만 믿고 약자를 괴롭히는 자를 싫어하시니 청성파가 그분 눈 밖에 난 이유는 뻔하지 않소?"

그 말에 유정풍은 속으로 웃음을 터뜨렸다. 새북명타 목고봉은 무공은 높을지언정 인품은 저열하기 짝이 없었다. '대협'이라는 말도 듣는 사람의 기분을 생각해 의미 없이 붙여준 것뿐이지, 사실 그의 됨됨이로는 '대협'은 고사하고 '협'이라는 글자조차 붙이기 아까웠다. 그는 강자에게 빌붙고 신의라고는 눈곱만큼도 없었으나, 무공이 높고 눈치가 빨라 그와 척을 지면 반드시 해를 입었기 때문에 무림인들은 그를 꺼리고 두려워하면서도 진심으로 존경한 적은 없었다. 그 때문에 임평지가 이런 말을 하자, 유정풍은 그가 목고봉의 핏줄임을 확신하여 여창해가 움직이기 전에 웃으며 말했다.

"여 관주, 목 형, 이곳에 온 이상 두 분 모두 이 유정풍의 귀빈이십니다. 제 얼굴을 봐서라도 술 한잔하면서 화해하시지요. 게 있느냐? 술을 가져오너라!"

하인들이 우렁차게 대답하며 술을 가져왔다.

나이 어린 꼽추 따위는 눈에 들어오지도 않는 여창해지만, 강호에 전설처럼 전해지는 목고봉의 악랄하고 무자비한 행적을 생각하면 무작정 싸움을 걸 수도 없는 노릇이었다. 그래서 유정풍의 하인이 내미는 술을 보고도 서둘러 받지 않고 상대의 반응을 살폈다. 임평지의 마음이야 원통함 반 두려움 반이었으나 아무래도 원통함이 더 컸다.

'아버지와 어머니는 벌써 이 도토리만 한 도인의 독수毒手에 당했을지도 몰라. 이자의 손에 맞아 죽을지언정 건배 따위는 할 수 없다!'

이렇게 생각한 그는 분노의 불길이 이글거리는 눈으로 여창해를 쏘아보기만 했다.

적의 가득한 그 시선에 여창해도 노기가 치솟아 금나수擒拿手를 펼쳐 꼽추의 손목을 움켜쥐었다.

"좋소! 잘 알겠소이다! 유 셋째 나리가 말씀하시는데 누가 감히 무시한단 말이오? 목 형제, 이제부터 친하게 지내세나."

임평지는 힘껏 팔을 흔들었지만 그의 손아귀에서 벗어날 수 없다. 게다가 여창해의 말이 끝나는 순간 손목에서 찌르는 듯한 통증이 느껴지고 손목뼈가 바스러질 것처럼 우두둑 소리가 났다. 여창해는 기운을 조금씩 흘려보내며 임평지가 용서를 빌 때까지 몰아붙였지만, 임평지는 그에 대한 원한이 너무 깊어 뼈가 시큼할 정도의 통증에도 이를 악물고 신음 소리조차 내지 않았다.

옆에 선 유정풍은 이마에 콩알만 한 땀방울이 송골송골 맺히는데도 굽힐 기미조차 없는 임평지의 표정을 보고는 그 기개에 탄복하여 도와주러 나섰다.

"여 관주!"

그가 입을 열기 무섭게 또 다른 누군가의 날카로운 목소리가 들려왔다.

"여 관주, 재미가 좋은 모양이구려? 이 목고봉의 손자를 괴롭히고 있으니."

사람들은 일제히 소리 나는 쪽으로 고개를 돌렸다. 대청 입구에 피둥피둥 살찐 꼽추가 서 있었는데, 얼굴에는 허연 부스럼이 그득한 가운데 여기저기 까만 점이 찍혀 있고, 등은 낙타처럼 높이 솟아 몹시 기괴하고 추악한 몰골이었다. 목고봉의 얼굴을 직접 본 적이 없는 사람들이지만 그가 직접 이름을 대고 괴상망측한 모습을 드러내자 하나같이 안색이 변했다.

이 꼽추는 몸집은 뚱뚱했지만 행동은 비할 데 없이 빨랐다. 눈앞에 뭔가 획 지나가는가 싶었는데, 어느새 임평지의 곁에 서 있었던 것이다.

"손자야, 착하기도 하지. 이 할애비가 협의를 중히 여기고, 힘만 믿고 약자를 괴롭히는 자를 싫어한다고 자랑하는 소리를 들으니 정말 기쁘구나!"

그 말과 함께 임평지의 어깨를 툭 내리치자 임평지의 몸이 부르르 떨렸다. 여창해 역시 잡고 있던 손이 후끈해지는 것을 느끼고 하마터면 손을 놓을 뻔했지만 재빨리 공력을 운용해 단단히 틀어쥐었다. 단번에 여창해를 떼어내지 못하자, 목고봉은 임평지에게 말을 걸면서 내력을 끌어올려 십성十成의 공력으로 다시금 어깨를 내리쳤고 임평지는 눈앞이 까매지는 것을 느꼈다. 목구멍으로 피가 솟구쳐 입안이 달달해졌지만 억지로 피를 꿀꺽 삼켰다.

여창해는 손아귀가 찢어지는 것 같아 슬쩍 손을 놓으며 한 걸음 물러섰다.

'악독한 것으로는 둘째가라면 서러워하는 놈이라더니 과연 소문대로구나. 내 손을 떼어내려고 손자에게 내상을 입히다니.'

그가 물러나자 임평지는 억지로 껄껄 웃으며 여창해에게 말했다.

"여 관주, 당신도 목 대협 문하에 들어오는 것이 어떻소? 목 대협께 몇 수 배우고 나면 당신 무공… 도 진일보할… 지 모르지 않… 소."

내상을 입은 데다 감정이 격해지는 바람에 오장이 뒤집히고 꼬여, 간신히 말을 끝내자 당장이라도 쓰러질 듯이 몸이 휘청거렸다.

"좋소. 목 선생 문하에 들어가 무예를 배울 수 있다면 이 여창해에게는 더할 나위 없이 좋은 일이오. 귀하 또한 목 선생 문하니 제법 실력이 있을 터, 한 수 가르쳐주시오."

그가 임평지에게 도전한 것은 목고봉이 직접 나서지 못하게 만들기 위해서였다. 목고봉은 뒤로 물러나면서 흐흐 웃었다.

"손자야, 너는 아직 배운 게 없어 청성파 장문인의 적수가 못 되니 싸우면 질 뿐이다. 이 할애비가 어디 가서 너처럼 잘생긴 꼽추 손자를 또 얻겠느냐? 그런 너를 남의 손에 죽게 놔둘 수야 없지. 자, 이 할애비에게 머리를 조아리고 대신 싸워달라고 부탁해보려무나."

임평지는 여창해를 흘끗 살폈다.

'무리해서 저놈과 싸우면 노기등등한 저놈이 단숨에 나를 죽이겠지. 목숨을 잃으면 무엇으로 부모님의 복수를 하겠어? 하지만 당당한 사내대장부로서 아무 이유도 없이 꼽추를 할아버지라고 부를 수는 없다. 나는 이 치욕을 참을 수 있지만, 아버지까지 꼽추를 아버지로 삼는 치욕을 당하게 한다면 평생 고개를 들지 못할 거야. 게다가 저자에게 무릎을 꿇고 새북명타의 비호를 받겠다고 선언하는 순간, 다시는 자립할 수 없게 돼.'

그는 쉽사리 결정을 내리지 못하고 부르르 떨면서 탁자를 짚어 흔들리는 몸을 지탱했다.

그 모습을 본 여창해가 말했다.

"변변치 못한 자로군! 대신 싸워준다는데 머리 몇 번 조아리는 것이 뭐 그리 큰일이라고."

이미 임평지와 목고봉의 관계가 이상하다는 것을 눈치챈 그는 일부러 임평지의 자존심을 건드려 직접 싸우게끔 부추겼다. 어쨌든 목고봉이 임평지의 할아버지가 아닌 것은 분명했다. 만약 진짜 할아버지였다면 '집안 어른'이라고 하지 않고 '할아버지'라고 불렀을 것이고, 목고봉 역시 손자에게 머리를 조아리라는 요구를 할 리 없었다.

임평지는 청성파의 잇따른 공격과 속임수에 복위표국이 무너진 사실을 다시금 떠올렸다. 치욕스러운 순간들이 하나하나 뇌리를 스치고 지나갔다.

'훗날 설욕할 수만 있다면 오늘 하루 굴욕을 당하는 것쯤이야…'

이렇게 생각한 그는 홱 돌아서서 목고봉 앞에 무릎을 꿇고 연신 머리를 조아렸다.

"할아버지, 저 여창해라는 자는 함부로 무고한 자를 죽이고 재물을 빼앗아 무림의 공분을 사고 있습니다. 부디 할아버지께서 정의를 위해 저 크나큰 해악을 제거해주십시오!"

목고봉에게도 여창해에게도 의외의 일이었다. 이 어린 꼽추는 여창해의 손에 잡혀 내공 공격을 받았을 때도 끝내 굴복하지 않은 경골한硬骨漢인데 갑자기 무릎을 꿇고 애걸하리라고는 아무도 예상하지 못했다. 그것도 이 많은 사람들 앞에서.

사람들은 이 꼽추를 목고봉의 손자로 여기고 있었다. 물론 친손자는 아니겠지만 사손師孫이나 종손從孫은 될 것이라 생각했고, 아무 관계가 없다는 사실은 오직 목고봉 자신만 알고 있었다. 물론 여창해는 어딘지 이상하다고 생각했으나 두 사람의 진짜 관계는 짐작이 가지 않았다. 다만 임평지가 목고봉을 '할아버지'라고 부르는 말투가 무척 어색해서, 진짜 할아버지는 아니지만 목숨을 잃을 것이 두려워서 한 거짓말이라고 추측할 뿐이었다.

목고봉은 큰 소리로 웃음을 터뜨렸다.

"우리 손자, 착하기도 하지. 오냐, 어디 한번 진짜 놀아볼까?"

임평지에게 대답하는 말이었지만, 얼굴은 여창해를 향해 있었기 때문에 마치 여창해를 '우리 손자'라고 부르는 것 같았다. 여창해는 더욱더 분노했다. 그러나 이 싸움은 그 자신의 목숨뿐 아니라 청성파의 흥망과도 크나큰 관련이 있어 흥분을 가라앉히고 단단히 경계를 돋웠다.

"목 선생께서 여러 친구분들 앞에서 절세의 신기神技를 펼쳐 안목을 크게 틔워주시겠다니, 빈도로서는 명을 따를 수밖에 없구려."

목고봉이 임평지의 어깨를 때려 그의 손을 떼어냈을 때, 그는 이미 목고봉의 내공이 깊을 뿐 아니라 몹시 패도적이라는 것을 파악하고 있었다. 정면으로 부딪치면 파죽지세로 쏟아내는 내공을 당할 방도가 없기 때문에 적절한 계략을 세워야 했다.

'저 꼽추는 자부심이 무척 강하다고 하니 나를 빨리 쓰러뜨리지 못하면 초조한 마음에 미친 듯이 공격을 해올 것이다. 처음 100초 동안은 지지 않도록 수비만 하고 그 후 빈틈을 찾도록 하자.'

채 80근도 나가지 않을 것처럼 작고 빼빼 마른 도사가 자못 일대종사다운 위엄을 풍기며 당당하게 서 있는 것을 보자, 목고봉 역시 그의 내공이 가볍지 않으리라 생각했다.

'이 도사 놈이 믿는 구석이 있구나. 청성파는 대대로 고수를 배출한 문파고, 저놈은 장문인이니 평범한 인물일 리 없다. 자칫 실수라도 하면 내 평생 쌓은 명성이 물거품이 되겠구나.'

목고봉과 여창해가 서로를 노려보며 내공을 끌어올리는 순간, 휙휙 하는 소리와 함께 어디선가 두 사람이 날아들어 엎드린 자세로 우당탕 곤두박질을 쳤다. 두 사람이 입은 푸른 장포의 엉덩이 부분에는 예상대로 발자국이 찍혀 있었다. 뒤이어 깔깔거리는 여자아이의 목소리가 귀를 때렸다.

"이게 바로 청성파 최고의 초식이라는 엉거주춤 평사낙안이군요."

여창해는 대로하여 말한 사람이 누군지 확인도 하지 않고 소리 나는 쪽으로 훌쩍 몸을 날려 초록색 옷을 입은 여자아이의 팔을 움켜쥐었다. 여자아이는 '엄마야' 하고 비명을 지르더니 그만 왁 하고 울음을 터뜨렸다.

269

4. 앉아 싸우기

여창해는 흠칫했다. 비웃는 소리에 광분하여 깊이 생각하지도 않고 힘껏 붙잡았는데, 울음소리를 듣는 순간 겨우 조그마한 어린아이라는 것을 깨달은 것이다. 청성파 장문인이나 되어서 영웅들 앞에서 어린아이를 괴롭히는 것은 몹시 부끄러운 짓이었기에 황급히 손을 놓았지만, 여자아이는 더욱 큰 소리로 울었다.

"당신 때문에 뼈가 부러졌잖아요. 으아앙, 팔이 부러졌다고요. 아야야, 아파…!"

이 백전노장의 청성파 장문인은 무수한 풍파를 이겨내며 이 자리까지 왔지만, 오늘처럼 민망한 상황은 처음이었다. 수백수천 개의 시선이 날아와 꽂히고, 그 속에서 책망하고 멸시하는 기색이 다분하게 느껴지자 그는 저도 모르게 얼굴이 훗훗 달아올라 어쩔 줄 몰랐다.

"얘야, 울지 마라, 울지 마. 팔이 부러진 것이 아니란다. 팔은 괜찮다."

그가 나지막이 달랬지만 여자아이는 울부짖기만 했다.

"진짜 부러졌어요! 어른이 아이를 때리다니 나쁜 사람이에요! 아야, 아파, 으아아앙!"

열서너 살쯤 되어 보이는 그 아이는 초록색 옷을 입었는데, 피부가 눈처럼 희고 똘똘하게 생긴 동글동글한 얼굴이 매우 사랑스러웠다. 그 귀여운 모습에 사람들은 절로 연민이 일었고, 성급한 몇몇은 소리를 지르기까지 했다.

"저 땡도사를 잡자!"

"저 도사 놈을 때려 죽여라!"

여창해로서는 낭패도 이만저만한 낭패가 아니었다. 상황이 상황인지라 억울한 누명을 쓰고도 차마 따지지 못하고 여자아이를 달랠 수밖에 없었다.

"얘야, 울지 마라! 정말 미안하구나. 얼마나 다쳤는지 어디 한번 보여주련?"

그가 옷자락을 끌어당기자 여자아이는 비명을 질러댔다.

"싫어요, 싫어! 건드리지 말아요! 엄마, 엄마, 저 난쟁이 도사가 내 팔을 부러뜨렸어요!"

여창해가 당황해서 어쩔 줄 모르고 있는데, 푸른 장포를 입은 남자 한 명이 사람들을 헤치고 나왔다. 바로 청성파에서 가장 영리한 방인지였다.

"꼬마야, 어디서 못된 수작이냐? 사부님께서 소맷자락조차 건드리지 않았는데 팔이 부러졌을 리가 있느냐?"

"엄마! 누가 날 때리려고 해요!"

옆에서 보고 있던 정일 사태가 화를 참다못해 나섰다.

"네 이놈, 다 큰 놈이 어린아이를 괴롭히다니, 부끄러운 줄 알아라!"

그녀가 손을 휘두르자 방인지는 급히 막았지만, 정일 사태의 움직임은 번개같이 빨라 어느새 방인지의 손을 홱 낚아채 왼손으로 상박과 하박 사이의 관절을 힘껏 눌렀다. 이대로 조금 더 꺾으면 방인지의 팔이 부러질 것이 분명했다. 다급해진 여창해가 일지를 뻗어 정일 사태의 등을 찌르자 정일 사태는 어쩔 수 없이 방인지를 놓아주고 반격했지만, 그녀와 싸울 뜻이 없었던 여창해가 황급히 사과를 하며 뒤로 물러났다.

정일 사태는 여자아이의 손을 잡고 부드럽게 물었다.

"얘야, 어디가 아프냐? 어디 보자, 내가 치료해주마."

아이의 팔을 만져보니 부러진 것 같지는 않았으나, 소매를 걷자 희고 보드라운 피부에 푸르스름한 손가락 자국 네 개가 선명하게 찍혀 있었다. 대뜸 화가 치민 정일 사태가 방인지를 노려보았다.

"감히 거짓말을 하다니! 네 사부가 이 아이를 건드리지 않았다면 이 손자국은 누가 낸 것이냐?"

"저 사람이 그랬어요. 저 멍멍개 같은 도사가요."

여자아이가 흐느끼며 여창해의 등을 가리켰다.

순간, 대청에서 폭소가 터졌다. 입에 머금었던 차를 뿜는 사람도 있고, 배를 잡고 뒤집어지는 사람도 있어 대청 안은 완전히 웃음바다로 변했다.

여창해는 영문을 몰라 어리둥절했다. '멍멍개'라는 말은 아이들이 흔히 쓰는 욕설인데 무엇이 저렇게 우습단 말인가? 하지만 모두들 자신을 보고 웃어대니 이유는 모르지만 체면이 말이 아니었다. 방인지가 훌쩍 몸을 날려 여창해의 뒤로 돌아가더니 옷에 붙은 종이를 떼내 와락 구겼다. 여창해가 받아서 펼쳐보니 다름 아닌 커다란 개가 그려져 있었다. 저 여자아이가 붙인 것이 분명했다. 여창해는 부끄럽고 화가 나 속으로 이를 갈았다.

'미리 그려서 가지고 있던 것이 틀림없다. 나도 모르는 사이 누가 뒤에 접근했을 리는 없고, 저 아이가 소동을 피워 나를 당황하게 만든 뒤 붙인 것이 분명하다. 그렇다면 누군가 지시한 사람이 있을 것이다.'

그는 유정풍을 홱 돌아보았다.

'저 아이는 당연히 유씨 집안의 아이겠지. 그렇다면 유정풍의 수작이구나.'

유정풍은 그의 시선을 받자 무슨 생각을 하는지 짐작하고, 즉시 앞으로 나아가 여자아이에게 물었다.

"애야, 너는 뉘 집 아이냐? 부모님은 어디 계시지?"

여창해에게 유씨 집안 아이가 아니라는 것을 명확히 하는 한편, 그 자신도 누가 이 아이를 데려왔는지 궁금해한다는 것을 보여주기 위해서였다.

여자아이가 대답했다.

"아빠와 엄마는 할 일이 있어서 가셨는데, 저더러 곧 재미있는 구경거리가 생길 테니 꼼짝 말고 여기 앉아 있으라고 하셨어요. 두 사람이 날아와 바닥에 납작 엎드리면 그게 바로 청성파의 절기인 엉거주춤 평사낙안이래요. 정말 재미있었어요!"

아이가 웃으며 손뼉을 쳤다. 눈에는 아직도 눈물이 그렁그렁했지만 생긋 웃는 순간 눈물방울마저 눈부시게 반짝이는 것 같아, 보는 사람들은 따라서 기분이 좋아졌다. 아이의 말대로라면 부모님이 청성파 제자들을 혼내준 사람이 분명했다. 여전히 발자국이 선명하게 찍힌 엉덩이를 쳐든 채 엎드려 있는 청성파 두 제자의 모습은 청성파로서는 무엇보다 치욕적인 일이었다.

여창해는 제자의 몸을 툭툭 쳐보고는 혈도를 짚혔다는 것을 깨달았다. 이번에도 신인준, 길인통과 똑같은 상황이었고, 내공을 운용해 혈도를 풀려면 적잖은 힘이 들어갈 것이 분명했다. 목고봉이 호시탐탐 노리고 있고 어둠 속에 미지의 적수가 숨어 있는 지금, 제자의 혈도를 풀자고 내공을 소비할 수는 없었기 때문에 그는 조용히 방인지에게 명령했다.

"우선 데리고 나가거라."

방인지가 동문들에게 손짓하자 청성파 제자 몇 명이 황급히 달려와 쓰러진 두 사람을 들쳐메고 밖으로 나갔다.

갑자기 여자아이가 소리를 질렀다.

"청성파 사람들이 참 많네요! 한 사람이 평사낙안을 펼치면 두 사람이 들고 나가고, 두 사람이 평사낙안을 펼치면 네 사람이 들고 나가고, 세 사람이…."

여창해는 점점 더 시퍼레지는 얼굴로 여자아이에게 다가섰다.

"네 아버지의 성함이 무엇이냐? 방금 그 말은 네 아버지가 알려준 것이냐?"

방금 여자아이가 한 말은 어른이 가르쳐주지 않은 이상 어린 소녀가 생각해낼 수 있는 것이 아니었다.

'엉거주춤 평사낙안이라는 말도 영호충이라는 놈이 지어낸 것이다. 아무래도 화산파가 영호충이 나인걸 손에 죽은 일로 앙심을 품고 우리 청성파에게 시비를 거는 모양이구나. 혈도를 짚은 사람은 무공이 무척 고강한 것 같은데 설마… 설마 화산파 장문인 악불군岳不群인가?'

악불군이 남몰래 공격하고 있다고 생각하자 여창해는 대번에 안색이 어두워졌다. 악불군 본인도 상대하기 어려운 인물인데, 오악검파가 서로 손을 잡고 있으니 만에 하나 한꺼번에 공격해오면 청성파는 여지없이 패하는 수밖에 없었던 것이다.

여자아이는 그 질문에 대답하지 않고 까르르 웃으며 구구단을 외기 시작했다.

"이일은 이, 이이는 사, 이삼은 육, 이사는 팔, 이오 십…."

"대답부터 해라!"

여창해가 엄한 목소리로 외치자 여자아이는 입을 삐죽이더니 으앙 하고 울음을 터뜨리며 정일 사태의 품에 얼굴을 묻었다.

"애야, 두려워 마라. 두려워할 것 없다."

정일 사태가 등을 쓰다듬으며 부드럽게 달래고는 여창해를 쏘아보았다.

"어쩌자고 아이에게 화를 내시오?"

여창해는 코웃음을 쳤다.

'오냐, 오악검파가 한꺼번에 덤비려는구나. 조심해야겠다.'

여자아이는 정일 사태의 품에서 머리를 쏙 내밀고 헤죽 웃었다.

"스님, 이이는 사니까 청성파에서 두 명이 평사낙안을 하면 네 명이 떠메어가고, 이삼은 육이니까 세 사람이 평사낙안을 하면 여섯 사람이 떠메어가고, 이사는 팔이니까…."

그렇게 중얼거리던 아이는 무슨 생각을 했는지 킥킥 웃기 시작했다.

이렇게 울었다 웃었다 하는 것은 예닐곱 살 아이들이나 하는 행동인데, 소녀는 열서너 살은 되어 보였고 키도 훨씬 컸다. 하물며 하는 말마다 여창해를 비웃고 있으니, 천진난만한 어린아이가 하는 말이라기보다는 누군가 몰래 사주하고 있는 것이 분명했다.

여창해가 버럭 외쳤다.

"사내대장부는 정정당당하게 행동하는 법! 빈도에게 불만이 있으면 모습을 드러내시오. 엉큼하게 꼬리를 감추고 어린아이를 시켜 쓸데없는 말을 떠벌리다니, 어찌 영웅호걸이라 할 수 있겠소?"

왜소한 몸집이지만 단전에 힘을 주어 외치자 목소리는 대청이 떠나갈 듯 쩌렁쩌렁했다. 그 소리를 들은 사람들은 저도 모르게 숙연해져 경멸하던 눈초리를 거뒀다. 여창해의 일갈이 떨어진 대청은 쥐죽은 듯 고요했고 한동안 정적이 흘렀다.

조용한 가운데 여자아이가 불쑥 물었다.

"스님, 저 사람은 왜 영웅호걸을 찾는 거예요? 청성파는 영웅호걸이 아니잖아요?"

항산파의 최고 선배 격인 정일 사태는 아무리 청성파가 마음에 들지 않아도 공공연히 헐뜯을 수가 없어 애매하게 얼버무렸다.

"청성파… 선대에는 영웅호걸이 많았지."

"그럼 지금은요? 지금은 영웅호걸이 한 명도 없나요?"

여자아이가 재차 묻자, 정일 사태는 노엽게 여창해를 쏘아보며 내뱉었다.

"그런 것은 저 청성파 장문 도장께 여쭤보려무나!"

"청성파 장문 도장님, 중상을 입어 꼼짝도 못하는 사람이 있는데 누군가 와서 그 사람을 괴롭히면, 다친 사람을 괴롭힌 사람은 영웅호걸이에요, 아니에요?"

여창해는 심장이 쿵 내려앉았다.

'역시 화산파 사람이었구나!'

조금 전 화청에서 나인걸이 영호충을 죽인 이야기를 들은 사람들 역시 흠칫 놀랐다.

'설마 저 아이가 화산파와 무슨 관계가 있는 걸까?'

하지만 노덕낙은 달랐다.

'저 소녀는 대사형 이야기를 하는 것이 분명한데, 대체 누굴까?'

소사매가 슬퍼할까 걱정스럽기도 하고 이야기할 시간도 없었기 때문에 아직 사제들에게 대사형의 죽음을 알리지 못한 그였다. 따라서 그 일을 아는 사제는 아무도 없었던 것이다.

의림은 그렇게 말해준 아이에게 감격하여 전신을 부르르 떨었다. 일찍부터 여창해에게 그렇게 힐문하고 싶었지만 천성이 선량하고 윗사람을 존경하는 마음이 깊어 차마 입을 떼지 못했는데, 소녀가 대신 해주자 감정이 북받쳐 다시금 눈물이 뚝뚝 흘렀다.

여창해는 음험한 목소리로 되물었다.

"누가 그렇게 말하라고 했느냐?"

"청성파의 나인걸이라는 사람은 장문 도장님의 제자 아니에요? 그 사람은 중상을 입은 사람을 공격했어요. 더구나 다친 사람은 무척 좋은 사람이었다고요. 다른 사람을 구하기 위해 다친 것인데 나인걸은 그 사람을 돕기는커녕 오히려 찔러 죽였어요. 그런 사람이 영웅호걸일까요, 아닐까요? 그게 바로 장문 도장님께서 가르치신 청성파 협의심의 실체인가요?"

어린아이의 입에서 나온 말이지만 논리정연하고 예리하여 대꾸할 말이 없었다. 여창해는 그 말에 대답하지 않고 사납게 다그쳤다.

"대체 누가 그런 말을 시켰느냐? 네 아비는 화산파 사람이지?"

여자아이는 몸을 홱 돌려 정일 사태에게 매달렸다.

"스님, 저 사람이 찔리는 데가 있는지 대답은 하지 않고 자꾸 을러대기만 해요. 또 저를 때리려는 걸까요? 어린아이를 위협하는 사람이 정정당당한 사내대장부예요? 훌륭한 영웅호걸이에요?"

정일 사태는 한숨을 푹 쉬었다.

"그 말에는 나도 대답할 수가 없구나."

대청에 있는 사람들은 갈수록 혼란스러웠다. 저 소녀가 처음에 한 말은 누군가 시킨 느낌이 다분했는데, 지금은 여창해의 말꼬리를 잡아 날카롭게 비꼬는 것으로 보아 직접 생각해낸 것이 분명했다. 어린아이 라고는 생각할 수 없을 정도로 신랄한 비난이었다.

의림은 눈물로 흐려진 시야에 비친 날씬한 소녀의 뒷모습을 바라보 며 고개를 갸웃했다.

'어디선가 본 아이 같은데… 어디서 봤지?'

순간 어떤 장면이 머릿속에 번뜩 떠올랐다.

'그렇구나. 어제 회안루에 있던 아이였어.'

어제 본 광경들이 흐릿하게 떠올랐다가 점점 선명해졌다.

어제 아침, 전백광의 핍박을 받아 주루에 올라갔을 때 일고여덟 개 정도의 탁자에 손님들이 앉아 있었다. 그 후 태산파 사람들이 도발을 해와 전백광이 그중 한 사람을 죽이자 손님들은 혼비백산하여 달아났 고 점소이도 누각 위에 얼씬도 하지 않게 되었지만, 거리와 잇닿은 구 석자리에 앉은 덩치 큰 승려와 그 옆 작은 탁자에 앉은 두 사람은 영 호충이 살해당하고 의림이 그의 시체를 안고 누각을 내려갈 때까지 시종 자리를 뜨지 않았다. 당시 의림은 잇달아 일어난 일들로 경황이 없어 덩치 큰 승려를 포함한 세 사람을 자세히 살피지 못했으나, 소 녀의 뒷모습을 보자 뇌리에 남았던 인상이 떠올라 확실히 기억이 났 다. 작은 탁자에 앉아 있던 두 사람 중 한 명은 바로 저 소녀였다. 그날 도 의림을 등지고 있었기 때문에 뒷모습만 낯이 익었던 것이다. 어제 는 연노란색 옷을 입고 있던 소녀가 오늘은 초록색 옷으로 갈아입어 같은 사람이라고는 짐작도 못하고 있다가 뒤돌아선 덕분에 알아볼 수 있었다.

그렇다면 다른 한 사람은 누굴까? 남자라는 것은 확실했지만 노인 인지 청년인지, 어떤 모습을 하고 있었는지는 전혀 기억나지 않았다. 혼자 앉아 있던 승려는 복장은 출가인이었지만 술을 마시고 있었고, 전백광이 영호충에게 속아 내기를 받아들이자 껄껄 웃기도 했다. 그때 소녀도 까르르 웃었는데 그 맑은 웃음소리가 다시금 귓가에 들려오는 것 같았다.

'맞아, 그 아이야! 분명해!'

의림은 마치 어제로 되돌아간 것 같았다. 눈앞에 영호충의 웃는 얼굴이 어른거리고, 죽기 전에 나인걸을 꼬드겨 가까이 오게 한 다음 검을 찌르던 모습도 선명하게 떠올랐다. 영호충의 시체를 안고 비틀비틀 누각을 내려간 뒤 그녀는 완전히 실의에 빠져 어디로 가는지도 모른 채 성문을 나가 발걸음 닿는 대로 걸었다. 안고 있는 시체는 싸늘하게 식어갔지만 무거운 줄도 몰랐다. 슬픔조차 느낄 수 없었고 시체를 어디로 가져가야 할지도 알 수 없었다. 그러다가 어느 연못가에 이르렀는데 눈부실 만큼 곱게 핀 연꽃을 보자 마치 망치로 가슴을 세게 내리치는 것 같아 더 이상 버티지 못하고 시체를 부둥켜안은 채 그대로 혼절하고 말았다.

정신을 차리고 보니 해가 환하게 빛을 뿌리고 있었다. 그녀는 황급히 옆을 더듬었지만 아무것도 없었다. 깜짝 놀라 벌떡 일어나보니 정신을 잃기 전에 본 연못가가 분명했고 연꽃도 여전히 곱고 눈부셨지만, 영호충의 시체는 어디로 갔는지 보이지 않았다. 놀라고 당황한 그녀는 연못 주위를 맴돌며 시체를 찾았으나 흔적조차 발견하지 못했다. 옷에 묻은 핏자국을 보니 꿈이 아닌 것은 분명했다. 그녀는 하마터면 또 혼절할 뻔했으나 정신을 부여잡으며 다시 한번 주위를 둘러보았다. 시체는 날개가 돋아 날아가기라도 한 듯 좀처럼 찾을 수가 없었다. 연못 수심이 얕았기 때문에 안으로 들어가서 뒤적이기까지 했지만 역시 영호충의 시체는 없었다.

그녀는 어쩔 수 없이 형산성으로 들어가 물어물어 유정풍의 집을 찾아왔다. 사부를 만난 후에도 그녀의 머릿속은 온통 영호충 생각뿐이었다.

'영호 사형의 시체는 어디로 갔을까? 지나던 사람이 묻으려고 가져갔을까? 아니면 들짐승에게 끌려갔을까?'

그는 자기를 구하기 위해 목숨을 버렸는데 시체조차 보호하지 못해 들짐승의 먹이로 내주었다는 생각이 들자 더 이상 살고 싶지 않았다. 물론 영호충의 시체를 온전하게 보살폈더라도 죽고 싶은 것은 매한가지였으리라.

갑자기 마음속 깊은 곳에서 이상한 생각이 스멀스멀 흘러나오기 시작했다. 평소에는 감히 엄두도 내지 못한 생각이었다. 이 생각은 어제 하루 종일 몇 번이나 고개를 쳐들었지만 그때마다 억누르며 속으로 외치곤 했다.

'내가 왜 이러지? 왜 이런 터무니없는 생각을 하는 거지? 정말 황당무계한 일이야! 그래, 절대 그럴 리 없어.'

하지만 이 순간만큼은 더 이상 그 생각을 억누를 수 없어 마음속에 또렷하게 떠올랐다.

'영호 사형의 시체를 안는 순간 내 마음은 무척 평안했어. 심지어 기쁘기까지 했지. 마치 좌선을 할 때처럼 아무 생각도 나지 않았어. 그저 평생 그를 안고 아무도 없는 길을 마음대로 걷고 싶었어, 영원히… 어째서 나는 무슨 일이 있어도 영호 사형의 시체를 찾아야 한다고 생각했을까? 영호 사형이 들짐승에게 먹히는 것이 싫어서? 아니야! 그게 아니었어. 나는 그의 시체를 안고 실컷 걷다가 연못가에 조용히 서 있고 싶었어. 어째서 혼절을 했을까? 아아, 이건 나쁜 생각이야! 이런 생각을 하면 안 돼! 사부님께서 허락하시지 않을뿐더러 보살께서도 용서하시지 않을 거야. 이런 사념邪念에 빠지면 안 돼. 하지만… 하지만 영호 사형의 시체는 대체 어디로 갔을까?'

그녀는 몹시 혼란스러웠다. 영호충의 입가에 걸린 느긋한 미소가 눈앞에 떠오르는가 싶으면, 금세 '재수 없는 여승'이라며 짜증내던 얼굴이 그 웃음을 가렸다. 그때마다 의림은 심장을 칼로 난도질당하는 것처럼 괴로웠다.

여창해의 목소리가 들려왔다.

"노덕낙, 저 아이가 너희 화산파 문하더냐?"

"아닙니다. 저도 오늘 처음 보았습니다."

"오냐, 부인할 테면 해보아라."

여창해가 말하며 팔을 휙 처들자 푸른 섬광이 번쩍하더니 비추飛錐 하나가 의림에게 날아갔다.

"의림 스님, 받게!"

넋이 나가 있던 의림은 여창해가 암산하리라고는 생각지도 못해 어리둥절했으나 마음속에서는 한 줄기 쾌감이 솟았다.

'고맙게도 나를 죽여주는구나. 어차피 나는 살고 싶지 않아!'

그녀는 피할 생각도 없이 눈앞으로 날아드는 비추를 가만히 바라보았다. 이쪽저쪽에서 조심하라는 외침이 들려왔지만, 어쩐 일인지 그녀는 오히려 평화롭고 기쁘기만 했다. 이 세상에 살아남는 것은 괴로운 일이었고, 외로움과 슬픔을 견뎌낼 자신이 없었다. 저 비추에 죽는 것이야말로 그녀가 바라는 일이었다.

정일 사태가 여자아이를 밀어내고 몸을 날려 의림의 앞을 막아섰다. 나이는 먹었지만 그녀의 움직임은 전혀 녹슬지 않았다. 비록 비추의 속도는 느린 편이었지만 암기는 암기였고 사람이 그보다 빠를 수는 없었는데도, 뒤늦게 출발한 정일 사태는 때맞춰 의림 앞에 도착했다.

정일 사태가 비추를 막으려고 손을 내미는 순간, 뜻밖에도 비추는 그녀에게서 두 자 정도 떨어진 곳에서 힘을 잃고 땅에 툭 떨어졌다. 헛손질을 한 정일 사태는 민망한 마음에 얼굴을 살짝 붉혔다. 바로 그때, 여창해가 또다시 팔을 휘둘렀고 구겨진 종잇장이 여자아이의 얼굴로 날아들었다. 바로 개가 그려진 그 종이였다. 정일 사태는 깜짝 놀랐다.

'저 땡도사가 의림을 해치려던 것이 아니라 나를 저 아이에게서 떼놓으려던 것이구나!'

조그마한 종잇장에 내공이 잔뜩 실렸는지 비추보다 더 세찬 기세로 여자아이에게 날아들고 있었다. 아무리 종잇장이라도 크게 다칠 것이 분명했다. 하지만 정일 사태는 의림 앞에 서 있었고 갑작스러운 상황이라 때맞춰 구하러 갈 수도 없었다. 다급한 마음에 소리를 질렀는데, 뜻밖에도 소녀가 별안간 바닥에 웅크려앉으며 울음을 터뜨렸다.

"엄마, 엄마! 저 사람이 날 죽이려고 해요!"

민첩한 동작으로 종잇장을 피한 것을 보면 무공을 익힌 것이 분명한데도 그녀가 계속 어린아이처럼 울어대자 사람들은 피식 웃음이 나왔다. 그렇다고는 해도 어린아이에게 두 번이나 암습을 할 수는 없었던 여창해는 풀 길 없는 의혹만 안은 채 물러날 수밖에 없었다.

정일 사태는 겸연쩍어하는 여창해의 얼굴을 보며 속으로 비웃었다. 오늘 보인 추태만으로도 청성파가 충분히 창피를 당했다고 생각했기 때문에 그녀는 구태여 따지지 않고 의림을 돌아보았다.

"의림, 이 아이의 부모가 어디로 갔는지 모르니 네가 함께 찾아보아라. 돌봐주는 사람이 없어 괴롭힘을 당하게 놔둘 수는 없다."

"예, 사부님!"

의림이 다가가 여자아이의 손을 잡자, 아이는 그녀를 향해 생긋 웃고는 함께 대청을 나섰다.

여창해는 냉소를 터뜨리며 모르는 척하고 다시 목고봉을 돌아보았다.

笑傲江湖

치료

5

— 영호충은 천천히 눈을 감았다.
숨소리가 점점 낮아지는가 싶더니 그는 어느새 깊은 잠에 빠져들었다.
의림은 잎이 달린 나뭇가지를 꺾어 그에게 날아드는 모기나 벌레를 쫓아내며
곁을 지켰다.

의림은 여자아이를 데리고 대청 밖으로 나간 뒤 물었다.

"낭자, 낭자의 이름은 어떻게 되나요?"

여자아이는 헤죽 웃으며 대답했다.

"성은 영호고 이름은 충이라고 해요."

의림은 심장이 쿵 내려앉아 저도 모르게 얼굴을 굳혔다.

"궁금해서 묻는데 장난을 치면 안 돼요."

"장난이라니요? 언니 친구만 영호충이라는 이름을 쓸 수 있는 건 아니잖아요?"

의림은 한숨을 푹 쉬었다. 가슴이 메어와 또다시 눈물이 솟구쳤다.

"영호 사형은 내 목숨을 구해준 은인이고 나 때문에 죽었어요. 그런 내가 어떻게… 어떻게 친구가 될 수 있겠어요."

그러는 사이 등이 굽은 사람 두 명이 대청 복도를 따라 바삐 걸어나왔다. 바로 새북명타 목고봉과 임평지였다. 여자아이가 깔깔거리며 말했다.

"어쩜 저런 일이 다 있데요? 징그럽게 생긴 늙은 꼽추도 모자라 어린 꼽추까지 나타났잖아요."

여자아이의 비웃는 말을 듣자 그러잖아도 그녀와 같이 가는 것이 내키지 않던 의림은 고개를 저으며 말했다.

"낭자, 부모님은 혼자 찾아보세요. 머리가 너무 아프고 몸이 불편해서 그래요."

"머리가 아프고 몸이 안 좋은 것은 다 거짓말이에요. 나도 안다고요. 내가 영호충의 이름을 꺼내니까 머리가 아프고 가슴이 답답해진 거죠? 언니네 사부가 날 돌보라고 했는데 나 몰라라 할 거예요? 내가 나쁜 사람에게 잡혀 괴롭힘을 당하면 언니도 혼이 날걸요."

"낭자의 실력은 나보다 훨씬 나아요. 눈치도 빠르고 영리해서 여 관주처럼 유명하신 분도 속수무책이었잖아요. 낭자가 괴롭히려 들지 않으면 도리어 모두 고마워할 텐데 누가 낭자를 건드리겠어요?"

여자아이는 까르르 웃으며 의림의 손을 잡아끌었다.

"날 놀리는 거죠? 조금 전만 해도 언니네 사부가 곁에 있지 않았다면 그 땡도사는 나를 마구 때렸을 거예요. 언니, 내 이름은 곡비연曲非煙이라고 해요. 할아버지는 날 비비非非라고 부르시니 언니도 그렇게 불러요."

그녀가 진짜 이름을 밝히자 의림은 다소 마음이 풀렸지만, 어떻게 영호충과 자신의 관계를 알고 그의 이름으로 장난을 쳤는지는 여전히 알 수가 없었다. 혹시 화청에서 사부에게 보고할 때 이 영리하고 신비한 소녀가 창밖에서 몰래 엿들었을까?

"알았어요, 곡 낭자. 같이 부모님을 찾아봐요. 그분들이 어디로 가신 것 같아요?"

"어디에 계신지는 알아요. 하지만 난 가기 싫으니 가려면 언니 혼자 가세요."

곡비연의 대답에 의림은 고개를 갸웃했다.

"어째서 가기 싫다는 거죠?"

"나처럼 어린애가 그런 데를 가면 어떡해요? 하지만 언니는 다르죠. 언니는 너무 상심한 나머지 하루라도 빨리 가고 싶어 하니까요."

순간, 의림은 가슴이 철렁했다.

"그 말은 부모님이 벌써…."

"아버지와 어머니는 내가 아주 어렸을 때 살해당하셨어요. 그분들을 찾으려면 저승으로 가야 해요."

의림은 불쾌해졌다.

"어떻게 세상을 떠나신 부모님을 두고 농담을 해요? 그런 사람과는 같이 있고 싶지 않아요."

곡비연은 떠나려는 의림의 손을 꽉 쥐며 간청했다.

"언니, 난 외롭고 의지할 데 없는 고아예요. 아무도 나랑 놀아주지 않는다고요. 조금만 같이 있어줘요, 네?"

의림은 그런 그녀가 가엾어 어쩔 수 없이 고개를 끄덕였다.

"좋아요. 잠시 같이 있어줄 테니 더 이상 농담은 하지 말아요. 나는 출가인이니 언니라고 부르는 것도 잘못이에요."

곡비연은 방긋 웃었다.

"언니에게는 재미없는 농담이었는지 몰라도 난 무척 재미있는걸요. 서로 취향이 달라서 그래요. 언니는 나보다 나이가 많은데 언니라고 부르는 것이 왜 잘못이에요? 그렇다고 동생이라고 부를 수는 없잖아요? 의림 언니, 이제 여승은 그만두는 게 어때요?"

의림은 아연실색하여 저도 모르게 뒤로 주춤 물러났다. 곡비연은 그녀의 손을 놓아주며 웃었다.

"여승이 뭐가 좋아요? 생선도 못 먹고, 닭도 못 먹고, 소도 못 먹고, 양도 못 먹잖아요. 게다가 이렇게 얼굴이 고운데 머리를 미는 바람에 보기 흉해졌잖아요. 새까만 머리칼을 길게 늘어뜨리면 정말 예쁠 텐데."

천진난만한 그녀의 말에 의림은 피식 웃었다.

"나는 불문 제자예요. 불문에서는 모든 것이 공空이고 겉으로 드러나는 아름다움에 의미를 두지 않아요."

곡비연은 고개를 돌려 의림의 얼굴을 꼼꼼히 뜯어보았다. 마침 비가 그치고 먹구름이 흩어지던 터라 구름 사이로 새어드는 희미한 달빛이 그녀의 얼굴 위에 아른아른 은광을 드리워 청초한 아름다움을 더해주었다. 곡비연은 한숨을 섞어 조용히 속삭였다.

"언니, 언니는 정말 예뻐요. 그 사람이 언니를 그리워할 만하네요."

의림은 얼굴을 붉히며 골을 냈다.

"그게 무슨 말이에요? 또 농담을 하는군요. 이젠 정말 가겠어요."

"알았어요, 알았어. 더는 안 할게요. 그보다 언니, 천향단속교 좀 나눠주세요. 치료할 사람이 있어요."

의림은 눈을 동그랗게 떴다.

"누구를 치료하려고요?"

"아주 중요한 사람이라서 지금은 알려줄 수 없어요."

"사람을 치료한다니 주는 게 당연하지만, 사부님께서 이 천향단속교는 만들기가 무척 어려우니 나쁜 사람이 다쳤을 때는 주지 말라고 엄히 단속하셨어요."

"언니, 어떤 무례한 사람이 듣기 거북한 말로 언니네 사부와 항산파를 욕하면 그 사람은 좋은 사람이에요, 나쁜 사람이에요?"

"사부님과 우리 항산파에게 욕을 하면 당연히 나쁜 사람이지요. 그런 사람이 좋은 사람일 리 없어요."

의림의 대답에 곡비연은 생긋 웃었다.

"그것 참 이상하네요. 여승을 보면 재수가 없어서 노름에서 내리 지기만 한다고 입버릇처럼 욕을 퍼붓던 사람이 있었거든요. 그런데 그 나쁜 사람이 다쳤을 때는…."

의림은 그녀의 말이 끝나기도 전에 안색이 싹 변해 휙 돌아섰다. 곡비연이 훌쩍 몸을 날려 어느새 그녀의 앞을 가로막으며 양팔을 활짝 벌리고 생글생글 웃었다. 의림은 퍼뜩 생각이 났다.

'어제 이 아이는 어떤 남자와 함께 회안루에 있었어. 영호 사형이 비명에 죽고 내가 그 시신을 안아 주루를 나갈 때까지 그곳에 있었을 테니 그때 벌어진 일을 화청에서 엿들은 게 아니라 직접 보았겠구나. 혹시 그 후에도 계속 내 뒤를 밟았을까?'

꼭 묻고 싶은 말이 있었지만 이야기를 꺼내자니 저절로 얼굴이 붉어져 차마 물을 수가 없었다. 곡비연이 웃으며 물었다.

"언니, 지금 이렇게 묻고 싶죠? '영호 사형의 시체는 어디로 갔니?' 라고요?"

"그래요, 낭자가 알려주면 절대… 절대로 은혜를 잊지 않겠어요."

"나도 몰라요. 하지만 아는 사람이 있어요. 그 사람은 중상을 입어 생명이 위태위태해요. 언니가 천향단속교로 그 사람을 구해주면 영호충의 시체가 어디 있는지 알려줄 거예요."

"낭자는 정말 모르는 거예요?"

"만약 이 곡비연이 영호충의 시체가 있는 곳을 안다면, 내일 여창해의 검에 찔려 열일곱 군데에서 피를 흘리며 죽을 거예요."

의림이 황급히 그녀의 입을 막았다.

"믿어요, 믿어. 그러니 그런 끔찍한 맹세는 하지 말아요. 그 사람은 누구지요?"

"그 사람을 살리느냐 아니냐는 언니에게 달려 있어요. 그 사람이 있는 곳이 썩 좋은 장소는 아니거든요."

영호충의 시신을 찾을 수만 있다면, 도산검림刀山劍林이라 해도 기꺼이 뛰어들 의림이었다. 좋은 곳이든 나쁜 곳이든 상관없었다.

"당장 가요!"

대문으로 나가자 밖에는 여전히 비가 내리는 중이었고 문턱에 기름종이로 만든 우산 수십 개가 세워져 있었다. 의림과 곡비연은 우산을 하나씩 들고 북동쪽 골목으로 향했다. 한밤중이라 행인이 거의 없어, 두 사람이 지나갈 때마다 골목골목에서 개들이 컹컹 짖어댔다. 의림은 곡비연이 점점 더 후미진 골목으로 이끄는 것을 느끼면서도 영호충의 시체를 찾겠다는 일념으로 묵묵히 따르기만 했다.

한참을 걸은 뒤, 이윽고 곡비연이 좁디좁은 골목 어귀에서 걸음을 멈췄다. 왼쪽에 조그마한 붉은 등롱을 걸어둔 문이 하나 보였는데, 곡비연은 그리로 다가가 문을 세 번 두드렸다. 누군가 어슬렁어슬렁 걸어나와 문을 열고 머리를 내밀자 곡비연이 그 사람의 귓가에 소곤소곤 속삭이며 무언가를 쥐여주었다.

"예, 예! 들어오십시오, 아가씨."

곡비연은 의림을 돌아보며 손을 흔들어 보였다. 의림은 그녀를 따라 안쪽으로 들어갔다. 문을 열어준 사람은 몹시 이상한 표정을 지었지만 곧 앞장서서 길을 안내했다. 그는 마당 하나를 가로질러 동쪽 곁채로 가더니 문에 드리운 발을 걷으며 말했다.

"아가씨, 그리고 스님, 이리로 드십시오."

짙은 연지분 냄새가 코를 찔렀다.

안으로 들어간 의림의 눈에 커다란 침상과 그 위에 놓인 수놓은 비단 금침이 들어왔다. 화려하기로 명성이 자자한 호남성의 자수답게, 새빨간 비단 이불 위에 수놓인 원앙 한 쌍은 색채가 눈부시게 아름답고 자태는 살아 있는 듯 생동감이 넘쳤다. 어렸을 때 출가하여 백운암에서만 지낸 의림은 거칠고 무늬 없는 검정 이불만 덮어보았을 뿐 이렇게 화려한 침구는 생전 처음이라 한 번 흘끗 본 후 곧바로 시선을 거뒀다. 탁자에는 빨간 촛불이 타오르고, 그 옆에는 연지분이 든 상자와 거울이 보였다. 침상 앞에는 수를 놓은 남녀용 끌신 두 켤레가 나란히 놓여 있었는데, 이를 본 의림은 괜히 가슴이 콩닥거려 재빨리 고개를 돌렸다. 그러자 눈앞에 청초하고 고운 얼굴이 불쑥 나타났다. 수줍음으로 발갛게 물들어 쑥스러우면서도 놀란 표정을 짓고 있는 그 얼굴은 다름 아닌 거울에 비친 그녀 자신의 것이었다.

등 뒤로 발소리가 들려오더니 시중드는 여자가 들어와 생글생글 웃으며 향기로운 차를 내려놓았다. 꼭 달라붙는 옷이 매력적인 몸의 윤곽선을 고스란히 드러내 요염하기가 이를 데 없었다. 의림은 점점 더 겁이 나 소리 죽여 곡비연에게 물었다.

"여긴 무얼 하는 곳이에요?"

곡비연이 쿡쿡 웃으며 여자의 귀에 뭐라고 속삭이자, 여자는 고개를 끄덕이고 입을 가리며 피식 웃고는 살랑살랑 걸어나갔다. 의림은 부쩍 의심이 들었다.

'차림새나 몸가짐을 보니 저 여인은 절대 좋은 사람이 아니야.'

오싹해진 그녀가 다시 곡비연에게 물었다.

"왜 이곳으로 데려온 거지요? 여긴 대체 어디예요?"

곡비연은 생글거리며 대답했다.

"형산성에서는 모르는 사람이 없는 군옥원群玉院이에요."

"군옥원이 어떤 곳인데요?"

"군옥원은 말이죠, 형산성에서 첫손 꼽는 기루랍니다."

'기루'라는 말을 듣는 순간, 의림은 가슴이 철렁 내려앉아 몸이 휘청했다. 화려하게 꾸민 방을 봤을 때부터 직감이 나빴는데 기루일 줄이야! 기루가 어떤 일을 하는 곳인지 정확히는 알지 못했으나, 속세 생활을 하다 출가한 동문 사저의 말대로라면, 기루에 있는 기녀는 천하제일의 음란하고 천박한 여자로 어떤 남자든 돈만 내면 불러다 곁에 둘 수 있다고 했다. 곡비연이 그녀를 기녀로 만들기 위해 이리로 데려온 것이 아닐까 생각하자 의림은 불안하고 초조하여 울음이 터질 것만 같았다.

바로 그때, 옆방에서 큰 소리로 웃는 남자의 목소리가 들려왔다. 몹시 낯익은 목소리, 다름 아닌 만리독행 전백광 그 악인의 목소리였다! 의림은 두 다리가 후들거려 하얗게 질린 얼굴로 쓰러지듯 의자에 주저앉았다. 깜짝 놀란 곡비연이 다가와 그녀의 안색을 살피며 물었다.

"왜 그래요?"

"저, 전백광이에요!"

의림이 모기 같은 소리로 겨우 입을 떼자 곡비연은 피식 웃었다.

"맞아요. 나도 저 웃음소리가 기억나요. 그런데 왜 그렇게 놀라요?

전백광은 언니의 사랑스러운 제자잖아요."

그 소리가 들렸는지 옆방에 있던 전백광이 큰 소리로 외쳤다.

"누가 이 어르신의 이름을 함부로 부르느냐?"

"이봐요, 전백광! 당신 사부가 여기 있으니 어서 와서 절을 올려요!"

곡비연의 대답에 전백광이 노기등등한 목소리로 고함을 질러댔다.

"사부? 이 못된 계집이 어디서 헛소리를 지껄이는 게냐? 당장 가서 그 더러운 입을 찢어주마!"

"형양성 회안루에서 항산파 의림 스님을 사부로 모시기로 했잖아요? 의림 스님이 여기 계시니 어서 와봐요!"

"그 여자가 이런 곳에 있을 리 없다! 아니, 네… 네가 그걸 어떻게…? 넌 누구냐? 죽여버리겠다!"

전백광이 질겁한 목소리로 외쳤다.

곡비연은 까르르 웃으며 대답했다.

"이리 와서 사부에게 절부터 하라니까요."

"아니, 안 돼요! 부르지 말아요!"

의림이 황급히 만류했다. 갑자기 옆방에서 전백광의 놀란 외침이 터져나오더니 누군가 침상에서 뛰어내리는 소리가 들렸다. 곧이어 여자가 놀란 목소리로 물었다.

"나리, 어찌 그러세요?"

"전백광, 도망치지 말아요! 당신 사부가 가만히 있지 않을 거예요!"

곡비연이 외치자 전백광은 욕설을 쏟아냈다.

"사부는 무슨 빌어먹을! 이 어르신은 영호충의 간계에 속은 것뿐이다! 저 여승이 한 발짝이라도 다가오면 단칼에 죽여버릴 테다!"

"그래요! 나도 여기 가만히 있을 테니 당신도 이리 오지 말아요."

의림이 떨리는 목소리로 말했지만 곡비연은 그래도 전백광을 놀려댔다.

"전백광, 당신은 강호에서 제법 알아주는 인물인데 자기가 한 말을 헌신짝처럼 여겨서야 되겠어요? 사부로 모시기로 해놓고 모른 척하는 법이 어디 있어요? 어서 와서 절하지 않고 뭐 해요?"

전백광은 대답 없이 코웃음을 쳤다.

의림이 곡비연을 붙잡아 말렸다.

"나는 절을 받고 싶은 생각이 없어요. 저 사람을 보고 싶지도 않아요. 저 사람은… 저 사람은 내 제자가 아니에요."

"들었지? 저 스님이 나를 보고 싶지 않다 하지 않느냐?"

"좋아요, 절은 관두죠. 잘 들어요, 전백광. 방금 우리가 이곳에 올 때 어떤 놈들이 슬그머니 따라붙었어요. 가서 그놈들을 쫓아내고, 당신 사부와 내가 푹 쉴 수 있게 아무도 들어오지 못하도록 밖을 단단히 지켜요. 그 일만 잘 해내면 당신이 항산파의 어린 스님을 사부로 모시게 되었다는 사실을 다시는 입에 담지 않겠어요. 하지만 제대로 처리하지 못하면 온 천하가 알 때까지 떠들고 다닐 거예요."

그러자 전백광이 갑자기 목소리를 높였다.

"네 이놈들! 감히 여기가 어디라고!"

우당쾅쾅 창문이 열리는 소리에 이어 지붕 위에서 챙챙챙 검 부딪는 소리, 무기 두 개가 기와지붕으로 챙강 떨어지는 소리가 들려왔다. 그다음에는 누군가 참혹한 비명을 질렀고, 또 다른 누군가가 바삐 날아가는 소리도 들렸다.

또다시 창문 여닫는 소리가 들리고 어느새 방으로 돌아온 전백광이 말했다.

"한 놈은 죽었다. 청성파 놈이더군. 다른 한 명은 달아났다."

"정말 쓸모없는 사람이군요! 놓치면 어떡해요?"

"그 사람은 내 손으로 죽일 수 없다. 항… 항산파의 여승이었단 말이다."

곡비연은 빙그레 웃었다.

"아하, 사백님이었군요. 그럼 당연히 죽일 수 없죠."

의림이 깜짝 놀라 겁에 질린 소리로 중얼거렸다.

"사저가 여기에? 아아, 이제 어떡한담?"

전백광이 그런 그녀를 무시하고 물었다.

"이봐, 꼬마. 넌 누구냐?"

"묻지 말아요. 입 다물고 조용히만 있으면 당신 사부는 영원히 당신을 찾지 않을 거예요."

과연 그 뒤로 전백광은 아무 소리도 내지 않았다.

"곡 낭자, 어서 나가요!"

의림이 곡비연에게 재촉했지만 곡비연은 고개를 저었다.

"아직 다친 사람을 만나지 못했잖아요. 그 사람에게 물어볼 말이 있다면서요? 뭐, 사부의 호통이 그리 두려우면 그냥 가도 상관없지만."

의림은 잠시 고민하다 고개를 끄덕였다.

"어차피 여기까지 왔으니 그 사람… 을 만나보겠어요."

곡비연이 생긋 웃고는 침상으로 다가가 동쪽 벽을 살짝 밀자 벽이 스르르 갈라졌다. 놀랍게도 이곳에 비밀문이 숨겨져 있었던 것이다.

곡비연은 의림에게 따라오라고 손짓한 후 먼저 안으로 들어갔다. 의림은 이곳이 더욱 위험하게 느껴졌지만, 서쪽 방에 있는 전백광을 떠올리자 가능한 한 멀찌감치 떨어져 있는 것이 좋겠다는 생각이 들어 용기를 내 따라 들어갔다. 안에는 방이 하나 더 있었는데 불빛이 전혀 없었다. 열린 비밀문으로 새어드는 촛불 빛에 비춰볼 때 방은 무척이나 작았고 가운데 놓인 침상에는 휘장이 길게 늘어져 있었다. 어슴푸레하지만 누군가 그 안에 누워 있는 것 같았다. 의림은 겁이 나서 더 이상 들어가지 못하고 붙박인 듯 문가에 멈췄다.

곡비연이 그런 그녀를 불렀다.

"언니, 천향단속교로 저 사람을 치료해주세요!"

"저… 저 사람이 정말 영호 사형의 시체가 있는 곳을 알고 있나요?"

의림이 머뭇머뭇 묻자 곡비연은 애매하게 대답했다.

"알 수도 있고 모를 수도 있어요. 나도 확실히는 몰라요."

의림은 더욱 불안해졌다.

"조금 전에는 안다고 했잖아요."

"나는 사내대장부도 아닌데 이랬다저랬다 한들 상관없잖아요? 궁금하면 치료한 뒤에 물어보고, 그것이 싫으면 당장 여기서 나가면 돼요. 아무도 안 말려요."

의림은 고개를 숙이고 생각에 잠겼다.

'영호 사형의 시체는 반드시 찾아야 해. 그러려면 일말의 단서라도 놓칠 수 없어.'

마침내 결심을 한 그녀가 말했다.

"좋아요, 치료할게요."

그녀는 원래 있던 방에서 촛대를 가지고 돌아와 휘장을 걷었다. 누군가 똑바로 누워 있었는데, 얼굴에 초록색 비단 수건을 덮어 숨을 쉴 때마다 수건이 파르르 떨렸다. 얼굴이 보이지 않는다는 사실에 의림은 다소 마음이 놓였다.

"다친 곳이 어디예요?"

"가슴 쪽이에요. 상처가 깊어서 하마터면 심장이 상할 뻔했어요."

의림은 얇은 이불을 살며시 걷었다. 드러난 맨가슴은 남자의 것이었고, 가슴 한가운데 커다란 상처가 나 있었다. 피는 멎었지만 상처가 너무 깊어 누가 봐도 위험했다. 의림은 정신을 가다듬었다.

'이 사람이 누구든 간에 생명부터 구하자.'

그녀는 들고 있던 초를 곡비연에게 넘기고 품에 꼭꼭 숨겨둔 천향단속교 상자를 꺼내 뚜껑을 열고 탁자 위에 올려놓았다. 그리고 손으로 상처 주위를 살짝 누르기 시작했다. 곡비연이 나지막하게 말했다.

"지혈은 이미 했어요. 그냥 놔뒀으면 살아 있지도 못했을걸요?"

그 말대로 상처 주변의 혈도는 모두 막혀 있었고 점혈 솜씨 또한 그녀 자신보다 훨씬 뛰어났기 때문에, 의림은 고개를 끄덕이며 상처를 틀어막은 솜을 천천히 뽑아냈다. 솜이 빠져나오는 순간, 새빨간 피가 확 솟았다. 사문에서 상처 치료 방법을 배운 의림은 당황하지 않고 왼손으로 상처를 꽉 누르면서 오른손으로 천향단속교를 골고루 바른 뒤 다시 솜을 막았다. 천향단속교는 항산파의 명약으로 상처에 바르면 금세 피가 멈추는 효과가 있었다. 누워 있는 남자가 고통스럽게 헉헉거리자, 의림은 그가 살아날지 어떨지 확신이 서지 않아 마음이 급해졌다.

"시주님, 소승이 여쭙고 싶은 것이 있습니다. 부디 가르침을 베풀어주십시오."

갑자기 곡비연이 몸을 휙 돌리는 바람에 촛불이 기우뚱하며 툭 꺼져버렸다. 방 안은 곧바로 깜깜한 어둠에 잠겼다. 곡비연도 놀란 듯 가볍게 비명을 질렀다.

"엄마야, 촛불이 꺼졌어!"

한 치 앞도 볼 수 없이 깜깜해지자 의림은 몹시 당황했다.

'이곳은 출가인이 있을 곳이 아니야. 어서 영호 사형의 시체가 있는 곳을 물어보고 떠나자.'

그녀는 이렇게 결심하고 떨리는 목소리로 물었다.

"시주님, 좀 괜찮으신가요?"

남자는 신음만 흘릴 뿐 아무 대답이 없었다.

곡비연이 대신 말했다.

"열이 나고 있어요. 이마를 만져봐요, 불덩이 같다고요."

의림이 대답하기도 전에 곡비연이 그녀의 손을 잡아 남자의 이마에 올려놓았다. 곡비연이 남자의 얼굴을 가린 천을 치워버렸는지 맨살이 그대로 손에 닿았다. 달아오른 숯처럼 뜨끈뜨끈한 열기가 손바닥에 전해지자 의림은 저도 모르게 측은한 마음이 들었다.

"복용하는 약도 가지고 있으니 먹여야겠어요. 곡 낭자, 촛불 좀 켜주세요."

"알았어요. 나가서 촛불 켤 것을 가져올 테니 기다려요."

그 말을 듣자 의림은 깜짝 놀라 다급히 그녀를 붙잡았다.

"아니, 나가면 안 돼요. 나 혼자 여기 두면 어쩌라는 거예요?"

곡비연은 소리를 죽이고 웃었다.

"그럼 약을 꺼내봐요."

의림이 품을 더듬어 사기로 만든 병 하나를 꺼낸 뒤, 마개를 뽑고 손바닥 위에 뒤집어 알약 세 개를 꺼냈다.

"여기 있어요. 저 사람에게 먹여요."

"깜깜하니 떨어뜨리지 않도록 조심해요. 사람 목숨은 하늘에 달린 것이라 함부로 하면 안 되니까요. 언니는 여기 혼자 있는 것이 싫다고 했으니 내가 여기서 기다리는 동안 언니가 나가서 촛불을 켜와요."

그러나 의림은 혼자 기루를 돌아다닐 생각을 하니 더더욱 간이 콩알만 해졌다.

"아니, 안 돼요! 나갈 수 없어요."

"아이 참, 칼을 뽑았으면 무라도 썰라는 말도 못 들었어요? 여기까지 온 이상 할 수 있는 데까지 해봐야 해요. 약을 저 사람 입에 넣고 차를 마시게 하면 어떨까요? 주변이 온통 깜깜해서 저 사람은 언니 얼굴도 보지 못할 텐데 무슨 상관이에요? 자, 여기 찻잔. 쏟지 않게 조심해요."

의림은 천천히 손을 내밀어 찻잔을 받으며 생각했다.

'사부님께서는 무릇 출가인이란 자비를 근본으로 삼아야 하며, 생명 하나를 구하는 것이 7층석탑을 쌓는 것보다 낫다고 말씀하셨어. 이 사람이 영호 사형의 시체가 있는 곳을 모른다 해도 생명이 위태로우니 출가인으로서 마땅히 구해야 해.'

그녀는 조심조심 오른손을 내밀었다. 손등이 남자의 이마에 닿자 약을 흘리지 않도록 천천히 손을 뒤집어 백운웅담환白雲熊膽丸 세 알을 남자의 입속으로 떨어뜨렸다. 남자는 약을 머금고 있다가 찻물이 흘러들자 약을 삼킨 후 분명하지 않은 발음으로 고맙다는 인사를 했다.

의림이 말했다.

"시주님, 중상을 입었으니 푹 쉬셔야 하지만 급한 일로 여쭐 것이 있습니다. 협객 영호충이 나쁜 사람에게 피살되었는데 그 시체가…."

"지… 지금 영호충이라고…."

"그렇습니다! 시주님께서는 영호 협객의 시체가 어디에 있는지 아십니까?"

"시… 시체?"

"그래요. 영호 협객의 시체 말입니다. 어디에 있습니까?"

그 사람이 희미한 목소리로 중얼거렸지만, 소리가 너무 작아 전혀 알아들을 수가 없었다. 의림은 다시 한번 물으면서 남자의 입 쪽으로 귀를 바짝 가져갔으나, 남자는 가쁜 숨을 내쉬며 입만 달싹일 뿐 아무 말도 하지 못했다.

의림은 퍼뜩 정신이 들었다.

'본 파의 천향단속교와 백운웅담환은 효과가 뛰어난 만큼 약성이 강해. 특히 백운웅담환은 복용한 뒤 흔히 반나절쯤 정신을 잃기 마련이고 그때야말로 가장 중요한 순간인데 이렇게 몰아붙이면 환자에게 좋지 않아.'

그녀는 가만히 탄식하고 휘장 안에서 빠져나와 침상 앞에 놓인 의자에 몸을 기대며 중얼거렸다.

"몸이 나으면 그때 물어보자."

"언니, 저 사람 살아날까요?"

곡비연이 물었다.

"회복되면 좋겠지만 가슴에 난 상처가 너무 깊어요. 곡 낭자, 저분은… 누구예요?"

곡비연은 대답하지 않고 가만히 있다가 화제를 돌렸다.

"할아버지는 언니가 본질을 꿰뚫어보는 눈이 없어서 승려가 되기는 한참 멀었다고 하셨어요."

의림은 깜짝 놀랐다.

"낭자의 할아버지가 나를 아나요? 내… 내가 보는 눈이 없는 것을 어떻게 아시죠?"

"어제 나를 회안루로 데려가신 게 할아버지였으니까요. 우리 둘 다 언니와 영호충이 전백광과 싸우는 것을 봤어요."

의림은 탄성을 터뜨렸다.

"그럼 함께 있던 사람이 할아버지였나요?"

"그래요. 언니네 그 영호 사형이라는 사람은 입담이 여간 아니더군요. 앉아서 싸우면 천하에서 둘째라고 할 때는 할아버지도 반쯤 믿었어요. 정말로 측간에서 뭔가 대단한 검법을 익혀 전백광을 물리칠 수 있나 보다 생각했다니까요, 후훗!"

어둠 속이라 곡비연의 얼굴은 보이지 않았지만, 환하게 웃는 것이 분명했다. 그녀의 웃음소리가 즐겁고 유쾌할수록 의림의 마음은 씁쓸하기만 했다.

곡비연은 그 마음도 모른 채 말을 이었다.

"전백광이 달아나자 할아버지는 참 못난 사내라고 혀를 차셨어요. 싸움에서 지면 언니를 사부로 모시겠다 했으니 당연히 절을 해야지 그렇게 내빼면 어떡해요?"

"영호 사형이 나를 구하기 위해 짜낸 속임수였을 뿐이에요. 정말 이긴 것이 아니지요."

"언니는 참 마음도 좋아요. 전백광이라는 작자가 언니를 그렇게 괴롭혔는데 그런 말이 나와요? 영호충이 죽은 후 언니는 마치 넋이 나간 사람처럼 그의 시체를 안고 비틀비틀 걸어가더군요. 할아버지는 '저 어린 여승이 정이 많구나. 저대로 두면 미칠지도 모르니 따라가보자'라고 하셨어요. 그래서 우리는 언니 뒤를 쫓았죠. 언니가 내내 시체를 꼭 끌어안고 놓지 않는 모습을 보고 할아버지는 '비비야, 저 어린 여승이 상심이 깊은가 보구나. 만약 영호충이라는 녀석이 죽지 않았다면 저 여승은 필시 환속해서 영호충에게 시집을 갔을 거다'라고 하시지 뭐예요."

부끄러움에 의림의 얼굴이 새빨갛게 물들고, 귓불과 목덜미까지 홧홧하게 달아올랐다.

곡비연이 물었다.

"언니, 우리 할아버지 말씀이 맞아요?"

"나 때문에 영호 사형이 죽었어요. 차라리 내가 죽었으면 좋았을 텐데…. 대자대비하신 보살님께서 내 목숨을 거두고 대신 영호 사형을 살려주신다면 나는… 나는… 18층 지옥에 떨어져 영원히 환생하지 못한다 해도… 기꺼이 그렇게 하겠어요."

간절함이 짙게 묻어 있는 목소리였다.

그때, 침상 위의 남자가 희미하게 신음을 흘렸다.

"깨… 깨어났나 봐요. 좀 괜찮은지 물어보세요, 곡 낭자."

"왜 저더러 물으래요? 언니는 입이 없어요?"

의림은 잠시 망설이다가 침상 앞으로 다가가 휘장 밖에서 물었다.

"시주님, 몸은 좀…."

채 묻기도 전에 또다시 신음 소리가 들려왔다.

'저렇게 고통스러워하는데 귀찮게 하면 안 돼.'

의림은 입을 다물고 기다렸다. 잠시 후, 약효가 듣기 시작했는지 숨소리가 점점 고르게 퍼지더니 남자는 다시 잠이 들었다.

곡비연이 속삭이듯 물었다.

"언니, 어째서 영호충 대신 죽겠다는 거예요? 그렇게나 그 사람이 좋아요?"

"아, 아니에요! 곡 낭자, 나는 출가인이니 부처님을 모독하는 말은 하지 말아요. 영호 사형은 생면부지인 나를 구하려다 목숨을 잃었어요. 그래서… 그래서 너무 미안한 거예요."

"영호충이 살아 돌아온다면 무슨 일이든 할 수 있어요?"

"그래요. 영호 사형을 위해서라면… 나는… 천 번 죽어도 원망하지 않을 거예요."

갑자기 곡비연이 소리 높여 웃어댔다.

"영호 오라버니, 들었죠? 의림 언니가 분명 자기 입으로….

"또 무슨 장난이에요?"

의림은 화난 목소리로 외쳤지만 곡비연은 무시하고 계속 말했다.

"자기 입으로 말했다고요. 영호 오라버니가 살아나기만 하면 무엇이든 해주겠대요."

전혀 장난스러운 말투가 아니라는 것을 깨닫자, 의림은 머리가 어질어질하고 심장이 미친 듯이 두방망이질쳤다.

"서, 설마….

깔깔거리는 웃음소리와 함께 눈앞이 환해졌다. 어느새 촛불을 켠 곡비연이 휘장을 활짝 걷고 의림을 향해 손짓을 했다. 주춤주춤 그쪽으로 다가간 의림은 별안간 망치로 머리를 맞은 듯 눈앞에 별이 오락가락하여 힘없이 뒤로 쓰러졌다. 곡비연이 재빨리 팔을 뻗어 그런 그녀를 붙잡았다.

"놀랄 줄 알았다니까요. 이 사람이 누군지 알죠?"

"이… 이… 이분은….."

한겨울 모기 소리처럼 기운 없는 목소리였다.

침상 위에 누운 남자는 두 눈을 감고 있었지만, 매끈한 얼굴에 자리한 날카로운 눈썹과 얇은 입술은 영호충, 바로 그 사람이었다.

의림은 곡비연의 팔을 힘껏 움켜쥐며 떨리는 목소리로 물었다.

"살… 살아 있었어요?"

곡비연이 웃으며 대답했다.

"아직까지는요. 하지만 언니가 준 약이 듣지 않으면 죽을 거예요."

"아니, 그럴 리 없어요. 절대 죽지 않아요. 살아… 살아 있었다니!"

의림은 기쁜 얼굴로 외치더니, 별안간 눈물을 와락 쏟았다.

"에? 안 죽고 살아 있는데 왜 우는 거예요?"

곡비연이 의아한 듯 물었지만, 의림은 버티지 못하고 침상 앞에 쓰러져 흐느껴 울기 시작했다.

"너무 기뻐서 그래요. 곡 낭자, 정말 고마워요. 이제 보니 당신이… 당신이 영호 사형을 구했군요."

"구한 사람은 내가 아니라 언니예요. 나는 구할 힘이 없는걸요. 천향단속교도 없고."

의림은 그제야 깨닫고 천천히 일어나 곡비연의 손을 잡았다.

"낭자의 할아버지군요. 그분이 구하신 거예요."

그때 바깥 높은 곳에서 외침 소리가 들려왔다.

"의림! 의림아!"

정일 사태의 목소리였다.

의림은 흠칫 놀라 대답하려 했으나, 재빨리 촛불을 끈 곡비연이 입을 틀어막고 귓가에 속삭였다.

"여기가 어딘지 잊었어요? 대답하면 안 돼요."

의림도 자신이 아직 기루에 있다는 사실을 깨닫고 당황해 어쩔 줄 몰랐다. 사부가 부르는데 대답을 하지 않은 적이 단 한 번도 없는 그녀였다.

정일 사태가 카랑카랑하게 외쳤다.

"전백광! 썩 나오너라! 냉큼 의림을 내놓지 못할까!"

"아니, 항산파 백운암의 정일 사태 아니시오? 마땅히 나가서 인사를 드려야 하오만, 곁에 아리따운 여인들이 있어 실례를 범할 수밖에 없구려. 하하하, 아하하하!"

이어서 깔깔대는 여자들의 웃음소리가 들려왔다. 교태가 자르르 흐르는 목소리로 보아 기녀들이 분명했다. 한 여자가 콧소리를 섞어 아양을 떨었다.

"나리, 상관 마시고 입맞춤이나 더 해주세요. 오호호호."

그러자 다른 기녀들도 질세라 점점 더 음탕한 말들을 떠들어대기 시작했다. 아마도 전백광이 정일 사태를 돌려보내기 위해 시킨 것 같았다.

대로한 정일 사태가 버럭 소리를 질렀다.

"전백광! 당장 나오지 않으면 네놈을 천 갈래 만 갈래 찢어놓고야 말겠다!"

전백광은 낄낄 웃었다.

"나가지 않아도 찢어 죽이고, 나가도 찢어 죽일 생각 아니오? 그렇다면 나가지 않는 편이 낫지! 정일 사태, 이곳은 출가인이 올 곳이 못 되니 한시라도 빨리 돌아가는 것이 좋을 거요. 사태의 제자는 이곳에 없소. 그 여자는 계율에 벌벌 떠는 출가인인데 무엇 하러 이런 곳에 오겠소? 사태께서 제자를 찾으러 이런 곳에 오다니 참 이상한 일이구려."

"불을 질러라, 불을! 그래도 저 개망나니 같은 놈이 방 안에 꽁꽁 숨어 있을지 보자!"

정일 사태가 펄펄 뛰며 외쳤으나 전백광은 여전히 여유만만했다.

"정일 사태, 이곳은 형산성에서 이름깨나 날리는 군옥원이오. 불을 지르고 싶으면 마음대로 해도 좋으나, 강호에는 분명 호남성의 유명한 기루가 항산파 백운암 정일 사태의 손에 잿더미가 되었다는 소문이 퍼질 것이오. 사람들은 이렇게들 떠들겠지. '정일 사태는 덕망 높은 여승인데 어째서 그런 곳에 갔을까?' '제자를 찾으러 갔다는군!' '제자? 항산파 제자가 군옥원에는 왜?' 이렇게 너 한마디 나 한마디 하다 보면 귀 파의 명성이 어떻게 될지는 불 보듯 뻔하오. 말해두지만, 이 만리독행 전백광은 하늘도 땅도 두렵지 않지만, 단 한 사람, 사태의 제자만은 두렵소. 우연히 눈에 띄어도 멀찍이 달아나기 바쁜데 무슨 배짱으로 잡아다 놓고 괴롭히겠소?"

들고 보니 옳은 말이었다. 그러나 의림을 쫓아간 제자가 분명 전백광에게 상처를 입고 돌아와 의림이 이곳으로 들어가는 것을 보았다고 했으니 거짓일 리 없었다. 정일 사태는 콧김을 씩씩 내뿜고 발을 쿵쿵 굴러 기왓장을 마구 깨뜨렸지만 뾰족한 수가 없었다.

그런데 맞은편에서 냉랭한 목소리가 들려왔다.

"전백광, 내 제자 팽인기彭人騏를 네놈이 죽였느냐?"

청성파 장문인 여창해였다.

"아이쿠, 이런! 실례했소이다! 청성파 장문인까지 왕림하셨으니 이 군옥원은 앞으로 더 유명해져 눈코 뜰 새 없이 손님들이 몰려들겠구려. 그러고 보니 검법이 보잘것없는 놈을 하나 죽인 적은 있소. 청성파 초식을 쓰는 것 같기도 했는데, 너무 빨리 죽어 이름이 팽인기인지 아닌지 물어볼 틈이 없었소이다."

말이 떨어지기 무섭게 여창해가 쐐액 바람을 가르며 방 안으로 뛰어들었다. 이어 싸움이 시작되었는지 챙챙 무기 부딪는 소리가 잇달아 들려왔다.

지붕 위에 서서 무기 소리에 귀를 기울이던 정일 사태는 속으로 감탄을 터뜨렸다.

'전백광 저놈이 과연 솜씨가 있구나. 쾌도만으로 청성파 장문인과 대등하게 겨루다니.'

느닷없이 쾅 하는 굉음이 터지고 무기 소리가 딱 그쳤다.

곡비연의 손을 꼭 잡은 의림은 전백광과 여창해의 싸움이 어떻게 되었는지 불안하여 손바닥에 잔뜩 식은땀이 났다. 이치대로라면 누차 자신을 괴롭힌 전백광이 여창해에게 혼쭐나기를 바라 마땅하지만, 이상하게도 여창해가 전백광에게 패해 어서 빨리 이곳을 떠나주었으면 싶었고, 사부도 마찬가지였다. 그래야 영호충이 이곳에서 치료에 전념

할 수 있기 때문이었다. 생명이 경각에 달린 지금, 여창해가 뛰어들어 훼방이라도 놓으면 상처가 벌어져 죽는 수밖에 없었다.

멀리서 전백광의 목소리가 들려왔다.

"여 관주, 방이 너무 좁아 움직임에 제약이 많구려. 넓은 곳으로 나가 누가 더 강한지 수백 합을 겨뤄봅시다. 당신이 이기면 요 깜찍한 옥보아玉寶兒를 양보하겠지만, 당신이 지면 옥보아는 내 거요."

여창해는 울화통이 터졌다. 저 음적이 하는 말만 들으면 마치 자신이 질투에 눈이 멀어 옥보아인가 뭔가 하는 군옥원 기녀를 빼앗으러 달려온 것 같지 않은가? 방금 방에서 50여 초를 겨뤄본 결과, 전백광의 도법은 정교하면서도 기묘하고 공격과 수비가 가지런하여 결코 자신의 아래가 아니었기 때문에 넓은 곳에서 수백 초를 겨룬다 한들 반드시 이길 자신은 없었다.

한순간 주위가 쥐죽은 듯 고요해져 의림은 자신의 심장 뛰는 소리까지 들을 수 있었다. 그녀가 고개를 돌려 곡비연의 귀에 속삭였다.

"저… 저 사람들이 이리로 들어오지는 않겠지요?"

사실 나이로 따지면 의림이 곡비연보다 몇 살이나 많았지만, 긴박한 상황에 처하자 아무런 해결책도 내놓을 수가 없었다. 곡비연은 대답 없이 손으로 그녀의 입을 막았다.

문득 유정풍이 목소리가 귀를 때렸다.

"여 관주, 전백광은 수많은 악행을 저질러 훗날 필시 그 보응을 받을 테니 그리 서두르실 필요 없습니다. 저 또한 저런 자들이 몸을 숨기는 이 기루를 없애버리려 마음먹은 지 오래니 이번 일은 제게 맡겨주십시오. 대년, 위의, 다 함께 들어가 수색해라. 한 사람도 빠져나가지 못하게 해야 한다."

유정풍의 제자 향대년과 미위의가 입을 모아 대답했다. 정일 사태도 재빨리 제자들에게 명을 내려 군옥원 주위를 단단히 포위하게 했다.

초조해하는 의림의 귀에 유정풍의 제자들이 호통을 치며 방을 뒤지는 소리가 들려왔다. 유정풍과 여창해의 감독하에 향대년, 미위의 등이 포주들을 두들겨패자 꽥꽥대는 비명 소리가 사방에 울렸다. 청성파의 제자들은 기루의 집기며 찻잔, 술병을 닥치는 대로 박살냈다.

당장이라도 사람들이 들이닥칠 것 같아 의림은 불안을 감출 수가 없었다.

'사부님께서 구하러 오셨는데 나는 대답도 하지 않고 영호 사형과 한 방에 있었으니 이를 어쩌지? 아무리 영호 사형이 중상을 입었다지만, 형산파와 청성파의 남자들이 한꺼번에 들이닥치면 입이 열 개라도 변명할 말이 없을 거야. 이 일로 항산파에 누를 끼친다면… 무슨 낯으로 사부님과 사저들을 뵙겠어?'

그녀는 사문의 명예를 지키기 위해 차고 있던 검을 뽑아 목으로 가져갔다. 그 소리에 의림의 마음을 눈치챈 곡비연이 어둠 속에서도 정확히 그녀의 손목을 붙잡아 만류했다.

"안 돼요! 같이 뚫고 나가요."

그때 부스럭거리는 소리가 나더니 영호충이 침상에서 일어나 앉으며 나지막이 외쳤다.

"촛불을 켜!"

"촛불은 왜요?"

곡비연이 어리둥절해하며 물었다.

"켜라면 켜!"

자못 위엄 어린 목소리에 곡비연은 찍소리도 못하고 부싯돌로 촛불에 불을 붙였다.

일렁이는 촛불 빛을 통해 죽은 사람처럼 해쓱한 영호충의 얼굴을 본 의림은 저도 모르게 놀란 비명을 삼켰다. 영호충은 침상 머리맡에 놓인 자신의 겉옷을 가리키며 말했다.

"옷을… 입혀주시오."

의림은 바들바들 떨며 다가가 겉옷을 어깨에 걸쳐주었다. 영호충은 옷자락을 여며 핏자국과 상처를 가렸다.

"두 사람 다 이 침상에 누우시오."

"우와, 재미있겠다!"

곡비연이 킥킥 웃으며 의림을 잡아끌고 이불 속으로 들어갔다.

그때 수색하던 사람들이 불빛을 발견하고 시끄럽게 외쳤다.

"저쪽이다! 저쪽을 살펴라!"

곧이어 사람들이 벌떼같이 몰려들었다. 영호충은 간신히 일어나 문을 닫고 빗장을 건 다음, 침상으로 돌아와 휘장을 걷으며 말했다.

"이불 속으로 완전히 숨으시오!"

"움… 움직이지 말아요. 상처가 벌어질지도 몰라요."

의림이 불안하게 말했다. 영호충이 왼손을 뻗어 그녀의 머리를 이불 속으로 밀어넣고, 오른손으로는 곡비연의 머리칼을 잡아 베개 위에 흩뜨렸다. 겨우 이 정도 움직임에도 상처에서 다시 피가 흐르기 시작했다. 그는 두 다리에 힘이 풀려 침상에 털썩 주저앉았다.

바로 그때 누군가 문을 마구 두드리며 외쳤다.

"개자식, 문 열지 못해!"

방문을 걷어찼는지 이내 문이 쾅 하고 부서질 듯 열리며 서너 사람이 안으로 들이닥쳤다.

앞장선 사람은 다름 아닌 청성파 제자 홍인웅이었다. 영호충을 발견한 그는 대경실색하여 주춤주춤 물러났다.

"여, 영호충?"

영호충을 만난 적은 없지만, 나인걸의 손에 죽었다는 이야기를 들었던 향대년과 미위의도 홍인웅이 그 이름을 외치자 괜스레 가슴이 서늘해져 뒷걸음질쳤다. 그들이 서로를 바라보며 어쩔 줄 몰라 하는 사이, 영호충이 천천히 일어나 입을 열었다.

"아니… 왜 이렇게 당신들은…."

"영호충, 살… 살아 있었군?"

"그렇게 쉽게 죽을 리가 있나?"

영호충은 쌀쌀하게 대답했다.

그사이 여창해가 사람들을 헤치며 나타났다.

"네가 바로 영호충이냐? 오냐, 잘 만났다!"

영호충은 그를 흘끗 바라보았지만 대답은 하지 않았다.

"이 기루에는 무슨 일로 왔느냐?"

여창해의 두 번째 질문에 영호충은 껄껄 웃었다.

"뻔한 질문을 하시는군요. 기루에 오는 이유는 하나밖에 없지 않습니까?"

"화산파는 문규가 엄하다고 들었건만 화산파의 대제자이자 군자검君子劍 악 선생의 전승자가 기루를 드나들며 창기들과 어울리다니.

허허, 실로 황당하구나!"

"화산파의 문규를 세우는 것은 화산파의 일입니다. 제삼자가 감 놔라 배 놔라 할 문제는 아니지요."

노련한 여창해는 영호충의 핏기 없는 얼굴과 떨리는 몸을 보고 중상을 입었다는 것을 단박에 알아차렸다. 무슨 노림수가 있는 것이 아닐까 싶기도 했지만 도리어 잘되었다는 생각도 들었다.

'그 항산파 계집은 이놈이 인걸에게 죽었다고 했는데 아직 살아 있는 것을 보니 거짓말을 한 것이 분명하구나. 입만 열면 영호 사형, 영호 사형 하며 곰살궂게 굴더니… 어쩌면 진즉에 정을 통했는지도 모른다. 그 계집이 이곳으로 들어간 것을 똑똑히 본 사람이 있는데 종적을 찾을 수가 없으니 십중팔구 이놈이 숨겨주었을 것이다. 흥, 그간 무림의 명문정파로 자부하며 우리 청성파를 알은척도 않던 오악검파가 아니더냐? 이 자리에서 그 계집을 끌어내면 화산파와 항산파는 물론이고 오악검파 모두에게 치욕을 안길 수 있다. 그러면 다시는 잘난 척하지 못하겠지.'

그는 재빨리 방 안을 훑어보았지만 영호충 외에는 아무도 없었다.

'보아하니 그 계집은 저 이불 속에 숨어 있겠군.'

그는 곧 홍인웅에게 명령했다.

"인웅아, 휘장을 걷어라. 침상에서 무슨 재미난 일이 벌어지고 있는지 보아야겠다."

"예!"

홍인웅은 시원하게 대답하고 침상으로 다가갔으나, 영호충에게 쓴맛을 본 적이 있어 저도 모르게 그의 눈치를 살피며 머뭇거렸다. 영호충이 피식 웃었다.

"살기가 싫은 모양이지?"

홍인웅은 움찔했지만, 사부만 믿고 보란 듯이 검을 뽑았다.

영호충이 여창해를 돌아보았다.

"대체 무슨 생각이십니까?"

"항산파에서 잃어버린 제자가 이 기루로 들어가는 것을 본 사람이 있다. 그러니 샅샅이 조사해야 한다."

"오악검파의 일인데 무슨 이유로 청성파가 나서는 겁니까?"

"이 일만큼은 반드시 밝혀야겠다. 인웅아, 열어라!"

"예!"

홍인웅이 장검으로 휘장을 걷었다.

의림과 곡비연은 서로 부둥켜안고 이불 속에 웅크리고 있었다. 영호충과 여창해의 대화를 듣고 속으로 비명을 지르며 덜덜 떨던 두 사람은 홍인웅이 휘장을 걷는 소리에 혼이 달아날 것처럼 놀랐다.

휘장이 걷히는 순간, 모든 사람들의 시선이 침상에 꽂혔다. 원앙 한 쌍을 수놓은 빨간 비단 이불 속에 누군가 누워 있었고, 베개에는 길고 까만 머리칼이 흩어져 있었다. 이불 속에 있는 사람이 단단히 겁을 집어먹었는지 이불이 바들바들 떨리는 것이 보였다.

여창해는 흩뜨려진 머리칼을 보고 적잖이 실망했다. 머리칼이 있으니 누가 보아도 항산파의 여승은 아니었기 때문이다. 영호충이 정말 기녀를 불러들인 모양이었다.

영호충은 차갑게 내뱉었다.

"여 관주, 여 관주께서도 출가인이지만 청성파는 혼인을 금하지 않기 때문에 큰부인 외에도 작은부인들을 무수히 얻으셨다 들었습니다. 그렇게 호색하신 분이니 벗은 여자를 보고 싶으면 당당하게 이불을 들춰보시지요. 사내답지 못하게 항산파 제자를 찾는다는 핑계는 왜 대십니까?"

"터진 입이라고 함부로 말하는구나!"

여창해가 버럭 화를 내며 오른손을 휘두르자 영호충은 몸을 살짝 틀어 장풍을 피했다. 그러나 중상을 입어 움직임이 둔한 데다 여창해의 장력이 워낙 강력하여, 몸을 살짝 스치기만 했는데도 버티지 못하고 침상 위로 넘어지고 말았다. 그는 억지로 일어섰지만 입을 여는 순간 새빨간 피가 울컥 쏟아지고 몸이 휘청휘청했다. 그는 겨우 몸을 가누고 중심을 잡았지만 그러는 동안 또다시 입에서 핏덩이가 튀어나왔다.

여창해가 또 한 번 장법을 펼치려는데, 창밖에서 누군가 외쳤다.

"나잇살이나 먹고 젊은이를 괴롭히다니, 부끄러운 줄 알아라!"

그 말이 끝나기도 전에 여창해는 팔을 획 돌려 창문을 짚으며 창밖으로 몸을 날렸다. 어른거리는 촛불에 추한 꼽추가 담장 저편으로 달아나는 모습이 보였다.

"섰거라!"

여창해가 일갈하며 뒤를 쫓았다.

꼽추는 바로 임평지였다. 유정풍의 집에서 여창해와 충돌했지만 곡비연이 나타나 여창해의 신경이 그리로 쏠린 틈을 타 슬그머니 빠져나갈 수 있었던 것이다. 대청에서 물러난 그는 부모님을 구해낼 뾰족한 방법이 떠오르지 않아 담 모퉁이에 숨어 갈팡질팡했다.

'내가 꼽추로 변장한 것을 모두 눈치챘으니 청성파 사람과 마주치면 죽은 목숨이야. 변장을 지우는 것이 좋을까?'

여창해에게 잡혀 온몸이 저릿저릿해지면서 반항조차 못한 기억을 떠올리자 머리가 복잡해지고 힘이 쭉 빠졌다. 세상에 그렇게 무공이 강한 사람이 있을 줄이야. 생각만 해도 투지가 사라지는 것 같았다.

그렇게 넋을 놓은 지 얼마나 지났을까, 누군가 그의 굽은 등을 툭툭 쳤다. 화들짝 놀라 돌아보니 불룩 솟은 등이 눈에 확 띄는 진짜 꼽추, 새북명타 목고봉이었다.

"이 엉터리 꼽추 놈, 무슨 연유로 내 손자인 척했느냐?"

목고봉은 성격이 포악하고 무공까지 높아, 조금이라도 그에게 거슬리는 말을 하면 그 자리에서 죽임을 당했다. 다행히 임평지는 많은 사람들 앞에서 그에게 절을 하고 정의로운 사람이라 치켜세우는 등 호감 살 일만 했으니, 그 태도를 유지하면 화를 입지는 않겠지 싶었다.

"새북명타 목 대협은 영웅호걸이라 어려움에 빠진 사람을 돕는 것을 삶의 낙으로 삼는다는 말을 듣고 오래전부터 흠모해왔습니다. 그래서 저도 모르게 목 대협의 모습을 흉내 낸 것이니 넓은 아량으로 용서해주십시오."

목고봉은 껄껄 웃었다.

"어려움에 빠진 사람을 도와? 황당무계하구나."

거짓말인 줄 뻔히 알지만 듣기에 썩 나쁘지는 않았다.

"이름이 무엇이냐? 문파는 어디지?"

"제 진짜 성은 임가입니다만 어쩌다 보니 선배님의 성을 빌려 썼습니다."

임평지의 대답에 목고봉은 냉소를 지었다.

"어쩌다 보니 그랬다고? 흥, 이 할애비의 이름을 이용해먹으려던 것이겠지. 여창해는 청상파의 장문인이다. 손가락 하나만 까딱해도 네 목숨줄을 끊을 수 있는데, 간도 크게 그런 자에게 덤비다니 보통내기가 아니구나."

여창해라는 이름이 나오자 임평지는 피가 거꾸로 솟아 와락 소리를 질렀다.

"제 숨이 붙어 있는 한 기필코 그 간악한 놈을 죽여버릴 겁니다!"

"여창해와 무슨 원한이라도 있느냐?"

임평지는 약간 망설였다.

'나 혼자만의 힘으로는 아버지와 어머니를 구하기가 쉽지 않아. 차라리 이 사람에게 도움을 청하자.'

그가 별안간 무릎을 꿇고 머리를 조아리며 말했다.

"부모님이 그 간악한 놈의 손에 떨어졌습니다. 부디 의로우신 선배님께서 도와주십시오."

목고봉은 눈썹을 찌푸리며 고개를 설레설레 저었다.

"이 꼽추 어르신은 얻을 것이 없는 일은 하지 않는다. 네 아비가 누구냐? 네 아비를 구하면 내게 무슨 이득이 있느냐?"

그때 문 건너편에서 누군가 나지막한 목소리로 초조하게 말하는 소리가 들려왔다.

"어서 사부님께 보고드려라. 군옥원이라는 기루에서 청성파 제자 한 명이 죽고 항산파 제자는 부상을 입고 돌아왔다."

목고봉이 소리 죽여 말했다.

"네 일은 나중에 이야기하자꾸나. 재미있는 볼거리가 생겼으니 안목을 넓히고 싶거든 날 따라오너라."

목고봉에게 붙어만 있으면 언제든 도움을 청할 수 있다고 생각한 임평지가 재빨리 고개를 끄덕였다.

"예, 그래야지요. 선배님께서 가시는 곳은 어디든 따르겠습니다."

"미리 말해두마. 이 꼽추 어르신은 무슨 일이든 이득이 생기는 일만 한다. 아첨 몇 마디로 이 어르신을 꼬드겨볼 생각일랑 깨끗이 단념하는 것이 좋을 게다."

임평지는 '예예' 하고 적당히 얼버무렸다.

"놈들이 출발했다. 따라오너라."

말이 끝나기 무섭게 목고봉이 임평지의 오른손을 홱 낚아채자 임평지는 마치 몸이 허공으로 붕 떠오르는 것 같았다. 질풍처럼 형산성 거리를 지나는 동안 발이 땅에 닿는 느낌조차 없었다.

군옥원에 당도한 목고봉과 임평지는 나무 뒤에 숨어 동정을 살폈다. 여창해와 전백광이 싸움을 벌이고, 유정풍이 제자들을 시켜 방을 수색하고, 영호충이 모습을 드러내는 장면을 일일이 지켜보던 임평지는 여창해가 영호충을 공격하려 하자 성질을 이기지 못하고 '나잇살이나 먹고 젊은이를 괴롭히다니' 하고 욕을 퍼부었다. 그 즉시 경솔한 행동을 후회하며 허둥지둥 몸을 숨겼지만, 여창해의 반응이 어찌나 빠른지 '섰거라!' 하는 외침이 끝나기도 전에 강력한 장력이 그를 휘감았다. 그 장력에 휩쓸리면 오장육부가 갈라지고 전신의 뼈가 산산조각날 것이 뻔했지만, 상대가 누군지 확인한 여창해는 바로 힘을 쓰지 않고 위협만 하며 냉소를 흘렸다.

"네놈이구나!"

그의 시선이 임평지 뒤에 조금 떨어져 서 있는 목고봉에게 날아들었다.

"꼽추, 누차 어린아이를 내세워 시비를 거는데… 대체 무슨 속셈으로 이러시오?"

목고봉은 큰 소리로 웃었다.

"이 녀석이 내 손자인 척하지만 사실은 본 적도 없는 얼굴이라네. 이 녀석은 임씨고 나는 목씨인데 한집안 사람일 리가 있겠나? 내 여 관주 당신이 두려워서가 아니라, 가진 것 하나 없는 이 녀석의 방패 노릇은 하기 싫어서 하는 말이네. 방패를 하려면 나도 얻는 것이 있어야 않겠나. 금은보화가 쏟아진다면야 주판을 잘 튕겨보고 도울 수도 있지만, 지금은 누가 봐도 밑지는 장사로구먼. 내 절대 이런 장사는 안 하지."

그 말에 여창해는 속으로 히죽 웃었다.

"저 녀석이 목 형과 아무 관계가 없다니 빈도가 사양치 않고 손을 봐주겠소."

그가 손바닥에 모은 내력을 쏟아내려는 순간, 안에서 누군가 큰 소리로 외쳤다.

"나잇살이나 먹고 젊은이를 괴롭히다니, 부끄러운 줄 아시오!"

여창해가 흠칫 놀라 고개를 돌려보니 다름 아닌 영호충이었다.

여창해는 노기충천했으나 '나이 먹고 젊은이를 괴롭힌다'는 말이 정곡을 찔렀다. 영호충이건 임평지건 무공에 있어서는 그에 비해 한참 부족하니 마음만 먹으면 숨통을 끊어놓기는 식은 죽 먹기지만, 나이 먹고 젊은이를 괴롭힌 것은 누가 봐도 명확했고, 부끄러운 줄 모른다는 손가락질 역시 피하기 어려웠다. 그렇다고 용서를 하자니 분통이 터져 견딜 수가 없었다.

"네 문제는 나중에 네 사부에게 따져주마."

그는 영호충을 향해 냉소를 지으며 내뱉은 뒤 임평지를 돌아보았다.

"네놈은 도대체 어느 문파 출신이냐?"

임평지가 노한 목소리로 대꾸했다.

"이 악독한 놈! 우리 집안을 풍비박산 내놓고 무슨 염치로 그런 질문을 하느냐?"

여창해는 고개를 갸웃했다.

'저렇게 추악하게 생긴 놈을 만난 적이 있던가? 집안을 풍비박산 냈다는 말은 또 무슨 소리지?'

궁금하기는 했으나 보는 눈이 많아 시시콜콜 따질 수는 없었다. 그가 홍인웅을 돌아보며 명령했다.

"인웅아, 저놈부터 처리하고 영호충을 잡아라."

제자가 나서면 나이 먹고 젊은이를 괴롭힌다는 말은 듣지 않아도 되기에 한 말이었다.

홍인웅이 큰 소리로 대답하며 검을 뽑아 들었다. 임평지도 차고 있던 검을 뽑았지만 채 들어올리기도 전에 홍인웅의 검이 서늘한 기운을 뿌리며 그의 가슴에 닿았다. 임평지가 악을 쓰며 외쳤다.

"여창해, 이 임평지는…!"

여창해는 깜짝 놀라 황급히 왼손을 휘둘렀다. 장풍이 홍인웅의 검을 때리자 검은 균형을 잃고 임평지의 오른팔을 살짝 비껴 지나갔다.

"뭐라고?"

"이 임평지는 죽어 귀신이 되어서라도 네놈의 목을 따러 찾아갈 것이다!"

"네… 네가 복위표국의 임평지냐?"

더 이상 신분을 감추기는 틀렸다는 것을 깨달은 임평지는 호기롭게 죽겠다 마음먹고 얼굴에 바른 고약을 떼어내며 낭랑한 목소리로 외쳤다.

"그렇다. 내가 복주 복위표국의 임평지다! 양가의 규수를 희롱하던 네 아들놈을 죽인 사람도 바로 나다! 네놈은 우리 집안을 몰살시켰고 부모님까지…. 그분들을… 대체 어디 가뒀느냐?"

청성파가 일거에 복위표국을 무너뜨린 사건은 이미 강호에 떠들썩하게 소문이 나 있었다. 장청자가 임원도의 검에 패배한 사실을 아는 사람이 별로 없었기에 강호인들 대부분은 청성파가 임가의 〈벽사검보〉를 노리고 벌인 일이라고 입방아를 찧어댔다. 영호충이 회안루에서 복위표국을 미끼로 나인걸을 유인하여 찔러 죽일 수 있었던 것도 그 소문을 들었기 때문이었다.

목고봉 역시 그랬다. 가짜 꼽추가 복위표국의 임평지라고 밝히는 순간 여창해가 잔뜩 긴장한 표정으로 다급히 홍인웅의 검을 밀어내자, 목고봉은 임평지가 〈벽사검보〉를 가지고 있다고 확신했다. 때마침 여창해가 임평지의 오른손 손목을 움켜쥐고 힘껏 잡아당기는 것을 본 그는 버럭 소리를 지르며 나섰다.

"잠깐!"

목고봉이 다짜고짜 임평지의 왼손 손목을 잡아 뒤로 잡아당기는 바람에 양쪽으로 팽팽히 당겨진 임평지의 몸에서 우두둑 소리가 났다.

사이에 낀 임평지는 지독한 통증에 정신을 잃을 지경이었다.

계속 힘을 주면 임평지가 죽을지도 모른다는 생각이 들자, 여창해는 다른 손으로 검을 뽑아 목고봉을 겨눴다.

"목 형, 놓으시오!"

목고봉이 왼손을 휘두르자 쩡 하고 여창해의 검이 밀려났다. 어느 틈에 그의 손에는 푸르스름하게 번쩍이는 만도彎刀가 들려 있었다. 여창해가 검법을 펼치자 검이 쉭쉭 소리를 내며 예닐곱 번이나 목고봉을 찔렀다.

"목 형, 우리 사이에 원한이 있는 것도 아닌데 이깟 놈 때문에 마음 상할 필요는 없지 않소?"

말은 그렇게 하지만 움켜잡은 임평지의 손목은 놓을 생각이 없어 보였다.

목고봉은 찔러오는 검을 만도로 차례차례 물리치며 대꾸했다.

"조금 전 이 녀석이 내게 절을 하며 할아버지라 부르는 것을 본 사람이 한둘이 아니네. 내 여 관주와 원수진 일도 없고 앞으로도 그럴 생각이 없지만, 나를 할아버지라 부른 녀석을 잡아 죽이면 내 체면이 어찌 되겠는가? 손자가 죽어도 모른 척하면 앞으로 누가 할아버지라 불러주겠나?"

말하는 동안에도 두 사람의 무기는 그칠 줄 모르고 땡땡거리며 서로 부딪쳤고 그 속도도 점점 더 빨라졌다.

여창해는 격노했다.

"목 형, 이놈은 내 아들을 죽였소. 아들을 죽인 원수를 갚지 말란 말이오?"

목고봉은 큰 소리로 웃으며 대답했다.

"아아, 그랬군. 여 관주 정도 되면 체면을 세워주어야지. 내 대신 복수를 해주겠네. 자자, 힘껏 당기게나, 나도 이쪽에서 당길 테니. 셋을 세는 동안 이 녀석을 양 갈래로 찢어놓으세!"

그는 히죽거리며 말한 뒤 소리를 높였다.

"하나, 둘, 셋!"

그 순간 강력한 장력이 쏟아져들어와 임평지의 몸은 끊어질 듯이 우두둑 소리를 냈다.

여창해는 깜짝 놀랐다. 따지고 보면 복수를 서두를 필요도 없는 데다 검보를 손에 넣기 전에 임평지를 죽일 수는 없었다. 그가 와락 손을 놓는 바람에 힘의 균형이 무너지자 임평지는 휘청거리며 목고봉 쪽으로 끌려갔다.

목고봉이 껄껄거렸다.

"이거 참 고맙군! 여 관주는 역시 믿을 만한 친구로구면. 이 꼽추의 체면을 살리겠다고 아들을 죽인 원수까지 풀어주다니, 이 강호에 여 관주만큼 의리를 중요시하는 사람은 다시없을 걸세!"

여창해는 쌀쌀하게 대꾸했다.

"아니 다행이오. 오늘은 내가 양보했으나 다음번에는 쉽지 않을 것이오."

목고봉은 히죽히죽 웃었다.

"그야 모르지. 여 관주의 의리가 하늘을 찌를 듯 높아 다음번에도 용서할지 누가 알겠나?"

"가자!"

여창해는 코웃음을 치며 제자들을 이끌고 떠났다.

마침 군옥원에서 의림을 발견하지 못한 정일 사태는 급한 마음에 여승들을 데리고 서쪽을 수색하러 갔고 유정풍도 제자들과 함께 동쪽으로 떠난 뒤라, 청성파까지 사라지자 군옥원에는 목고봉과 임평지 단둘만 남았다.

목고봉이 히죽 웃으며 말했다.

"꼽추는커녕 번듯하게 잘생긴 녀석이었구나. 이 녀석아, 이제부터는 할아버지라 부를 것 없다. 이 꼽추 어르신 마음에 쏙 드니 제자로 받아들여주마, 어떠냐?"

목고봉과 여창해가 상승의 내력으로 잡아당기는 통에 견디기 힘든 고통을 받은 임평지는 혼자 끙끙거리다가, 목고봉의 말을 듣고 곰곰이 생각했다.

'저 꼽추의 무공은 아버지보다 열 배는 높아. 여창해조차 한발 양보할 정도니 사부로 삼으면 복수는 할 수 있겠지. 하지만 청성파 제자가 칼을 휘두를 때는 눈 하나 깜짝하지 않다가 내가 누군지 알고 나서야 나선 걸 보면 다른 이유가 있겠지. 제자로 삼겠다는 것도 결코 좋은 뜻에서 한 말은 아닐 거야.'

망설이는 그의 표정을 보고는 목고봉이 덧붙였다.

"새북명타의 무공과 명성은 너도 잘 알 테지. 이 꼽추 어르신은 여태껏 제자를 거둔 적이 없다. 나를 사부로 모시면 내가 가진 무공을 모두 이어받을 수 있다. 그렇게만 되면 청성파의 꼬맹이들은 말할 것도 없고, 언젠가 여창해를 쓰러뜨리는 것도 어렵지 않을 게다. 이놈, 어서 사부에게 절하지 않고 무얼 하느냐?"

그가 이렇게 적극적으로 나오자 임평지는 더욱 의심스러웠다.

'정말 내가 마음에 들었다면 그렇게 인정사정없이 팔을 잡아당겼겠어? 여창해란 놈이 내가 아들을 죽인 원수라는 것을 알면서도 찢어 죽이려 하지 않은 이유는 〈벽사검보〉 때문이야. 오악검파에는 무공이 높고 올바른 사람들이 많으니 사부를 구하려면 그들 중에서 명성이 높은 사람을 찾아야 해. 이 꼽추는 심보가 고약하니 아무리 무공이 높아도 사부감은 아니야.'

임평지가 여전히 망설이자 목고봉도 슬슬 화가 치밀었지만 여전히 사람 좋게 웃어 보였다.

"왜 그러는 게냐? 이 꼽추 어르신의 무공이 네 사부가 되기에 모자라다 싶으냐?"

목고봉의 안색이 어두워지며 흉악한 표정을 짓다가 금세 다시 친절한 미소를 짓는 것을 본 임평지는 위태로운 상황임을 알아차렸다. 사부로 모시겠다고 하지 않으면 노기가 폭발하여 당장에 쳐 죽일지도 모를 일이었다.

"목 대협, 제자로 받아주시겠다니 더할 나위 없는 영광입니다. 하지만 저는 가전家傳 무공을 익혔기 때문에 새 스승을 얻으려면 아버지께 허락을 받아야 합니다. 집안 법도와 무림의 규칙이 그렇습니다."

목고봉은 고개를 끄덕였다.

"일리가 있구나. 하지만 네가 익힌 재주는 당최 무공이라 할 수도 없는 수준이다. 아마 네 아비의 무공도 그 정도겠지. 잘 생각해봐. 오늘은 이 어르신이 기분이 좋아서 제자를 받겠다고 생각했으나 나중에는 마음이 변할지도 모른다. 기연이란 바란다고 오는 것이 아닌데 영리해 보이는 녀석이 어찌 그리 모르느냐? 일단 사부로 모시겠다 절을 하거라. 그런 다음 내가 네 아비를 찾아가 말하면 설마 거부하기야 하겠느냐?"

그 말에 임평지의 마음이 움직였다.

"목 대협, 제 부모님은 청성파의 손에 떨어져 생사를 알 수 없습니다. 부디 부모님을 구해주십시오. 그렇게만 된다면 은혜를 잊지 않고 무엇이든 시키는 대로 따르겠습니다."

"뭐라고? 거래를 하자는 게냐? 네 녀석이 무에 그리 대단하다고 그렇게까지 해서 제자로 삼겠느냐? 감히 나를 협박하다니!"

목고봉은 대뜸 화를 냈다. 당장 소매를 떨치고 돌아서고 싶었으나, 만인 앞에서 아들 죽인 원수를 순순히 놓아준 여창해를 생각하니 필시 남들이 모르는 중요한 이유가 있으리라 싶어 발이 떨어지지 않았다. 여창해가 어떤 사람인데 그렇게 쉽게 원수를 용서하겠는가? 그가 순순히 물러간 것을 보면 강호에 떠도는 소문대로 임가의 〈벽사검보〉에 예사롭지 않은 구석이 있는 모양이었다. 임평지를 제자로 만들면 그 무공이 손에 들어오는 것은 시간문제였다.

"어서 절을 해라. 세 번만 절하면 내 제자가 된다. 사부로서 내가 설마 제자의 부모님을 모른 척하겠느냐? 여창해가 제자의 부모를 붙잡아두고 있으니 가서 내놓으라고 하면 그자도 거절할 명분이 없지 않겠느냐?"

임평지는 부모님을 구하고픈 마음이 굴뚝같았다.

'아버지와 어머니가 간악한 자의 손에 잡혀 계시니 무슨 수를 써서든 하루빨리 구해드려야 해. 잠시 몸을 숙이고 저자를 사부로 삼자. 부모님만 구해준다면 못할 일이 어디 있겠어?'

이렇게 마음먹은 그가 무릎을 꿇자, 목고봉은 임평지의 마음이 바뀔까 봐 얼른 손을 내밀어 그의 머리를 눌렀다. 본래 절을 하려던 임평지는 억지로 머리를 누르는 행동에 반감이 들어 도리어 고개를 빳빳이 쳐들었다.

"허, 절을 안 하겠다는 거냐?"

목고봉이 노여워하며 손에 더욱 힘을 주었다. 본디 자존심이 강한 데다 복위표국 소표두로서 남들에게 떠받들리기만 한 임평지가 이런 굴욕을 당해보았을 리 만무했다. 부모님을 구하기 위해 절을 하기로 마음먹었지만, 목고봉이 힘으로 눌러대자 고집 센 성격이 다시 머리를 쳐들었다.

"제 부모님을 구해주겠다고 약속하시면 당장 절을 하고 사부로 모시겠습니다. 그런 약속도 없이 절을 하라면 죽어도 못합니다."

그가 큰 소리로 외치자 목고봉은 눈살을 찌푸렸다.

"죽어도 못해? 오냐, 정말 죽어도 못하는지 볼까?"

그가 더욱 힘주어 누르자 임평지는 허리를 세우며 일어나려 했지만, 머리에 천 근짜리 바위를 얹은 것처럼 도무지 일어날 수가 없었다. 그는 어쩔 수 없이 두 손으로 땅을 짚고 억지로 버텼다. 목고봉이 더욱더 힘을 주자 목뼈가 우두둑 소리를 냈다.

목고봉은 껄껄거리며 웃었다.

"이래도 안 할 테냐? 내가 조금만 더 힘을 주면 네 목뼈가 버티지 못할 텐데."

머리가 조금씩 내려가 바닥과의 거리가 겨우 다섯 치밖에 안 될 정도로 가까워졌지만, 임평지는 있는 힘을 다해 외쳤다.

"싫습니다. 절대 안 합니다!"

"정말이냐?"

목고봉이 손에 힘을 주자 임평지의 머리가 두 치 정도 더 내려갔다. 바로 그때, 임평지는 등이 따스해지며 부드러운 기운이 몸속으로 흘러드는 것을 느꼈다. 느닷없이 머리가 가뿐해지자 그는 양손으로 땅을 짚고 벌떡 일어났다.

임평지에게도 뜻밖이었지만 목고봉은 그보다 훨씬 더 놀랐다. 방금 그의 손을 밀어낸 내공은 무림에서 명성이 자자한 화산파의 자하공紫霞功인 듯했다. 소문에 듣자니 자하공은 처음에는 꽃구름처럼 있는 듯 없는 듯하지만, 힘이 쌓일수록 부드러우면서도 질기게 이어지다가 마지막에는 천지를 뒤덮을 만큼 강력해져 아무도 막을 수 없다고 했다. 자하라는 이름이 붙은 것도 그런 이유에서였다.

목고봉은 놀란 와중에도 다시 임평지의 머리에 손을 댔다. 손바닥이 정수리에 닿는 순간 또다시 부드럽고 질긴 힘이 솟아나, 그는 물론이고 임평지까지 부르르 몸을 떨었다. 목고봉은 팔이 저릿저릿하고 가슴께가 무지근하게 아파오는 것을 느끼며 두어 걸음 뒤로 물러났다.

"화산파의 악 형 아닌가? 어쩌자고 담장 뒤에 몰래 숨어 이 꼽추에게 장난을 치시나?"

목고봉이 아무렇지 않은 척 허허거리며 외치자, 담장 뒤에서 시원한 웃음소리와 함께 청삼을 입은 서생 같은 남자가 걸어나왔다. 가벼운 옷에 허리띠를 느슨하게 묶고 품위 있는 표정으로 오른손에 든 접선을 한가로이 흔드는 품이 무척이나 소탈해 보였다.

"목 형, 오랜만이오. 풍채가 여전하니 보기 좋구려."

목고봉의 예상대로 그 사람은 바로 화산파 장문인 군자검 악불군이었다. 평소 악불군을 매우 두려워하던 목고봉은 무공도 변변치 못한 젊은이를 괴롭히는 모습을 그에게 들키자 민망함을 감추기 위해 일부러 허허 웃으며 넉살을 피웠다.

"악 형, 어찌 이리 갈수록 젊어지나? 이 꼽추가 사부로 모실 테니 음양채보陰陽採補(방중술을 통해 몸의 건강을 유지하는 것)의 비술이나 알려주시게."

악불군은 피식 웃었다.

"꼽추는 갈수록 재미없어지는구려. 오랜만에 만났는데 회포는 풀지 않고 허튼소리부터 하다니 말이오. 내 어찌 그런 사악한 기술을 알 수 있겠소?"

목고봉은 히죽거리며 대답했다.

"악 형이 그 비술을 모른다 한들 누가 믿겠나? 환갑을 앞두고도 나이를 거꾸로 먹는지 겉모습은 이 꼽추의 손자라 해도 믿을 정도로 젊어 보이지 않는가?"

목고봉의 손이 떨어지자마자 그를 피해 몇 걸음 물러난 임평지는 그제야 새롭게 나타난 서생을 자세히 살폈다. 턱수염을 길게 기르고 관옥같이 하얀 얼굴에 정기가 넘치는 모습은 누가 봐도 흠모하는 마음을 샘솟게 하기 충분했다. 방금 자신을 구해준 것이 분명한 이 사람을, 목고봉이 '화산파의 악 형'이라고 부르자 임평지는 놀라지 않을 수 없었다.

'저 신선 같은 분이 화산파 장문인 악 선생이라고? 기껏해야 마흔 살 정도밖에 안 된 것 같은데…. 제자라는 노덕낙이라는 사람이 훨씬 늙어 보이겠어.'

마침 목고봉이 음양채보라는 말을 입에 올리자, 무림 고수 중에 내
공이 깊은 사람은 늙지 않고 도리어 젊어진다던 어머니의 말이 떠올
랐다. 저 악 선생이 그 경지에 오를 정도로 깊은 내공을 지녔다고 생각
하자 임평지는 더욱 깊이 탄복했다.

악불군이 빙그레 웃으며 말했다.

"목 형은 좋은 말은 할 줄 모르는구려. 그나저나 저 청년은 효성스
럽고 협의심도 강한 준재니 목 형이 탐낼 만도 하오만, 저 청년이 오늘
과 같은 상황에 처한 것은 모두 복주에서 내 딸 영산을 도왔기 때문인
데 어찌 모른 척할 수 있겠소? 내 얼굴을 보아서라도 부디 손을 거두
어주시오."

목고봉은 의아한 표정을 지었다.

"뭐라고? 재주라고는 쥐뿔도 없는 이 녀석이 조카를 구했다고? 허
허, 영산이 낭군 보는 눈이 있구먼….'

악불군은 그의 저속한 성품을 잘 알기에 계속 말해봐야 좋은 말이
나올 것 같지 않아 화제를 돌렸다.

"강호의 동도들이 어려움에 처하면 마땅히 도움의 손길을 내밀어야
하는 법, 몸으로 부딪치는 것도 도움이고, 말로 중재하는 것도 도움이
니 재주의 많고 적음은 중요하지 않소. 목 형이 그 청년을 제자로 삼고
자 한다면 청년의 부모님을 만나 허락을 받은 후에 받아들이는 것이
쌍방 모두에게 좋지 않겠소?"

악불군이 끼어든 이상 일이 마음대로 풀리지 않으리라 짐작한 목고
봉은 설레설레 고개를 저었다.

"이 꼽추가 잠시 기분이 좋아서 제자를 거두려 했으나 지금은 흥이

다 식었네. 이 녀석이 백만 번 절을 한다 해도 이젠 내가 사양일세."

이 말과 함께 그가 왼발로 임평지를 걷어찼다. 악불군조차 예상 밖의 일이라 제때 막지 못한 탓에 임평지는 그 발에 차여 수 장 밖으로 데굴데굴 굴러갔다. 다행히 크게 다친 데는 없는지 곧바로 일어났다.

"목 형, 어찌 이리 어린아이처럼 구시오? 내가 아니라 목 형이야말로 나이를 거꾸로 잡수셨구려."

목고봉은 킬킬 웃었다.

"걱정 말게. 이 꼽추가 제아무리 간덩이가 부었다 한들 어찌 우리 악… 어르신께 대들겠나? 흐흐흐, 우리 악 어르신마저 그럴 줄은 내 몰랐지. 자자, 이만 헤어지세나. 혁혁한 위명을 날리는 화산파마저 〈벽사검보〉에 눈이 시뻘겋게 될 줄이야."

그는 킬킬거리면서 두 손을 포개 인사하며 물러났다.

악불군이 한 걸음 나서며 큰 소리로 외쳤다.

"목 형, 그 무슨 말씀이오?"

한순간 그의 얼굴이 보라색으로 짙게 물들었으나 그것도 잠시, 언제 그랬냐 싶게 보라색 기운이 가시고 다시금 맑고 하얀 낯빛으로 돌아왔다. 그 모습을 보자 목고봉은 속으로 흠칫했다.

'과연 화산파의 자하공이구나! 악불군 저놈은 검법이 뛰어난데 저런 신비한 내공까지 익혔으니 눈 밖에 나면 큰일이다.'

이렇게 생각한 그는 사람 좋게 웃으며 말했다.

"나야 〈벽사검보〉가 어떤 물건인지도 모른다네. 그저 청성파 여창해가 목숨까지 내던지며 빼앗으려 드니 별 생각 없이 해본 말일세. 너무 개의치 마시게나."

그는 이렇게 말하고 돌아서서 으스대며 떠나갔다.

악불군은 어둠 속으로 사라지는 그의 뒷모습을 바라보며 한숨을 푹 쉬고는 혼잣말을 했다.

"무림에서 보기 드문 고수건만 어찌 저리도…."

그는 '저리도 저열한가'라는 뒷말을 꾹 삼키고 설레설레 고개를 저었다.

갑자기 임평지가 우르르 달려와 그의 앞에 털썩 무릎을 꿇고 절을 올리며 외쳤다.

"사부님, 저를 거두어주신다면 가르침에 어긋나지 않고 문규를 엄격히 지키며 무슨 일이 있어도 명을 어기지 않을 것입니다!"

악불군은 빙그레 웃었다.

"너를 제자로 삼으면 목고봉은 내가 제자를 빼앗았다고 떠들고 다닐 것이다."

"저는 사부님을 뵌 순간부터 흠모하지 않을 수 없었습니다. 이 제자, 진심에서 우러나 이렇게 간청드리는 것입니다."

임평지가 연신 머리를 조아리며 대답했다.

"좋다. 내 너를 거두는 것이 어려운 일은 아니나 부모님께 말씀드리지 않았으니 어쩌겠느냐? 혹시 허락지 않으실지도 모른다."

"사부님께서 거두어주시기만 한다면 부모님께서는 기뻐하시면 기뻐하셨지 결코 반대하지 않으실 겁니다. 제 부모님이 청성파 악당들에게 납치되셨으니 부디 사부님께서 구해주십시오."

"그만 일어나거라! 잘 알았다. 당장 네 부모님을 찾아보자꾸나."

악불군은 고개를 끄덕이며 말한 뒤 뒤를 돌아보았다.

"덕낙아, 발아, 산아, 모두 나오너라!"

그러자 담장 뒤에서 사람들이 하나둘 모습을 드러냈다. 화산파 제자들이었다. 진즉 도착해 있었으나 악불군의 명으로 난처한 상황을 피하기 위해 목고봉이 떠날 때까지 숨어 있었던 것이다.

노덕낙과 일행은 기쁜 목소리로 하례를 올렸다.

"사부님, 새로운 제자를 거두신 것을 축하드립니다."

악불군은 빙그레 웃으며 말했다.

"평지야, 여기 이 사형들을 찻집에서 보았겠지. 인사드려라."

나이 든 사람은 둘째 사형인 노덕낙, 체구가 건장한 사내는 셋째 사형인 양발, 짐꾼 차림을 한 사람은 넷째 사형 시대자, 주판을 든 사람은 다섯째 사형 고근명, 그리고 여섯째 사형은 육후아 육대유로, 하나같이 한 번 보면 잊을 수 없는 인물들이었다. 그 외에 일곱째 사형 도균陶鈞과 여덟째 사형 영백라英白羅는 아직 어렸다. 임평지는 사형들에게 차례차례 인사를 했다.

그때 악불군 뒤에서 은방울을 굴리는 듯 맑은 웃음소리가 들렸다.

"아버지, 저는 사저예요, 사매예요?"

임평지는 움찔했다. 저 목소리는 분명 복주에서 술을 팔던 소녀, 화산파 제자들이 모두 '소사매'라 부르던 못생긴 소녀였다. 그녀가 악불군의 딸일 줄이야. 악불군의 청삼 뒤에서 새하얀 얼굴 반쪽이 삐죽 튀어나오더니, 동글동글한 눈동자를 데구르르 굴리며 임평지를 훑어보고는 다시 쏙 들어갔다.

'술 팔던 소녀는 얽은 자국 가득한 추녀였는데 어떻게 저런 모습으로 변했지?'

소녀는 잠깐 고개를 내밀었을 뿐이고 한밤중 흐린 달빛 속이라 자세히 보이지는 않았지만 예쁘장한 얼굴임은 분명했다.

'참, 복주에 오기 전에 변장을 했다고 자기 입으로 그랬지. 정일 사태도 그녀를 보고 왜 이상한 몰골을 하고 있느냐고 물었으니, 그때 본 못생긴 얼굴은 본모습이 아니었구나.'

그사이 악불군이 웃으며 대답했다.

"여기 있는 사람들 모두 너보다 늦게 입문했지만 소사매라고 부르지 않느냐? 아무래도 너는 사매가 될 운명인 듯하니 당연히 이번에도 소사매여야겠지."

"안 돼요. 오늘부터는 저도 사저가 될래요. 임 사제가 저를 사저라 부르면 앞으로 아버지께서 거두는 제자들은 백이든 이백이든 모두 저를 사저라고 불러야 한다고요."

그녀가 생글생글 웃으며 악불군 앞으로 돌아나왔다. 희미한 달빛 아래, 임평지로서는 여태 본 적 없는 아리땁고 갸름한 얼굴이 드러났다. 또랑또랑한 검은 눈동자가 임평지의 얼굴로 날아들자 그는 깊이 읍하며 말했다.

"악 사저, 오늘 사부님께서 은혜를 베풀어 저를 제자로 받아주셨습니다. 입문한 순서대로 서열이 정해지는 법, 당연히 제가 사제가 되어야지요."

악영산은 몹시 기뻐하며 아버지를 돌아보았다.

"보셨죠, 아버지? 기꺼이 그렇게 하겠다잖아요. 제가 강요한 게 아니에요."

악불군은 빙그레 웃었다.

"갓 들어온 사람 앞에서 강요라는 말부터 꺼내다니. 그리하면 평지가 내 문하 제자들이 모두 너처럼 아랫사람을 괴롭히는 줄 알고 얼마나 놀라겠느냐?"

그 말에 제자들은 와자그르르 웃음을 터뜨렸다.

웃음이 그칠 즈음 악영산이 화제를 돌렸다.

"아버지, 대사형이 여기서 요양을 하다가 못된 여창해에게 얻어맞아 위급한 상황이에요. 어서 구해야 해요."

악불군은 살짝 눈을 찡그리며 고개를 저었다.

"대자야, 근명아, 너희 둘이 대사형을 데려오너라."

시대자와 고근명이 공손히 대답하고 창을 훌쩍 넘어 들어갔으나 곧 어리둥절해하며 외쳤다.

"사부님, 대사형이 없습니다. 방이 텅 비었습니다."

창문으로 불빛이 아른거리는 것을 보아 두 사람이 촛불을 켠 모양이었다. 악불군은 더욱더 눈을 찡그렸다. 하지만 기루같이 불결한 곳에 발을 들이고 싶지 않아 노덕낙에게 명령했다.

"네가 가보아라."

"예!"

노덕낙이 대답하고 안으로 들어갔다.

"저도 갈래요."

악영산이 끼어들었지만 악불군은 딸을 붙잡아 세우며 말했다.

"말도 안 되는 소리! 어디 함부로 이런 곳에 들어간다는 말이냐?"

악영산은 초조하다못해 눈물까지 글썽였다.

"하, 하지만 대사형이 중상을 입었는데… 목숨이 위험할지도 모른다고요….”

악불군이 나지막이 대답했다.

“걱정 마라. 항산파의 천향단속교를 발랐으니 죽지는 않을 것이다.”

악영산은 놀라면서도 기뻐했다.

“아버지, 어… 어떻게 그걸…?”

“쉿, 조용히 하거라!”

사실 영호충은 중상을 입은 몸에 여창해의 장풍까지 맞아 상처가 벌어지고 몇 번이나 피를 토했지만, 정신은 말짱하여 목고봉과 여창해가 말다툼을 하고, 이어서 여창해가 물러간 뒤 사부가 나타나는 소리까지 똑똑히 들었다. 이 엄청난 소란을 일으킨 일에 얼마나 무거운 벌이 기다리고 있을까 생각하자 아픔마저 싹 사라지는 듯했다. 그래서 그는 황급히 몸을 돌리며 속삭였다.

“큰일 났소. 사부님께서 오셨으니 어서 달아나야겠소.”

그가 먼저 벽을 붙잡고 비틀비틀 방에서 나갔고, 곡비연도 살그머니 이불 속에서 머리를 내밀었다가 의림을 끌고 그 뒤를 따랐다. 영호충이 똑바로 서지 못하고 휘청거리자 두 사람이 재빨리 부축했다. 영호충은 이를 악물고 복도를 지나면서도 밖으로 나가면 눈이 매서운 사부에게 어김없이 발각되리라 짐작하고 주변을 살폈다. 마침 오른쪽 끝에 커다란 방이 눈에 띄어 곧장 그 방으로 들어갔다.

“문… 문과 창문을 닫으시오.”

곡비연이 문을 닫아걸고 창문을 닫기 무섭게 힘이 다한 영호충은 침상 위에 털썩 쓰러져 숨을 헐떡였다.

세 사람은 아무 소리도 내지 않고 기다렸다. 한참이 지나서야 멀리서 악불군의 목소리가 들려왔다.

"이곳에는 없으니 그만 돌아가자!"

영호충은 겨우 안심하고 안도의 숨을 몰아쉬었다.

그런데 잠시 후 정원에서 조심스러운 발소리가 들리고 누군가 나지막이 불렀다.

"대사형, 대사형."

육대유였다. 무척 신뢰하는 사제였기 때문에 대답을 하려는데, 갑자기 침상의 휘장이 파르르 떨리는 것이 느껴졌다. 누군가 나타나자 긴장한 의림이 몸을 떨기 시작한 것이었다.

'육후아가 이 장면을 보면 의림 사매가 힘들어지겠지.'

이런 생각에 영호충은 입을 꾹 다물었다. 육대유는 대사형을 부르며 창가를 지나갔고, 그의 목소리는 점점 멀어지다가 완전히 사라졌다.

곡비연이 불쑥 물었다.

"이봐요, 영호충. 살 수 있겠어요?"

"물론이지, 죽긴 왜 죽겠느냐? 내가 죽으면 항산파의 명성이 땅에 뚝 떨어질 텐데, 그러면 너무 미안하지."

"그게 무슨 말이에요?"

"항산파의 천향단속교를 바르고 백운웅담환을 먹었는데도 낫지 않으면 이 영호충이 이… 이 항산파 사매를 볼 낯이 없지 않느냐."

곡비연은 까르르 웃었다.

"맞아요. 당신이 죽으면 언니에게 참 미안한 일이죠."

의림은 위중한 상처를 입고서도 농담을 하는 영호충의 담력에 감탄하며 다소 마음을 놓았다.

"영호 사형, 여 관주의 일장을 맞았으니 상처가 어떻게 됐는지 봐야 겠어요."

영호충이 억지로 몸을 일으키려 하자 곡비연이 말렸다.

"됐으니 그냥 누워 있어요."

그러잖아도 기운이 쭉 빠져 도저히 일어날 힘이 없었던 영호충은 포기하고 그 말을 따랐다.

곡비연이 촛불을 켰다. 피로 새빨갛게 물든 영호충의 옷을 보자 의림은 한 줄기 망설임조차 내던지고 조심스레 그의 장포를 벗겼다. 그리고 대야에 놓인 수건을 가져와 상처 주변의 핏자국을 닦아낸 뒤, 품에서 천향단속교를 꺼내 아낌없이 발라주었다. 영호충이 웃으며 말했다.

"이 진귀한 약을 내 몸에 낭비하다니 너무 아깝구려."

"영호 사형은 저를 구하느라 중상을 입었어요. 이런 약은 물론이고 설사… 설사…"

의림은 적당한 단어를 찾지 못해 우물거리다가 말을 이었다.

"사부님께서도 영호 사형을 보기 드문 청년 협객이라 칭찬하시면서 여 관주와 다툼까지 하신걸요."

영호충은 피식 웃었다.

"그렇게 갖다 붙일 필요 없소. 사태께서 나를 두고 죽일 놈이라고 욕만 안 하시면 그걸로 충분하오."

"사부님께서 왜… 왜 사형에게 욕을 하시겠어요? 앞으로 열두 시진만 푹 쉬면 상처도 아물어 괜찮아질 거예요."

의림은 또다시 백운웅담환 세 알을 영호충에게 먹였다.

곡비연이 말했다.

"언니, 나쁜 사람들이 또 나타날지도 모르니 여기 남아서 지키세요. 할아버지가 기다리실 테니 나는 그만 가야겠어요."

"안 돼요! 곡 낭자가 가버리면 나 혼자 여기서 어쩌라는 거예요?"

"혼자라니요? 영호충도 여기 있잖아요?"

곡비연은 생글생글 웃으며 되묻고는 휑하니 돌아섰다. 초조해진 의림이 벌떡 일어나 항산파의 금나수법으로 곡비연의 왼팔을 단단히 틀어쥐었다.

"가지 말아요!"

"아야, 무공을 쓰는 거예요?"

의림은 얼굴이 빨개져 황급히 손을 놓고 애원했다.

"낭자, 당신은 좋은 사람이잖아요. 제발 같이 있어줘요."

곡비연은 웃으면서 고개를 끄덕였다.

"알았어요, 알았어! 같이 있으면 되잖아요. 영호충은 악당도 아닌데 왜 그렇게 벌벌 떠는 거예요?"

의림은 겨우 마음이 놓여 사과했다.

"미안해요. 아팠어요?"

"아프긴요. 저보다는 영호충이 열 배는 더 아플걸요."

의림이 흠칫 놀라 휘장을 걷어보니 영호충은 눈을 감고 깊은 잠에 빠져 있었다. 코앞에 손을 대자 규칙적인 숨결이 느껴져 안심이 되었다. 그때 킥킥거리는 곡비연의 웃음소리와 삐걱거리는 창문 소리가 들렸다. 황급히 몸을 돌려보니 곡비연은 창밖으로 사라진 뒤였다.

의림은 대경실색하여 어쩔 줄을 몰랐다.

"사형, 영호 사형. 곡 낭자가… 가버렸어요."

그녀가 침상 앞으로 달려가 하소연했지만 약효 때문에 깊이 잠든 영호충은 아무 대답이 없었다. 의림은 덮쳐오는 두려움에 온몸을 바들바들 떨다가 한참 만에야 정신을 차리고 창문을 닫았다.

'어서 떠나자. 영호 사형이 정신을 차리고 말이라도 걸면 큰일이야.'

하지만 발이 떨어지지 않았다.

'상처가 너무 심해서 어린아이 혼자서도 영호 사형을 죽일 수 있어. 그런데 어떻게 혼자 두고 갈 수 있담?'

깜깜한 밤, 이따금씩 저 멀리 어느 골목에서 개가 컹컹거리며 짖는 소리만이 침묵을 깨뜨릴 뿐, 주위는 바늘 떨어지는 소리마저 들릴 만큼 고요했다. 기루에 있던 사람들도 일찌감치 달아났는지 세상 천지에 영호충과 그녀 단둘만 남은 것 같았다.

의림은 차마 움직일 수도 없는지 의자 위에 얼어붙은 듯 앉아 있었다. 시간이 얼마나 흘렀을까, 닭 울음소리가 요란하게 울리더니 하늘이 희끄무레하게 밝아왔다. 두려움이 다시 한번 의림을 휘감았다.

'날이 밝았어. 누가 나타나면 어쩌지?'

어렸을 때 출가해 정일 사태의 보살핌만 받으며 자란 의림은 세상일에 대한 경험이라곤 도통 없었다. 지금도 불안해하며 마음 졸일 뿐, 대처 방법은 좀처럼 떠오르지 않았다. 어쩔 줄 몰라 하고 있는 그녀의 귀에 발소리가 들려왔다. 서너 사람이 골목으로 들어서는 소리였다. 사방이 쥐죽은 듯 고요해서인지 발소리는 유난히 또렷하게 들려왔다. 그들은 군옥원 문 앞에서 걸음을 멈췄다.

"너희 둘은 동쪽을, 너희 둘은 서쪽을 수색해라. 영호충을 발견하면

산 채로 끌고 오도록. 중상을 입었으니 저항하지는 못할 것이다.”

의림은 사람 목소리만 듣고도 놀라 혼비백산했으나, 영호충을 잡으라는 말에 퍼뜩 정신을 차렸다.

'무슨 일이 있어도 영호 사형을 보호해야 해. 절대 나쁜 사람들 손에 넘겨줄 수는 없어.'

그렇게 결심하자 두려운 마음이 가시고 머리가 환하게 개었다. 그녀는 침상으로 달려가 이불로 영호충을 둘둘 말아 안아 들고, 촛불을 불어 끈 다음 살며시 방문을 열고 나갔다.

아직 날이 어두워 방향을 분간할 수는 없었지만 사람 소리가 들리는 반대 방향으로 걸음을 재촉해 채소밭을 지나 뒷문에 도착했다. 문은 반쯤 열려 있었다. 군옥원 사람들이 총총히 달아나느라 뒷문 잠그는 것을 깜빡한 모양이었다. 의림은 영호충을 안은 채 뒷문을 빠져나가 골목길을 달렸다. 얼마 후 눈앞에 성벽이 나타났다.

'성을 나가야 해. 형산성에는 영호 사형의 원수가 너무 많아.'

성벽을 따라 성문 쪽으로 달려가니 마침 동이 터서 성문이 열려 있었다. 의림은 서둘러 밖으로 나갔다.

단숨에 7리를 달려 황폐한 산속으로 들어가자 길이 끊기고 인적 없는 산모롱이에 도착했다. 간신히 마음을 놓은 의림이 영호충의 상태를 살피려고 고개를 숙였더니, 뜻밖에도 영호충이 빙그레 웃으며 그녀를 응시하고 있었다.

예기치 못한 그의 웃는 얼굴에 의림은 가슴이 쿵쾅거리고 손이 바들바들 떨려 그만 그를 감싼 이불을 놓치고 말았다. 그녀는 비명을 지르며 황급히 경봉보경敬捧實經을 펼쳐 허리를 숙이고 팔을 뻗어 그를 붙잡았다. 동작이 워낙 빨라 영호충이 곤두박질치는 것은 면했지만, 그녀 자신은 중심을 잡지 못하고 앞으로 몇 걸음을 비틀비틀 내딛은 후에야 겨우 멈췄다.

"미안해요. 상처는 괜찮으세요?"

영호충은 씩 웃었다.

"괜찮소! 이제 그만 쉬시오!"

청성파 제자들의 추격을 피해 오로지 영호충이 적의 독수에 당하지 않도록 보호하려는 생각만으로 달려온 의림은 여태 피곤한 줄도 모르고 있다가 그 말을 듣고서야 팔다리가 빠질 듯이 뻐근한 것을 느꼈다. 영호충을 풀밭에 조심조심 내려놓자 다시 일어설 힘도 없어 그의 옆에 앉아 숨을 몰아쉬었다.

영호충이 미소를 지으며 말했다.

"달아나느라 숨을 고르는 것도 잊었구려. 무… 무학을 익힌 사람이라면 절대 피해야 할 일이오. 잘못하면 상… 상처를 입을 수도 있소."

의림은 살짝 상기된 얼굴로 대답했다.

"가르쳐주셔서 감사합니다, 영호 사형. 사부님께서 가르쳐주셨는데 마음이 급해 잊어버렸어요."

그녀는 잠시 망설이다가 물었다.

"상처는 좀 어떠세요?"

"통증은 가라앉았소. 조금 간질간질한 뿐이오."

"잘됐어요, 정말 잘됐어요. 상처가 가려운 건 낫는다는 뜻이에요. 효과가 이렇게 빨리 나타날 줄은 몰랐어요."

영호충은 뛸 듯이 기뻐하는 그녀의 표정에 무척 감동했다.

"모두 귀 파의 영약 덕분이오."

웃으며 감사하던 그가 문득 한숨을 내쉬며 중얼거렸다.

"중상을 입는 바람에 쥐새끼 같은 무리에게마저 당하는구려. 차라리 죽는 게 낫지, 청성파 놈들에게 붙잡혔다면 또 무슨 치욕을 당했을지 모르오."

"모두 들으셨군요?"

영호충을 안아 들고 한참 동안 달렸는데, 언제부턴가 그가 눈을 뜨고 보고 있었다고 생각하자 의림의 뺨이 노을빛으로 곱게 물들었다.

영호충은 그녀가 부끄러워하는 까닭도 모른 채, 단순히 너무 오래 달려 기운이 빠지지 않았나 걱정했다.

"사매, 잠시 앉아서 항산파 심법으로 운기조식運氣調息을 하시오. 그래야 내상을 입지 않소."

"예."

의림은 가부좌를 틀고 앉아 사부에게 배운 심법으로 호흡을 가다듬었다. 그러나 불안감 때문인지 끝내 평정을 얻을 수 없어 자꾸만 눈을 떠 영호충의 상태가 어떤지, 혹시 자신을 보고 있지는 않은지 살폈다. 의림이 네 번째로 눈을 떴을 때 공교롭게도 영호충의 시선과 딱 마주쳤다. 그녀는 화들짝 놀라 황급히 눈을 감았고, 영호충은 시원스레 웃음을 터뜨렸다. 의림은 두 뺨이 홍시처럼 빨개져 부끄러워하며 물었다.

"왜… 왜 웃으세요?"

"아무것도 아니오. 사매는 나이가 어려 아직 집중력이 부족하니 잘되지 않으면 억지로 하지 마시오. 정일 사태께서 가르쳐주셨겠지만, 연공할 때 과도한 의욕은 오히려 방해가 될 뿐이오. 운기조식에는 무엇보다 마음이 편안해야 하오."

그는 잠시 쉬었다가 다시 말했다.

"걱정 마시오. 나도 원기를 회복하고 있으니 청성파 놈들이 쫓아와도 두려워할 필요 없소. 한 번 더 엉… 엉거주춤…."

의림이 생긋 웃었다.

"청성파의 절기인 평사낙안을 펼치게 해주겠다는 말씀이시지요?"

영호충도 따라 웃었다.

"그렇지, 아주 좋은 단어구려! 엉거주춤이라는 말은 고상하지 못하니 이제부터 그냥 청성파의 절기 평사… 낙안이라고 부릅시다!"

영호충은 이렇게 말하고는 기운이 달려 숨을 헐떡였다.

"말씀 그만하시고 푹 주무세요."

의림이 권했지만 영호충은 고개를 저었다.

"사부님께서도 형산성에 도착하셨소. 어서 가서 유 사숙님의 금분세수를 구경해야 하는데…."

의림은 그의 갈라진 입술과 푹 꺼진 눈두덩을 바라보며 피를 너무 많이 흘렸으니 수분을 보충해야겠다 생각했다.

"마실 물을 구해올게요. 목이 많이 타실 거예요."

"오는 길에 보니 길 왼쪽에 수박이 주렁주렁 열려 있었소. 몇 개 따오면 될 거요."

"알았어요."

의림은 고개를 끄덕이고 일어나 품을 더듬었지만 동전 한 푼 없었다.

"영호 사형, 혹시 돈이 조금 있으세요?"

"돈은 어디 쓰려고?"

"수박을 사와야지요!"

영호충은 헛웃음을 지었다.

"사긴 뭘 산다는 말이오? 그냥 가져오시오. 부근에는 인가가 없으니 수박 주인도 먼 곳에 살 텐데 무슨 수로 값을 치르겠소?"

의림은 주저했다.

"값도 치르지 않고 가져오면 도… 도둑질이잖아요. 도둑질은 불문 다섯 계율 중 두 번째 금지 사항이에요. 사형도 돈이 없다니 수박 하나만 보시해달라고 부탁해보겠어요. 아마 거절하지 않을 거예요."

"거참 말…."

영호충은 답답한 마음에 '말귀도 못 알아듣는 여승'이라는 말이 목까지 올라왔으나 그녀가 최선을 다해 자신을 구해준 것을 떠올리고 입을 다물었다.

의림은 답답해하는 그의 표정을 보자 더 이상 말을 붙이지 못하고 시킨 대로 수박을 찾아나섰다. 2리쯤 가자 과연 몇 무 넓이의 수박밭이 나타났다. 나무 꼭대기에서는 매미가 맴맴 노래를 했지만, 아무리 둘러봐도 사람은 보이지 않았다.

'아무리 영호 사형이 수박을 먹고 싶어 해도 어떻게 주인이 있는 수박을 마음대로 가져간담?'

의림은 총총히 걸음을 옮겨 높다란 언덕에 올라가서 주위를 두루 살폈다. 그러나 사람은 고사하고 허름한 농가조차 하나 없었다. 그녀는 어쩔 수 없이 밭으로 돌아가 한참 동안 주저주저하며 망설이다가 슬그머니 손을 뻗었다. 그러나 수박에 손이 닿기 무섭게, 계율을 엄히 지키고 남의 물건에 손을 대지 말라던 사부님의 목소리가 들리는 것 같아 화들짝 손을 떼고 말았다. 마음 같아서는 그냥 돌아가고 싶었지만 바싹 마른 영호충의 얼굴을 생각하면 그럴 수도 없었다. 결국 그녀는 마음을 굳게 먹고 두 손을 합장한 채 속으로 기도를 올렸다.

'자비로우신 보살님, 결코 도둑질을 할 뜻은 없지만 영호 사형이… 영호 사형이 수박을 먹고 싶어 하니 부디 용서해주십시오.'

곰곰이 생각해보면 '영호 사형이 수박을 먹고 싶어 해서'가 용서를 받을 이유가 될 것 같지는 않았지만, 절박한 마음에 눈물까지 글썽이며 두 손으로 수박 한 덩이를 부여잡았다. 힘껏 당기자 수박 꼭지가 뚝 끊어졌다.

'영호 사형이 나를 구해주셨으니 그분을 위해서라면 지옥에 떨어져 끝없는 윤회의 고통에 빠진들 어찌하겠습니까? 죄는 지은 사람 스스로 책임지는 법, 계율을 어긴 것은 이 의림이고, 영호 사형과는 아무 관계가 없습니다.'

의림은 그렇게 기도를 올리며 수박을 안고 영호충에게 돌아갔다.

속세의 예절과 규칙을 일일이 따지면서 살아본 적이 없는 영호충은 의림이 탁발을 해서 수박을 얻어오겠다고 할 때도 나이가 어려 뭘 모른다고만 생각했지, 그녀가 수박 하나를 따기 위해 마음속으로 몇 번이나 양심과 싸우며 고뇌했는지는 짐작조차 하지 못했다. 그래서 그녀가 수박을 안고 나타났을 때도 그저 기뻐하며 칭찬을 아끼지 않았다.

"아주 잘했소. 참 말 잘 듣는 아가씨로군."

그의 입에서 난데없이 '아가씨'라는 호칭이 나오자 의림은 심장이 쿵 내려앉아 하마터면 수박을 떨어뜨릴 뻔했다. 그녀가 황망히 옷자락으로 수박을 감싸는 것을 보며 영호충은 껄껄 웃었다.

"뭘 그리 긴장하시오? 누가 수박을 훔쳤다고 쫓아오기라도 하오?"

"아니에요. 아무도 쫓아오지 않았어요."

의림은 얼굴을 발갛게 물들이며 살며시 자리에 앉았다.

어느새 새벽안개가 걷히고 동쪽 하늘 위로 해가 빼꼼 고개를 내밀었다. 영호충과 의림이 있는 곳은 산 북쪽 응달이라 햇빛이 들어오지 않았지만, 눈앞에 보이는 산속 나무들은 비에 씻겨 산뜻한 초록을 입었고 신선한 공기가 얼굴을 감쌌다.

의림은 정신을 차리고 허리에 찬 검을 꺼내, 부러진 부분을 응시하며 가만히 생각했다.

'전백광의 무공은 정말 굉장했어. 그날 영호 사형이 목숨 걸고 돕지 않았다면 이렇게 무사히 이곳에 앉아 있지도 못했을 거야.'

그녀는 움푹 들어간 영호충의 눈과 핏기 없는 얼굴을 흘끔 바라보았다.

'저분을 위해서라면 이보다 더 나쁜 일도 마다하지 않을 거야. 수박하나 훔친 일쯤 무슨 대수겠어?'

그렇게 생각하자 계율을 어겨 불안하던 마음도 서서히 가라앉았다. 그녀는 옷자락으로 검을 깨끗이 닦아 수박을 잘랐다. 상큼한 향이 코를 찔렀다.

"맛있겠군!"

영호충이 코를 킁킁거리며 말했다.

"사매, 재미있는 이야기가 생각났소. 올해 원소절에 사형제들과 술을 마셨는데, 영산 사매가 수수께끼를 냈다오. '왼쪽에는 개, 오른쪽에는 쪽박'이라는 말이 의미하는 글자를 맞혀보라는 것이었소. 그때 영산 사매 왼쪽에는 여섯째 사제인 육대유가 앉아 있었소, 어제 그 방으로 나를 찾아왔던 바로 그 사제 말이오. 그리고 사매 오른쪽에는 내가 앉아 있었지."

의림이 생긋 웃었다.

"그 사매라는 분이 사형과 육 사형을 놀리려고 그랬군요."

"그렇소. 수수께끼 자체는 어렵지 않았지. 답은 바로 개 견犬 자 부에 박 과瓜 자가 붙은 '호狐' 자였소. 내 성에도 쓰는 글자요. 그때 사매는 하필 여섯째 사제와 내가 좌우에 앉아 있었을 뿐, 책에서 본 흔한 문제라고 우겼소. 그런데 공교롭게도 지금 내 옆에 강아지와 박이 하나씩 있구려."

영호충은 의림과 수박을 번갈아 가리키며 씨익 웃었다.

의림도 웃으며 말했다.

"지금 제가 강아지라고 놀리는 거예요?"

그녀는 수박을 조각조각 자르고 씨를 빼낸 다음 영호충에게 건넸다. 한 입 베자마자 입안이 달달해져오는 수박을 영호충은 단숨에 먹어치웠다. 그가 맛있게 먹는 모습을 보니 의림도 흐뭇했다. 누워서 먹느라 영호충의 앞섶이 수박 물에 축축이 젖었기 때문에, 의림은 물이 흐르지 않도록 한입에 쏙 들어가는 크기로 수박을 잘랐다. 하지만 잠시 후, 영호충이 수박을 받으려고 손을 내밀 때마다 다친 어깨를 움직이는 것을 보고는 숫제 그의 입에 수박을 넣어주기까지 했다.

영호충은 수박을 반 이상 먹어치운 다음에야 의림이 한 입도 먹지 않았다는 것을 깨닫고 권했다.

"사매도 드시오."

"사형께서 다 드신 후에 먹을게요."

"다 먹었소. 어서 드시오!"

의림도 목이 말랐던 터라 영호충에게 몇 조각 더 먹인 후 작은 조각 하나를 입에 넣었다. 영호충이 그런 자신을 빤히 바라보자 그녀는 부 끄러운 나머지 그에게서 몸을 돌렸다.

"오오, 정말 아름답군!"

칭찬해마지않는 영호충의 목소리에 그녀는 더욱더 부끄러워 어쩔 줄 몰라 했다. 영호충이 왜 갑자기 자신에게 아름답다고 하는지 몰라 당장 달아나고 싶으면서도 결심을 하지 못하고 우물쭈물했다. 수줍음 을 견디다못해 몸에 열이 오르고 뺨은 새빨갛게 달아올랐다.

다시금 영호충의 목소리가 들려왔다.

"저것 좀 보시오, 참으로 아름답지 않소?"

의림이 살그머니 몸을 돌려보니, 영호충은 서쪽을 가리키고 있었다. 그의 손가락이 가리키는 방향으로 시선을 던지자 저 멀리 나무 위로 무지개가 떠올라 일곱 가지 빛깔로 화려하게 주변을 수놓고 있었다. 저 무지개야말로 영호충이 '정말 아름답다'고 한 대상임을 깨달은 의 림은 무안하면서도 약간 실망스러웠다. 조금 전, 수줍으면서도 남몰래 기뻐하던 것과는 사뭇 다른 기분이었다.

영호충은 그녀의 기분도 모른 채 물었다.

"잘 들어보시오. 들리오?"

의림이 귀를 기울이자 무지개 부근에서 어렴풋한 물소리가 들려 왔다.

"폭포가 있나 봐요."

"그렇소. 며칠 동안 계속 비가 내렸으니 곳곳에 폭포가 생겼겠지. 가봅시다."

"하… 하지만 사형은 좀 더 누워 계셔야 해요."

"이곳은 민둥민둥한 돌무더기뿐이라 구경할 만한 것이 없잖소. 폭포라도 봐야지."

의림은 그의 뜻을 꺾지 못하고 부축해 일으켰다. 그의 몸에 손이 닿자 괜히 얼굴이 빨개졌다.

'벌써 이분을 두 번이나 안았어. 처음에는 죽은 줄 알고 그랬고, 두 번째는 위험천만한 곳에서 달아나기 위해서였지. 그런데 지금은 중상은 입었지만 정신이 멀쩡한데 어떻게 안을 수 있겠어? 그런데도 기필코 폭포를 봐야겠다니, 설마… 설마 또 안아달라고는….'

그녀가 이러지도 저러지도 못하고 우물쭈물하는 사이, 뜻밖에도 영호충이 부러진 나뭇가지를 주워 지팡이 삼아 천천히 걷기 시작했다. 이번에도 잘못 짚은 것이었다.

의림은 황급히 다가가 영호충의 팔을 부축하며 속으로 자신을 나무랐다.

'내가 왜 이러지? 영호 사형은 틀림없는 정인군자인데 자꾸만 마음이 어수선해지고 나쁜 생각만 하다니…. 아무래도 남자와 단둘이 있으니 경계심이 생겨서 그런가 봐. 영호 사형과 전백광은 똑같은 남자지만 하늘과 땅 차이인데 어떻게 똑같이 생각할 수 있담?'

영호충은 걸음걸이가 불안했지만 몸을 지탱할 수는 있었다.

얼마쯤 걷다가 커다란 바위가 나타나자, 의림은 그가 쉴 수 있도록 앉히며 말했다.

"이곳도 경치가 좋은데 꼭 폭포로 가셔야 해요?"

영호충은 미소를 지으며 대답했다.

"사매가 좋다면 여기서 잠시 구경합시다."

"알겠어요. 저쪽 경치가 더 좋으니 가시지요. 아름다운 경치를 보고 있노라면 기분이 좋아져서 상처도 빨리 나을 거예요."

영호충은 빙그레 웃으며 일어났다.

느릿느릿 산모롱이를 지나니 힘찬 물소리가 귀를 때렸다. 좀 더 걸어가자 물소리가 점점 커졌고, 소나무 숲을 통과하자 마침내 하늘로 솟구치는 하얀 용 같은 폭포가 모습을 드러냈다. 폭포는 절벽 위에서 곧장 아래로 쏟아지고 있었다. 영호충은 신난 목소리로 말했다.

"내가 있는 화산의 옥녀봉玉女峯에도 폭포가 하나 있소. 이곳보다 훨씬 크지만 모양은 비슷하다오. 영산 사매와 나는 늘 그 폭포 가로 가서 연검을 했는데, 영산 사매는 장난삼아 폭포로 들어가기도 했지."

그가 오늘 들어 두 번째로 '영산 사매' 이야기를 꺼내자 의림은 문득 깨달았다.

'중상을 입은 몸으로 기어코 폭포를 찾아나선 이유는 경치 구경 때문이 아니라 영산 사매가 그리워서였구나.'

어째서인지 마치 누군가에게 세게 얻어맞은 듯 마음이 아파왔다. 그녀의 마음은 아랑곳없이 영호충이 말을 이었다.

"한번은 영산 사매가 폭포 가에서 연검을 하다가 발이 미끄러져 떨어질 뻔했소. 내가 재빨리 붙잡아 끌어냈으니 망정이지, 정말 위기일발의 순간이었소."

의림이 조용히 물었다.

"사매가 몇 명이나 있으세요?"

"우리 화산파에는 여제자 일곱이 있소. 영산 사매는 사부님의 딸이라 우리 모두 소사매라고 부른다오. 나머지 여섯 명은 사모님의 제자들이오."

"아, 영산 사매라는 분이 악 사백님의 따님이셨군요. 그… 그분은… 사형과 무척… 가까운가 봐요?"

영호충은 천천히 앉으며 대답했다.

"나는 부모 형제 하나 없는 고아였소. 15년 전, 사부님과 사모님께서 거두어주셨는데 그때 소사매는 겨우 세 살이었소. 소사매보다 나이가 많았던 나는 매일같이 소사매를 안고 나가 과일을 따거나 토끼를 잡곤 하면서 어려서부터 함께 자랐소. 사부님과 사모님께는 아들이 없어 나를 친아들처럼 대해주셨고, 소사매는 누이동생이나 다름없소."

의림은 고개를 끄덕이며 잠시 생각하다가 입을 열었다.

"저도 부모 없는 고아예요. 어렸을 때 사부님께서 거두어주셔서 그때부터 출가인이 되었지요."

"아아, 안타깝구려!"

영호충이 탄식하자 의림은 영문을 모르는 눈빛으로 그를 돌아보았다. 영호충이 설명하듯 말했다.

"사매가 정일 사숙님의 문하만 아니었다면 사모님께 제자로 거두어 달라고 부탁드렸을 거요. 내게는 사형제가 많소. 모두 스무 명쯤 되는데 아주 즐겁게 지낸다오. 그날의 수련이 끝나면 삼삼오오 놀러 나가지만 사부님과 사모님께서 야단치신 적은 한 번도 없소. 소사매를 만나보면 사매도 분명 마음에 들 거요. 좋은 친구가 되었을 텐데."

"아쉽게도 제게는 그만한 복이 없나 봐요. 하지만 백운암의 사부님과 사저들도 무척 잘해주세요. 저… 저도 아주 즐겁고요."

"그럼, 그럼. 내가 실언을 했구려. 정일 사숙님은 검법에 정통한 분이오. 사부님과 사모님께서 각문각파의 검법을 논할 때도 그분의 실력에는 탄복해마지않으셨소. 설마 항산파가 화산파보다 못하기야 하겠소?"

"영호 사형, 지난번 전백광과 말씀하실 때 서서 싸우는 솜씨는 전백광이 천하에서 열네 번째고, 악 사백님은 여덟 번째라고 하셨지요. 그럼 저희 사부님은 몇 번째이신가요?"

영호충은 웃음을 터뜨렸다.

"그런 게 정말 있겠소? 그냥 전백광을 꼬드기려고 해본 말이오. 무공의 고하는 그때그때 다르오. 매일 정진하는 사람이 있는가 하면, 나이가 들면서 쇠약해져 퇴보하는 사람도 있는데 어떻게 순서를 매길 수 있겠소?"

"그렇군요."

의림이 고개를 끄덕이자 영호충은 빙긋 웃으며 말했다.

"정말 무공 순위라는 것이 있어서 우리 사부님이 여덟 번째라면, 사매의 사부님은 여섯 번째쯤 될 거요."

의림은 의아한 표정이 되었다.

"저희 사부님이 악 사백님보다 강하다는 말씀인가요?"

"사모님께서 그렇게 말씀하셨소. 항산파의 사숙님들은 여인이지만 검법은 사부님보다 뛰어나다고 말이오."

그 말을 듣자 의림은 몹시 기뻐했다.

"사부님께 전해드리면 좋아하실 거예요."

"전백광 그자의 무공도 제법 높은 축에 속하지만, 천하에서 열네 번째가 되기에는 아직 멀었소. 쉽게 속아넘어가도록 조금 높여주었을 뿐이오."

"이제 보니 모두 거짓말이었군요."

의림은 쏟아지는 폭포로 시선을 던지며 조용히 물었다.

"거짓말을 자주 하세요?"

영호충은 키득키득 웃으며 대답했다.

"상황에 따라 다르지만, 자주라고 할 정도는 아니오! 속여도 되는 사람이 있고 절대 안 되는 사람도 있잖소. 예를 들어 사부님이나 사모님께서 하문하시면 거짓말은 절대 못하지."

의림은 고개를 끄덕이며 다시 물었다.

"동문 사형제들에게는요? 그들에게도 거짓말을 하시나요?"

사실은 '영산 사매에게도 거짓말을 하느냐'고 묻고 싶었지만 도저히 대놓고 물어볼 용기가 나지 않았다. 영호충은 빙그레 웃으며 말했다.

"상대가 누구냐, 어떤 일이냐에 따라 다르오. 우리 사형제들은 늘 장난을 치는데 거짓말이 빠지면 재미가 없지 않소?"

"영산 언니에게도요?"

마침내 의림이 용기를 내어 물었다. 영호충은 한 번도 그런 일을 생각해본 적이 없는지, 눈을 찌푸리고 한참 동안 생각에 잠겼다. 돌이켜보면 영산에게 큰 거짓말을 한 적은 없었기 때문에 그는 결국 이렇게 대답했다.

"중요한 일은 절대 거짓말을 하지 않았소. 다만 장난을 치거나 달래려고 우스개를 할 때면 거짓말을 보태기도 했지."

의림은 백운암에서의 생활을 떠올렸다. 사부는 마냥 근엄하고 계율을 엄히 따졌으며, 사저들은 말수가 적고 늘 차가운 표정이었다. 서로 보살피고 돌봐주지만, 우스개를 하는 일은 극히 드물었고 장난이란 있을 수도 없는 일이었다. 정정 사태와 정한 사태에게는 젊고 활발한 속가 여제자들이 몇몇 있었는데, 그들 역시 출가한 동문들과는 거의 농담을 하지 않았기에, 의림의 어린 시절은 언제나 썰렁하고 외로웠다. 좌선이나 무공 연습을 하는 시간을 제외하면 목어를 두드리며 염불을 하는 것이 전부였던 그녀는 화산파 제자들의 즐거운 생활에 대해 듣자 저도 모르게 마음이 이끌렸다.

'영호 사형을 따라 화산으로 가서 함께 놀 수 있다면 얼마나 좋을까….'

이런 생각이 들자 기분이 착 가라앉았다.

'암자에서 나온 것은 이번이 처음인데 이런 어마어마한 소란에 말려들었으니, 이제 사부님께서 다시는 밖으로 내보내주시지 않을 거야. 화산에 가서 놀다니, 다 부질없는 생각이야.'

그녀는 어쩐지 쓸쓸한 기분이 들어 눈시울을 붉혔다. 당장이라도 눈물이 뚝뚝 떨어질 것 같았다.

영호충은 그런 줄도 모르고 폭포만 바라보며 말했다.

"나와 소사매는 검법을 만드는 중인데, 폭포의 쏟아지는 힘을 빌려 초식을 펼치는 방식이라오. 짐작이 가오? 그런 방식이 무슨 쓸모가 있는지?"

의림은 고개를 저었다.

"모르겠어요."

목소리가 약간 잠겨 있었지만 영호충은 여전히 그녀의 기분을 알아차리지 못했다.

"내공이 깊은 사람과 싸운다고 생각해보시오. 무기나 권법에 내력이 실려, 눈에 보이지는 않지만 강력한 힘으로 우리 검을 밀어낼 수 있지 않겠소? 그때를 대비해 폭포 안에서 쏟아지는 물을 적의 내력이라 여기고 연검을 하는 거요. 적의 내력을 막아내는 훈련이자, 적의 힘을 역이용해 도리어 적을 공격하는 연습이지."

잔뜩 흥이 나서 설명하는 영호충을 보며 의림이 물었다.

"그럼 검법을 다 만드셨나요?"

영호충은 고개를 저었다.

"아니, 아직 멀었소! 검법이 어디 만들고 싶다고 뚝딱 만들어지겠소? 하물며 우리에게는 초식을 만들 능력도 없다오. 단순히 사부님께서 가르쳐주신 검법으로 폭포와 맞서는 방법을 연구하고 있을 뿐이지. 물론 새로운 도전이기는 하나 아직은 어린애 장난이나 마찬가지라 적과 마주쳤을 때는 아무 쓸모도 없소. 그렇지 않았다면 전백광이라는 놈에게 그렇게 하릴없이 당하지만은 않았을 거요."

그는 잠시 생각하다가 천천히 손을 움직이며 즐거운 목소리로 말했다.

"마침 또 하나 생각났소. 상처가 나으면 소사매와 함께 시험해보아야겠군."

의림이 조용히 물었다.

"그 검법의 이름은 무언가요?"

"나는 이름 같은 것을 지을 정도는 아니라고 했지만, 소사매는 반드

시 이름이 있어야 한다면서 '충영검법沖靈劍法'이라고 지었소. 소사매
와 내가 함께 만들었다는 의미라고 말이오."

"충영검법… 충영검법…."

의림이 나지막이 중얼거렸다.

"그렇군요, 검법 이름에 사형의 이름과 영산 언니의 이름이 모두 들
어 있으니 훗날 검법이 유명해지면 두 사람이… 함께 만들었다는 사
실을 쉽게 알 수 있겠어요."

영호충은 빙긋 웃었다.

"소사매는 어린애 같아서 그렇게 말했지만, 솔직히 우리같이 보잘
것없는 솜씨에 검법을 만드느니 어쩌니 하는 것도 낯부끄러운 일이
지. 그러니 절대 다른 사람에게는 말하지 마시오. 누가 알면 배꼽을 잡
고 비웃을 거요."

"알겠어요. 절대 말하지 않을게요."

의림은 그렇게 대답했지만 곧 미소를 띠며 덧붙였다.

"하지만 사형이 새로운 검법을 창안했다는 사실은 다들 이미 알고
있는걸요."

영호충은 화들짝 놀랐다.

"그게 정말이오? 영산 사매가 벌써 말했소?"

의림은 웃으면서 고개를 저었다.

"사형 입으로 전백광에게 말씀하셨잖아요. 측간에 앉아 파리를 쫓
으면서 검법을 만들게 되었다고요."

"그냥 해본 말이었소. 그런 것까지 기억하고 있구려."

영호충은 폭소를 터뜨렸다. 그 바람에 상처가 벌어져 눈을 찡그리

자 의림이 얼른 손을 내저었다.

"앗, 저런! 저 때문에 또 상처가 도졌군요. 말씀은 그만하시고 한숨 푹 주무세요."

영호충은 순순히 눈을 감았지만, 얼마 지나지 않아 다시 반짝 떴다.

"이곳이 경치는 좋아도 폭포가 가까이 있어서 무지개가 보이지 않는구려."

"폭포에는 폭포만의 매력이 있고 무지개에는 무지개만의 매력이 있어요. 폭포면 어떻고 무지개면 어때요."

의림의 말에 영호충은 고개를 끄덕였다.

"사매 말이 맞소. 세상에 완벽한 일은 없지. 천신만고 끝에 찾던 물건을 손에 넣었지만 도리어 본래 가진 것을 잃어버린 셈이니 다 부질없는 짓이오."

의림이 빙그레 웃었다.

"영호 사형, 마치 선문답 같은 말씀을 하시는군요. 아쉽지만 저는 아직 수련이 모자라 말 속에 숨은 도리를 짚어낼 수가 없어요. 사부님이셨다면 풀이를 해주셨을 텐데."

"선문답이라니 가당치 않소. 내가 그런 것을 어찌 알겠소? 휴, 피곤하군!"

영호충은 한숨을 쉬며 말하고는 천천히 눈을 감았다. 숨소리가 점점 낮아지는가 싶더니, 그는 어느새 깊은 잠에 빠졌다.

의림은 잎이 달린 나뭇가지를 꺾어 날아드는 모기와 벌레를 쫓으며 그의 곁을 지켰다. 한 시진가량 흐른 뒤, 그녀 역시 피로를 견디지 못하고 가물가물 눈이 감겼다. 깜빡 잠이 들 뻔했지만 억지로 정신을 차렸다.

'영호 사형이 깨어나면 배가 고플 거야. 이곳에는 먹을 것이 없으니, 배도 채우고 갈증도 풀 겸 수박을 더 따와야겠어.'

그녀는 재빨리 수박밭으로 달려가 수박 두 덩이를 땄다. 자리를 비운 사이 나쁜 사람이나 짐승이 영호충을 해치기라도 할까 봐 바삐 걸음을 놀려 돌아와 보니 그는 세상모르고 편안하게 잠들어 있었다. 의림은 겨우 마음을 놓고 살며시 옆에 앉았다.

갑자기 영호충이 눈을 뜨고 그녀를 바라보며 미소를 지었다.

"돌아간 줄 알았소."

"돌아가다니요?"

"당신 사부님과 사저들이 찾고 있지 않소? 무척 걱정하실 거요."

까맣게 잊고 있었던 의림은 그제야 그 일이 생각나 새삼 애가 타기 시작했다.

'내일 사부님을 뵈면 심하게 꾸중하시겠지?'

영호충이 근심스러운 그녀의 표정을 보고 말했다.

"사매, 이렇게 같이 있어주어 고맙소. 당신 덕분에 살았소. 나는 이제 괜찮으니 어서 돌아가보시오."

의림은 고개를 저었다.

"안 돼요. 이런 산골짜기에 혼자 두고 갈 수는 없어요."

"형산성 유 사숙 댁에 가서 내 사제들에게 내가 여기 있다고 알려주면 되오. 그러면 사제들이 와서 돌봐줄 거요."

의림의 가슴이 쓰라리게 아파왔다.

'소사매가 곁에 있어주었으면 하는구나. 내가 한시라도 빨리 소사

매를 불러주기를 바라는 거야.'

찢어지는 마음을 달랠 길이 없어 방울방울 눈물이 흐르기 시작했다. 그녀가 느닷없이 울음을 터뜨리자 영호충은 깜짝 놀랐다.

"왜… 왜 우는 거요? 사부님께 야단맞을까 두렵소?"

의림은 고개를 저었다.

"아, 가는 길에 전백광을 만날까 봐 그러는구려. 걱정 마시오. 앞으로 그는 사매를 보기만 하면 걸음아 날 살려라 하고 달아날 거요."

의림은 또다시 고개를 흔들었다. 커다란 눈물방울이 세차게 떨어져 내렸다. 그 모습을 본 영호충은 당혹감에 어쩔 줄을 몰랐다.

"알았소, 알았소, 내가 잘못했소. 그냥 여기 있으면 되지 않소? 소사매, 제발 화 푸시오."

그 다정다감한 말투에 의림도 다소 위로가 되었는지 기분이 조금 풀렸지만 곧 비뚠 생각이 들었다.

'늘 저런 식으로 소사매를 달래다 보니 입에 붙어서 내게도 쉽게 저런 말을 하는 거야.'

별안간 그녀가 왁 울음을 터뜨리며 발을 동동 굴렀다.

"저는 당신의 소사매가 아니에요. 당신은 오로지… 오로지 소사매 생각뿐이군요."

그러나 말을 뱉는 순간 흠칫했다. 출가인으로서 도리에 맞지 않는 말을 해버렸다는 사실에 의림은 그만 얼굴을 새빨갛게 물들이며 허둥지둥 고개를 돌렸다.

얼굴을 붉힌 채로 여전히 눈물짓는 그녀의 얼굴은 마치 물방울을 잔뜩 머금은 폭포수 옆의 울긋불긋한 꽃처럼 아리따웠다. 말로 설명할 수도, 그림으로 그릴 수도 없는 그 아름다움에 영호충은 저도 모르게 감탄했다.

'이제 보니 의림 사매는 정말 아름답구나. 영산 누이보다 더 고울지도…. 이런, 출가인의 외모를 두고 이러쿵저러쿵하다니… 영호충, 네 놈은 정말이지…!'

그는 속으로 호통을 치며 입으로는 부드럽게 말했다.

"사매는 나보다 어리고 오악검파는 한집안이나 다름없어서 모두 동문 형제자매처럼 지내니, 소사매가 아니면 뭐겠소? 그러지 말고 대체 내가 무슨 잘못을 했는지 말 좀 해주시오, 응?"

"아무것도 잘못하지 않았어요. 저도 알아요, 사형은 저를 보기만 하면 화가 나고 재수가 옴 붙는 것 같아서 한시라도 빨리 떠났으면 하시는 거예요. 지난번에 그렇게 말씀하셨잖아요. 여승만 보면 노름에서…."

그녀는 채 말을 잇지 못하고 또다시 훌쩍이기 시작했다.

영호충은 슬그머니 웃음이 났다.

'알겠다, 회안루에서 한 말 때문에 그러는구나. 하긴 그건 내가 잘못했지.'

그가 달래듯이 입을 열었다.

"그 일이라면 이 영호충, 죽어도 할 말이 없소. 그날 회안루에서 아무 말이나 주워섬기며 항산파를 통째로 모욕했으니 마땅히 벌을 받아야지! 이게 벌이오!"

영호충이 자기 뺨을 철썩 때리자 의림은 깜짝 놀라 몸을 돌렸다.

"그… 그만하세요. 사형을… 사형을 나무라려고 한 말이 아니에요.

저는… 그저 사형을 귀찮게 할까 봐…."

"역시 맞아야겠군!"

영호충이 연거푸 자기 뺨을 철썩 때렸다. 의림은 초조해서 발을 동동 굴렀다.

"화가 난 게 아니에요, 영호 사형. 그… 그만하세요."

"화나지 않았다고?"

의림은 재빨리 고개를 끄덕였다.

"웃지도 않는군. 그게 화가 난 것이 아니면 뭐겠소?"

의림은 억지로 미소를 지어 보였지만, 어찌 된 영문인지 또다시 슬픔이 밀려와 참지 못하고 다시 눈물을 또르르 흘렸다. 제풀에 당황한 그녀가 황급히 몸을 돌렸다.

영호충은 계속 흐느끼는 의림을 보며 한숨을 푹 쉬었다. 그 소리에 의림이 가까스로 울음을 그치고 잠긴 목소리로 물었다.

"왜… 왜 한숨을 쉬세요?"

'역시 아직 젊은 아가씨라 그런지 쉽게 속아넘어오는구나.'

영호충은 속으로 키득키득 웃었다.

어렸을 때부터 악영산과 함께 자란 그는 악영산이 성질을 부리거나 화가 나서 모른 척할 때마다 오만 가지 방법으로 달래본 경험이 있었다. 아무리 달래도 화가 풀리지 않을 때면 악영산은 그가 무슨 말을 하든 본체만체했지만, 천연덕스레 예상 밖의 행동을 하며 호기심을 유발하면 도리어 먼저 입을 열곤 했다. 의림은 한 번도 누군가와 다퉈본 적이 없었기 때문에 더욱 쉽게 그의 함정에 빠져들었다. 영호충은 다시 한번 보란 듯이 한숨을 푹 쉬고 말없이 고개를 돌렸다.

예상대로 의림이 걱정스레 물었다.

"영호 사형, 화나셨어요? 방금은 제가 잘못했어요. 그러니… 신경 쓰지 마세요."

"아니오. 사매는 잘못이 없소."

수심 어린 그의 표정을 보자 의림은 배꼽 잡고 웃어대는 그의 속마음은 꿈에도 모른 채 황급히 해명했다.

"저 때문에 스스로 뺨을 때리셨잖아요. 저… 저도 똑같이 해서 갚을게요."

말이 끝나기 무섭게 그녀가 짝 하고 자기 오른쪽 뺨을 때렸다. 영호충이 벌떡 일어나 한 번 더 때리려는 그녀의 손목을 붙잡았다. 갑작스레 힘을 주자 상처가 벌어져 저도 모르게 신음이 흘러나왔다.

"이걸 어째! 어서… 어서 누우세요. 상처가 도지면 안 돼요."

당황한 의림이 그를 천천히 눕히며 걱정스러운 얼굴로 자책했다.

"저는 정말 바보예요. 무슨 일이든 제대로 하지 못하니…. 영호 사형, 많이 아프세요?"

평소에는 목에 칼이 들어오거나 다친 곳이 아무리 아파도 아프다고 인정하지 않는 영호충이지만 지금은 달랐다.

'역시 그렇게 해야 웃겠지.'

그가 눈을 잔뜩 찡그리며 일부러 신음하자, 의림은 더욱 불안해했다.

"제발… 제발 피는 흘리지 말아야 할 텐데."

이마를 만져보았지만 다행히 열은 나지 않았다.

얼마쯤 시간이 흐른 후, 그녀가 다시 물었다.

"좀 나아지셨어요?"

"아직 아프오."

의림은 근심스러운 표정으로 어쩔 줄 몰라 했다.

"으윽, 정말 아프군! 여… 여섯째 사제가 있었다면…."

영호충이 아픈 척하며 중얼거리자 의림이 눈을 반짝였다.

"그분이 왜요? 통증을 누그러뜨리는 약이라도 가지셨나요?"

"왜 아니겠소? 여섯째 사제의 입담이 바로 진통제요. 지난번 내가 상처를 입어 몹시 아팠을 때 여섯째 사제가 우스개를 해주었는데, 그 이야기가 어찌나 재미있는지 그만 푹 빠져서 아픔조차 까맣게 잊었다오. 사제가 있었다면… 윽… 왜 이렇게 아프지…? 으윽…!"

의림은 매우 곤란한 표정이 되었다.

정일 사태 문하의 모든 사람들은 항상 단정한 얼굴로 불경을 읽고, 염불을 하고, 좌선을 하고, 연검을 할 뿐이었다. 한 달이 가도록 웃음소리 한 번 듣기 어려운 곳이 바로 백운암인데, 그런 곳에서 자란 그녀에게 우스개를 하라는 말은 죽으라는 말이나 마찬가지였다.

'육대유 사형이 계시지 않으니 영호 사형이 듣고 싶어 하는 우스개를 해줄 사람은 나밖에 없어. 하지만… 하지만 나는 우스개는 통 모르는데….'

망설이는 그녀의 머릿속에 문득 좋은 생각이 떠올랐다.

"영호 사형, 저는 우스개라고는 전혀 못하지만 장경각에서 아주 재미있는 불경을 읽은 적이 있어요. 《백유경百喩經》이라는 경전인데… 읽어보셨어요?"

영호충은 고개를 저었다.

"아니, 나는 책을 읽지 않소. 특히 불경은."

의림은 얼굴을 살짝 붉히며 말했다.

"저 좀 봐요, 또 멍청한 질문을 했군요. 사형은 불문 제자도 아닌데 왜 불경을 읽겠어요?"

그녀는 잠시 머뭇거리다가 다시 말했다.

"《백유경》은 천축국의 고승 가사나伽斯那가 쓴 경전인데, 재미있는 이야기가 아주 많아요."

"좋소. 나는 재미있는 이야기가 좋으니 몇 가지 들려주시오."

영호충이 재촉하자, 의림은 생긋 미소를 지었다. 《백유경》에 실린 수많은 이야기가 머릿속에 하나둘 떠올랐다.

"좋아요. 그럼 '쟁기로 머리를 때린 사람' 이야기를 해드릴게요. 옛날에 대머리 한 사람이 살았어요. 태어나면서부터 머리카락이 한 올도 없는 천생 대머리였지요. 어느 날, 그 대머리가 어떤 일 때문에 농부와 말다툼을 벌였어요. 마침 그 농부는 밭을 가는 쟁기를 들고 있었는데, 화가 난 나머지 그 쟁기로 대머리를 때렸고, 머리는 깨져 피가 흘렀어요. 하지만 그 대머리는 꿋꿋이 견디며 피하기는커녕 도리어 껄껄 웃기만 했지요. 지나가던 사람이 이상하게 생각하고 다가와 왜 피하지 않고 웃느냐고 물었어요. 그러자 대머리는 웃으면서 이렇게 대답했대요. '저 농부는 바보라서 터럭 한 올 없는 내 머리를 보고는 돌인 줄 알고 쟁기로 때린 것이오. 내가 피하면 저 사람을 똑똑하게 만들어주는 것밖에 안 되는데 무엇 하러 그러겠소?'"

영호충이 큰 소리로 웃음을 터뜨렸다.

"아하하, 재미있군! 거참 아주 똑똑한 대머리로구려. 맞아 죽을망정 피하지 않겠다니."

그의 유쾌한 모습을 보자 의림도 기분이 좋아졌다.

"하나 더 있어요. '왕녀를 자라게 하는 약' 이야기예요. 옛날에 어느 나라의 왕이 공주를 낳았어요. 성격 급한 왕은 자그마한 아기가 빨리 자랐으면 하는 마음에 어의를 불러 공주에게 키 크는 영약을 지어 먹이라고 명령했지요. 어의는 이렇게 아뢰었어요. '그런 약이 있기는 합니다만, 각종 약재를 배합하고 조제하는 등 오래 공을 들여야 하옵니다. 당장 공주님을 저희 집에 모시고 가 체질에 맞는 약을 지어 올리겠사오니, 부디 재촉은 하지 마시옵소서.' 왕은 고개를 끄덕였어요. '좋다. 재촉하지 않으마.' 그렇게 해서 어의는 공주를 집으로 데려갔고, 매일매일 약재를 모으고 배합하는 중이라며 왕에게 보고했어요. 어느덧 12년이 지나 어의는 왕을 찾아갔지요. '영약이 완성되어 오늘 공주님께 드렸사옵니다.' 어의는 이렇게 말하며 공주를 왕 앞에 세웠지요. 왕은 그 자그마하던 아기가 늘씬한 소녀로 변한 것을 보고는 몹시 기뻐하며 어의의 의술에 칭찬을 아끼지 않았어요. 그리고 좌우에 명해 영약 한 첩으로 딸을 이렇게 자라게 해준 어의에게 셀 수 없이 많은 금은보화를 내렸답니다."

영호충은 이번에도 신나게 웃었다.

"하하하하, 성질 급한 왕이라고 했지만 듣고 보니 아주 느긋한 사람이었구려, 12년이나 기다리지 않았소? 내가 그 어의라면 단 하루 만에 아기를 열일곱 살 먹은 늘씬하고 아름다운 묘령의 공주로 변신시킬 수 있소."

의림이 눈을 동그랗게 뜨며 물었다.

"어떻게요?"

"천향단속교를 바르고 백운웅담환을 먹이는 거요."

영호충이 빙그레 웃으며 말하자 의림은 픽 웃었다.

"그건 다친 곳을 치료하는 약인데 어떻게 사람을 자라게 한다는 거예요?"

"용도가 무엇이든 상관없소. 사매만 도와준다면 충분하니까."

"제가요? 어떻게요?"

"아기 공주를 집으로 데려간 뒤 재봉사 네 명을 부른 다음…."

의림은 더욱더 의아했다.

"재봉사는 무엇 하게요?"

영호충이 싱긋 웃으며 말을 이었다.

"새 옷을 짓게 하는 거요. 사매의 치수를 잰 뒤 밤새 몸에 꼭 맞는 공주 옷을 만들게 하는 거지. 이튿날 아침, 사매는 그 옷을 입고, 정교한 봉황관을 쓰고, 새하얀 비단을 걸치고, 구슬을 단 꽃신을 신고서 아리따운 모습으로 사뿐사뿐 왕궁의 계단을 오르는 거요. 그리고 만세를 부르며 엎드려 이렇게 말해야겠지. '부왕께 아뢰옵니다. 소녀, 어의 영호충이 만든 영단묘약을 먹었더니 하룻밤 사이 이렇게 자랐습니다.' 그 아리땁고 사랑스러운 공주를 보면 왕은 입이 헤벌어지도록 기뻐하며, 진짜인지 가짜인지 따지려고도 하지 않을 거요. 덕분에 이 어의 영호충은 무거운 상을 받겠지."

의림은 킥킥거리며 듣다가 그의 말이 끝나기 무섭게 배꼽을 잡고 웃어댔다. 한참 뒤에야 그녀가 겨우 허리를 펴고 일어나 앉으며 말했다.

"사형은 역시 《백유경》에 나오는 어의보다 영리하시군요. 하지만 죄송하게도 저는… 못생겨서 공주처럼 보이지 않을 거예요."

"사매가 못생겼다면 세상에 아름다운 사람은 없을 거요. 예부터 지금까지 수많은 공주가 있었지만 사매만큼 아름다운 공주는 없었소."

영호충이 직접적으로 칭찬을 하자 의림은 속으로 무척 기뻤다.

"그 수많은 공주들을 다 보셨나요?"

"물론이오. 꿈에서 한 명 한 명 만나보았지."

의림은 피식 웃었다.

"매일 밤 공주를 만나다니, 정말 대단하시군요."

"본디 생각하고 또 생각하면….'

영호충은 히죽 웃으며 입을 열었으나 문득 의림이 순진무구한 여승이라는 사실이 떠올랐다. 이렇게 농담을 주고받는 것만 해도 계율을 어기는 것인데, 예에 어긋난 농을 걸어 더욱 곤란하게 만들 수야 없었다. 그래서 그는 재빨리 웃음을 거두고 일부러 하품을 했다.

"영호 사형, 피곤하시군요. 잠시 눈을 붙이세요."

의림이 권했다.

"알겠소. 사매의 우스개가 효험이 좋은지 아픔이 싹 가셨소."

그가 의림에게 우스개를 시킨 까닭은 그녀를 웃게 만들기 위해서였다. 그 바람이 이루어진 지금, 그는 마음 놓고 천천히 눈을 감았다.

의림은 그의 옆에 앉아 조금 전처럼 나뭇가지를 흔들어 벌레를 쫓았다. 저 멀리 개울가에서 들려오는 개구리 울음소리가 개굴개굴 하고 자장가처럼 귀를 간질이자 몹시 지쳐 있던 의림은 눈꺼풀이 바윗덩이라도 되는 양 도저히 눈을 뜨고 있을 수가 없었다. 마침내 그녀도 꾸뻑꾸뻑 잠이 들었다.

꿈속에서 그녀는 화려한 공주 옷을 입고 휘황찬란하게 번쩍이는 궁전으로 걸어들어갔다. 옆에는 잘생긴 청년이 그녀의 손을 잡고 서 있었는데 어렴풋하게나마 영호충이라는 것을 느낄 수 있었다. 발밑에서 구름이 뭉게뭉게 피어올라 두 사람은 가뿐히 허공으로 날아올랐다. 말할 나위 없이 감미롭고 상쾌한 기분이었다.

그때, 나이 든 여승이 검을 부르쥐고 노한 표정으로 쫓아왔다. 사부였다. 사부의 호통 소리가 깜짝 놀란 의림의 귀를 때렸다.

"이 못난 것, 불문의 계율을 어기고 겁도 없이 공주가 되어 저 방탕아와 어울렸구나!"

사부는 그녀의 팔을 거칠게 끌어당겼다. 순식간에 눈앞이 새까맣게 흐려지고 영호충이 사라졌다. 사부도 보이지 않았다. 그녀 혼자 시꺼먼 먹구름 속에서 아래로 아래로 끊임없이 떨어지고 있었다. 의림은 겁을 먹고 마구 소리쳤다.

"영호 사형! 영호 사형!"

몸에서 맥이 탁 풀리고 팔다리가 말을 듣지 않았다.

몇 번 외치다가 번쩍 정신이 들고 보니 한바탕 꿈이었다. 영호충이 놀란 눈으로 그녀를 바라보고 있었다. 의림은 두 뺨을 붉히며 우물우물했다.

"저… 저는…."

"꿈이라도 꾸었소?"

의림의 얼굴이 더욱더 빨개졌다.

"잘… 모르겠어요."

그녀는 중얼거리듯 대답하며 흘끗 그를 바라봤는데, 영호충은 통증을 꾹 참고 있는지 표정이 잔뜩 굳어 있었다. 그녀가 깜짝 놀라 물었다.

"상처가 많이 아프세요?"

"견딜 만하오!"

말은 그렇게 했으나 목소리가 떨렸고, 얼마 지나지 않아 이마에 콩알만 한 땀이 송송 맺히기 시작해 묻지 않아도 통증이 심하다는 것을 알 수 있었다. 의림은 어쩔 줄을 몰랐다.

"어쩜 좋아요? 어떻게 하죠?"

품에서 손수건을 꺼내 영호충의 이마를 닦아주는데, 우연히 피부에 닿은 새끼손가락이 펄펄 끓는 이마의 열기를 고스란히 전해주었다. 검이나 칼에 상처를 입은 뒤 열이 나면 몹시 위험한 상황이라던 사부의 가르침이 뇌리를 스치자, 의림은 초조함을 감추지 못하고 저도 모르게 중얼중얼 불경을 외었다.

"수없이 많은 중생들이 고뇌에 빠졌을 때, 관세음보살을 듣고 한마음으로 보살을 부르면 관세음보살은 즉시 그 소리를 듣고 모두에게 해탈을 주시리니. 관세음보살을 계속하여 부르는 자, 큰 불길에 떨어져도 불에 타지 않으니 이는 보살의 존엄한 신력神力 덕분이로다. 불어난 물에 빠졌을 때 관세음보살을 부르면 곧 얕은 곳에 닿을지고…."

《묘법연화경 관세음보문품妙法蓮華經觀世音普門品》이라는 불경이었다. 시작할 때는 목소리가 떨렸지만 꾸준히 읊자 마음이 점차 가라앉았다. 맑고 고운 의림의 목소리가 갈수록 안정되는 것을 느끼며, 영호충은 그녀가 불경의 신통력을 굳게 믿는다는 사실을 알 수 있었다. 의림의 염불은 계속 이어졌다.

"누군가에게 해를 입을 때, 관세음보살을 부르면 그자가 든 칼과 몽둥이가 부러져 해를 피하게 되나니. 삼천대계三千大界에 야차와 나찰이 그득하여 중생을 괴롭힐 때 관세음보살을 듣고 그 이름을 부르는 자, 악귀들의 악한 눈이 그를 보지 못하나니 어찌 해를 입히느뇨? 죄를 지었거나 그렇지 아니하되 형틀이나 족쇄에 묶인 자, 관세음보살을 부르면 속박이 모두 끊어져 해탈을 얻게 될지니…."

영호충은 들으면 들을수록 우스워 피식 웃음을 흘렸다. 의림이 의아한 눈길로 그를 바라보았다.

"왜… 왜 웃으세요?"

"그 말대로라면 무공 같은 것을 배울 필요가 어디 있소? 악인이나 원수가 나를 해치려고 할 때마다 관… 관세음보살님만 부르면 악인의 칼이 부러진다니 그 얼마나… 쉽고 편하오?"

"영호 사형, 보살님을 모독하지 마세요. 진심에서 우러나지 않으면 염불을 해도 소용이 없어요."

의림은 정색을 하고 나무란 뒤 계속 읊조렸다.

"흉악한 짐승에게 포위되어 날카로운 이빨과 발톱이 두려울 때, 관세음보살을 부르면 먼 곳으로 달아날 수 있나니. 구렁이나 전갈이 독을 뿜을 때, 관세음보살을 부르면 알아서 물러가리니. 먹구름 끼어 천둥 번개가 치고 폭우와 우박이 쏟아질 때, 관세음보살을 부르면 때맞춰 날이 개리니. 중생이 곤경에 빠지고 수많은 고뇌가 찾아들 때, 관세음보살의 신비한 지혜는 세상을 고통에서 구하리니…."

영호충은 경건하게 불경을 외는 그녀를 가만히 바라보았다. 목소리는 낮았으나 진심을 다해 관세음보살에게 구원을 청하는 마음이 절절하게 느껴졌다.

그녀는 온 마음을 바쳐 관세음보살의 신통력으로 자신의 어려움을 풀어달라 애원하며, 온몸으로 '관세음보살님, 제발 영호 사형의 통증을 없애주세요. 영호 사형의 아픔을 제가 겪게 해주세요. 저는 짐승이 되어도 좋고, 지옥에 떨어져도 상관없습니다. 보살님께서 영호 사형을 구해주신다면 더 바랄 것이 없어요'라고 말하는 것만 같았다. 뒤로 갈수록 경구의 의미를 이해하지 못하게 된 영호충은 기도하는 의림의 목소리가 몹시도 진실하고 또 간절하다는 것만 가슴 깊이 느꼈다.

어느새 영호충의 두 눈에 눈물이 가득 고였다. 어려서 부모를 잃고 고아가 된 그였다. 사부와 사모가 베풀어준 은혜는 갚을 길 없이 깊으나 아무래도 장난이 심한 성격 탓에 따스한 말보다는 야단을 듣는 일이 잦았다. 사형제들은 대사형인 그를 존중하여 거스르지 않으려 했고, 그들보다 가까운 소사매 영산은 비록 사이는 좋았지만 이렇게까지 그를 생각해준 적은 없었다. 수많은 고난을 홀로 짊어질지언정 그의 평안과 행복을 빌어준 사람은 단 한 명, 항산파의 의림 사매뿐이었던 것이다.

영호충은 가슴이 뭉클했다. 눈물로 몽롱해진 시야에 비친 어린 여승의 몸에서는 마치 성스러운 광채가 은은하게 솟아오르는 듯했다. 경을 외는 의림의 목소리는 점점 더 부드러워졌다. 눈앞에 정말로 미루나무 가지로 감로수를 흩뿌리며 고난에서 중생을 구제하는 백의의 관세음보살이 나타난 것일까, '나무관세음보살' 하고 부를 때마다 그녀는 마치 눈앞의 보살에게 영호충을 구원해달라 간절히 기도하는 것 같았다.

몹시 감동하고 안심이 된 영호충은 부드럽고도 경건한 염불 소리를 들으며 스르르 잠이 들었다.